ALGUIEN PARA MÍ

JUAN ARCONES

ALGUIEN PARA MÍ

ILUSTRACIONES DE NAGORE ODRIOZOLA

Montena

El papel utilizado para la impresión de este libro ha sido fabricado a partir de madera
procedente de bosques y plantaciones gestionadas con los más altos estándares ambientales,
garantizando una explotación de los recursos sostenible con el medio ambiente y beneficiosa para las personas.

Penguin Random House Grupo Editorial

Alguien para mi

Primera edición: octubre de 2022
Primera edición en México: septiembre de 2024

ISBN: 978-607-384-893-0

Impreso en México – *Printed in Mexico*

Para todas las personas que han tenido
que aprender a mentir demasiado pronto.

1.

Pablo seguía siendo el chico más guapo de la clase, pero de lejos. Su piel se había vuelto más bronceada aún, como si se la hubiera rociado con ese barniz que se usa para pintar las mesas de las terrazas. No es que yo sepa mucho de eso, pero saben a lo que me refiero, ¿no? Aunque a lo mejor es que llevaba demasiado tiempo sin verlo, qué sé yo. Sus labios, gruesos y rosados, más besables que nunca. Sus ojos verdes... ¿o color miel? Sigo sin tenerlo muy claro. Yo creo sinceramente que le van cambiando según el mes. ¿Es eso posible? Sí, ¿no? Y, pese a todo, se había fijado en mí. O yo en él. Los dos en los dos. Solo había un problema. Un problema muy pequeño. Bueno, no. Un problema enorme. Pablo ya no estaba en mi clase.

¡Esperen! Se los contaré todo. Prometido. Ya saben que siempre lo hago, aunque me vaya por las ramas. Apenas terminó el verano y empezó el drama. Me persigue. Y yo nunca he sido bueno huyendo. Siempre perdía jugando a las atrapadas cuando era pequeño. Nadie me quería escoger. Lógico, también les digo. ¿Para qué vas a elegir a alguien en tu equipo que se cae después de dar dos pasos? Pero vayamos al problema. ¿Por qué Pablo, **MI NOVIO**, ya no va a mi clase? Más bien es al contrario. Yo no voy a la suya. Obviamente, durante el verano, como Pablo y yo no estábamos en la misma ciudad, ni siquiera en el mismo país, pues mis padres encantados. Y he de decir que han sido unos meses muy aburridos. Pablo fuera. Albert se fue casi un mes de vacaciones con su familia. Y Cris y Celia..., bueno, son amigas. Me caen superbién, ¿eh? Pero todavía no teníamos esa relación como para vernos solos los tres. No es que yo sea mala onda, saben que no lo soy. Pero Albert era el pegamento que nos unía. Al menos de momento. Aun así, hablábamos todos los días. Y con Pablo, cada semana. Diferencia horaria, él con su familia, yo me tenía que esconder cada vez que hacíamos una videollamada... pues todo era más complicado. Lo hemos llevado bien... No. Miento. Yo más o menos. Después del fin de curso, qué quieren que les diga, lo que más quería era estar juntos cada día. ¡Y justo tuvo que irse! Y, claro, volver en septiembre y que él no estuviera para acompañarme, pues como que me devolvió demasiado fuerte a la tierra. Odio la gravedad.

—Lo siento, señor Rubio, pero este ya no es tu salón —me anunció García, la profesora que debía ser mi tutora este año.

—¿No-no es el del grupo A? —conseguí decir, totalmente desubicado. Estaba llegando a clases solo, sin Pablo. ¿Y encima ya no era mi salón?

—¿No te lo han dicho? Ahora tu salón es el del grupo C. Date prisa, que a tu tutor no le gustan los que llegan tarde —me advirtió, con una sonrisa odiosa en la cara.

No tuve tiempo ni para replicar. Eso sí, pude ver la cara de satisfacción de Arenas. Pues, mira, si no iba a tener que soportarlo, quizá el cambio no fuera tan malo. Pero al que no vi por ningún lado fue a Pablo. ¿Dónde estaba?

Eché a correr hacia mi nuevo salón, que estaba al final del pasillo, cuando me crucé con un chavo que no había visto nunca. Era mucho más alto, más grande, más musculoso..., más «todo» que yo. Pero iba como perdido, como buscando su salón. Me miró durante un largo rato, esperando a que frenara, pero estaba demasiado concentrado en no chocar contra nada como para pararme.

—Perdona, ¿sabes dónde está el salón...? —comenzó a decir.

—**¡LO SIENTO, LLEGO TARDE!** —grité y seguí corriendo hasta que llegué a la puerta de mi nuevo salón: 4.° C. Pero estaba cerrada. Eso significaba que ya habían empezado. Mecagoentodo.

Toqué, que uno ante todo es educado y, tras unos segundos en los que no paré de pensar todos los castigos que me iban a llover, se abrió la puerta y ahí estaba mi nuevo maestro. El Coletas. Sí, así se le conocía en todo el colegio. También por Solero. Parecía tener sus treinta y muchos, pero ya lucía una cara de cansado que no podía con ella. Pelo largo recogido en una coleta y una carpeta bajo el brazo. Me miró de arriba abajo, pero no se apartó para dejarme pasar.

—Hola. Es el 4.° C, ¿verdad?

—Eres Óscar Rubio, ¿no? —Y, tras él, pude ver a un Albert emocionadísimo saludándome desde su pupitre.

—Sí.

—Llegas tarde el primer día, ¿eh? Ya me habían dicho que eras un rebelde.

—¿Seguro que era yo?

El profesor dejó escapar una pequeña sonrisa y abrió la puerta del todo para que pasara, pero, claro, no sabía ni dónde sentarme. Todo el salón mirándome. Era incómodo no, lo siguiente. Y Albert, mientras, haciéndome señas como un loco. Sí, ya te vi, Albert.

—¿Qué haces ahí de pie aún? Siéntate junto a Olivares, que está solo —me indicó mientras se colocaba tras su mesa y a Albert se le escapó un grito de emoción. Pero, antes de sentarme, llegó lo que tanto miedo me daba—. Por cierto, hoy estás castigado después de clases. No se puede llegar tarde, Rubio.

Oye, apenas regresé de vacaciones. El primer día. Récord *made in* Óscar. Desde mi discurso de la fiesta de fin de curso, no sé si los profesores me tenían o más respeto o más coraje. No lo tengo muy claro. Una se ríe porque me equivoqué de salón. Y otro me castiga. ¿Qué más pruebas necesitan? ¡Qué vergüenza, carajo! Lo del castigo, me refiero. Creo que era la primera vez que me castigaban en mi vida. Y que lo hagan cuando tengo quince años da un poco de vergüenza, no me digan que no. ¡Y encima por una estupidez!

—Vaya entrada, Oski —me comentó Albert, con la sonrisa todavía de oreja a oreja. Y el pelo más rojo que he visto en mi vida. De hecho, creo que estaba más rojo que la última vez que lo vi—. No me habías dicho que ibas a estar en mi grupo.

—Bueno, a mí tampoco me lo había dicho nadie —suspiré.

—¿Y Pablo? ¿Cómo lo ha tomado?

—No sé, porque no lo he visto.

—¿No ha venido? —preguntó, extrañado. No lo sé, Albert. No lo sé.

—No tengo ni idea.

Se dio cuenta de que estaba empezando a agobiarme con tantos cambios en tan poco tiempo y decidió dejarme unos segundos para respirar y recomponerme. Vi que Celia y Cris se sentaban juntas un poco más adelante, pero no reconocí a mucha más gente. Al menos no iba a tener que soportar a Arenas y compañía. ¡Eh, y no me han dicho nada, pero no he dicho ni un «puto» por ahora! Estoy empezando a hablar mejor.

El castigo no podía ser más tonto: quedarme en clase copiando no sé qué ridiculez sobre la importancia de no llegar tarde o alguna cosa así.

¡Fíjense de lo que había servido el castigo que ni siquiera soy capaz de acordarme de lo que estuve copiando! Estaba solo en el salón, excepto por la profesora, por un chavo que creo que estaba en mi nuevo grupo y por Alba. OK, no estaba solo. Lo sé. ¿Que quién es Alba? Se acuerdan. Sí, la que iba a leer el discurso de fin de curso pero al final acabé leyéndolo yo, con desastrosas consecuencias. Ahora sí, ¿verdad? Si no, ya se la he vuelto a presentar. De nada. El caso es que estaba ahí sola y se me ocurrió hablar con ella. Total, la profesora que nos vigilaba estaba enfrascada en su celular. Seguramente viendo alguna serie o tiktoks de gatos. ¡Qué sé yo! Pero, la verdad, Alba y yo no habíamos hablado nunca. Hace un año eso me habría frenado. Pero ahora mi mente iba por un camino distinto: las cosas hay que hacerlas y dejar de pensar tanto (aunque a veces es bueno pensar, Oscarito...). Ya empezamos con mi bipolaridad. ¡Y luego decía de Pablo! Ay, Pablo... ¡Concéntrate! Ahora te toca hablar con Alba. Me levanté de mi mesa y me senté a su lado. Claro, Alba me miró, entre alucinada y sorprendida.

—No sabía que te habían castigado...

—No lo han hecho —me respondió.

—¿Y qué haces aquí?

—Quería hacer unas cosas antes de irme —dijo, misteriosa.

—¿Me estás diciendo que te estás quedando más horas en la escuela porque quieres?

—Sí.

—¡OMG!

—Ya no estamos en el mismo grupo, ¿no? ¿Ha pasado algo? —quiso saber, curiosa.

—Pues eso me gustaría saber a mí.

—Tampoco ha venido Pablo —dejó caer y se me encogió el estómago. Entonces ¿ni siquiera había venido el primer día? ¿Y no me había dicho nada?

Claro, yo ahí me quedé en blanco. No supe qué responder. La profesora levantó los ojos de su pantalla y nos miró con desaprobación, así que hundí mi cara entre los brazos, dejando pasar el tiempo. Y, a los pocos minutos, se levantó y nos indicó que podíamos irnos. Alba cogió sus cuadernos, su mochila amarilla y salimos juntos de clase. La verdad, era extraño salir de allí con alguien que no fuera Albert o Pablo. Muy bien, Óscar, haciendo más amistades. Aunque siempre pensé que Alba me odiaba.

—Y yo que creí que me odiabas... —Oye, lo pienso, lo digo.

—¿Por?

—Bueno, nunca hemos hablado.

—Pero eso no significa que alguien te odie, Óscar, por Dios.

—Ya, ya, bueno, yo qué sé —me defendí.

—¿Qué tal con Pablo? —preguntó.

—¿Con Pablo? Bien, bien. —Sí, eres linda, Alba, pero aún no nos conocemos tanto.

—Me alegro.

—Bueno, nos vemos mañana..., supongo —me despedí y me alejé.

—¡Óscar! —me gritó y me di la vuelta, confuso.

—¿Qué?

—Aún no te lo había dicho, pero... gracias por el discursazo de fin de curso. Bravo, tú.

—Ay... Gracias. —Me puse rojo enseguida. Alba me sonrió, como vergonzosa, y se fue. Es decir, ¿hola? Alba era como la malvada oficial de la escuela. O eso tenía entendido. Una vez más, las apariencias... y lo que dice la gente engañan.

2.

Cuando atravesé los dos patios, camino a la salida, obviamente ya se había ido todo el mundo. Las clases habían acabado, así que era lógico. Solo quedaban niños de Primaria... y yo. Caminé hacia la casa, y pasé deliberadamente por delante del edificio de Pablo. ¿Le escribía? ¿Llamaba a su interfón? ¿Por qué tenía que estar agobiado? Es Pablo, ¿no? ¿No soy lo mejor que le ha pasado en su vida? O eso dijo él. ¿Qué había cambiado? ¿Por qué ni siquiera me había dicho que no iba a venir? Sí, demasiadas preguntas en muy poco tiempo. Vamos por partes. Primero la primera. Así que tomé el celular y le escribí. De nuevo. Porque no me había contestado a ninguno de los últimos diez mensajes. Llevaba más de seis horas sin conectarse. Y eso ya empezaba a ser motivo suficiente para preocuparme. Así que, sin pensarlo cinco veces, toqué en su interfón. Al momento me arrepentí pero, mira, a lo hecho, pecho.

—¿Sí? —respondió una voz de mujer. Pero no era la de la mamá de Pablo. A ver si no había tocado en otro timbre con los nervios...

—¿Está Pablo?

—¿Quién es? —volvió a responder la misma voz. No, para nada era la mamá de Pablo.

—So-so-soy Óscar. —Su novio, su novio, su novio, su novio—. Un amigo. —Mierda, Óscar.

—Pues no está. Está en Estados Unidos. ¿No te lo ha dicho?

¿CÓMO? Espera, ¿qué? ¿Cómo que sigue en Estados Putos Unidos? ¡Cómo que sigue allí y no me ha dicho nada! ¡Estaba alucinando y mucho! La extraña mujer que había ocupado la casa de Pablo siguió hablándome, pero yo ya no prestaba atención. Me alejé del portal, con los nervios a flor de piel. Saqué el celular de nuevo y le llamé. ¡Vaya que si le llamé! Y, sorprendentemente, a los tres tonos contestó.

—¿Sí? —dijo con una voz de sueño tremenda.

—**¡CÓMO QUE ESTÁS EN ESTADOS UNIDOS!** —Perdón. No quería gritar. Pero grité. Y mucho. *Sorry not sorry.*

—Óscar, por Dios, me acabo de despertar. ¿Puedes bajar el volumen un poco bastante, por favor? —suplicó—. Sí, sigo en Estados Unidos. Y te lo iba a contar.

—**¡¿CUÁNDO?!** —No le hice ni caso. Seguí gritando. Intentaba hablar normal, pero es que era incapaz. La voz seguía saliendo con fuerza.

—Si dejas de gritar, te lo cuento. —Se quedó unos segundos en silencio—. Mi madre me lo dijo ayer, que había tenido que cambiar los boletos.

—Pero hoy ha sido el primer día de clases. El primero, y te lo has perdido, y ya no estamos en el mismo grupo ni nada. Y encima no te vi, y no me cuentas nada. Y vengo a tu casa y responde otra señora que, por cierto, ¿quién es esa señora? ¿Tengo que llamar a la policía?

Lo escuché reír al otro lado del celular. Su risa. Daba igual que estuviera a 5,785 kilómetros de distancia. Sí, lo busqué. Kilómetro arriba, kilómetro abajo. Pero esa risa siempre me reconfortaba. Aunque ahora lo estuviera odiando muy fuerte.

—Hay veces que se me olvida lo intenso que eres, Oski. —Oski—. Te lo iba a contar hoy. No creas que me lo iba a callar. No soy tan cabrón. Y esa señora es mi tía, que está cuidando la casa hasta que volvamos. Le pidió el favor mi mamá, que pasara por allí una vez a la semana. Y... ¿cómo que no estamos en el mismo grupo?

—No lo sé. Me han cambiado al C. Y no sé por qué.

—Quizá a mí también me hayan cambiado al C, ¿no? ¿No lo has pensado?

—La verdad es que no.

—Pero es raro. Quizá... No, no creo —empezó a decir pero se calló.

—¿Qué? Quizá ¿qué?

—Quizá tu padre dijo algo. ¿No te habían amenazado con cambiarte de escuela?

—Sí, pero al final mucho hablar y poco... ¿Crees que le pidió al director que me cambiaran de grupo? ¿En serio? —Y la teoría cada vez me parecía más real.

—No lo sé. Cuando vuelva, lo descubriremos, y te lo cuento bien todo, ¿te parece?

—OK —accedí—. Aunque quiero que sepas que no me gusta nada que estés allí todavía.

—Lo sé. Pero vuelvo en unas semanas. No falta mucho. Ya lo verás.

Espera. ¿Cómo que unas semanas? Lo dijo, ¿verdad? Lo oyeron. Dijo «unas semanas».

—Pero, a ver, ¿cuándo vuelves? —repliqué, nervioso.

—En octubre —contestó, con un peso en su voz increíble.

—No mames... —Sí, me entraron ganas de llorar. Perdónenme, pero ya saben cómo me pongo con estas cosas.

—Te tengo que colgar, Óscar.

—O-OK. —Pero no quería colgarle. No.

—Oye —dijo, evitando que terminara la llamada—. Tengo ganas de verte. Hablamos luego, ¿de acuerdo?

Y colgó.

El camino a casa fue triste. Porque ya me conocen. Pero esta vez tenía razones más que de sobra para estar así de bajoneado. No quería tener razones pero las tenía. ¡Vaya que si las tenía! Cuando llegué, parecía que me hubieran pegado la paliza de mi vida. Apático y apagado. Al menos las cosas con mis padres no iban tan mal. Me hablaban, que ya era una victoria después de mi discurso de fin de curso. Entré y fui directo a mi habitación. O esa era mi intención, porque mi madre salió de la cocina para recibirme.

—¿Qué tal el primer día? —dijo, tratando de ser lo más amable posible.

—Normal. —No quería enfrentarme a la posibilidad de que ellos hubieran sido los responsables de cambiarme de grupo. No estaba de humor. En la sala podía escuchar a mi padre hablando en voz alta. Porque le encantaba hablar alto por teléfono. Sobre su trabajo. Yoquesé. Tampoco le presté mucha atención. Cada vez pasaba más tiempo fuera de casa, y eso era de agradecer. Volvía de noche casi todos los días.

—¿Tienes hambre? Te caliento la comida.

—Va —acepté, sin prestar casi atención a lo que me había preguntado. Arrastrando los pies, llegué a mi habitación y me dejé caer en la cama, totalmente derrotado. La verdad es que me rugía el estómago de hambre, así que, cuando empecé a oler a comida, pensé en reunir fuerzas suficientes para salir y enfrentarme a los dos. Digo enfrentarme porque, en serio, cada vez que los veía, pensaba en lo que me había dicho Pablo. «Quizá tu padre dijo algo». Espero que no, porque ya era lo último. Si eso era ser padres, que me cambien de familia. Así de claro.

Obviamente, no fui capaz de salir de mi cuarto en toda la tarde. De hecho, lo único que hice fue ver un anime tras otro y mirar ocasionalmente el teléfono. Mi madre me trajo la comida y, tras dormir una siesta de dos horas, me espabilé para seguir viendo series. Hablé con Albert también, por supuesto que me llamó algo así como un trillón de veces. Ay, Albert. Qué descubrimiento has sido este último año. Si es que se hace querer... Entonces alguien llamó a mi puerta. Era mi mamá, de nuevo. Hora de cenar. ¿Tan rápido había pasado el día? Aunque me resistía a ello, acabé por abandonar mi cuarto (que casi se había convertido en una cueva porque hasta había bajado las persianas) y, arrastrándome, casi literalmente, llegué al comedor y me senté a la mesa. Había pescado al horno. Otra cosa no, pero mi mamá dominaba esa receta. Recordé las albóndigas de la madre de Pablo. Y, claro, recordé esa noche que pasé con él. Quiero volver a eso. Quiero volver a acariciarle el pelo. Lo necesito como respirar.

—¿Óscar?

—¿Sí? —Estaba distraído. Como de costumbre.

—Tu madre te ha dicho que si quieres papas. Contesta cuando te habla —escupió mi padre.

—No, no quiero más. —La verdad es que quería. No sé por qué dije que no. Era mi padre. Su energía me hacía ser negativo constantemente.

—¿Has ordenado tu cuarto? —me espetó. ¿Había vuelto a tener seis años?

—Mi cuarto es mi cuarto. Está estupendamente —gruñí y le di una mordida a una papa. Por poco me tiro un diente al morder el tenedor.

—Tu tía Aurora va a venir a quedarse unos días en casa. Y va a dormir en tu cuarto, así que más te vale tenerlo todo limpio para cuando ella venga. ¿Entendido?

—¿Aurora? ¿Quién es Aurora? —Pero mi padre no contestó y se limitó a cambiar de conversación, hablando con mi madre de su trabajo y del ascenso que iba a tener en unos meses. Dios, cómo lo odio. ¿Y quién era esa Aurora? Primera noticia.

La cena transcurrió con normalidad. Sí, parece la frase de una novela pero es que no pasó nada destacable. Yo estuve muy tranquilo, muy calmado, todo bien, todo OK... hasta que no lo estuve. Porque mi padre me preguntó por mi primer día. Y sé que lo hizo para joder. Así que salté.

—Pues una mierda, porque me cambiaron de grupo —dije entre dientes—. Y no entiendo por qué.

Mis padres se miraron, cómplices. La cara de mi padre era de satisfacción. La de mi madre, de «mierda, esto se va a poner feo». Y tal cual.

—Creemos que estarás mejor en un nuevo ambiente. No queremos cambiarte de escuela —empezó a justificarse mi madre.

—Y piden al director que me cambie de grupo sin decírmelo, ¿no? ¿Y me pueden explicar por qué es tan importante que cambie de grupo? —Sin darme cuenta, me había puesto de pie. Ninguno de los dos se inmutó lo más mínimo.

—El director Robles estaba encantado. De hecho, deberías darnos las gracias.

—¿Ah, sí? ¿Y eso? —repuse, lo más desafiante que pude.

—Después de tu «numerito» habló con nosotros muy preocupado. Amenazó con una expulsión disciplinaria —respondió mi padre—. Una falta más y... estás en la cuerda floja.

—¿Expulsión? ¿Por haber denunciado un caso de acoso? ¡Acoso! —repetí, enfurecido.

—Si de verdad hubieras sufrido acoso, habrías hablado con tu maestra primero, o con nosotros. No delante de toda la ma..., de toda la escuela.

—¿Si de verdad hubiera sufrido acoso? Dios. Es que es imposible hablar con ustedes. ¡Es imposible! Pues sepan que su preocupación —me refería a Pablo, claro— no está aún en el colegio, así que tranquilos, que no les van a volver a llamar por mi culpa —repliqué. Mi padre dejó caer su tenedor con fuerza sobre el plato y me quedé en silencio al momento.

—Vas a empezar a hablar con un poco más de **RESPETO** en esta casa, ¿entendido? Somos tus padres —me reprendió.

—Sí, seguro —dije entre dientes.

—¿Qué has dicho?

—Me voy a mi cuarto.

—Ya verás cómo todo va a mejorar —intercedió mi madre. Pero no tenía ganas de hablar nada más sobre el tema.

—Mamá, déjalo. Bastante has hecho ya.

Y, como una auténtica furia, volví a mi cuarto. ¿Para qué madres había salido? Abrí la compu, puse la música a todo volumen y me tiré sobre la cama. Enojado, dolido. Con una mezcla de sentimientos bastante complicada. Y así me quedé dormido, pensando en diferentes maneras de escaparme de casa y no tener que volver a ver a mis padres. Hasta que la música dejó de sonar. Quizá era un modo nada sutil que tenía Spotify de decirme que ya estaba bien de tanto Taylor Swift, que había llegado al límite. Y lo entendería, ¿eh? Pero no. Era otra cosa. Era una videollamada. Desperezándome, me estiré todo lo que pude y vi quién me estaba llamando. Pablo. Por supuesto. Me peiné superrápido (o hice un intento de), tomé la compu y la coloqué sobre la mesa, sentándome frente a ella.

—¡Hola! —saludé efusivamente. Y ahí estaba Pablo Bernabé, en camiseta sin mangas, sentado frente a su computadora, con el pelo alborotado y un colgante en el cuello. Nuestro colgante. Estaba más bronceado, y también más rubio, que nunca. Ya les dije. Como si lo hubieran pintado.

—¿Qué hay, guapo? —me sonrió, y yo me derretí, cual terrón de azúcar—. ¿Estabas dormido?

—Qué va. Estaba tirado sin hacer nada, la verdad. —Mentira. Claro.

—¿Cómo estás?

—Bien, bien. Aquí son... las doce y media de la noche ahora mismo.

—¿Y no estabas durmiendo? Qué mentiroso eres —se burló—. A ver, enséñame el modelito que llevas para estar en casa.

—¡Qué dices! —protesté, penoso.

—Venga. Quiero verte, Óscar. Además, es mi cumple y se te olvidó. Me debes un regalo.

Entré en pánico. **¡REAL!** ¿Cómo que era su cumple? ¿Su cumple? ¿En septiembre? Mierda, ¿la había cagado? ¿Y ahora qué carajos iba a hacer?

—¿Tu cumple? Eh, fe-felicidades —dije, tratando de sonar convencido.

—¡Ja, ja, ja! ¿En serio no sabes qué día es mi cumple? —me recriminó, entre risas.

—¡Sí que lo sé! Sabía que no era hoy, carajo. Pinche susto. Te voy a matar —suspiré.

—Venga, enséñame tu modelito. Va. —Y, aunque dudé al principio, me puse de pie. Llevaba una playera negra de *Star Wars* y unos pants grises estilo *joggers*. Me alejé un poco para que me viera por completo—. Levántate un poco la playera, ¿no?

No, lo siento. Eso ni de broma, Pablo. Estoy gordo, estoy fofo. No quiero que me vea así. Ni de broma. No, no. Él tan perfecto y yo con este cuerpo. Había engordado cabrón en verano, y, oye, quieras que no, las inseguridades con mi cuerpo seguían ahí.

—Óscar, solo he pedido que te levantes un poco la camiseta. No es el fin del mundo. Te recuerdo que te he visto desnudo. —En eso tenía razón. No estaba nada seguro de ello. No...—. Pero bueno si no quieres, no pasa nada.

—Es que me da como cosa... A ver... —Y, poco a poco, me levanté la camiseta así, con disimulo. Traté de meter la panza, pero, obviamente, se notaba cabrón.

—No metas la panza. Si estás perfecto. Necesito tanto tocarte ahora mismo... No lo sabes bien. —Y así, sin más, me hizo sentir cómodo. Que Pablo Bernabé te diga que estás perfecto, oye, como que te da para arriba siempre—. Cuéntame qué tal estuvo el primer día. Qué tal en el nuevo grupo. ¿Y el pendejo de Arenas? Espero que esté más relajadito...

No hay nada que me guste más que alguien te pregunte por tu día y que le puedas contar todo lo que te ha pasado. Pablo nunca había sido una persona de muchas palabras, ya lo saben. Pero se le daba increíble lo de escuchar. Siempre tenía buenos consejos y me ayudaba a entender las cosas cuando no veía salida. Claro está, le hablé de lo de mis padres y cómo él tenía razón después de todo. Se limitó a encogerse de hombros y poner los ojos en blanco. Lógico. ¿Qué más iba a hacer? Pero, cuando le tocaba hablar a él sobre su vida allí, era mucho más escueto que de costumbre. No quería entrar en detalles y acababa todo girando de nuevo en torno a mí. Había algo que le preocupaba, pero mejor dejarle espacio para que me lo dijera cuando se encontrara con ganas. ¿Ven lo mucho que he aprendido en estos meses?

—¿Eso que escuchas es Taylor Swift? —preguntó y tardé unos segundos en reaccionar. ¿Había estado todo el rato la música puesta? ¡Ni me había enterado! Los primeros acordes de *Lover.* Vaya oído.

—Lo apago, no me había dado cuenta.

—No, no, déjalo. Aquí no paro de escucharla por todos lados. Esta canción me gusta —sonrió y, de repente, se puso de pie, extendiendo la mano hacia la cámara. Hacia mí—. ¿Quiere usted bailar, señor Rubio?

—¿Eh?

—No me dejes parado en medio de un baile. Eso no se hace —me recriminó y me puse de pie al momento.

—¡Ah! ¿Acepta el baile, señor Rubio?

—*Of course, Mr.* Bernabé.

—¿Y ese inglés?

—No sé, como estás en Estados Unidos y tal... Era una broma...

Sonrió sacudiendo la cabeza y tomó su compu, casi como si me abrazara, y empezó a moverse por su cuarto, mientras la canción seguía sonando de fondo. Lo imité, agarrando mi compu con las dos manos, y frente a mí, como si tuviera a Pablo entre mis brazos.

—Es la primera vez que bailamos una lenta —añadí.

—Tranqui, que seguimos teniendo nuestra canción —repuso—. Sube tu computadora un poco... y ponme junto a tu oído un segundo. —Obedecí y empecé a escuchar su respiración—. Te debo un baile cuando vuelva —me susurró y se me puso la piel de gallina.

Me dejé llevar y, apoyando la compu cerca de mi pecho, cerré los ojos e incliné un poco la cabeza, como si estuviera encima del hombro de Pablo. Y los dos, con pasos de baile lentos y torpes, agarrándonos con fuerza, bailamos imaginando que estábamos juntos, bajo las estrellas, con la luz de la compu haciendo de luna improvisada, en una noche de verano, o de otoño. Bueno, ¿saben qué? Daba igual. ¿Por qué? Porque estábamos bailando juntos.

3.

Los días siguientes no fueron muy diferentes. Bueno, a ver, tampoco. Estar con Albert en clase era distinto. Hablábamos, nos reíamos, nos llamaban la atención. Era divertido. Y me hacía olvidar muchas cosas. En eso, cien por cien a *full* con Albert. A pesar de que estaba muy pesado, y cuando digo «muy pesado» es **MUY PESADO**, con otro chico de clase. Diego. Un chico que estuvo castigado el otro día conmigo y con Alba. Sí, era guapo y tal. Y le hacía caso a Albert. Pero no era gay. O yo estaba muy equivocado.

—¡Vamos, que llegamos tarde! —exclamé, acelerando el paso a la entrada del colegio. Celia y Cris ya estaban conmigo. Pero Albert acababa de llegar, con Diego a su lado. ¿Desde cuándo eran tan amigos?

—Calma, que vamnos con tiempo —dijo Diego. Dios, lo odio.

—Eso. Calma, hombre —agregó Albert. Y... ¿había puesto su voz más grave? ¿Por qué cambiaba la voz?

—Bueno, ustedes vayan a su ritmo, pero yo ya llegué tarde el otro día y me castigaron. Paso de tener que quedarme todos los días después de clase —resoplé.

Celia me miró, sin comprender muy bien mi molestia, y me di la vuelta, corriendo hacia clase. Por supuesto llegué pronto, y, cuando entraron Albert y compañía, el profesor ni había llegado. Eso sí, iba riéndose escandalosamente por algo que le había enseñado Diego en su celular. No quería decirlo, pero me recordaba horrores a Ramón.

Mismo perro, distinto collar. Es así la expresión, ¿no? También les digo que prefiero a los perritos. Mucho más que a algunas personas.

Y qué decir de Ramón. Seguía igual que siempre, pero, desde lo que pasó en la fiesta de fin de curso, como que nos manteníamos separados. A ver, ni siquiera iba en mi mismo grupo ya, sí, lo sé. Pero me refiero a cuando nos cruzábamos por los pasillos. Sí, oía de vez en cuando un «~~maricón~~» por ahí, como de fondo. Y no les voy a mentir: duele cada una de las veces que me lo dicen. Qué quieren que les diga. Admiro a la gente que le resbalan ese tipo de cosas. Yo soy al revés. Soy como una puta esponja. ¿Me insultas? Lo absorbo. Todo *pa'mí*. ¿Y saben lo que hago? Es una cursilada. Una jodida cursilada, lo sé. Pero, bueno, qué le voy a hacer: cada vez que me insultan, agarro con fuerza el colgante que me regaló Pablo esa noche. Es una pendejada, pero oye, me siento como en casa. Aunque, claro, no todos tienen la suerte de tener un colgante así. Entonces ¿qué hacen cuando los insultan? Carajo. Odio a esos típicos famosos que dan entrevistas y dicen cosas como «Gracias al *bullying* hoy soy más fuerte». ¿Qué mamadas dices? Gracias al *bullying* no. ¡Gracias al *bullying* nada!

—¡Señor Rubio!

—¡Sí! —respondí con un gallo que hizo que se riera media clase.

—¿Está aquí o durmiendo?

—¿Eh? Aquí, aquí.

—¿Puede responder a la pregunta?

—Eh... Sí, claro. ¿Qué pregunta?

Sí. Llevaba varios días bastante *out* en clase. No acababa de encontrar mi sitio. No acababa de estar cómodo al inicio de curso. No sé si tendría que ver con el cambio del A al C, con estar tantas horas seguidas con Albert, con todos los problemas que tenía en casa... o con que Pablo no estuviera aquí. Un cúmulo de cosas, supongo.

Mi nuevo maestro, Solero (ya no le voy a llamar más el Coletas), era duro. Pero también se notaba que le gustaba enseñar, tenía una sensibilidad diferente al resto de los profesores que había tenido..., y que sabía un chingo de todo. En serio. No es broma. En cada clase nos sorprendía con un nuevo dato que te volaba la cabeza. Y eso hacía que todos estuviéramos bastante callados cuando nos tocaba con él. Algo que no era muy común, también les digo. Lo de estar callados, no lo de que nos diera clase. Al estar en el C, eso sí, tenía que recorrer un tramo mucho más largo para salir a la hora del recreo, y eso suponía a veces encuentros no deseados. Y no estoy hablando de Ramón o de Moi, sino de alguien casi peor. Era el maldito director, con el que no había vuelto a hablar desde que... bueno, desde mi famoso discurso. Se acuerdan, ¿no? Seguro que sí, porque siguen siendo jodidamente perfectos.

—Hola, señor Rubio —me saludó nada más verme. Vino expresamente hacia mí.

—Hola.

—¿Qué tal el regreso de vacaciones?

—Bien, bien. —Solo podía recordar aquella tarde, en la que me amenazó con levantar un acta, y cómo Albert se enfrentó a él. Bueno, y que quería echarme de la escuela.

—¿Todo bien con sus nuevos compañeros? —Y les juro que dijo el «nuevos» sarcasmo.

—Sí, genial. Todo estupendo —sonreí, burlón.

—Muy bien. —Y siguió su camino, con las manos tras la espalda. Maldito homofóbico de mierda.

Dejándolo atrás, sin darme la vuelta para mirarlo de nuevo, salí del edificio y llegué a uno de los patios, y ahí estaba Albert, comiendo una bolsa de papas fritas y un Monster azul. A su lado estaban Celia y Cris... pero ni rastro de Diego. Uf, menos mal. No tardó en aparecer, no nos emocionemos antes de tiempo, pero al menos tuve unos minutos con ellos. Eso sí, Albert al fin estaba normal. Supernormal. Ya estaba empezando a sospechar lo que pasaba, y, si era así, ay, Albert... La primera en llegar fue Almudena. Sí, ya no era tonta, recuerden. ¡Si hasta me defendió en el fin de curso cuando Ramón se puso mamón! Pero yo no podía dejar de mirar a la cuesta que separa los dos patios. Porque estaba de nuevo el mismo chico que me crucé en los pasillos el primer día. Y les juro que me estaba mirando. ¿Me estaba...? Sí, sí. Me estaba mirando. ¿Quién era ese chico? ¿Qué quería? Me miraba tanto que estuve a punto de saludarlo con la mano. Yo qué sé.

—¿Óscar? —dijo Celia, aplaudiendo a escasos centímetros de mi cara—. ¿Estás aquí?

—Sí, sí. Eh, ¿ven a ese chico de allí? —Y señalé hacia donde estaba, pero, como suele pasar en estos casos, ya no estaba. Bueno, suele pasar en las películas. No en la vida real. Pero ya sabemos que la mía es más un drama hollywoodense que otra cosa, así que es normal que me pasen estas cosas.

—No estarás viendo fantasmas, ¿verdad?

—No, carajo. Es que habrá seguido caminando y...

—¡Diego! —nos interrumpió Albert y alzó los brazos para que nos viera y se acercara a nosotros. Dios, no lo aguantaba. Ya lo había dicho, ¿no? Lo repito. El tonto de Diego. Así le vamos a decir ahora. Apúntenlo por si se me olvida.

Vino con esos aires de superioridad de quien se siente más guapo que los demás y, tras saludar a todos con un gesto de la cabeza, empezó a hablar con Albert, que volvió a cambiar su voz y a ponerla más grave. ¿Por qué hacía eso? ¿Qué había de malo en su voz? ¿Es que acaso teníamos que pasar por hombres machotes supermasculinos y con voz de piedra o qué? Pero parece que solo lo había notado yo. No sé ni de qué estaban hablando, pero escuché algo de futbol y me puse en alerta. Sí, al parecer también estaba en el equipo del colegio, por lo que entiendo que Pablo lo conocería. Tenía que interrogarle después. Y entonces Albert dijo algo que no habría visto venir. Ni en un millón de años.

—Ah, pues a mí no se me da nada mal el futbol —se jactó. Celia, Cris y Almudena estaban hablando de sus cosas, por lo que no lo escucharon, pero yo sí. Vaya que sí.

—¡Qué chingón! ¿Y por qué no pruebas suerte en el equipo? El viernes tenemos las pruebas para los nuevos que quieran entrar —sugirió.

—¿El viernes? —Mira que lo podría haber visto venir. Pero como soy tonto, pues no fui capaz de reaccionar a tiempo—. ¡Claro! Nos apuntamos. ¿Verdad, Óscar?

En cuanto Albert empezó a fijarse en Diego, supe que algo malo iba a traer. Y tenía razón. ¿Ir a las pruebas del equipo de futbol? ¿Se le había zafado un tornillo? ¿Tanto le gustaba Diego? Si solo lo conocía desde hacía tres semanas. Bueno, y de estar en su grupo el año pasado. Y, a ver, Albert era feliz sin que nadie supiera «lo suyo». A ver, sí, digo «lo suyo» como si fuera un pecado mortal o algo así, pero no. Me entienden, ¿verdad? Reformulo la frase: Albert era feliz sin que nadie supiera que era gay. ¿Quería dar el paso con Diego? Bueno, yo también hice lo mismo con Pablo, aunque esa historia es diferente. ¿No? Sí. Lo es. Lo era. Lo es.

—**¡NI MADRES! ¡SOY UN PUTO NEGADO!** —Albert llevaba días insistiéndome a cada oportunidad.

—Bueno, y yo.

—¿Entonces? ¿Para qué te quieres apuntar? —pregunté, pero sabiendo la respuesta.

—Bueno, quiero probar.

—¿No será porque te gusta Diego?

—¡¿Gustarme Diego?! Qué dices. Si es hetero..., ¿verdad?

—Sí, lo es. O eso creo.

—Bueno, también lo creía toda la escuela de Pablo y mira.

—No es lo mismo —repliqué.

—¿Por qué?

—A ver, ¿en serio quieres apuntarte?

—No —confesó—. Pero me gusta Diego, ¿de acuerdo? Y no sé, es un paso.

—¿Que te vea haciendo el ridículo? —Es que era eso lo que iba a pasar. O, en su defecto, yo.

—Oye, habla por ti, que yo juego bien.

—¡Si me acabas de decir hace un segundo que no!

—Bueno, ¿te apuntas conmigo o qué? También estarías más tiempo con Pablo... él está en el equipo, y ahora que no van a estar juntos en clase...

—No pienso apuntarme.

—Buenas tardes... Rubio y... Olivares. Bienvenidos al equipo de futbol. Estamos encantados de tenerlos con nosotros. Necesitábamos voluntarios para ayudar con el material —nos saludó el entrenador.

—¿Material? —preguntó Albert—. No, no... A ver, nosotros queremos entrar en el equipo. Estamos aquí para la prueba.

La cara del entrenador fue todo un poema, si les digo la verdad. Es que, a ver, era para vernos, qué quieren que les diga. El del pelo rojo, estirado y con cara de motivado; y el regordete y torpe (ese era yo). Lo raro es que no se riera en nuestra cara. Pero, bueno, ahí estábamos los dos, dispuestos a romper estereotipos. Nos miró de arriba abajo, extrañado y esperando que fuera todo una broma, pero, viendo a Albert tan seguro de sí mismo, nos indicó que nos uniéramos al resto del equipo y a varios chicos nuevos más, que estaban corriendo alrededor del patio. Miré a Albert con una cara de «por favor, no me hagas hacer esto», pero me hizo puchero, me pidió «por favor» con la boca y los dos nos unimos al grupo, trotando por el patio. Carajo, ¿por qué me dejo meter en estas cosas? Obviamente uno de ellos era Ramón, aunque Moi no estaba. Hasta donde sabía, estaba lesionado. Mira que me alegro. Que sí, que no me alegro de las desgracias ajenas. **PERO ¡ME ALEGRO! ¡ME PUTO ALEGRO MUCHO! ¡Y OJALÁ SEA UNA LESIÓN HORRIBLE!** Diego se alegró al vernos. Sobre todo a Albert. El entrenador pegó un par de gritos, así muy de cavernícola, y empezaron a correr un poco más rápido. Ramón nos rebasó, apartándonos de un codazo. Estuvo a punto de tirarme. Un chico pecoso y espigado que llegaba detrás me agarró del brazo para evitar que me cayera.

—¿Estás bien?

—Sí, sí.

Me dio una nalgada y se alejó. Una nalgada. Así que esas cosas se hacen en el fútbol. Bien. Muy bien. Entonces vi a Ramón alejándose, corriendo de espaldas, mirándome y, a la vez, tocándose la verga, como si se estuviera masturbando, burlándose de mí. ¿Se podía ser más pendejo? Dios, me dieron unas ganas locas de madreármelo. Es que no puede ser más imbécil.

Mientras, la carrera duraba y duraba. El entrenador nos hizo correr de lateral, con las rodillas al pecho, con los talones al culo, hacer esprints... En serio, estaba a punto de vomitar. ¡Y seguíamos corriendo! Pero nadie parecía estar cansado. Solo yo. Es decir, ¿qué no tiene puto fondo esta gente?

—¿Estás bien? —me preguntó Albert, preocupado.

—No. Estoy... que... me... No... me... hagas... hablar —pude decir. Veía en su mirada un «lo siento» claro. Carajo, ojalá esto estuviera sirviendo para algo, porque se lo iba a recordar toda la vida.

Y, sin venir a cuento, Ramón volvió a adelantarnos, pero esta vez me empujó con más fuerza, haciéndome tropezar y caer de cara contra el suelo. Mierda, qué chingadazo. Me raspé las rodillas y la boca. Todos siguieron corriendo menos Albert, que frenó en seco y vino hacia mí, tratando de levantarme.

—**¡NOS VAMOS, CARAJO!** —le grité y, apartándole de un manotazo, salimos del patio mientras escuchaba de fondo los gruñidos guturales de varios miembros del equipo, que se felicitaban por habernos echado en tiempo récord. Tenía un mareo de la chingada, como si se moviera el suelo. Una sensación superrara, que no había sentido en mi vida.

—¿Estás bien, güey? —volvió a preguntarme Albert.

—No, carajo, Albert. Te dije que no quería y tú a huevo. Y al final el que siempre se lleva los madrazos soy yo.

—Lo siento, Óscar, en serio. No pensaba que...

—No pensaste. Desde luego. Me largo a mi casa.

—Pero ¡qué dices, loco! ¡Hay que curarte esas heridas!

Ni siquiera me digné a responderle. Porque iba superencabronado. Las rodillas me picaban como nunca, el labio me había empezado a sangrar y seguía con un mareo increíble. Pero no pensaba quedarme allí ni un segundo más. Estaba harto de que me humillaran. ¿A quién pretendía engañar Albert? ¡Futbol! ¡No hay deporte que odie más! ¿O se les ocurre alguna otra cosa en la que decenas de miles de personas griten «puto» al unísono para insultar a los jugadores? A que no, ¿verdad? ¿Por qué será que no hay ningún futbolista gay? ¡Porque no se atreven a decirlo públicamente, y no me extraña! «Es que no hay futbolistas gays...». ¡Y una verga! Mecagoenlaputa. Perdón. Les dije que iba a hablar mejor. Sé que lo prometo mucho. Pero permítanmelo, al menos después de la caída, ¿no? Así volví a casa, cabizbajo e ignorando las cien llamadas de Albert. Porque lo único que quería era llegar y olvidarme de lo que había pasado. Pero, claro, al llegar me encontré con la persona que menos esperaba en el edificio.

4.

—**¡PABLO!** —grité en medio de la calle, y eché a correr hacia él con tantas ganas que, cuando llegué, chocamos de frente. Él, por supuesto, ni se había movido. Solo le había dado tiempo a girar la cara y ver mi expresión de loco. No sabía qué hacer. Si abrazarlo, si tocarlo, si besarlo... ¿Y qué hice? Pues todo a la vez. Igual que cuando tienes hambre de dos cosas, y sabes que no puedes comer las dos, pero se te antojan igual. Sí, acababa de comparar a Pablo con comer. Vamos, claro que hay doble sentido.

Así que lo agarré torpemente y le planté un beso donde yo pensaba que estaba su boca, pero, como estaba tan nervioso, pues lo besé en el mentón, y lo llené de sangre. Oh, mierda. Se me había olvidado que parecía que hubiera vuelto de una batalla campal.

—Pero-pero-pero cómo... ¿Cómo? —logré decir, al borde del llanto. Les juro. Me llamarán dramático, que sé que les gusta. Pero es que imagínenlo. **IMAGÍNENLO.** Llevábamos sin vernos en persona casi cuatro meses. ¡Los cuatro meses más largos de mi vida!

—¡Óscar! Tengo la costumbre de respirar... Déjame un par de centímetros, por favor —me pidió, tratando de ganar aire. Porque, claro, lo había visto y era incapaz de soltarlo.

—¡Perdón, perdón!

—¿Qué carajos te pasó? —Me revisó de arriba abajo, alucinando por mi aspecto. Obvio. Sangre en los labios. Sangre en las rodillas—. ¿No habrá sido Ramón? —Vi furia en sus ojos, como si fuera el protagonista de un anime. Fuego en sus pupilas, aunque suene a canción de los años noventa.

—Nada, cosas de Albert, que quiso apuntarse a futbol y bueno... Tonterías, ya sabes —dije, restándole importancia.

—¿Qué carajos hacías en futbol? —me soltó de repente.

—¿Eh?

—Si no sabes jugar...

—Ya, ya. Se Albert insistió y, bueno, tampoco yo sé muy bien qué hacía ahí.

—Carajo, te podrías haber hecho daño. —Parecía realmente preocupado.

—Y me lo hice —sonreí, y entonces hizo algo inesperado como siempre. Alargó el brazo hacia mí y, con mucho cuidado, me quitó la sangre del labio con su dedo pulgar.

—Así está mejor. —Y me besó, uniendo nuestras lenguas en el interior de mi boca. Les juro que porque estábamos en la calle, pero ya supondrán lo que pasó. Lo que me pasó. Sí, ¿verdad? Dios, me conocen demasiado bien—. Te acompaño arriba.

—No sé si será buena idea. Ya sabes, mis padres. —Vamos, me ven llegar con Pablo y enloquecen—. Pero, dime, ¿cómo es que has vuelto? ¡Y sin decirme nada!

—No montes dramas, Óscar, que era para darte una sorpresa. De vez en cuando a mí también me gustan estas cosas cursis que te gustan a ti. —Me guiñó un ojo, en tono burlón. Me tomó las manos y me volvió a mirar de arriba abajo—. No mames, estás guapísimo.

Y yo, lógico, me puse rojo al momento.

—Y tú —repuse, en un hilo de voz.

—¿Qué dijiste?

—Que tú también.

—Yo también ¿qué?

—Que tú también estás guapísimo —respondí, aún avergonzado. Pablo me sacó la lengua y me apretó las manos con fuerza.

—Pues mira qué suerte tenemos de ser los dos tan guapos, ¿no crees? —Y, sin previo aviso ni nada, sacó su celular, me jaló y, juntando nuestras caras, nos hizo una foto. Ni tiempo me dio de posar, o si quiera de pensar. Seguro salí fatal. De la chingada. Seguro. Pablo miró la foto, sonrió como si se hubiera ganado la lotería, y guardó el teléfono de nuevo en su bolsillo—. ¿Nos vemos este fin de semana?

—Sí —respondí sin pensar. Aunque no lo tenía claro ni yo.

—Genial. Nos vemos. —Y se dio la vuelta para marcharse.

—*See you!* —grité yo y, pese a que no se giró, pude ver su sonrisa. Porque uno puede adivinar la expresión de otra persona solo con mirarla de espaldas.

No estoy muy seguro de si subí por las escaleras, en el elevador o volando. Porque estaba como en un pu..., como en un sueño. No voy a profanar este momento hablando mal como siempre. Pablo estaba de vuelta. ¡Pablo Bernabé estaba de vuelta! Qué bonita es la vida cuando algo te sale bien, la verdad. Qué feliz e insoportable se vuelve uno. Necesitaba saborear el momento todo lo posible, así que, cuando llegué al descanso de mi piso, cerré los ojos y respiré durante unos segundos, dejando que todo lo que estaba sintiendo me llenara por completo. En serio, parece una mamada, pero pruébenlo de vez en cuando. Paren, cierren los ojos y, simplemente, existir.

Pero, como siempre, la calma duró poco ya que, cuando entré a la casa, tenía una sorpresa que no me esperaba para nada. Una invitada, vaya. Tranquis, no es María. Y me sorprende que se sigan acordando de ella.

—Hola, Óscar, ¿te acuerdas de tu tía Aurora, la hermana de papá? —me dijo mi madre, obviando por completo mis heridas.

—Eh..., ¿sí? —A ver, mi tía Aurora. ¿Quién es? Es que, vamos, no la recuerdo para nada.

—Imposible que te acuerdes, si me viste por última vez cuando tenías cinco añitos. ¿Qué tal? —Se acercó y me dio dos besos. Pelo corto y negro, alta y espigada, es decir, superdelgada, y con una cara de... de... ¿felicidad? Hacía tiempo que no se veía eso por mi casa.

—Se mudó a Madrid, y va a vivir con nosotros un par de días hasta que se instale en su nueva casa —me explicó mi madre.

—Qué bien. —Qué bien no. De todo menos qué bien. Es que seguro que, siendo hermana de mi padre, sería otra amargada más en la casa. ¿Le habrían contado mis padres lo mío? Mierda, seguro que sí. Uf. **¡PEREZA MÁXIMA!**

—¿Tienes tu cuarto limpio?

—¡Denme cinco minutos! —grité y corrí hacia mi cuarto.

Esa misma tarde le preparé la cama mientras yo me inflaba uno de esos colchones en los que es imposible dormir. Porque, claro, ¿cómo iba a dormir ella en el colchón? Pues eso. Soy un buen anfitrión ante todo. Eso y que mi padre me amenazó, como todos suponíamos, y casi me lanzó el colchón inflable a la cara para que lo preparara. Puto animal.

—Bueno, ¿y qué tal va la escuela, Óscar? —me preguntó mientras guardaba un poco de su ropa en mi armario. Les juro que era todo rarísimo.

—Pues bien, bien.

—Yo iba también a esa misma escuela. ¿Lo sabías?

—No, no.

—Eran otros tiempos también. El lunes te acompaño y así lo vuelvo a ver.

—Eh, no, no, si no hace falta... —dije. Carajo, ahora que había vuelto Pablo, podríamos irnos juntos a clases, aunque no estuviéramos luego en el mismo salón. Y, para unos minutos que tenía al día para estar con él, ¿iba a tener que ir con esa señora a la que no conozco de nada?

—Sí, hombre. El lunes te acompaño yo. ¿O te da vergüenza que te vean con tu tía?

—No, no, si no te conozco de nada... —contesté, pero me arrepentí al momento—. Perdona, es que...

—Es verdad. Aún no me conoces.

Ay, bueno, solo iban a ser unos días. Podía soportarlo. Pero, por favor, que no roncara. ¡Solo me faltaba eso! Me senté encima del colchón para probarlo y, sí, era una puta mierda.

—¿Te puedo hacer una pregunta? —Asentí, con un gruñido casi imperceptible y ella se aclaró la garganta—. ¿Quién es Pablo Bernabé? —preguntó de repente. Y, del susto de oír su nombre, me incorporé al segundo y, claro, mi colchón muy estable no era, así que me caí de culo.

—¿Cómo? —dije, casi sin aire.

—¡Qué golpazo, chico! ¿Estás bien? —Y se ofreció a ayudarme a levantar, pero fui más rápido. Bueno, rápido es un decir, porque me apoyé en el colchón para ponerme de pie y casi me vuelvo a resbalar. ¡Quién demonios inventaría estos colchones!

—¿Cómo sabes quién es Pablo Bernabé? —murmuré, y casi sonó como una amenaza. Como si yo fuera un superhéroe y hubieran revelado mi identidad secreta.

—Algo me comentó tu padre...

—Bueno, Pablo... Pablo no es nadie —afirmé, con el corazón en un puño. No la conocía de nada. No podía confiar en ella. ¿Mi padre no podía dejar de intentar chingarme la vida?

—Oh —exclamó y se calló unos segundos, como tratando de buscar las palabras adecuadas—. Me comentó tu padre que les ha hecho mucho daño.

—¡No nos ha hecho daño! —Óscar, tranquilo, que estás siendo muy obvio—. Y ni siquiera está en España —mentí. Porque imagínate si le decía que había vuelto y luego se enteraba mi padre. No, no, no. Mejor mantener su regreso en secreto. Al menos, por ahora.

—¿No está en España? ¿Dónde está?

—En Estados Unidos. —Estaba siendo amable, pero quería terminar ya la maldita conversación—. Bueno, este colchón ya está.

—Genial. Me voy a bañar. —Y, antes de salir del cuarto camino al baño, se giró y me sonrió—. Gracias por dejar que me quede en tu cuarto.

—De nada —respondí sin siquiera mirarla.

Volví a escalar encima del colchón inflable para probarlo y, oye, era imposible acomodarse. Yo no sé cómo iba a dormir ahí. Tomé el celular y me puse a mirar Instagram y cualquier mierda. Porque no tenía ganas de ir a la sala con mis padres, aunque, claro, en cualquier momento podría volver mi tía del baño. ¡Desnuda!

—Espero que al menos se cambie en el baño, carajo. —Genial, ya estoy hablando solo de nuevo.

Ese fin de semana conocí mucho mejor a Aurora. Aunque la relación que tenía ella con mi padre era extraña, como tensa. Pensé que se llevarían bien, pero ahí tenía una prueba más de lo tóxico que era. O eso, o me estaba imaginando cosas. Con mi madre parecía todo diferente, todo más fácil. Y no dejaba de insistirme en que hablara con ella. Hasta llegué a pensar que quizá, y solo quizá, la habían traído para que me confesara o algo similar. Una espía. Durante el verano estuvieron insistiendo mucho en que viera a mi tío Emilio, psicólogo, y que le hablara de «lo que me estaba pasando». Yo me negué, por supuesto. Así que Aurora bien podría ser su plan B.

—¿Sabías que tu tía Aurora fue también a tu colegio?

—Sí, ya me lo dijo —puntualicé mientras me servía más papas fritas.

—Se lo podrías enseñar mañana, para que así recuerde cómo era, ¿no? —propuso mi madre, en una jugada claramente ensayada.

—Se lo dije, sí. Sería divertido. —Sí, vamos, maravilloso.

Mi padre, mientras tanto, rumiaba y masticaba como si fuera un animal salvaje. ¿Había comido siempre así? ¿O era cosa de ahora? De repente, vi cómo se encendía la pantalla de mi celular a través de mis pants. Lo saqué disimuladamente. Un mensaje. De Pablo.

Ven al parque. En 30 minutos

«Ven al parque». ¿En treinta minutos? ¿Para qué? ¿Estaba loco? Es decir, ¿cómo pretendía que me fuera de casa en treinta minutos? ¡Y más aún ahora cuando estábamos cenando! De verdad que Pablo, aunque le quiero un montón (Dios, qué bien se siente decirlo... Bueno, pensarlo), hay veces que tiene unas ideas que... carajo.

—El teléfono fuera de la mesa —espetó mi padre. Ah, bueno, al parecer para echarme pleito sí que hablaba. Tuve que reaccionar rápido. Y eso nunca se me ha dado bien.

—Es que me han escrito para algo de la escuela... —mentí, obvio.

—¿Quién? —Y me miró, suspicaz.

—Ce-celia. —Lógicamente, ya sabían que no me llevaba tanto con Ainhoa, Elena y compañía. Aunque no tenían muy clara la razón. Les había hablado de Celia y de Cris durante el verano. Incluso se las había presentado. Celia solo pudo decirme: «Tu padre es la persona que más miedo me ha dado en la vida».

—Pues di que estás cenando.

—Pero-pero es que me ha dicho que si le puedo llevar su cuaderno, que-que lo necesita.

—¿Y qué haces tú con su cuaderno? —Su interrogatorio seguía su curso, dispuesto a agarrarme en la mentira.

—Me lo dejó el fin de semana para copiar unos apuntes pero parece que lo necesita, y lo olvidé por completo. No tardo nada, vive aquí cerca. —Ahora que lo pienso, ni idea de dónde vivía Celia.

—Mañana hay clase. Se lo das mañana. —Y siguió comiendo de su plato.

—¡Es que lo necesita! —Al darme cuenta de que había gritado, volví a bajar el tono—. Y es mi culpa por habérmelo quedado estos días. No tardo nada, en serio. —¿Cedería mi padre? Venga, por favor, déjame salir.

—Francisco, a ti qué más te da. Deja que vaya a llevarle el cuaderno —intervino Aurora para sorpresa de todos. Parecía que mi padre iba a contestar, pero decidió dar por perdida la discusión y yo miré a mi tía, diciéndole gracias con los ojos, si es que eso es posible.

Me levanté de la mesa a toda velocidad, corrí a mi cuarto y me cambié en tiempo récord, nervioso por lo que me tendría preparado Pablo. Aunque parecía urgente. ¿Y si era algo malo? ¿Y si había pasado algo? ¡No! No empieces ahora con eso, Óscar, por favor, te lo pido.

Salí de mi dormitorio, directo a la puerta de salida y... regresé porque se me había olvidado agarrar un cuaderno para disimular mi mentira...Y volví a salir, de nuevo en dirección a la puerta del departamento. Mi madre estaba en la cocina con mi tía. Mi padre sentado en el sillón con la tele de fondo. Cuando abrí la puerta, lo escuché toser y supe que me iba a decir una última palabra. Porque siempre tiene que tener la última palabra.

—No irás a ver a ese tal Bernabé, ¿no? —dijo, sin siquiera darse la vuelta para mirarme.Y a mí se me heló la sangre. Se me paró el corazón.

—Y si fuera así, ¿qué? —respondí, firme como una piedra. ¡Qué me pasa!

—Que entonces, si sales por esa puerta, no hace falta que vuelvas —sentenció y subió el volumen de la televisión.Tiene huevos la cosa.Tiene putos huevos la cosa. Gruñí como si fuera un toro y me disponía a salir, pero no podía. Es decir... Estaba con la mano sobre el picaporte, apretándolo cada vez más fuerte.Venga, Óscar, no puedes dejar que te hable así toda tu vida, por mucho que sea tu padre. Pero ¿qué iba a hacer? ¿Enfrentarme de nuevo? ¿Iba a servir de algo? Así que solté la manija, salí y cerré la puerta de golpe.Ya afrontaría las consecuencias luego.

5.

En la cancha de futbol estaban empezando a encender las luminarias y dos equipos de mayores estaban entrenando, dispuestos a jugar un partido. Vamos, había un ambiente brutal. Eso sí, ni rastro de Pablo. ¿Cómo le iba a ver entre tanta gente? En serio, no se imaginan lo que había ahí. ¡Nunca había visto el parque tan lleno! Me crucé con algunos compañeros de clase, y con sus padres. ¿Qué estaban jugando? Mira, ni idea. Pero Pablo no aparecía por ningún lado. Fui a escribirle cuando lo vi, al otro lado del campo de futbol, junto a una puerta verde metálica que formaba parte de las vallas que rodeaban el parque. ¿Qué hacía ahí? Si ahí estaba la carretera... Sorteando a la gente llegué hasta él, que desapareció al otro lado de la puerta. ¿Qué quería? Entré (o salí, la verdad, es complicado decirlo) y me encontré frente a una enorme cuesta de césped que terminaba en la carretera, por donde pasaban coches a toda velocidad, rodeada de árboles y de algunos trozos de cemento llenos de grafitis. Miré a derecha e izquierda hasta que lo vi, a unos metros de distancia, esperándome junto a una especie de piedra enorme de concreto. Me acerqué, extrañado..., y conforme me iba acercando empecé a ver algo sobre la piedra: eran bolsas... ¿Bolsas? ¿Qué era eso? Qué...

—Hola —saludé.

—¿Qué te parece?

Me señaló a las bolsas y..., mira, si yo me derretí, ustedes también: ¡me había preparado un puto pícnic! Cheetos, tortilla de huevo con papas en un tóper, Monsters, galletas Oreo... A ver, sí, quizá era el pícnic con más colesterol y azúcar de la historia. Puede ser.

—¿Y esto?

—Bueno, es mi forma de decirte que ya estoy de vuelta y que te he extrañado. —Sonrió, y mis piernas eran como de mantequilla. Debió de verme blanco porque se preocupó—. ¿No irás a desmayarte, verdad? Óscar, que nos conocemos...

—No, no. Es que...

—Como todavía no sé qué te gusta comer, salvo Monster y paletas heladas de *Star Wars*, compré toda la mierda que se me ocurrió... y traje un pedazo de tortilla de mi madre en un tóper.

—Me-me-me gusta todo. —No. No le dije que ya había cenado.

—Bueno, el paisaje no es lo máximo, pero desde aquí se ve el puente. ¿Te acuerdas?

—Sí, sí.

—Ya cenaste, ¿verdad? —Carajo, ¿cómo no lo pensé?

—Pero so-solo un filete de pollo con papas. Tengo hambre aún.

—Pues venga. **¡A DEVORAR!** —Y se lanzó a por la caja de Oreos, abriéndola con fuerza y sacando una de las bolsitas. Yo no sabía muy bien qué hacer o qué decir, pero tomé un Monster y probé la tortilla que estaba... **¡QUE TE PUTO CAGAS DE BUENA!**

—¿Y qué tal el regreso? No sé, ¿cómo está tu mamá?

Al ver que preguntaba por ella, Pablo dejó las galletas, se sentó frente a mí y me sonrió de nuevo.

—Bien, bien. Ahora le ha dado por cocinar —respondió con la boca llena. Mira, no quiero comer Oreos de la caja. Quiero comerlas directamente de su boca. ¿Demasiado? ¿Me he pasado?

—Qué bien.

—Podrías venir un día a casa a verla. Pregunta mucho por ti.

—¿En serio?

—Sí, ¿por qué no iba a hacerlo? Es casi como tu... ¿Cómo se llama eso? ¿Nuera? No. ¿Cuñada? No. ¿Cómo se llama la madre de tu novio?

—Mmm...

—Bueno, da igual. Ven una tarde, ¿quieres?

—Claro —asentí, feliz.

—¿Ya recuperado de tus heridas? —Este Pablo tan atento, madre mía, es nuevo. Pero me enamora más aún. **¡MÁS AÚN!**

—Sí, a ver, que fue una pendejada...

—¿Sabes que yo me desmayé el primer día que jugué en el equipo?

—¿En serio?

—Sí. Estaba a punto de meter gol, me hicieron una falta y debí darme con la cabeza en el suelo, porque, de repente, me desperté rodeado de gente en el suelo —recordó.

—¡Qué dices!

—No sé cómo ni qué pasó. —Abrió su lata de Monster verde. Yo azul. Él verde.

—Qué fuerte.

—Ya, pe... **¡AY, ESPERA! ¡QUÉ BIEN! ¡MIRA!** —gritó y se puso de pie de golpe.

—¿Qué? —exclamé, asustado.

—¡Van a encender las lámparas!

Se alejó un poco y me indicó con la mirada que fuera junto a él. Eh, bueno, ni que nunca hubiera visto unas lámparas...

—Mira.

Seguí la dirección de su dedo. La luz de un foco se debía de escapar por algún lado, o rebotar, o qué sé yo, porque sobre nuestro pícnic empezó a crearse una especie de mosaico de colores, como si hubiera una vidriera o algo en algún lugar. Lo más bonito que había visto en mi vida.

—¿Y esto?

—Ni idea. Lo descubrí una noche mientras hacía un grafiti.

—¿Haces grafitis?

—¿Haces grafitis? —Me imitó—. ¿No tengo facha de saber hacer uno o qué?

—No, no. Seguro que...

—Te estoy vacilando, Óscar. No he hecho un grafiti en mi vida.

—Qué idiota.

—Ya me conoces. Ahora, a comer. Que empieza a hacer frío. —Volvió a nuestra mesa improvisada, aunque yo tardé un poco más en acercarme. Era un momento perfecto. El mosaico de colores le daba de lleno en la cara, iluminada por una mezcla de rojo y azul que hacía que fuera como una de esas películas *indies* que sube la gente a las historias de Instagram. Simplemente perfecto. Me acerqué lentamente. Pablo me daba la espalda mientras seguía comiendo. La luz, al darnos por detrás, provocaba que tuviéramos sombras. Y, al ver la suya y la mía a su lado, estiré el brazo... y sujeté la sombra de la suya. Nuestras sombras se dieron la mano y la piel del cuello se me erizó al momento. Juro que hasta temblé.

—¿Qué haces?

—¿Eh? ¿Qué? Nada, nada...

—¿Me estás...? ¿Qué haces? —volvió a decir, mirando nuestras sombras.

—Nada, una cosa que vi en...

—Si quieres darme la mano, dámela y punto —bufó.

Suspiré. Estaba temblando de los nervios. ¡Seguía poniéndome nervioso como el primer día! Me la limpié en los *jeans* y apreté con fuerza su mano, áspera... y perfecta.

—Pero no ahora, que estamos comiendo, Óscar. —Les juro que había veces que no sabía por dónde me iba a salir.

Del otro lado de la valla se oían los gritos de los jugadores, del público, y los silbidos del árbitro. Debía de faltar una media hora

antes de que se apagaran las lámparas. Así que aún podíamos aprovechar. Pero miré el celular y vi la hora que era. ¡Mierda, me iban a matar! ¡Se me había ido por completo! Y no podía darle excusas a mi padre.

—¿Tienes que volver?

—Sí. —No. No quiero volver.

—¿Te gustó el pícnic?

—¡Claro! ¡Me encantó!

—Cálmate, que tampoco te he pedido que te cases conmigo o algo así —sonrió, burlón—. ¿Vamos?

Iba a ponerme de pie, pero Pablo fue más rápido y se puso delante de mí, cara a cara, para que no pudiera levantarme. Notarlo tan cerca, oler su aroma a madera y a verano... Vamos, que se me paró en un segundo, ya me conocen. ¡Y ya me estaba tardando en volver esta historia un poco porno! Su boca estaba llena de migas de Oreo. Solo pensaba en quitárselas con la lengua. ¿Y por qué no lo hacía? ¡Vamos! Me acerqué hacia él al mismo tiempo que él hacía lo mismo y nos dimos un cabezazo que te mueres. De verdad, sonó y todo.

—¡¿Qué haces, bruto?! —gritó.

—¡Mierda, qué madrazo!

—¿Por qué me das un puto cabezazo? —protestó.

—¡No te lo he dado queriendo! Solo quería...

—¿Qué querías? ¿Matarme? —preguntó, con la mano aún en la frente.

—No.

—¿Entonces?

—Que... quería besarte.

—Mierda, pues bésame, carajo. No me partas la cabeza.

Se lanzó sobre mí, tumbándome en el suelo, y noté que no era yo el único que la tenía parada. Cuando nuestros pantalones se rozaron y nuestras vergas (no pienso decir «entrepierna») se tocaron, recordé aquella tarde en el templo de Debod, cuando nos dimos nuestro primer beso. Ahora era diferente. Quizá porque sabía a Oreo mezclado con Ruffles de jamón. Vamos, mi comida favorita desde ya. Su lengua me acarició el paladar y las mejillas por dentro. Fui moviendo las manos poco a poco por su espalda hasta llegar a sus nalgas, agarrándoselas con fuerza, algo que pareció excitarle mucho más. Dios, se le había puesto mucho más dura este verano, así comentando un poco todo.

—Carajo, Óscar —me dijo mientras yo reía como si fuera imbécil—. Te quiero.

—¿Qué?

6.

—Qué ¿de qué? —repuso.

—No, esto... Qué-qué-qué me has dicho...

—Ay, Óscar, no hagas un drama de eso ahora. ¿Te extraña que te lo diga?

—No, no es eso. Pero oírlo...

—¿Necesitas escuchar las cosas para sentir que son verdad?

Me avergoncé al momento. Pablo ya me había demostrado decenas de veces que me quería, pero, claro, había otros momentos que me hacía dudar. ¿Qué esperaba? ¿Que no me sorprendiera con su primer «te quiero»? Creo que era la primera vez que me lo decía alguien.

—Claro que te quiero, Óscar. Te quiero, te quiero y te quiero. ¿Tú no me quieres?

—Sí.

—Dímelo.

—Te-te quiero.

—No así —sonrió—. No porque yo te lo diga. Dímelo porque quieras decírmelo. Hazme sentirlo.

Entendí al instante lo que quería decir y, en vez de repetir «te quiero» una vez más, lo tomé de la cara y le besé. Le besé con las ganas de mi vida. Vamos, nunca lo había hecho con tanta emoción como entonces. Iba a sentir que le quería y no podría negármelo.

—¿Suficiente? —susurré cuando nos separamos para tomar aire.

—No —respondió, y el que me tomó fue él, con tanta fuerza que me volvió a tirar al suelo. Metió la mano bajo mi suéter. Estaba helada pero me dio igual. Mientras las puntas de nuestras lenguas se enredaban, sus dedos se metieron por debajo de mi pantalón y empezaron a acariciarme la punta de... No quiero que piensen que soy un burdo, así que no hace falta que les diga la punta de qué. Después de estar un rato acariciándola, sacó la mano, se lamió los dedos mientras me miraba y, acto seguido, volvió a meterla en mis pantalones y en mis bóxers. Noté el tacto mojado de sus dedos y se me puso más dura aún, si es que eso era posible. Cualquiera que nos viera nos denunciaría cuando menos. ¡Éramos puro fuego! Mientras lo besaba... era como cuando te bañas con agua caliente y tienes miedo de salir, y te quedas horas y horas bajo la regadera. Lo mismo. Esa sensación de gusto, de calidez. Me sobraba todo. Me sobraba el abrigo, el suéter, los *jeans*, los bóxers. Nunca había sentido algo igual. Quería que Pablo me desnudara, me besara, me lamiera, me tocara, me rozara, me mordiera...

Entonces las luces del campo de futbol se apagaron de repente y nos quedamos totalmente a oscuras. Pero la oscuridad se vio interrumpida por la luz de mi celular. Mierda. Sería mi padre. Estaba cien por ciento seguro. Dios, ¿y si nos había visto? No, eso era imposible. Pero sospechaba que no iba a ver a Celia. ¿Tan raro era pensar que me hubiera seguido? Me entró un escalofrío y me aparté bruscamente de Pablo, que se asustó.

—¿Pasa algo? ¿Te he hecho daño?

—No, no. Pero tengo que volver a casa, en serio. Mi padre me mata.

—¿Sabe que estás conmigo?

—¡Qué dices! ¡Si ni sabe que has vuelto! —le expliqué mientras me subía el cierre y andaba a oscuras hacia la puerta de salida.

Volvimos a casa los dos de la mano, besándonos cuando nadie miraba, jugando como si fuéramos amigos de toda la vida. Carajo, con esto es con lo que soñaba yo. A esto me refería con ser novios. ¡Total y profunda compenetración! Estando con él se me olvidaba todo, y eso muy pocas personas en la vida son capaces de dártelo. Es como tener un talismán. El mío era Pablo. Entré en casa como si estuviera en una nube. Y, por primera vez, Pablo me escribió primero. Y su mensaje no pienso borrarlo **NUNCA**:

En mayúsculas. No porque yo esté gritando, que también. Al menos, por dentro. Pablo lo escribió en mayúsculas. ¡Y acompañado por un corazón! **¡PABLO PONIENDO UN CORAZÓN!** Vamos, ni en mis mejores sueños.

—¿Tú crees que estas son horas de venir? —protestó mi padre, que seguía sentado en el sillón—. Te hemos llamado. ¿Dónde estabas?

—Pero si es megapronto... Y estaba con Celia. Ya te lo dije. Estábamos en el parque... —Por favor, que no se levante, que mentirle a la cara es mucho más di... Muy bien, se ha levantado. Perfecto, viene hacia aquí. Venga, Óscar. Determinación. No flaquees. Sé fuerte.

—¿Con quién estabas? —me volvió a preguntar, y se me heló la sangre. Mi padre intimidaba cabrón cuando quería.

—Te lo he dicho. Con Celia. —Me examinó con la mirada, como tratando de buscar algún signo de mi mentira, pero soy gay, llevo años entrenado para mentir. Qué triste esto, ¿eh? Qué pena que más de la mitad de mi vida haya sido una mentira detrás de otra. Mira. Me van a perdonar que haga un alto total así, rápido, pero es que ocultar un novio a tus padres es complicado. Y si encima eres gay, y odian a ese novio, ¡es muchísimo más cabrón! La chingadera de ser gay hoy en día (bueno, y siempre, supongo) es que aprendemos a mentir desde muy pronto. «¿Con quién estás?»: «Con unas amigas». «¿Quién es ese chico?»: «Un amigo». «¿Tienes novia?»: «Aún no me gusta nadie». Y así, sigue y sigue hasta que supongo uno se hace mayor y ya tiene que dejar de mentir. Supongo. Yo ahora solo miento y miento. Y escondo cosas que no quiero esconder. No quiero esconder darle la mano a mi novio en la calle, por ejemplo.

—Mañana tienes clase. Que sea la última vez que llegas a estas horas. A dormir —dijo al fin, pero, como hay veces que mi boca va por libre, pues parece que quería movida.

—¡Tengo quince años! Bueno, casi dieciséis.

Pero mi padre, menos mal, no tenía ganas de discutir y siguió viendo la tele. Mira, en otras circunstancias, habría seguido la discusión por horas. Pero no esa noche. No. Esa noche no. Esa noche era feliz como no lo había sido en mucho tiempo. Ahora dirán: «Uy, míralo, es feliz solo porque un tipo le hizo caso». ¡Bueno, pues sí! ¿Y? ¿Hay algún problema? Y no es porque me haya hecho caso, no sean simples. Es porque, por fin, algo me sonríe en la vida, y, por primera vez, puedo devolverle la sonrisa.

Al día siguiente, Aurora, como es obvio, me acompañó a la escuela. Y se quedó en la entrada media hora. Realmente pensaba que no iba a venir. Pero se empeñó. ¡Cualquiera le llevaba la contraria! Más terca que mi padre. El camino al colegio fue raro. No hablamos más de dos palabras seguidas, aunque ella lo intentaba, ¿eh? Pero yo hay veces que, si me lo propongo, puedo ser muy seco. Tampoco es que me lo planteara como meta en la vida, sino que es como cuando te da pereza, literal, responder a las preguntas que te hace alguien. Te cuesta físicamente hablar. Eso me pasaba con ella.

—¿Quién es esa señora? —me preguntó Albert entre dientes, tratando de disimular con una sonrisa dibujada en los labios.

—Hola, chicos. ¿Son amigos de Óscar? —preguntó mi tía a su vez, sonriente.

—Eh, sí —contesté yo—. Ya puedo ir yo solo, ¿eh?

—¿Te vengo a recoger luego? —se ofreció.

—Nah, no hace falta, que hoy te-tengo futbol. —Y miré a Albert para que me siguiera la corriente.

—Sí, señora. Tenemos futbol.

Entonces apareció Pablo de pronto y es ahí cuando las cosas se pusieron raras.

—Hola —saludó Pablo.

—Hola —contestó Aurora y le dio una escaneada increíble. Estuvimos como un minuto en silencio. A ver, seguramente fueron dos segundos, pero se me hicieron eternos—. Tú debes de ser Pablo Bernabé, ¿no?

—Y usted es... —replicó Pablo.

—Es mi tía. Mi tía Aurora —sonreí, nervioso. Se me había olvidado por completo hablarle de ella. ¡Y se me había olvidado decirle a Pablo que me acompañaba y que no podían verlo! Mierda, se lo va a decir a mi padre. Con una chingada.

—¿Encantado? —respondió Pablo dándole la mano y mirándome, confuso.

—Bueno, yo ya me voy —anunció Aurora al fin. Eso sí, se inclinó a darme dos besos y entonces me susurró algo al oído que me dejó helado—: No te preocupes. Te guardo el secreto.

Espera un minuto. **WAIT A FUCKING SECOND.** ¿Cómo que me guardaba el secreto? ¿Iba a ser una tía *cool* y no le iba a decir nada a mi padre? ¿O me iba a pedir algo a cambio? Es decir, no había planeado bien este encuentro. Tenía que haber sido más rápido, pero lo importante es que no lo había sido, había estado a punto de cagarla... y al parecer Aurora me iba a salvar. No entiendo nada de mi familia, les juro. El caso es que fue *supercreepy* cuando me lo susurró. Es que vamos a ver, mundo, ¿no me puedes dejar tranquilito unos días? **NO PIDO PUTO MÁS.** Bueno, a lo mejor me estoy pasando con las mayúsculas, pero, mira, yo qué sé. Que estoy muy nervioso, carajo. Y, nada más decírmelo, la miré, sorprendido obvio, y ella sonrió. Uf, esa sonrisa. ¿Era buena o era mala? Daba igual lo mucho que tratara de descifrar su expresión, era como un muro, imposible saber lo que estaba pensando. Iba a decir algo cuando ella se adelantó, pero no para hablar conmigo sino con Solero, mi nuevo maestro, que justo entraba también en el cole.

—¿Marcos?

—¿Aurora?

Los dos se dieron un abrazo como si fueran amigos de toda la vida. ¿Podía ser todo más raro y violento?

—Güey, ¿quién es esta loca, en serio? —preguntó Celia, que también acababa de llegar junto a Cris.

—Mi tía Aurora.

—¿Y de dónde salió? —dijo Pablo—. ¿Es...?

—No lo sé, así que mejor nos vamos con cuidado —le pude decir en un hilo de voz.

—Tengo que ir al baño —se despidió con un movimiento de cabeza, mirándome unos segundos de más, y se alejó, dejándonos atrás. Y yo entendí a la perfección lo que me acababa de decir con esa mirada.

Albert, Cris, Celia y yo adelantamos a Aurora y a Solero y enfilamos hacia el interior del cole... un día más. Aurora aún me tenía confuso, extrañado. ¡Y ahora resulta que era íntima amiga de Solero! ¡Si hasta le había llamado por su nombre! ¿Qué pretendía esta mujer? Pero, antes de llegar al salón, pasé por los baños de nuestra planta y entré, buscando a Pablo. La verdad es que esa vena juguetona de Pablo me encantaba. Aunque quizá era demasiado arriesgado enredarnos en un baño de la escuela, pero a lo hecho, pecho. Tengo que empezar a tomar decisiones, a arriesgarme, y no esperar a que los demás las tomen por mí. Miré cada WC (supongo que se dice así, no sé) y, en el último de ellos, me encontré a Pablo. Sin pensarlo dos veces, entré junto a él y cerré la puerta. Y le di un susto que te cagas.

—**¡ÓSCAR!** —gritó y todo se salió de control, porque se giró hacia mí y estaba meando y... pues ya suponéis lo que pasó, ¿no?

—¡Cuidado! —No me salió decir nada más antes de que, literalmente, me meara encima. A ver, no tanto, ¿eh? Solo me salpicó un poco en los pantalones de mezclilla.

—Pero ¡¿qué haces?! —Y volvió a girarse, subiéndose el cierre y bajándole al agua.

—Eh, es que como me dijiste lo de que venías al baño y...

—¿Y?

—Y me miraste así como... «Voy al baaaaaño» —repetí, y según iba hablando me daba cuenta de que, quizá y solo quizá, había malinterpretado la mirada de Pablo—. Oh, mierda, soy gran pendejo. Perdón, perdón, perdón.

—¿Pensabas que te había dicho que vinieras al baño para cachondearnos? —repuso, tratando de unir las piezas del rompecabezas que le había planteado. Asentí, totalmente avergonzado, mientras tomaba un pedazo de papel y trataba de secarme la pierna de los *jeans*—. ¿En la escuela? ¿Estás loco?

—Yo qué sé... —me defendí—. ¿Tan raro es eso?

—No es raro, sino arriesgado, Óscar. ¿Y si nos descubren? ¿Quieres que el director hable con tus padres o algo o qué? ¿O los pendejos de Arenas y compañía?

—Lo-lo siento. No-no-no lo pensé y... —Me estaba sintiendo fatal—. Creía que tú...

Y, al verme tan agobiado, se me acercó. Me iba a acariciar la cara pero lo pensó dos veces.

—No me he lavado las manos —me explicó.

—Qué más da. Ya me has orinado encima. —Y mi chiste hizo que soltara una carcajada increíble, como explosiva. Al momento se dio cuenta y el que se puso rojo fue él. Primera vez que veía a Pablo Bernabé tímido y avergonzado—. ¿Nervioso por tu primer día? —le pregunté mientras él se lavaba las manos y yo trataba de hacer lo mismo con mis *jeans*.

—Nervioso por no estar en el mismo grupo —confesó, con un toque de tristeza en la voz.

—Y... ¿Y por qué no hacemos una cosa? Después de cada clase, quedemos en mitad del pasillo. Aunque sean dos segundos. —Me miró, me dio un beso rápido en los labios y asintió.

—Vamos, que llegamos tarde.

7.

—¿Cómo que examen?

—Oye, ¿no les huele como raro? —dijo Albert, mirándome suspicaz.

—Madre mía, Óscar —susurró Celia—. ¿Cómo se te ha podido olvidar un examen de una semana para otra? ¡Ni que fueras yo!

—En serio. Huele como raro... Óscar, ¿de dónde vienes?

—¿En serio no has estudiado? —añadió Cris, con su cuaderno de apuntes abierto.

—Si hubiera estudiado, no habría preguntado: «¿Cómo que examen?».

—Pues suerte...

Desde luego que suerte iba a necesitar. Porque aquí de repente hay exámenes y soy el último en enterarme. O sea, creo que es la primera vez que me pasa que se me olvida algo tan importante. Venga, Óscar, de algo te acordarás, ¿no? Recuerda las clases, recuerda la pizarra, recuerda... Nada. Eso es lo que recordé. Cero. Bueno, cero el que me iban a poner. Creo que mi primer cero... si no contamos cuando empecé Francés. Pero esa es otra historia. Y, por suerte, se acabó porque ya no he vuelto a tomar Francés. No quieren escucharme hablar en francés. En serio. No quieren.

Solero entró, interrumpiendo mis caóticos pensamientos, y todos comenzaron a guardar los apuntes y a cerrar los libros. Pero, antes de comenzar el examen, mi nuevo profesor habló del viaje a la nieve que nos tocaba este curso. Otra cosa más que se me había olvidado. ¿Viaje a la nieve? Ni de chiste. Si ya era torpe sobre el suelo normal, imagínenme por un momento sobre la nieve.

—Este año el viaje será la última semana de noviembre y ya saben que, para poder venir al viaje, tienen que traer la autorización firmada por sus padres.

—¿Y no hay que pagar? —gritó Diego.

—Sí, sí hay que pagar —sonrió Solero.

—Pues tremendo engaño.

—Ah, ¿pero a ti te dejan venir, Fernández? Pensaba que no tenías la edad suficiente... —le respondió Solero, vacilando, y todos comenzaron a reírse de Diego. Mira, se lo merecía por pesado.

—¿Vas a ir? —me preguntó Albert.

—Ni de broma. Aparte de que mi padre no me deja, pero, vamos, ni pintado —me lamenté. Bueno, «lamentar» tampoco es la palabra. Es que a ver con quién iba a compartir habitación. ¡Si ni siquiera fui al viaje del año pasado porque me daba vergüenza!

—Tienes que venir. Vamos a ir todos —me insistió, pero, no pudimos discutirlo mucho más porque Solero pidió silencio y repartió las hojas del examen. Sí, ese del que me había olvidado y del que me había vuelto a olvidar.

El caso es que fue horrible la hora que estuve frente a la hoja porque es que además eran putas preguntas cortas. Vamos, que mi táctica de enrollarme como una persiana no era viable. Era imposible, partiendo de esa base. Putada. Pero, bueno, que repruebo seguro. Ya me preocuparía por ello cuando llegara el momento. Que llegaría. Pero, oye, eso era problema del Óscar del futuro. No el mío.

Lo importante es que, cuando terminó la hora, salí casi el primero. Y Pablo estaba ahí, en la mitad del pasillo, esperándome, tal como le había dicho. Dios, qué bonito. Mierda, cómo odiaba no estar juntos en clases. Bueno, al que odiaba era a mi padre, por pedirlo. Y al direc-

tor, por aceptar. Pero lo importante es que se convirtió en nuestra costumbre, y cada día, después de cada clase, sí o sí nos encontrábamos en la mitad del pasillo. Punto de conexión entre los dos.

—¿Vas a ir al viaje a la nieve? —me preguntó en uno de esos encuentros

—Para nada. Ni de broma. Es decir, ¿en serio crees que soy capaz de esquiar?

Él se rio, dejando claro que, mira, uno es torpe, y, si la gente lo sabe, pues qué se le va a hacer.

—¿Tú sabes esquiar? —le pregunté a mi vez.

—¿Yo? Claro que no. Pero puede ser divertido. ¿Compartimos habitación?

Así. De golpe. Zas. Como quien pregunta la hora. «¿Compartimos habitación?». Me había obsesionado tanto con no ir al viaje que se me había pasado por alto la ventaja más a la vista: pasar cinco días compartiendo habitación con Pablo. ¿Qué podía haber mejor que...? Espera. Compartir habitación. Eso significa dormir juntos, bañarnos juntos todos los días, despertarnos... ¿Y si ronco de repente? ¿Y si dejo el baño hecho un puto asco al salir de la regadera... porque suelo dejar todo tirado? ¿Y si...? Madre mía. Empecé a ponerme nervioso. Les juro que el corazón me latía a mil por hora. Pero, mira, era lo que quería, ¿no? Eso es ser novios.

Estuve todo el día dándole vueltas. Nervioso pero feliz. Y empujando al final de mi mente, ahí, en el fondo más fondo de mi cerebro, que mis padres me iban a mandar a la mierda lo más probable. Tenía que probar a decírselo como quien no quiere la cosa. Como si tampoco me hiciera la mayor ilusión del mundo pero... ¡Ah, mierda! Puedo decirles que van Ainhoa, Elena y compañía. Que no tengo ni idea la verdad, pero seguro que van. Así que seguro me dejarán. Porque, claro, Celia y Cris les caen bien, pero aún no acaban de conocerlas del todo. Tenía que jugar con las cartas de mis examigas. Y, obvio, tenía que mentir, mentir como un cabrón, cuando me preguntaran si iba Pablo Bernabé. Sí. Lo sé. No quiero mentir más por cosas como esas. Pero, mira el bien mayor, carajo.

Ese día, Pablo se quedó después de clases para entrenar con el equipo y estuve a punto de quedarme para verlo entrenar, porque esos pants estilo *joggers* me encantan. No hay cosa más erótica que ver a un hombre en *joggers*. Porque se les marca todo el trasero, como si no llevaran nada (bueno, Pablo sé que no llevaba nada debajo) y también se les marca todo por delante. Y nunca hace daño mirar. Eso sí, a Ramón ya no. ¿Se acuerdan que les dije que estaba buenísimo? Sí. Sigue estándolo. De hecho, cada vez más..., pero ya no le veo así. Es decir, no es que me prendiera antes, que también. Sino que ahora que sé lo **PUTO CABRÓN** que es, es que, vamos, cero morbo, cero todo. Por mí, que se lesione también. Lástima que esté en el mismo equipo que Pablo (por supuesto, son de la misma escuela), que si no, le pediría que le pegara una patada ahí, en la rodilla. **¡PAM!** Y a la chingada Ramón.

El que sí se quedó fue Albert, que seguía enamorado de Diego. Y daba igual lo que le dijéramos los demás. No entiendo muy bien qué veía en ese cavernícola. Pero una cosa sí sabía: le iba a traer problemas.

—¿En serio que te quedas al entrenamiento? —le pregunté, confuso y desconcertado.

—Te podías quedar conmigo, ¿no? —me sugirió, pero negué con la cabeza. No volvía a engañarme con uno de sus trucos. La última vez acabé con el labio partido.

—Anímate, hombre —dijo una voz detrás de nosotros, y no era otro que Diego, que llegaba tarde a entrenar.

—Qué va. Aún me duelen las rodillas por culpa de Arenas... —repliqué.

—A lo mejor con este video se te pasa... —sonrió, picarón, y me mostró el celular. Era un video de Instagram, de una chica corriendo en un campo de futbol y de golpe se le caía... el... brasier... y... y...

pues... no hace falta ser muy perspicaz para saber lo que pasaba después, ¿no?

—Bueno... —pude decir.

—¡Ay, mierda! Perdona, que tú eres... Oh, ya, esto te da igual —se arrepintió.

—Nada, era gracioso, supongo —repuse, intentando que no se sintiera mal. No sé por qué. ¿Dónde estaba el Óscar mal pedo cuando lo necesitaba?

—A Albert sí que le gustó, al menos —añadió, dándole un codazo.

—¡Sí! ¡Ja, ja, ja! Vaya par de... ¿melones? —dijo. Bueno, más bien susurró. Avergonzado. **LÓGICO.**

—¡Nos vemos luego! —gritó Diego y echó a correr al campo de futbol, tirando su mochila al suelo y uniéndose al resto del equipo en el entrenamiento. Yo, obviamente, le lancé una mirada a Albert tan acusatoria que casi le atravieso la cabeza.

—Qué.

—¿Melones?

—Está bien. Di lo que quieras.

—¿Ahora eres hetero? —pregunté.

—No digas tonterías.

—Está claro que él sí lo es.

—Oye, déjame en paz, ¿de acuerdo? —se defendió.

—Mierda, pero ¿no lo ves?

—Tú déjame, ¿okey? —bufó y se fue. Carajo, Albert. En menudo desmadre te estás metiendo.

Cuando llegué a casa, ya tenía más o menos claro lo que iba a decir a mis padres. Aurora ya no estaba. Desde que me susurró que no contaría nada de lo de Pablo, no la había vuelto a ver. Y ya habían pasado cuatro días. Sí, a ver, se llama elipsis. Podría haberles contado lo que ha pasado esos cuatro días, pero todo se resume en Óscar enamorado de Pablo, Óscar odiando su vida cuando llega a casa, Óscar cayéndose repentinamente en la calle de una manera del todo inexplicable... Lo cachan, ¿verdad? Pues vamos al problema. Lo importante y básico era no salirme del guion. Mi padre aún no habría vuelto del trabajo, así que podía convencer a mi madre primero, que sería más fácil. Y tenía una clara ventaja en todo esto. No sabían que Pablo había vuelto de Estados Unidos.

—Hola —me saludó desde la cocina.

—Hola —respondí—. Oye, te acuerdas que te conté que este año hay viaje a la nieve con el colegio, ¿no? Pues yo creo que sí quiero ir, que van María y estas. Y, bueno, y Celia y Cris.

—¿Sí? —dijo, sonriente. Parecía como si estuviera deseando que fuera, ¿sabes? Como si le preocupara que no me apuntara al viaje.

—Sí. No sé, puede ser guay.

—Genial. Pero ya sabes que la última palabra la tiene tu padre. —*There you go.*

—Claro, claro. Necesito además una autorización firmada.

—En cuanto llegue, lo hablamos los tres. Me alegra que quieras ir, te la pasarás bien.

—Sí, ¿no?

—¿Va a ir... tu amigo? —preguntó, como quien no quiere la cosa.

Uf, no debería haber saltado. Lo sé. Pero lo hice. Porque me repateó tanto que lo llamara amigo...

—No es mi amigo. Es mi novio, mamá —contesté, seco.

—Óscar...

—Cuanto antes se hagan a la idea, mejor. —Ufff, he tardado menos de veinte segundos en salirme del guion.

Entonces se abrió la puerta y entró mi padre. Mierda. Había llegado más pronto de lo que creía. Óscar, carajo, piensa en el bien mayor, por favor. No la cagues ahora, ¿okey? Relájate.

—Hola —saludé, sonriente. Forzado, pero, mira, soy un actor de primera, ya lo saben.

—Qué tal te ha ido en la escuela hoy. —Lo pongo sin signos de interrogación porque es que ni siquiera sonó a una pregunta. Sonó a «se lo pregunto pero me importa una mierda, siempre y cuando no haya hecho cosas de maricones».

—Dice que quiere ir al viaje —se adelantó mi madre—. ¿Te acuerdas de que nos llegó la carta el otro día?

—¿Al viaje de esquí? —respondió mi padre, suspicaz.

—Sí —contesté.

—¿Cuándo es?

—A finales de noviembre —le expliqué, pero sin mirarlo.

—Bien. Pero ya sabes la condición que te voy a poner...

—Sí. —Ahí viene.

—No puede ir Pablo Bernabé —dijo, tajante.

—¡Carajo! Pero ¿cómo voy a controlar yo eso?

—Óscar, no empecemos.

—Pero es que, si decide ir, ¿qué puedo hacer yo? —protesté. No había conseguido fingir ni un segundo. Lo sabía.

—Entonces no hay viaje.

—Francisco, cariño —incidió mi madre.

—¿Es que ya ha vuelto de Estados Unidos? —inquirió mi padre y me tensé al momento.

—No, no. Para nada. Si-sigue allí.

—Francisco... —repitió mi madre—. Déjalo ir. Van a ir sus amigas. Podrá compartir habitación con alguna de ellas.

Mi padre me miró y luego a mi madre. Su cabeza estaba rumiando algo. Y espero que ese «algo» fuera en mi favor.

—Está bien. Que vaya. Pero compartirás habitación con una de tus amigas. Y como me entere de algo..., lo que sea..., vamos a sacarte de esa escuela de una vez. ¿Lo has entendido?

Mierda, quería gritarle, quería protestar, quería pegar patadas a

la pared. Quería salir corriendo de mi casa... pero no hice nada de eso. Me limité a asentir y a irme a mi cuarto mientras mis padres firmaban la autorización. Además, que mi padre ya había demostrado que mucho decir pero luego poco hacer. Ya me amenazó en verano con cambiarme de instituto y aquí estoy. Aunque siempre tenía la sensación de que, como se le cruzaran los cables, era capaz de que nos mudáramos incluso de ciudad. Vamos, Óscar, hay que cambiar de táctica. Estos días, trata de ser el hijo perfecto. Curioso que, para mis padres, el hijo perfecto fuera sinónimo del hijo hetero. Así estaban las cosas. Si supieran que la otra noche Pablo me había dicho que me quería... Solo tenían que entender que esto no se trataba de otra cosa más que de que su hijo fuera feliz. Pero parece que les daba totalmente igual. Y, sí, sé que los he decepcionado por no haberme puesto firme y haber defendido mi relación con Pablo. Lo sé, y lo siento. Yo me decepcioné también a mí mismo. Pero esa lucha ya llegaría en otro momento. Por ahora, iba a ir al viaje a la nieve. Y eso era un paso enorme.

A las pocas horas me escribió Pablo preguntándome si había hablado con mis padres al final sobre el viaje. Me gustaba este Pablo atento y..., bueno, y que me escribía, que eso ya era un adelanto. Fui sincero. Y le dije que estaba hasta la verga de mi padre. Y que, básicamente, no me dejaban compartir habitación con él. Vamos, que iba al viaje, pero vigilado como si fuera un *reality*. Chingón, vaya.

Ya pensaremos algo

Esa fue su respuesta. Pablo siempre esperando a que pasen las cosas para pensar una solución. Nunca tenía la solución antes. Bueno, no me iba a quejar ahora. Ya pensaríamos algo. Tenía toda la razón. Total, ¿quién iba a estar vigilándonos allí? Nadie. Los profesores, sí. Pero una vez que es de noche..., pues, mira, a aprovechar. Y lo digo yo, ¿saben? Que nunca he ido a ningún viaje sin mis padres. Es verdad, iba a ser mi primer viaje solo. Pues a disfrutar, carajo.

Qué haces

Desesperar

Me gustaría verte

Y, acto seguido, me envió una foto suya, guiñándome un ojo y tirado en la cama. Llevaba una playera de Batman y estaba más despeinado que nunca. Me miré en el espejo y le envié una mía, con cien filtros graciosos.

¿Te gustaría hacer algo?

Ni de chiste puedo salir ahora de casa

Por aquí, Óscar, por aquí

Sí, soy corto pero no tanto. Me estaba pidiendo sextear, así de claro. Ya lo habíamos hecho un par de veces, pero muy inocente y absurdo, cuando él estaba en Estados Unidos. Básicamente porque a mí me daba vergüenza. Sigo sin estar cómodo. Es decir, no por él, sino porque no me gusta verme a mí mismo desnudo. Ya, es una mierda. Pero ¿qué le hago?

No tienes que enviarme nada, no te preocupes. Te oigo pensar desde aquí

Cómo me conocía el muy cabrón. Sabía las cosas antes casi de saberlas yo. Para que luego digan que eso de estar conectado a una persona es una tontería. De acuerdo, no sé quién lo dice, pero quien sea que lo diga: **ES UNA RIDICULEZ**. Después de enviarme el mensaje leyéndome la mente, tenía una foto suya, reflejado en el espejo de su cuarto. Llevaba los shorts de futbol. Estaba sentado en el borde de la cama, con las piernas abiertas y sacando la lengua. **Y-SIN-CAMISETA**.

¿Recuerdas el otro día en el baño?

¿Cuando me measte encima?

¿Qué querías hacer?

Mmm no sé... pensaba que tú querías hacer algo

¿Te digo lo que te haría yo? ¿Ahora mismo?

Qué

Te quitaría toda la ropa y te lamería de arriba abajo

Y, oye, como si fuera un interruptor, me calenté al instante. Sin ver nada, sin hacer nada. Solo gracias a un mensaje de Pablo. Porque podía imaginármelo. Podía sentirlo. Así que, sin pensarlo dos veces, me quité la camiseta, me hice una foto (miento, me hice unas veinte hasta que me vi bien) y se la envié. A ver, que solo era yo sin camiseta tumbado en la cama. Así como de lado, y con una luz suave, todo muy artístico, que cuando me pongo, pues me pongo. Al momento de enviársela, me arrepentí. Pero al momento, ¿eh? Dios, era una foto malísima. Y yo salía fatal. Salía gordo, salía cero *sexy* (y odio la palabra «*sexy*» pero no se me ocurrió otra para explicarlo). Y odio también que salir gordo sea sinónimo de salir fatal. Es decir, ¿cuándo hemos permitido eso? ¿Cuándo hemos permitido que el canon de belleza sea un puto *sixpack* y brazos más grandes que mi pierna? Pues no. Así que subí un poco en la conversación y volví a leer el mensaje que me envió el otro día: **ERES JODIDAMENTE PERFECTO**. Pues eso. El canon de belleza establecido es la mayor mentira de la sociedad actual. Y el mayor problema. Mi canon de belleza es el que me ha establecido Pablo Bernabé: ser jodidamente perfecto.

Uf, Óscar

Esas fueron sus únicas palabras como respuesta. Así que sobreentendí que le había gustado. A mí ya se ma había parado, para qué mentir. Porque enviarle la foto, por una parte, me había parecido superexcitante. Que Pablo estuviera viendo mi foto semidesnudo creo que era lo que terminó de ponerme a mil. A mil. No a cien. Ni a veinte. A mil. Y, claro, pues me empecé a tocar por encima del pantalón. Acariciándome primero y poco a poco metiendo la mano por debajo del bóxer.

Imagina que estoy ahí contigo

Cerré los ojos y les juro que podía notar su respiración en mi oreja, sus labios en mi cuello, y sus manos agarrándome el trasero. Pablo me generaba una necesidad física. Solo de pensar que íbamos a compartir habitación en un viaje, durante cinco días. Solo de pensar que lo que estaba haciendo ahora me lo haría él... Pero alguien llamó a la puerta y tuve que subirme los pantalones a toda velocidad, con el corazón a mil, a punto de salírseme por la garganta.

—¡Qué! —grité, con un gallo increíble.

—A comer —escuché la voz de mi madre al otro lado. Menos mal que no abrió, porque ya no volvería a verme con los mismos ojos, eso desde luego. Aunque, si os digo la verdad, los únicos ojos que quería que me vieran eran los de Pablo.

8.

Almudena nos había reunido en el recreo para contarnos que sus padres se iban en el puente del 1 de noviembre y que quería hacer una fiesta de Halloween con todos. La verdad es que habíamos formado un grupo de amigos genial. Hace medio año estaba completamente solo, con Ainhoa, Elena y María dándome de lado solo por el simple hecho de ser gay. Pero ahora miraba alrededor y no podía evitar sonreír. Almudena, a la que tanto había criticado (lo siento por eso), Cris, Celia, Albert... Pablo. En serio, en la vida se necesita un buen grupo de amigos (o uno solo, me da igual) que te ayude en el camino, y que te acepte tal como eres. Que acepte tu **YO**. Y eso habían hecho conmigo. Estábamos todos invitados a la fiesta, por supuesto. Y nos faltó tiempo para decir que sí. Excepto Pablo, que no había venido a clases (estaba enfermo). Ahora solo me faltaba pensar un buen disfraz. ¿Quién más estaría invitado? Quizá Alba. Ella y Almudena eran amigas desde hacía mucho tiempo. Aunque no había entrado en nuestro grupo. Al menos, aún no. Y siempre que la veía por los pasillos me sonreía, pero nunca se paraba a hablar. Porque me había dicho que le caía bien, que, si no, pensaría que me odia... Pero, por favor, que no viniera Diego. Esperaba que Almudena estuviera de mi parte y no le dejara a Albert que lo invitara. **¡POR FAVOR!** Porque solo me faltaba que...

—¡Fíjate! —gritó un chico cuando choqué de lleno contra él. Iba andando por el pasillo camino de clase y totalmente distraído pensando en la fiesta de Almudena.

—¡Perdón! No-no-no... —Y le miré y era enorme, y guapo, e imponía cabrón. Y me miraba... **Y-Y-Y NO SABÍA DÓNDE METERME**. Entonces caí en cuenta de que era el chico con el que me había cruzado tantas veces, el que me preguntó por su clase el primer día.

—Bro, ibas en tu mundo, ¿eh?

—Sí, sí. —Ahora que lo veía mejor, estaba claro que era mayor que yo. Que nosotros. Un par de años seguro. Tampoco podía serlo más, porque, si no, no estaría en la escuela. Pero no dejaba de mirarme, en silencio. ¿Qué quería? Mira, estoy hasta la verga de que me miren todo el rato, y ya he aprendido que, aunque tengo la boca muy grande, hay que hablar, hay que protestar, no hay que callar.

—Qué miras. —Te has vuelto un cabrón, Óscar...

—Eres el del discurso, ¿no? El gay, el del discurso —me soltó.

—¿Tienes algún problema con ello? —respondí, ofendido.

—No. ¿Tienes tú algún problema con ello? —contestó.

—¿Eh? No.

—Eres gay, ¿no? —insistió.

—¿Y qué más te da?

—Tranquilo, no me voy a meter contigo. Solo que... Bueno, me llamo Teo. Soy nuevo. Desde septiembre, vaya. Pero no te conocía.

—¿Nuevo? ¿No estás en segundo?

—¿Y uno de segundo no puede ser nuevo? —replicó, seco.

—Sí, sí. Es que es raro. Oye, y si eres nuevo... ¿cómo sabes lo del discurso?

—¿Bromeas? En mi otro cole eras un puto héroe —me soltó, así sin más. ¿Cómo que era un héroe? ¿De qué me conocía este güey?

—No-no. A ver, creo que te equivocas de persona, en serio... —comencé a decir.

—Para nada. Lo-lo tengo guardado, ¿sabes? Es decir, Sara me lo enseñó. A ver, Sara es una amiga mía, ¿okey? Está un poco chiflada, pero es muy buena onda. Me enseñó unas historias de una amiga suya que viene a este cole. Espera, lo tengo aquí. —Acto seguido sacó su celular, supernervioso—. Perdona, es que no sabía que te iba a encontrar. No quiero que pienses que soy un pesado y esas cosas.

—No, no, tranqui... —Es lo único que me salió decir, yo qué sé.

—¡Aquí! Mira. —Y me mostró su teléfono. Se oía fatal, se veía peor, pero reconocí el salón de actos, reconocí a varias personas de las que salían en el video y, en el fondo, me reconocí a mí, subido en el escenario, detrás del atril. Era mi discurso. Era mi puto discurso—. A ver, son varios videos. Pero, bro, me-me hiciste reflexionar, ¿sabes? No te quiero aburrir con todo esto, y-y si quieres un día después de clases te cuento todo bien, pero, en serio, eres genial.

—Eh... —Joder, me había dejado sin palabras. Desde luego, esto no lo había visto venir ni de broma. **NI DE BROMA**—. Es que no sé qué decir.

—¿Me dejarías tomarme una foto contigo? Rodri se va a alucinar cuando se la envíe. Rodri es otro amigo mío. Es como tú. Es decir, que es gay.

—¿Una foto con-conmigo? —Como si yo fuera famoso ahora. Vamos, chingón.

—Sí. A ver, si quieres. Que si no, no, ¿eh?

—No, no. Sí, sí, va... —dije, aún en *shock*. Me tomó por el hombro y sacó su teléfono. Nos hicimos un par de selfis rápidas.

—Genial, muchas gracias, bro. Oye, y si algún día tienes problemas con algún imbécil, me avisas, ¿eh?

—Cla-claro...

Y, después de uno de los momentos más incómodos de mi vida, Teo se alejó.

—¿Convirtiendo a otro, Rubio? —Ramón apareció, chocando deliberadamente contra mí.

—Mejor convertirlo en gay que en imbécil como tú —repuse, con una velocidad inusitada para mí. No suelo ser rápido en las respuestas, pero ahí lo fui. Les juro. No me lo estoy inventando para hacerme el chingón. Arenas se puso rojo de furia. Aunque Ramón no estaba solo, porque iba acompañado por Moi. Solo ver su cara me hacía temblar y recordar cosas que no quería recordar.

—¿Qué acabas de decir, ~~marica~~? —se envalentonó y vino hacia mí, con los puños cerrados.

—¿Todo bien por aquí, Rubio? —Dios, salvado por un profesor. Solero acababa de salir de una clase junto a nosotros. Y Ramón no se atrevía con profesores cerca. Iba a responder pero él y Moi ya se estaban alejando, dejándome solo con Solero, que me miraba extrañado y preocupado.

—Sí —mentí.

—¿Seguro? Tienes mala cara —apuntó con suavidad.

—Sí, sí. Nada, esos, que son idiotas —contesté, tratando de quitarle importancia al asunto. Pero el asunto tenía mucha importancia.

Demasiada. Solero asintió y se fue, como si estuviera más preocupado por otras cosas que por prestarme atención. Bueno, ya les digo yo por lo que estaba preocupado: por darnos los resultados del examen. En cuanto entré al salón, ahí estaba para decirnos nuestra primera nota del curso. Obviamente, cero sorpresas. Un reprobado como mi cabeza de grande.

—Tu maestra me dijo que sacabas buenas calificaciones, Rubio. Cualquiera lo diría. ¿Algún problema en casa?

—Si yo le contara... —susurré.

—¿Cómo?

—Ah, que para nada, para nada. Me descontrolé..., supongo.

—Pues es un descontrol muy grande —recalcó.

—Ya, ya —me lamenté.

—Espero que en el próximo estés más atento. —Y llamó al siguiente para que fuera a su escritorio. Yo, cabizbajo y derrotado, me di la vuelta y volví a mi sitio. Albert me miró con cara de preocupación y lo único que pude hacer fue encogerme de hombros.

—Mierda, Oski, no has respondido ni una bien. Ni una. ¡Deberían haberte puesto un aprobado solo por eso! Has hecho lo más difícil. Güey, ni de tin marín.

—Mis padres me matan.

—No se lo enseñes. Es el primero del curso. No hay problema, ya verás.

—Claro, ¿tú qué sacaste?

—Un siete, hermano. Que yo al menos me acordaba de que había examen... —Al verme derrotado, trató de cambiar de conversación—. Oye, ¿y qué hacías hablando con el guapísimo de Teo?

—**¿LO CONOCES?** —Demasiado entusiasmo. *Check*.

—Eh, *duh*. Va conmigo a Teatro. Pero es de segundo. No mames que es un homófobo y te estaba haciendo algo, Óscar, por favor.

—Pues... no te lo vas a creer. Resulta que me conocía. Es decir, me enseñó mi discurso en el celular. Alguien lo subió a Instagram y, bueno, pues resulta que soy un modelo a seguir, aquí donde me ves.

—**NMCH**, Óscar —respondió con la boca abierta.

—**¿NMCH?**

—**NO ME CHINGUES.** Que hay que explicártelo todo. ¿En serio te conocía? Pero... ¿es gay? Si tiene novia... —comentó Albert, pero más hablando para sí mismo que conmigo.

—Ni idea. Solo me dijo que era un puto héroe, esas exactas palabras, que era la neta y que lo hice reflexionar. Ah, y que, si un día quiero quedar después de clase, pues que me cuenta más. Mira, no sé. —Me encogí de hombros.

—Güey, vente a Teatro esta tarde. Te va a asombrar lo bien que lo hace y así podrás hablar con él.

—¿Y qué hago yo en Teatro? —pregunté, confuso.

—A ver, puedes quedarte al fondo del salón de actos mirando como un pervertido. Ooooo... podrías... apuntarte a Teatro.

—**¡NI DE PUTA BROMA!**

—Vamos a ver, Óscar. Escúchame. Vamos a hacer la representación este año y-y-y uno del grupo ha decidido que se sale, ¿entiendes? Necesitamos a alguien que lo sustituya... y tú eres perfecto —insistió Albert—. ¡Y así hablas más con Teo!

—No necesito apuntarme a Teatro para hablar con él. Además, si yo no sé actuar. ¿Qué estás diciendo? —me defendí.

—¡Claro que sí! —Me ignoró por completo, por supuesto—. Además, vamos a representar *El gran showman*. ¡Si te encanta esa peli, no me chingues!

—Bueno, a ver, sí, me encanta. Pero ¡sigo sin saber actuar, y sin saber cantar!

—¡Ja! ¿Y qué te crees? ¿Que el resto sí? Tú-tú ven esta tarde a una de las clases, y echas un vistazo, y me dices, ¿sí? Ándale, porfa. Y, además, pues así hablas con tu fan número 2.

—¿Número 2?

—Hombre, yo soy el número 1, ¿no? —sonrió.

—Vamos a ver. Voy a ir, porque eres muuuuy pesado, pero solo para ver y ya está. No me pienso apuntar.

—*That's my boy!* —gritó Albert de alegría.

—**¡OLIVARES!** —gritó Solero, llamándole la atención al momento.

Espero que esta espupidez del teatro no fuera como la farsa del futbol, o porque alguien le gustara a Albert. Espero. Cuando entré en el salón de actos esa tarde, ahí estaba la profesora Leonor, fumando, como siempre (le daba igual que estuviera prohibidísimo fumar dentro de la escuela) y, en el escenario, Albert, Cris, Celia, Teo y otros dos chicos más que no conocía

—¿Puedo ayudarte? —me preguntó Leonor.

—Eh... Vengo a ver... —empecé a decir.

—¡Oh, genial! Siéntate por ahí. —Y, obediente, me senté en una de las primeras filas, mientras veía cómo Albert me guiñaba un ojo desde el escenario.

La profesora empezó a dar indicaciones (tenía una mezcla de mal pedo y suavidad que no crees) y empezaron a sonar los primeros compases de la primera de las canciones de *El gran showman*. Entonces, Teo apareció en medio del escenario y, mientras hacía *playback*, comenzó a moverse con un bastón en la mano... Y, mira, me quedé totalmente hipnotizado. Estaba guapísimo. No solo guapísimo, sino que sorprendía cómo se movía y... y... ¡Madre mía, Óscar! ¡Relájate! Pero entonces apareció Albert en el escenario y la profesora se levantó de un salto de su butaca, parando el ensayo.

—¡Olivares! ¡Has entrado como cinco minutos antes de tiempo!

—¿Está usted segura? Me dijo que entrara cuando diera dos golpes de bastón.

—¿Cuándo he dicho yo eso, Olivares?

—Mmm, creo saber cuándo me dicen algo. Y me dijo lo del bastón —replicó Albert, con un toque de sabelotodismo importante—. Debería tomar más nueces, que dicen que son buenas para...

—¡Repetimos!

—Está bien, pero necesito agua. Bro, estate atento —le recriminó Teo a Albert, que se encogió de hombros y miró enfadado a la profesora, que daba una fumada tras otra a su cigarrillo. Espera, ¿se había encendido otro?

Albert bajó del escenario torpemente y vino hacia mí, que trataba de pasar lo más desapercibido posible. Pero eso no entraba dentro de los planes de Albert. Ni de Cris ni de Celia, que vinieron tras él.

—Nos dijo Albert que te apuntas a Teatro —comenzó a decir Cris.

—No te ofendas, pero no tienes pinta de saber cantar, ni bailar... A ver, ni siquiera eres capaz de dar dos pasos seguidos sin tropezarte —se burló Celia. Iba a protestar, pero, a ver, todo lo que había dicho era cierto, para qué engañarnos.

—No voy a apuntarme. Es este pesado, que me ha obligado a venir.

—**¡CHIS!** ¡A ver cómo me tratan a Óscar, ahora que es famoso! —Y me jaló pasando un brazo por detrás de mis hombros, juntándome contra él—. Su discurso lleva millones de reproducciones en Insta y TikTok.

—¡Qué dices, no inventes! —Pero ya no me estaban escuchando, porque Albert les estaba contando mi encuentro con Teo.

—¡Así que eres famoso! —gritó Celia—. Órale, de repente no sé cómo comportarme contigo. ¿Y no te han subido los seguidores ni nada?

—A ver, Celia, cariño, no seas materialista. La vida existe más allá de las redes, ¿sabes? —replicó Albert, vacilándola.

—¿Te apuntas a Teatro entonces?

—Vamos a ver, Albert, que no tengo ni idea.

—¡Y que se apunte Pablo! —añadió Celia, fuera de sí—. Con lo intenso e introvertido que es, seguro que es un actorazo. ¿Dónde está? Hoy no vino a clase.

—Está enfermo. Se lo dije esta mañana.

—Este chico falta más que nada. ¿Seguro que es real y no un producto de tu imaginación? —acotó Albert.

—Créeme que es real, pero yo qué sé. Estará resfriado o algo. Y eso que anoche estuvimos... —me callé al instante. Ese había sido un momento superprivado entre los dos y por poco lo voy contando a los cuatro vientos.

—¿Estuvieron qué? —preguntó Albert, curioso como el que más.

—Nada, nada. Hablando normal y tal, como una pareja estupenda.

—Vamos, que se tocaron y todo —sentenció Celia.

—Maldita envidia —añadió Albert, haciendo puchero.

—¡No nos tocamos!

—Que no pasa nada. Son novios, ¿no? Pues a coger se ha dicho —se burló Celia.

—¡Quién ha hablado de coger! —dije, escandalizado, mientras Albert no podía parar de reír.

—Solo prométeme que, cuando lo hagan, me lo contarás.

—¿Para qué quieres que te cuente eso?

—No sé. Para aprender —contestó Albert, encogiéndose de hombros. Lógico que quiera aprender. Y yo. Y todos. Si no nos enseñan una mierda en el colegio sobre salud sexual. ¡Debería ser algo obligatorio! Es decir, luego llega el momento y nos quedamos bloqueados. Aunque con Pablo ha ido todo genial, porque es superatento, y yo pues ya saben que hago lo que puedo. Pero, por favor, hago un llamamiento desde aquí: **CLASES DE SALUD SE-**

XUAL EN LOS COLEGIOS E INSTITUTOS, POR FAVOR.

Y hablando de sexo (ya ven lo fino que hilo), cuando salí de Teatro e iba hacia la casa, pasé deliberadamente por delante del edificio de Pablo. No habíamos hablado en todo el día. Pero podía darle una sorpresa, ¿no? Yo qué sé. Porque soy así de cursi. Le compré un chocolatín, que es un *must* para animar a alguien que está enfermo, y un Aquarius, por si estaba malo de la panza y me tenía que comer yo el chocolatín, y me planté frente al interfón. Porque de vez en cuando tenía que ser yo el que hiciera cosas y sorpresas, ¿no? Así que, sin pensarlo mucho, toqué el timbre de su departamento. Y, mientras esperaba, le di un mordisco al pan. Sí, sí. Lo sé. Sé que se la había comprado a él, pero tenía hambre y olía tan bien el chocolate que era imposible contenerse. Me lo perdonaría.

—¿Sí? —Y esa era la voz de su madre. Estaba superseguro. Creo. Sí, sí. Era su madre.

—Hola, soy Pablo. ¡Óscar! ¡Soy Óscar! —No sé por qué dije Pablo. Mi mente.

—Hola, Óscar, cariño. Pablo no está ahora, pero no tardará en volver. Sube, sube. —Abrió la puerta. ¿No estaba? Qué raro.

—No, no pasa nada. Iba camino a casa y...

—Sube, que así te veo, cielo.

Y a esa mujer no puedes decirle que no. Así que subí y, cuando llamé al timbre, abrió la puerta y me recibió con la mejor de las sonrisas. Pero no solo eso, sino que me dio un abrazo y un beso bien sonoro y marcado en la mejilla. Cuando se apartó, pude verla bien y, siendo sinceros, tenía muy mala cara. Llevaba un pañuelo atado a la cabeza que le tapaba el pelo, una camisa muy ancha y larga (casi parecía un quimono) y había perdido peso, eso desde luego.

—¿Qué tal las clases hoy? —me preguntó mientras me indicaba que pasara a la sala y me sentara en el sillón. Qué vergüenza.

—Bien, bien. Todo muy bien.

No habíamos vuelto a estar los dos solos desde aquel día que nos castigaron por besarnos en el patio y me había calmado en el pasillo frente al despacho del director.

—¿Qué tal está Pablo? —dije, para romper el incómodo silencio.

—¿Pablo? Está bien. Ha bajado a la farmacia por unas cosas, tranquilo. Debe de estar a punto de volver. ¿Te quedas a comer? —me planteó, pero casi ni me dio tiempo a responder, porque ya estaba de camino a la cocina.

—No, no. Debería irme a casa ya...

—Bueno, al menos quédate cinco minutos, que hice tortilla de papas. Y ya me dijo Pablo que te encantó la que te dio el otro día.

—Claro que me encantó. Fue el día que Pablo me dijo «te quiero» por primera vez.

—Pero espera, que te ayudo. —Justo en ese momento llamaron a la puerta y me indicó que fuera a abrir. Así que, obediente, me acerqué, giré la manija y ahí estaba Pablo.

—No encontraba las llaves. Estaba la puerta del edificio abierta. Perdona por llamar, que... —Levantó la cabeza y me miró, sorprendido—. ¿Óscar? ¿Qué haces aquí?

—Eh, vi-vine a ver cómo estabas. Como me habías dicho que estabas enfermo y esas cosas... Pero ya te veo mejor. —No parecía estar enfermo **PARA NADA**.

—Sí, sí. Un dolor de estómago tonto. ¿Me dejas pasar? —Y caí en la cuenta de que estaba parado en el umbral, impidiéndole entrar. Me aparté y cerré la puerta tras él. Pensé que se quedaría en el salón conmigo, pero fue directamente a la cocina y escuché cómo él y su madre susurraban algo. Al rato, salió de la cocina, extrañado.

—¿Te piensas quedar ahí todo el día o vienes?

¡Carajo! ¡Y yo qué iba a saber! Tardé como dos segundos extras en reaccionar y fui hacia la cocina, donde estaba su madre haciendo tortilla para mí. De esa tortilla maravillosa. En cuanto entré, Pablo me dio un beso corto en los labios. ¡Ahí, delante de su madre!

—Vas tú también al viaje de esquí con Pablo, ¿no? —preguntó y colocó un plato con tortilla en la mesita de la cocina.

—Sí, sí.

—¿Y sabes esquiar?

—¡Para nada!

—Da igual. Se lo van a pasar genial. ¿Quieres algo de beber? ¿Una Coca-Cola?

—No, no.

—Sí, una Coca-Cola —afirmó, como no oyendo lo que yo había respondido, y se acercó al refrigerador.

—Gracias —contesté, agradecido.

—Ay, Óscar, deja de ser tan cursi. Si quieres una Coca-Cola, pídela. No esperes a que mi madre insista —dijo Pablo de repente.

—No le hagas caso, cariño. Es un maleducado cuando quiere —añadió su madre, le dio una nalgada y me dio una lata de Coca-Cola con un vaso con hielo.

No los aburriré con detalles, porque ya saben que intento ser de todo menos aburrido. Pero el caso es que fue una tarde perfecta. Aunque solo estuviera diez minutos contados en casa de Pablo. Era como un refugio. Como un sitio seguro donde podía ser yo mismo, sin miedo a que me miraran mal, me fueran a pegar o a prohibirme algo. Pablo me daba la mano sin ningún tipo de vergüenza, y su madre era puro amor. ¿Por qué no podía ser mi casa así? ¿Por qué no podía ser la escuela así? Ufff, ojalá pudiera irme de casa y venir a vivir aquí. Bueno, ya me lo propuso Pablo una vez, ¿no se acuerdan?

Tras merendar la mejor tortilla de la historia de la humanidad, y hablar sobre los posibles disfraces que llevaríamos a la fiesta de Almudena (yo quería ir de Tanjiro, y Pablo, de Robin), fuimos un rato a su cuarto. Pensaba retrasar todo lo posible mi regreso a casa, y, si para ello había que estar a solas con Pablo en su habitación, pues oye, haría el esfuerzo. **JA, ESFUERZO.** Nos sentamos en la cama y, como dos adolescentes que somos, nos empezamos a besar. Sus manos sobre mis muslos. Las mías sobre los suyos. Y desaparecía todo lo demás. Igual que ponerte unos auriculares con cancelación de ruido. Solo escuchaba su boca, su lengua, su respiración. Sus manos subieron hacia mi espalda y, tras agarrarme de los hombros, me tiró sobre la cama y se puso sobre mí, juntando nuestros cuerpos. Aunque me daba un poco de vergüenza. Básicamente porque su madre estaba en casa. ¿Y si hacíamos demasiado ruido y nos escuchaba? **¿Y SI ENTRABA EN EL CUARTO?** Pablo debió de notar que algo estaba pasando por mi cabeza, porque dejó de besarme y se separó. Al menos me dio tiempo para tomar aire.

—¿Pasa algo?

—Nada, nada... Pero ¿y si nos oye tu madre?

—Estará descansando ahora —dijo, y noté algo en su voz. Algo imperceptible, que quizá hace medio año no habría notado, pero ahora sí.

—Oye, tu madre es divina. Ojalá fueran así mis padres. —Pablo asintió y, de la nada, sus ojos se pusieron llorosos. Espera un segundo. ¿Estaba... estaba llorando? Al ver que me había percatado, se separó de mí de golpe y se sentó en el borde de la cama, dándome la espalda.

—Pero, Pablo..., ¿qué te pasa? ¿Qué ocurre? —dije, sin saber muy bien qué hacer. Pero Pablo no hablaba. Solo intentaba contener sus lágrimas todo lo posible—. ¿Qué pasa? En serio, me estás asustando...

—Mi madre, que... —No fue capaz de terminar la frase. Noté cómo se le rompía la voz y se llevaba las manos a la cara, dejando salir todas las lágrimas que había estado conteniendo. Nunca he sabido cómo reaccionar cuando alguien llora delante de mí. No por nada, sino porque mi mente no reacciona igual. Me cuesta un mundo. Pero era Pablo. Y me necesitaba. Así que me levanté y, colocándome detrás de él, pasé los brazos por encima y le abracé, tomando sus manos, que estaban húmedas por culpa de sus lágrimas.

—¿Qué pasa? —susurré con suavidad.

—Mi-mi madre... Mi madre, tiene cáncer.

9.

No me salían las palabras. Era incapaz de poder consolarle. No lo había visto venir para nada. Pero ahora su estado tenía todo el sentido del mundo. Y que Pablo estuviera más atento que nunca conmigo quizá también. ¿También sería el motivo de que se quedara más tiempo en Estados Unidos?

—Lo-lo siento mucho —logré decir.

—No pasa nada. Tú no tienes que sentir nada —respondió, enjugándose las lágrimas.

—Pero... ¿cómo ha sido? ¿Qué ha pasado? —Lo sé, unas preguntas estúpidas. Pero no sabía qué más decirle.

—Por eso fuimos a Estados Unidos. Es decir, es una larga historia, pero parte de su familia vive allí, pues son médicos y tal. Un tío mío lejano es oncólogo. Y quería hacerse una revisión... Y-y le detectaron un tumor en un pecho. Le hicieron una mastectomía y tuvimos que estar más días allí. Pero parece que todo va bien, ¿sabes? Quitaron el tumor y no se había extendido.

—Eso es bueno. Esa es una noticia muy buena.

—Sí. Pero no quería contártelo por teléfono. Ni así. Y no sabía que vendrías hoy. Lo-lo siento. No quería ocultártelo. —Y me miró con los ojos vidriosos. Nunca le había visto tan vulnerable.

—Seguro que todo va bien, Pablo. —Ahora que me doy cuenta, nunca le llamaba por su nombre—. Yo la he visto bien. Creo-creo que va a ir bien todo, ya lo verás. Y ya sabes que estoy aquí para todo lo que quieras, necesites o lo que sea.

—Lo sé. Gracias. En serio. —Me besó, con cuidado, como si me fuera a deshacer—. No se lo cuentes a nadie, ¿sí?

—Tranquilo. Nadie de nadie. Otras cosas no, pero guardar un secreto sí que sé.

Nos tomamos las manos, con ganas, con cariño, con fuerza. No sé cuánto tiempo estuvimos así, en silencio, mirando nuestros dedos entrelazarse, hasta que su madre llamó a la puerta. Después de unos segundos, abrió.

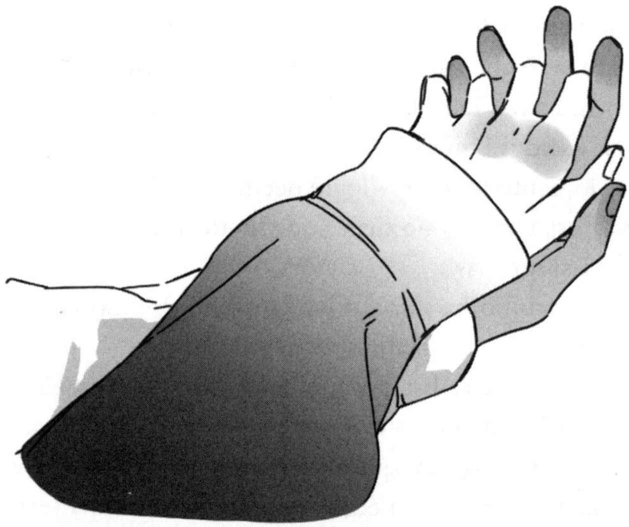

—Óscar, cielo, ¿te quedas a cenar?

—Oh, no, no. Gracias, pero tengo que cenar en casa. En serio. No he avisado a mis padres ni nada.

—Si es por eso, tranquilo, llamo a tu madre y seguro que te dejan quedarte a ce...

—¡NO! —Mi grito tomó a todos por sorpresa, incluso a mí. No quería gritar así, pero, claro, mis padres no sabían que Pablo había vuelto aún. Que los llamara la madre de Pablo provocaría un verdadero apocalipsis en mi casa. ¡Y bastantes tenía ya a la semana!—. Quiero decir... No, no, que mis padres ya sabes que son muy estrictos, y tengo que volver a casa.

—No pasa nada. Otro día entonces. —Hizo como si no hubiera oído mi grito y se fue, cerrando la puerta de nuevo. Pero, claro, la cara de Pablo era un poema.

—Mierda, perdona, no quería gritar a tu madre.

—¿Aún no les has dicho que estoy aquí?

—No —confesé. Pero pude notar su tono de reproche. ¿Qué esperaba? Trataba de llevar todo esto lo mejor que podía.

—Óscar, se lo vas a tener que decir tarde o temprano.

—Lo sé, lo sé. Pero ¿qué daño hago no contándoselo? Al menos están más tranquilos, y no me están jodiendo todo el día con que no te vea.

—¿Y qué esperas? ¿Que vivamos siempre así? Eras tú el que me decías que no había que ocultarse —me recriminó. No era para nada justo.

—Sí, pero con mis padres es diferente. Es decir, vivo con ellos. Solo miro por el bien mayor —me excusé.

—Carajo. Odio esto.

—¿Y te crees que yo no? Pero ahora mismo, no tenemos ninguna otra alternativa. Da gracias que no vienen a buscarme a la salida de clases. O que no son profes, porque imagínate el problema. ¡Eso sí que sería un problema! —Estaba hablando incontrolablemente. Lo notaba. Mi boca no quería cerrarse y mis brazos no paraban de moverse. De hecho, estaba temblando. Aún me duraba el susto.

Pero Pablo no dijo nada más, ni me preguntó nada más. No. Simplemente me miró, y vi en sus ojos que, si estábamos juntos, cualquier cosa sería posible.

Me acompañó hasta la puerta, después de despedirme educadamente de su madre, que ya estaba descansando en el sillón. Dios, tenía aún un nudo en la garganta. Pablo había sufrido todo lo de su madre completamente solo. No había podido ayudarle. Pero, ahora que lo sabía, iba a estar ahí continuamente para él. ¡Más todavía de lo que ya lo estoy! Nos despedimos con un beso y con un abrazo de esos sinceros, de esos que tanto se necesitan. Si el mundo se abrazara más, todo iría mucho mejor.

—Oye, Óscar. —Me giré una vez más antes de irme—. Gracias, ¿eh?

—¿Por?

—Bueno, por hacer sonreír a mi madre.

Los siguientes días estuve más pendiente de Pablo que nunca. A ver, siempre con cuidado, trazando planes para vernos sin que mis padres lo descubrieran. Y, pese a no estar en el mismo grupo, al menos teníamos nuestros encuentros en el pasillo, además de irnos juntos por las mañanas. Pablo faltó un par de días más a la escuela. Pero ya no me engañaba diciendo que estaba enfermo. Ahora ya sabía la verdad. Y odiaba tanto no poder ayudarle más... Necesitaba distraerse. Pensar en otras cosas. Pasar una noche divertida sin ninguna preocupación. ¡Carajo, y yo! ¡También necesitaba lo mismo! Así que la fiesta de Halloween de Almudena no pudo llegar en mejor momento. Desde luego.

Estuve todo el día preparando a conciencia mi disfraz. No es que yo sea muy de manualidades ni un experto, pero creo que me había quedado de poca madre. Ay, si pudieran verme. Vamos, es que era una imitación perfecta de Tanjiro. *Cosplay* a tope. Para los que no conozcan a Tanjiro, les diré que es el protagonista del anime *Kimetsu No Yaiba*. Tenía hasta los aretes, aunque no tengo agujero en las orejas, así que eran de clip y dolían una puta barbaridad. Pero me puse un poco de hielo y, oye, como nuevo. Me peiné todo el pelo hacia atrás, revuelto con mil kilos de gel y espray de mi madre, y me pinté una marca en la frente. Vamos, llevaba hasta chanclas con calcetines. Mi padre al verme salir solo carraspeó. No quiso hacer ningún comentario al respecto. Mira, mejor. Si tienes algo malo que decir, mejor cállatelo. Para que me dejaran ir, habíamos llegado a un acuerdo: podrían venir a buscarme cuando quisieran. Así que tendría que estar pendiente del teléfono en todo momento. Además, mi padre se iba al día siguiente a Barcelona por no sé qué asuntos. Nunca lo había visto tan pendiente de su trabajo. Creo que había un nuevo puesto en la empresa y no paraba de trabajar, hablar por teléfono y estresarnos a todos. Maldición, si uníamos a su mal pedo habitual el que estuviera agobiado por el trabajo..., mi padre era una auténtica bomba de relojería.

Había dicho que me venían a buscar Cris y Celia, pero nada más lejos de la realidad. Bajé a la calle, emocionado y corrí hacia el edificio de Pablo. A ver, no corrí porque con las chanclas casi me estampo apenas salí, así que fui caminando, pero a velocidad rápida. Y, cuando llegué a su portón, ya estaba afuera, apoyado en un banco, disfrazado de Robin, con sus piernas al aire, su capa y su antifaz. **¡ME LO COMO!** Y estaba ahí, como si tal cosa, como si no estuviera disfrazado. Carajo, él iba supersexy (ya sé que dije que no me gustaba la palabra, pero la digo, *sorry not sorry*), y yo, hecho un desastre. No, la verdad. Mi disfraz era lo máximo. Las cosas como son. Pero, claro, Pablo era Pablo.

—Robin. ¿Dónde te has dejado a Batman? —le pregunté nada más verlo. Se giró y sonrió.

—Soy yo, Pablo —me dijo, bromeando—. Ya sé que mi disfraz puede llevar a equivocación.

—¡Es verdad! Fíjate que no te había reconocido. —Nos besamos. Lo de saludarse con un movimiento de cabeza ya había quedado muy atrás.

—Oye, qué bueno tu disfraz. Aunque a lo mejor tengo que hablarte en japonés, ¿no? *Osuka san.* —Y me hizo una reverencia, que yo, por supuesto, devolví.

—Vamos los más guapos de la fiesta.

—Ah, ¿lo dudabas?

—¿No tienes frío con tu disfraz? —Aunque no me iba a quejar, porque verle las piernas a Pablo, pues mira... **FANTASÍA**.

—Me lo dice el chico que va en kimono —señaló.

—Pero ¡tú vas con las piernas al aire!

—Y te encanta, así que disfrútalas. ¡Vamos, que llegamos tarde!

—¿Y el Batimóvil?

—Lo he dejado en casa —respondió.

—Pues vámonos a conquistar Gotham.

—Y nos imaginamos que estamos en una peli como *Toy Story* —continuó Pablo. Dios, amaba tanto que entendiera mis referencias...

¡Qué diferencia con la última vez en casa de Almudena! Pablo y yo nos habíamos fajado en su baño, en uno de los momentos más extraños que he vivido con él. Solo de pensarlo me emocionaba de más, así que tuve que pensar en otras cosas para relajarme un poco. ¡Que con mi disfraz se nota todo! Eso es un inconveniente. Bueno, imaginen el de Pablo, que básicamente llevaba unos calzoncillos verdes. Tampoco éramos muchos en la fiesta. Estaba Almudena, obvio, que para algo es su casa, que iba disfrazada de Wanda. Sí, la Bruja Escarlata. Iba toda de rojo y hasta se había hecho una tiara igualita a la de la serie. En cuanto nos abrió la puerta, empezó a mover los brazos y las manos, como si estuviera usando sus poderes. Cris, muy mona, iba de Hello Kitty. No pregunten. Celia se había disfrazado de Taylor Swift zombi, e iba con lo que parecía un teléfono en la mano. Si le preguntabas algo, te respondía: «La vieja Celia no puede contestar al teléfono ahora» y si le preguntabas: «¿Por qué?», ella contestaba

«Porque está muerta» y pegaba un grito. De hecho, a mí me lo hizo y me dio un susto cabrón. Celia tenía un control sobre todo que te mueres. Se conocía todos los memes, todas las frases, **TODO**. Y Albert iba..., pues de quién iba a ir sino de Kirishima, con su pelo rojo fuego. Pero, claro, los mejores éramos Pablo y yo. Robin y Tanjiro. No sabían que necesitaban un *shippeo* de estos dos hasta ahora, ¿eh?

Y qué decir de la fiesta. Pues que fue tremenda, las cosas como son. A ver, no piensen que esto es *Élite*. No hubo muertos ni orgías a lo bestia ni güeyes sin camiseta enseñando sus bíceps. La vida no es *Élite*. Vamos, mi adolescencia está lejos de serlo. Lo más fuerte de la fiesta fue que Celia nos enseñó una chichi, con eso les digo todo. Bueno, y que Albert y yo dejamos de hablarnos.

¡Esperen, esperen! Que los estoy viendo venir. ¿Cuándo no les he contado yo algo? Siempre les explico todo. Y esto también, aunque aún no tengo muy claro cómo se fue todo a la mierda tan rápido. Es que ni lo vi venir. *Fuck*. Pero vayamos al principio de todo.

—¿Qué quieres beber? —me preguntó Pablo.

—Mmm, no sé... ¿Una copa?

—Te la traigo. —Y se fue, y, justo cuando se iba, apareció el que tanto temía: el tonto de Diego. Iba vestido de futbol, con unos shorts tan cortos que no dejaban nada a la imaginación (yo creo que hasta se le salía... algo), y manchas de sangre mal pintadas en la cara. Por favor, para venir así de jodido, mejor no vengas. Vi cómo se encendía la cara de Albert, como si acabara de entrar Lil Nas o algo parecido. Claro, fue corriendo hacia él, cambiando su voz al instante, tratando de hacerla más grave. Más masculina. No quiero decir que una voz más aguda sea menos masculina, ¿eh? Pero ya estaba viendo por dónde iba Albert, y no me gustaba nada.

—Me encanta Tanjiro —dijo una voz a mi izquierda. Me giré y vi a Miguel. No es un nuevo personaje que me haya sacado de la manga. Miguel, el protagonista de *Coco*. Quizá con la película que más he llorado en mi vida. No reconocí quién era al principio. No solo porque estaba perfectamente maquillada, sino porque **¡SE HABÍA CORTADO EL PELO MUCHÍSIMO!**

—¿Alba?

—Hoy, soy Miguel —sonrió e hizo un pequeño gritito, como los de la película. Me eché a reír y fui a darle dos besos, pero me apartó. «El maquillaje». Claro, perdona, Alba.

—El tuyo está padrísimo también.

—Hey, gracias, me ha costado un huevo. —Y, orgulloso, di un giro de ciento ochenta grados para que viera todo mi disfraz. Es que me había quedado genial. Y me quedo corto.

—¿Y Pablo? —Me encogí de hombros, porque realmente no tenía ni idea de dónde se había metido—. Oye, ¿podemos hablar luego?

—Claro. ¿Qué pasa?

—Nah, pero mejor luego en privado, si no te importa.

—Para nada.

Pablo apareció con lo que parecía un vaso de vodka con limón y, en la otra mano, un vaso lleno de ¿agua? ¿Para qué quería yo agua?

—No quiero que te pongas hasta la madre empezando la noche. Y menos aún si van a venir tus padres a buscarte. Así que ve bebiendo agua de vez en cuando, ¿entendido? —me aconsejó, dándome un beso en los labios y los dos vasos. ¿Y este Pablo tan atentísimo dónde había estado toda mi vida?

Almudena estaba a cargo de la música, y no dejaba de cambiar continuamente los videos de YouTube que aparecían en su televisión. De hecho, no dejaba a nadie que se acercara. Pero Albert era más rápido y, en cuanto ella se distraía, cambiaba la música. Estaba sonando **BLANCO** y *Mi fai impazzire* cuando Pablo me susurró al oído si quería ir con él al baño. Al baño. A ese mismo en el que nos cachondeamos hace solo unos meses. ¿Cómo le iba a decir que no?

—¿Vamos un rato al baño? —me propuso con una voz que era capaz de hacer que me derritiera.

—¿Cuánto es un rato para ti? —bromeé.

—Infinito. —Y, tendiéndome la mano, como cuando me invitó a bailar desde el otro lado del mundo, me llevó escaleras arriba hasta el baño, cerrando la puerta tras de nosotros.

—Somos superpoco disimulados —apunté mientras daba un nuevo sorbo a la copa que me había preparado.

—Todos saben que estamos juntos. ¿Qué más da? ¿Te da vergüenza?

—No, no... —Bueno, un poco sí. Me daba pena que supieran que estábamos cachondeando.

—Pues entonces nos vamos —dijo, tomando la manija de la puerta.

—¡No, no! Que no pasa nada.

—Sé que eres incapaz, pero debería dejar de importarte lo que piensen los demás de ti.Vivirías mucho más tranquilo.

—¿A ti no te importa lo que piensen los demás de ti?

—A mí me importa lo que pienses tú.

Me quitó el vaso, dio un sorbo y se metió un hielo en la boca. Alargó la mano y, juntándome contra él, me abrió el kimono y la metió por mis pantalones, acariciándome por encima de los bóxers con la punta de los dedos.Y, al momento, abrió los labios y me pasó el hielo. Una sensación indescriptible. El frío contrastaba con el calor de su boca, de su lengua, derritiéndolo casi al instante.Y sabía a él. Ese hielo sabía a Pablo. Pasé los brazos por su espalda y, torpe pero decidido, metí la mano por dentro de sus microshorts de Robin, acariciándole las nalgas, y apretándolo contra mí. Cada día que pasaba tenía más ganas de no separarme de él. Es decir, estar unidos físicamente. Como siameses. Le devolví lo que quedaba del hielo y lo mordió con fuerza, sonando un ¡crac! que me hizo estremecer. Su mano no dejaba de moverse, igual que la mía. Es decir... A ver, ya no me espantaba tanto como las primeras veces que cachondeamos. Se estarán dando cuenta. Cada vez tenía más seguridad. Cada vez me daba más seguridad. Quizá el verlo tan tranquilo era lo que más me calmaba, qué sé yo. Pero entonces llamaron a la puerta y nos interrumpieron. Como siempre. Esto ya está siendo una maldita costumbre.

—Dejen de estarse manoseando y bajen, que vamos a jugar a un juego. —Era la voz de Celia. Inconfundible.

—¿Seguimos luego? —le sugerí a Pablo, que se separó al momento.

—Tengo que bajar esto. —Y se señaló a los diminutos shorts. Claro, es que él solo llevaba eso. Y he de decir que se le marcaba todo. Tanto que podías ver literalmente la forma de su verga. ¡A ver qué hacía!—. Ayúdame, ¿no?

Y, bueno, tardé en reaccionar, pero claro que le ayudé. Bueno, empecé a ayudarle, porque alguien volvió a llamar a la puerta y nos interrumpió de nuevo. Pablo se metió la mano, se la colocó como buenamente pudo y salimos del baño, yo delante, cubriéndole un poco hasta que dejara de notarse lo excitado que estaba. Si alguien lo notó, no lo sabemos, porque nadie dijo nada.

Abajo estaban cantando a todo volumen canciones de Olivia Rodrigo (una de las cantantes favoritas de Almudena) cuando Celia quitó el sonido de la televisión para contar cómo iba a ser el juego que tenía pensado.

—A ver, las cosas van así. Están estas donas. Dos pintan la lengua de azul. El resto no. Nos comemos uno cada uno, a la vez, y a los dos que tengan la lengua azul les toca darse un beso. ¿Okey? —explicó Celia.

—¿Y este juego que te acabas de inventar? —preguntó Zaida, otra de las chicas de la fiesta.

—Si esa va a ser tu aportación, te quedas sin jugar, güey —respondió Celia, que se llevó el aplauso espontáneo de Almudena—. Vamos, que cada uno tome una dona.

Uno a uno, fuimos agarrando una dona y mirándonos, como si fuéramos a cometer una travesura. ¿A quién le tocaría?

—Uno, dos, ¡TRES! —gritó Celia y me metí la dona entera en la boca—. ¡Entera no, Óscar, animal! ¡Con un mordisco bastaba!

—¡Y ufmffp yo umgpgpg qué umfppf sabía umpfpfpff! —repuse, casi sin poder respirar. Soy bastante exagerado, porque la dona era muy pequeña, pero ya me conocen.

—¡Venga, lenguas fuera!

Adivinan quién tenía la lengua azul, ¿verdad? Sí, el bueno de Óscar, al que siempre le pasa todo. Yuhuu, fiesta. Siempre igual. Miré alrededor, buscando quién sería mi beso, y al primero que vi fue a Pablo. Tenía la lengua más perfecta del mundo, sí, pero era de color normal. Mierda. Almudena también, y Zaida, y Celia, y Alba... y... Albert... lengua azul. ¡Albert también tenía la lengua azul!

—Pero vamos a ver, ¿tenemos que darnos un beso con lengua? —dijo Albert, nervioso. No sé si los demás se dieron cuenta, pero yo sí. Nada más saber que tenía que besarme, miró a Diego, como en pánico. Se puso pálido al instante.

—**¡CLARO! ¡ASÍ SON LAS REGLAS!** Si no, castigo para los dos —explicó una Celia sobreexcitada.

—¡Deja de inventarte las reglas!

—**¡NUNCA! ¡VENGA!**

Pero casi ni me dio tiempo a pensar en lo que iba a pasar, porque al segundo Albert ya estaba pidiendo el castigo porque no quería darme el beso. Es decir, era un poco incómodo, yo qué sé. Es Albert. Pero era un puto juego. ¿Por qué se había puesto tan nervioso?

—De acuerdo. Castigo... ¡Tienes que darle dos besos a Óscar! —indicó Celia, explotando en carcajadas. Albert, enfurruñado, tomó su copa y se fue a la cocina, totalmente sobrerreaccionando a una típica broma de Celia—. Un concursante menos. Ok, ¿a quién besa Óscar entonces?

El humor de Celia borró lo que acababa de pasar. Pero yo no pude pasarlo por alto. Es decir, ¿qué acababa de pasar? Primero, ¿por qué se había puesto tan nervioso? Segundo, ¿por qué no quería besarme? Carajo, que no significaba que fuéramos a fajarnos. ¡Y luego soy yo el exagerado! Así que, mientras todos volvían a comerse una dona, yo fui directo a buscar a Albert, que se había refugiado en la cocina.

—Oyeee, güey..., ¿qué pasóóóóó? —Sí, lo admito. Estaba borracho. Un poquito de nada, pero un muchito. Las cosas como son.

—¿Qué pasó de qué? —respondió como alguien al que han descubierto haciendo algo que no debía.

—Güey, te pusiste así como meganervioso de repente...

—Para nada. Solo que era una mamada de juego.

—Pues como todos los que se inventa Celia. Pero era eso... No sé, un juego, yo qué sé.

—Bien —espetó, como molesto por algo. Pero no acababa de descifrar la razón.

—¿Es por Diego?

—¿Qué pasa con Diego? —inquirió, poniéndose en alerta.

—No sé, como en cuanto te tocó lo del beso lo miraste así como con cara de pánico y tal...

—Tremenda pendejada —replicó.

No me dio tiempo a responderle porque entró Diego (Dios, es que les juro que no puedo con él), dando tumbos, tirando media copa al suelo (y eso luego iba a estar pegajoso de a madres) y llegando hasta Albert, pasándole el brazo por detrás.

—¿De qué hablan? —escupió.

—De nada. Si yo ya me iba...

—¿A seguir jugando? No sé si quedan donas ya, ¿eh? —me explicó—. Yo me he ido porque no me ha tocado ni una puta vez. ¡Y yo que quería besarme con Alba!

—Uuy, qué sorpresa —dije, entre dientes, pero nadie me escuchó.

—Aunque, güey, ¿qué se hizo en el pelo? ¿Lo has visto? Parece un marimacho... —casi eructó al decir eso. Les juro. Y a mí me superencabronó...

—¿Y a ti qué más te da lo que se haga en el pelo?

—¿Qué? —contestó, sorprendido de que hubiera hablado. ¡Ni que fuera de adorno! Albert me miró como pidiéndome con los ojos que me estuviera calladito. ¡JA!

—Pues que qué más te da. Como si se quiere poner el pelo de color arcoíris.

—Chingada madre, es que no se puede decir nada ya, güey. Todo el mundo se ofende con cualquier pendejada. —Me recordaba tanto a mi padre con ese discurso...

—No. Puedes decir lo que te dé la gana. Pero tienes que apechugar con las consecuencias. Basta de comentar el físico de la gente.

—Pero ¿este güey qué dice? —Se encogió de hombros, ofendido—. Tú lo que estás es trabado por no haber podido comerle la boca a Albert.

—Uy, qué equivocado estás. Te recuerdo que tengo novio. —Dios, fue tan empoderante decir «tengo novio»...

—Eh, eh, que yo no tengo nada en contra. Que cada uno coja con quien quiera.

—Ser gay no es solo algo sexual, ¿eh? —dije. Ya saben que antes agachaba la cabeza y asentía a todo. Pero ya no. Yo ya no me callo nada.

—Ya, ya.

—Pero como la escuela está puto llena de intolerantes de mierda, pues es una fiesta todos los días.

—Ya, ya vi lo que te hacían Moi y compañía. Son buena gente, no se lo tengas en cuenta. —Hablaba consigo mismo más que conmigo.

—No son buena gente. La buena gente no le pega a otros solo por su orientación sexual.

—Hombre, lo dices como si te hubieran apuñalado o algo —sonrió y, mira, me entró algo por dentro... ¿Podía ser más pendejo? Les dije que me caía mal. Ya me estaba hirviendo la sangre como en una tetera. No echaba humo por las orejas de milagro. Pero este güey, ¿es imbécil?

—¿A ti te han pegado alguna vez por ser cishetero? —mascullé, tratando de contener toda la ira que estaba a punto de salirme a borbotones.

—¿Cis...? Qué es eso, a mí háblame normal.

—Hay una cosa que se llama contexto... —espeté. ¡Ni que ahora yo tuviera que enseñarle las cosas a este güey!

—Pues sí me han pegado alguna vez. Y yo he pegado también.

—Repito: ¿por ser cis...? ¿Por ser hetero?

—Ni idea. —Se encogió de hombros—. A ver, no quiero que me malinterpretes, güey, tranqui. Si me caes de poca madre, ¿eh? Pero, bueno, no sé, creo que buscas llamar demasiado la atención. ¿No puedes ser gay sin gritarlo a los cuatro vientos?

—Pero ¿a ti quién te ha invitado a esta fiesta?

Albert me miró con ojos de «por favor, no digas nada más» y con la cabeza agachada. Así, como si le diera miedo enfrentarse a ese cavernícola. Y, oye, fui capaz de no hacerlo, pero no podía seguir ahí ni un segundo más, así que me largué, dejando a Diego con la respuesta en la boca.

—¡Óscar, bro, espera! —gritó Albert pero me dio igual. Salí de la cocina hecho una furia. Pensé que vendría tras de mí para disculparse, pero hay veces que pensamos que la gente va a comportarse como lo haríamos nosotros... y nos decepciona. Porque no todos somos iguales, y lo que unos ven superlógico, otros lo ven superirracional. ¿Cómo mierda podía haberse torcido tanto la conversación? Vamos a ver, estaba claro que Diego era cishetero. ¿Qué quería Albert? ¡Y encima agachando la cabeza! ¡Delante de mí! **¡COMO HACIENDO VER QUE SER GAY ES ALGO DE LO QUE HAY QUE AVERGONZARSE!** Si había algo que sentía en ese momento era decepción. Está bien que le gustara tanto Diego..., pero ¿le gustaba tanto como para acerme a un lado? Me cago en la puta madre.

—**¡ÓSCAR!** —gritó Albert, que salió al pasillo. Pues vaya, al final sí que había venido.

—¿Qué? —respondí, megaencabronado.

—Oye, ¿qué haces? ¿Por qué te pones así?

—Hombre, porque me estabas poniendo de un puto genio...

—¿Yo?

—Güey, no mames. Me dejaste solo. ¿No escuchaste todas las pendejadas que estaba diciendo el tipo ese?

—Sí. Está borracho.

—No lo excuses.

—¡No lo hago! Pero ¿a ti qué te pasa? —explotó.

—¿A mí? ¿Qué te pasa a ti? ¿Por qué estás perdiendo el tiempo con ese? Es un puto homófobo de mierda y, ¡ah, sorpresa! es superhetero. Y, cuando sepa que tú no, te darás cuenta de lo pendejo que es.

—¿A ti qué más te da que me guste Diego, vamos a ver? ¿Me meto yo con cómo te mangonea Pablo?

En ese preciso instante llegaron Cris y Celia, que nos estaban viendo de lejos discutir, para tratar de poner un poco de calma.

—Oye, déjenlo ya, ¿no? —intervino Celia, preocupada.

—¿Mangonea? ¿Cómo que me mangonea? Para tu información, Pablo me quiere —dije, orgulloso.

—¿Te quiere de verdad? ¿O solo te dice lo que quieres oír para cachondear y ya está?

—¡Albert! —gritó Cris.

—Dime, ¿cuántas veces te ha dicho cosas bonitas y luego han hecho algo?

No tuve respuesta ingeniosa esta vez. ¿Por qué no había parado la conversación a tiempo? Sé que Albert se arrepintió en cuanto lo dijo. Lo sé. Lo pude ver en sus ojos. Pero también vi que no se iba a echar para atrás. No en ese momento. Así que, mejor que decir algo de lo que me fuera a arrepentir (bastantes cosas había dicho ya), me di la vuelta y me largué, literalmente, de la fiesta.

—Mierda, Albert, te pasaste, güey —oí cómo le recriminaba Cris, pero Albert, terco como el que más, se fue en la otra dirección.

Bajé las escaleras a tal velocidad que estuve a punto de caerme de nalgas un par de veces, porque las chanclas se resbalaban como si estuvieran hechas de agua. Pero no podía frenar. Como si correr más rápido fuera a borrar todo lo que acababa de pasar. ¿Me comporté yo así cuando me gustaba Pablo? Es decir, ignorando todas las señales, dejando atrás a todo el mundo, cambiando mi forma de ser... Otra cosa no, pero he tratado de mantenerme siempre como soy yo. Aunque sí que de vez en cuando trataba de fingir un poquito, y hacerme el valiente y esas cosas. Enamorarse te vuelve estúpido. Eso es verdad. Pero que le pasara a Albert con un idiota como ese Diego, pues me tocaba la moral. Era un Ramón cualquiera con distinta ropa, solo que a mí no me engañaba. No, no, no. Albert era mi mejor amigo, y si tenía que encabronarme con él para protegerlo, oye pues parlante. Parlante no. *Pa'lante*. Cosas del autocorrector.

Pasé por delante del espejo que había en el portón y ahí me di cuenta de que había perdido uno de los aretes de mi disfraz. ¡NO! Mierda, me habían costado un dineral, y me encantaban. A ver, un dineral. Doscientos pesos los dos. Para mí eso es mucho dinero, las cosas como son.

—No, no, no, carajo —fui diciendo entre dientes mientras volvía sobre mis pasos, buscándolo entre los escalones.

—¿Buscas esto? —Una mano sujetaba el arete perdido delante de mí. Reconocí esos dedos al instante.

—**¡GRACIAS!** —le arrebaté el arete a Pablo y me lo coloqué en la oreja derecha.

—¿Qué carajos ha pasado? ¿Por qué te vas así, sin decir nada? —espetó.

—Ay, yo qué sé. Lo siento, pe-pero...

—Hombre, carajo, te largas, no me dices nada. ¡Llevo diez minutos buscándote por la fiesta! —Estaba molesto, lo podía notar. No te encabrones tú ahora encima, Pablo.

—Perdón.

—¿Qué ha pasado con Albert?

—No nos hablamos. Es un necio —respondí, seco.

—¿Solo él?

—Oye, te tienes que poner de mi parte.

—¿Por? ¿Y si no tienes razón? —me planteó, confundido.

—A ver, era broma... Yo qué sé.

—¿Qué ha hecho? —dijo, ignorando mi respuesta.

—Que está hasta el culo perdido por el Diego ese. Y-y ha empezado a decir pendejadas nivel Dios y Albert, en vez de apoyarme, se ha quedado ahí calladito, ¿sabes? —No quise decirle cómo siguió nuestra pelea después.

—¿Y por qué te ha enojado tanto?

—Pues sí. —A ver, esa no era la respuesta, pero no escuché bien su pregunta, ¿okey? Estoy nervioso.

—Te he preguntado que por qué te ha enojado, Óscar.

—Ah, ya, ya... Yoquesé.

—Habla despacio, que no te entiendo.

—Carajo, que yo tuve que dar un paso hacia delante... Delante de todo el puto colegio, ¿sabes? —estallé.

—Pero nadie te lo pidió, ¿no?

—Bueno, no, pero...

—No te tomes mal lo que te voy a decir ahora, ¿okey? —me advirtió, cuidadosamente—. Bueno, sé que te lo vas a tomar mal de todos modos.

—No, carajo. —Mierda, qué bien me conoce ya.

—Porque tú dieras ese paso... no tiene por qué darlo todo el mundo, ¿no? Cada uno tiene sus tiempos.

—Ya, bueno, pero de ahí a-a quedarse callado. ¡Si hasta pone voz así más fuerte cuando está delante de él! Es-es como si negara que es gay o algo así.

—¿Cuánto tardé yo en hacer algo? —preguntó de repente.

—¿Eh?

—¿Cuánto tardé yo en hacer algo delante de todos?

—Pero tú eres diferente.

—¿Por? —Su mirada me derrotaba por completo.

—Ash, no sé, me estás haciendo bolas —conseguí decir. La cabeza me daba vueltas.

—Que tú fueras valiente no significa que Albert no lo sea. Simplemente, tiene otro tiempo diferente al tuyo, y, si es tu amigo, tendrás que respetarlo.

—Ya... —admití—. Pero es una mierda ser el único de la escuela, ¿sabes?

—¿El único?

—A ver, ahora te digo yo lo de que no te lo tomes a mal. Pero a ti no te hacen nada, ni te insultan, ni te pegan, ni se meten contigo. Todo es para mí. Todo para Óscar.

—¿Y qué quieres? ¿Compartir insultos y madrazos?

—Pues sí. O no. No lo sé. —Estaba diciendo una estupidez. *I know.*

—Tú diste un paso enorme, Óscar. Pero debes entender que la gente tiene vértigo, ¿sabes? Y no todos son capaces de lanzarse al vacío como tú. No todos tienen a alguien esperándolos al final del precipicio —dijo, dándome las manos.

—Me tiene a mí. Soy su mejor amigo.

—Entonces, dale tiempo. No lo presiones.

Sus manos llevaron las mías hacia su trasero, literalmente, y las suyas fueron al mío. Juntamos nuestras cabezas y me besó en los labios, con delicadeza, pero sin dejarse nada, ¿saben a lo que me refiero? Y yo, de manera instintiva, me aparté. **¡ME APARTÉ!** Claro, Pablo se quedó sorprendido. Bueno, y yo. ¿Qué acababa de hacer? ¿Era por lo que me había dicho Albert? «¿Cuántas veces te ha dicho cosas bonitas y luego han hecho algo?». No-no-no-no-no. Ese no es Pablo. Ese no es mi Pablo.

Y, como adivinando el momento incómodo que estábamos pasando, sonó mi celular. Era mi padre. Habían venido a buscarme.

Carajo, qué pronto. ¡Qué pronto! ¡Si ni siquiera habían pasado tres horas desde que habíamos llegado!

—Ya-ya-ya bajo. Ya bajo —respondí, ante la mirada de Pablo, que seguía con una mezcla de indignación y sorpresa. Cuando colgué, ni siquiera tuve que hablar. Entendió enseguida que tenía que irme. Yo esperaba un beso de despedida, pero, claro...

—Nos vemos. —Se dio la vuelta y subió por las escaleras, dándome la espalda al momento. Estaba molesto por lo que acababa de pasar. Estuve a punto de ir tras él, pero mi padre volvió a llamar. Una vez más. Estaban en la puerta esperando en doble fila. Mierda, papá, que ya voy. Mecagalamadre. A la chingada.

Di la espalda al portal y subí corriendo tras Pablo. Y, cuando le vi, me tropecé con uno de los escalones, me caí contra él y estuve a punto de tirarle al suelo. Pero era como un muro, así que aguantó de pie, con fuerza, con ganas. Carajo, quién tuviera ese equilibrio.

—¡Qué haces! —protestó.

—Que-que no me quiero ir —admití.

—Pero para eso no tienes que intentar tirarme por las escaleras.

—Ya, ya. Es que, no mames, cuesta muchísimo andar con esta mierda. ¿Cómo puede matar demonios yendo con esto?

—Te van a echar la bronca, Óscar.

—Bueno, mira, merecerá la pena. —Y lo besé. Quería que supiera que lo de antes había sido una reacción estúpida. Pero no iba a contarle que había sido por culpa de lo que me había dicho Albert. No hacía falta, ¿no? Estábamos casi en el descanso del departamento de Almudena y se escuchaba la música a través de la puerta. Dios, los vecinos la iban a echar. Agudicé el oído y reconocí la canción. Y de repente parecía que hablaba de nosotros dos. *Básicamente aquí estamos los dos. La luna soy yo. El planeta eres tú...* Y empecé a tararearla.

—¿Me estás cantando en la oreja? —me dijo Pablo, sonriente.

—Mmm... ¿Sí?

—No conozco esta canción.

—Yo sí, pero tampoco creas que me la sé. —Ni que me supiera yo todas las canciones de Sebastián Yatra.

—Quiero volver a dormir contigo —me confesó.

—Y yo.

—No puedo esperar al viaje a la nieve.

—¿Y qué propones?

—Ojalá pudieras vivir conmigo, carajo. —Parecía más bien una reflexión suya que algo que estuviera diciéndome—. No es justo.

—Y lo noto en tu mirar... —le respondí, consiguiendo que sonriera de nuevo.

—Odio a tu padre.

—Bienvenido al club. —Y, oye, parecía que al mencionarlo lo invocabas o algo así, porque empezamos a escuchar pasos de alguien que subía a toda velocidad por las escaleras. Tuve una corazonada de que podía ser él y creo que Pablo pensó lo mismo, porque corrió a esconderse dentro del elevador. Y, sí, era él.

Dios, traía una cara de encabronado de la chingada. Di unos pasos hacia atrás. LITERAL. Carajo, no bramaba de milagro.

—¿Qué te dijimos? —mascululló.

—Carajo, ya estaba bajando —me defendí.

—Te hemos llamado cinco veces y no contestas el teléfono.

—Ya, ya. Es que estaba bajando y me cuesta mucho sacarlo de este disfraz.

—Vamos. —Cogiéndome del brazo superagresivo, fue hacia el elevador para bajar en él.

10.

Entré en tal momento de pánico que no supe ni cómo reaccionar. Simplemente hice fuerza, tirando de mi padre y evitando que entrara en el elevador. Mientras la puerta se cerraba y mi padre me echaba la bronca por hacer el imbécil, vi a Pablo pulsando los botones del interior para que se cerraran las puertas. Cuando mi padre se giró de nuevo para entrar, el elevador ya estaba subiendo. Uf. ¡Había estado a punto! Solo faltaba que de repente descubriera que Pablo ya había vuelto de Estados Unidos y que encima había ido con él a la fiesta. Vamos, me mata ahí mismo.

Aquella noche dormí de la chingada. En realidad, creo que ni siquiera dormí. No dejaba de darle vueltas a todo, continuamente. Si ya me cuesta ser normal, imaginen en la situación en la que estaba. Sufría por Pablo. Sufría por su madre. Y sufría por mí y por la situación que tenía en casa. ¿Debía contarle a mis padres que Pablo había vuelto? ¿Debía enfrentarme de nuevo a ellos, defendiendo mi relación, a mi novio? Y luego estaba lo de Albert. No me gustaba discutir, y menos con él. Sin darme cuenta, me vi sentado en el borde de la cama, respirando a toda velocidad, siendo incapaz de calmarme. Era como si no fuera capaz de absorber el oxígeno, ¿saben? Abriendo la boca para inspirar todo lo posible pero nada se quedaba. Me levanté y empecé a dar vueltas por la habitación, nervioso, con el corazón latiéndome a mil por hora.

Todo se me hacía cuesta arriba. Dios, ¿no podía salir el sol ya? ¿No podía ser por la mañana?

—Tranquilo, Óscar, tranquilo —me decía una y otra vez.

Abrí la puerta y me asomé al pasillo. Estaba oscuro y silencioso. Obvio, eran como las tres o las cuatro de la mañana. Y en unas horas tenía clase. Uf. Caminé hacia la cocina y abrí el refrigerador buscando cualquier cosa que llevarme a la boca y que me calmara por fin. Tomé unas rebanadas de queso, hice un rollo con ellas y me las comí de un bocado. Uf, tranquilo, Óscar. Vamos. Nunca nadie en la historia de la humanidad se ha tranquilizado cuando alguien le ha dicho «tranquilo». Ni recuerdo el momento en el que volví a mi cuarto, pero de pronto sonó mi alarma. Eran las siete de la mañana y estaba tumbado boca arriba en la cama, sudando a mares, con la mano en el pecho y tratando de controlar mi respiración. Pinche mierda de noche, las cosas como son.

La semana fue rara por decir algo. Estar sentado junto a Albert, y que ninguno de los dos nos habláramos, era extraño como poco. De hecho, yo intenté un par de veces romper el hielo, pero siempre me respondía con un gruñido y acabábamos encabronados de nuevo. Al día siguiente de la fiesta de Halloween nuestro maestro Solero empezó a explicarnos las normas de comportamiento en el viaje de la nieve y que él viajaría junto con nosotros, y con otro profesor más y dos mamás. Genial. Vigilancia todo el tiempo. ¿Algo más? Entonces, cuando parecía que había terminado de explicarnos las malditas normas absurdas, entró el director al salón para dejarnos claro que saltarse alguna de esas... sugerencias... podía acabar con nuestra expulsión. Justo lo que necesitan niños de quince años antes de ir de viaje: prohibiciones.

—Sé que su maestro se los ha explicado bien, pero me toca a mí insistir: el alcohol está completamente prohibido. En el viaje del año pasado tuvimos que expulsar a tres chicos. No quieran hacerle al tonto solo por pasar una noche divertida.

—¿Ni siquiera está permitida la cerveza con limón? —gritó Diego, y todos rieron.

—¿Quieres ir al viaje, Fernández? Entonces mejor no vuelvas a interrumpirme.

Madre mía, odio a los adultos, siempre dándoselas de cabrones, de más entendidos, de mandones, de ser los jodidos amos. ¿No se dan cuenta de que, cuanto más nos prohíban algo... más vamos a querer hacerlo?

—Espero que haya quedado claro, y que no hagan cosas inapropiadas, fuera de lugar o raras, ¿entendido? —Y les juro que cuando dijo «raras», me estaba mirando. No dejaba de ser irónico que el director del cole considerara que ser gay fuera algo «raro». Es decir, no sé si la palabra es «irónico», okey. Pero, vamos, que estoy jodido si Ramón y los suyos vuelven a agarrarla conmigo. ¿Quién me va a defender? ¡Si por besarme con Pablo casi me expulsan el curso pasado! Eso sí, le aguanté la mirada. ¡Vaya que si se la aguanté! Como si quien cerrara los ojos fuera a salir derrotado. Obviamente yo no podía ser ese. Aguanté y aguanté. ¡Que vea que tengo más huevos que él! Una vez que se fue, Solero nos explicó en qué consistiría el viaje, y cómo sería lo de las habitaciones, que es lo que más me interesaba a mí. Y, por una vez, la vida me sonrió.

—Para las habitaciones, pueden elegir a sus compañeros, de esta o de otras clases, y me entregan una lista antes del viernes. Los que no tengan compañeros, tranquilos, que se los asigno yo.

—Pero... Rubio es ~~marica~~. ¿Y si tengo que compartir habitación con él? —dijo Ricardo, uno de los chicos de clase, del que no os he hablado y, como ven ni falta que hace.

—Y tú apestas desde aquí, y él tiene que compartir salón contigo —dijo Celia de repente, y la clase se quedó en silencio—. A mí me da igual compartir habitación con él.

—¡Gómez! Les estoy dando la oportunidad de elegir a los compañeros de habitación que quieran. Y, tranquilo, no te va a tocar con Rubio. Nunca se me ocurriría ponerle semejante castigo a Óscar —sonrió y la clase estalló en risas, burlándose de Ricardo—. Por cierto, Gómez, estás castigado esta tarde.

—No peles a ese pendejo, ¿eh? —me susurró Albert de pronto.

—Ah, ¿ahora me hablas? —respondí de mala gana. Albert, sorprendido, puso cara de enojado y volvió a enfrascarse en su cuaderno. Carajo, Óscar, eres idiota.

Cuando terminó la clase, fui corriendo a contárselo a Pablo y, obviamente, a pedirle formalmente que fuera mi compañero de habitación. ¡Es que no me lo podía creer! Por fin algo bueno nos pasaba. ¡Por fin! Si no fuera por lo de Albert, podría estar dando saltos. Ay, ojalá ese momento durara mucho. Pero ya sabemos que felicidad + Óscar no es una operación que siempre dé un buen resultado. Y esa vez seguro que no era la excepción. Llámenme pesimista. Yo prefiero llamarlo realismo... o anticipacionismo. ¿Existe esa palabra? Bueno, si no existe, me la acabo de inventar yo, porque soy así de creativo. Pero, por ahora, pensemos en que vamos a compartir cinco días juntos en una habitación. Sí, con otro más, pero bueno. Creo que Pablo había propuesto a Polo (¿se acuerdan de él?), que suele estar bastante calladito, y nunca hemos tenido problemas con él, así que esto es un *win-win* en toda regla. ¡Imaginen que nos llegara a tocar con el Arenas! Imbécil. ¿No les da un gusto enorme decir ese insulto? Como que se te llena la boca. Seguro que todos están probándolo ahora...

El caso es que el mes ya empezaba bien. Empezaba como tenía que empezar. Aunque me estaba acostumbrando a que el día amaneciera de cara y acabara dándome la patada por la noche. Por suerte, seguían dejándome un poco en paz en los pasillos. Ramón o Moi estaban bastante centrados y acelerados por el viaje a la nieve como para prestarme mucha atención. La que sí se estaba llevando todo era Alba. Su corte de pelo había sido un *shock* para muchos. Alba, de la que estaban enamorados los más machotes de la escuela, con el pelo corto. No corto. Cortísimo. A mí me parecía que le quedaba genial. Y vamos, que hiciera lo que le diera la gana, que para algo es su pelo. La gente tiende a pensar que el cuerpo de los demás les pertenece cuando les gusta. Y, si lo cambian, se enfadan. Eh, hola, bienvenidos a la vida. Nadie tiene el mismo cuerpo, la misma cara durante toda su vida. Es decir, cuando yo tenía doce años, tuve un acné brutal, ¿saben? Las cosas cambian.

Les podría contar todo lo que pasó esos días, pero realmente sería un poco de relleno, y saben que odio rellenar las historias. No es que mi vida sea poco interesante. ¡Ni mucho menos! ¿Cómo se atreven a pensarlo? Pero, en serio, esos días no pasó nada. Pablo y yo seguíamos como uña y mugre, fantaseando con cómo iba a ser vivir juntos cinco días. Albert seguía sin hablarme, aunque Celia y Cris no dejaban de intentar que enterráramos el hacha de guerra. Lo intentaban una y otra vez. Y yo cedí un par de días, pero no había forma. ¿Por qué estaba tan enfadado? Ahí había algo más, solo que no sabía qué. Quizá a eso se refería Pablo con lo de que cada uno tenía sus tiempos. A lo mejor era más prudente darle un poco de espacio, y ya vendría cuando estuviera preparado para volver a hablar. Pero pinche mierda.

A finales de la semana le habíamos entregado a Solero la lista con todas las habitaciones para el viaje. Como él era uno de los profesores que iba a venir, tenía que supervisar la lista de algún modo. Fue como entregar un examen perfecto, como cuando sabes que lo has hecho superbién y estás orgulloso de ello. Eso fue lo que sentí al dársela.

—Rubio, aún no has elegido el libro que vas a leer este trimestre —me recordó al salir de clases.

—Ya, bueno... Tengo que decidirme aún.

Aquí hay algo que no les he contado. Solero nos había mandado una lectura para este trimestre y, después de Navidad, en vez de una al trimestre sería una lectura cada mes hasta terminar el curso. Pero lo curioso de todo era que no nos había obligado a leer un libro de esos de hace quinientos años. No. Nos dejaba elegir lo que quisiéramos. En serio. Esperen, que rebobino y les cuento cómo fue esa clase.

—Para este mes, les va a tocar leer... —Todos empezaron a protestar, sin dejar terminar a Solero, que tuvo que alzar la voz—. ¡Silencio, silencio!

—¿Otra vez a leer la *Celestina*? —se lamentó Estrada, una chica muy simpática, pero que no sabía cuándo callar.

—No, Estrada. Esta vez los voy a dejar elegir su lectura. Los adolescentes tienen que acercarse al mundo de los libros, y cuanto más los obligue, peor. Así que voy a dejarlos elegir lo que quieran leer. La única norma es que tiene que ser ficción.

—¿Podemos leer cualquier cosa? —preguntó Celia.

—Sí. Pueden leer novela, cuento, cómic, novela gráfica, manga... Aunque si van a leer manga, que al menos sea un tomo medianamente largo, que los conozco.

—**¿PODEMOS LEER MANGA?** —gritó Albert.

—Tienen hasta el último día de clases para entregarme una redacción sobre su lectura, en la que hablen sobre lo que hayan leído. ¿Qué les ha hecho sentir? ¿Les ha gustado? ¿Cambiarían algo? ¿Cómo continuarían la historia? ¿Cómo han llegado hasta ella? Así que, en cuanto tengan elegida su lectura, pueden decírmelo al final de las clases, o enviármelo por *email*.

¿Ven? Solero como que me cae mejor cada día. Pero no tenía ni idea de lo que iba a leer para este trimestre. Aún no me había puesto a pensarlo. Sabía que Celia iba a leer una novela de Jane Austen; Cris se había decidido por un cómic que se llamaba *El príncipe y la modista* (se lo había recomendado Alba); Albert se había venido arriba y quería leerse todo *Death Note*... Pero yo no tenía ni idea.

—El director me dijo que quiere verte hoy al final de las clases, ¿de acuerdo?

—¿El director? ¿He-he hecho algo malo? —me estremecí.

—No, que yo sepa. ¿Has hecho algo malo?

—No, que yo sepa —bromeé.

—Será alguna formalidad con el viaje a la nieve o alguna cosa sin importancia. Ya lo verás.

—Eso espero. —No sé si Solero era consciente de que el director y yo éramos enemigos mortales.

—Por cierto, Óscar —me llamó por mi nombre—, tu tía me dijo que estabas teniendo problemas con tus padres.

—¿Yo? ¿Pro-problemas con mis padres? —Se me encogió el estómago. ¿Qué le habría contado Aurora exactamente?—. Todo estupendo en casa.

—Sé que solo llevas dos meses en mi clase, pero, si necesitas hablar en algún momento, mi oficina siempre está abierta.

—Gracias —logré articular.

—¿Sabes que tu tía y yo éramos compañeros de escuela? Nos conocimos en este mismo salón —lo dijo con un tono melancólico muy triste.

—Ah, qué padre. No hablo mucho con mi tía.

—Si la ves, dale mis saludos —y se despidió, recogiendo sus cosas y saliendo del aula.

Escribí a Pablo que tardaría un poco más en salir y, con el estómago encogido, fuí hacia el despacho del director, temiéndome lo peor, suspirando a cada paso. La última vez que estuve ahí casi me expulsa... **¡SOLO POR BESAR A UN CHICO!** ¿Qué me iría a decir ahora? ¿Le habría dicho algo mi padre? Oh, Dios, ¿se habría enterado de que Pablo estaba aquí y me iban a cambiar de escuela? Lo veía venir. Mierda. Me lleva la chingada. Es que no lo dejan a uno descansar ni un minuto de la vida, madre mía. ¡A saber! Inhalé con fuerza y llamé a la puerta. Una voz al otro lado me indicó que pasara. La oficina olía a rancio, como si fuera el sótano de casa de mis abuelos. A antiguo. A encerrado. A hace años. ¡A caja de cartón! No sé, olía a muchas cosas.

—¿He hecho algo? —pregunté, antes de que dijera nada.

—No, realmente no has hecho nada —respondió, clavando sus ojos en mí. ¿Qué era todo esto?—. Vas a ir al viaje a la nieve, ¿verdad? —prosiguió.

—Sí.

—Y vas a compartir habitación con Bernabé y... Manzano, ¿no? —dijo mientras observaba unos papeles sobre su mesa.

—Sí. Nos dejaron hacer las parejas. —Me encogí de hombros.

—Sí, sí. Veamos... —parecía estar buscando las palabras adecuadas.

—Sí. —Estaba empezando a ponerme nervioso. Notaba como si me faltara el aire.

—En tu caso especial, consideramos que es mejor que compartas habitación con otros compañeros —declaró al fin.

—¿Mi caso especial? —¿Qué chingados?

—Te recuerdo que tienes un expediente disciplinar abierto desde junio del año pasado.

—Sí, y me han cambiado de grupo.

—Precisamente por eso, no puedes compartir habitación con Bernabé. ¿O quieres generar más problemas?

—Pero si no vamos a hacer nada...

—Este es un colegio decente, Rubio. Y tu padre insistió mucho en sacarte de la escuela si no hacíamos algo al respecto.

—Ok. —Solo me salió decir eso. Es decir, mi padre me había mentido a la cara. ¡Me dijo que me habían cambiado de grupo porque el director había estado a punto de expulsarme! ¡Y resulta que era al revés!

—Bernabé se recolocará con dos compañeros de su clase. —Me puse blanco al momento. Abandoné mi cuerpo y vi toda la escena desde fuera. Y por dentro no podía parar de reír. Risa de esa nerviosa, se los juro.

—¿Y con quién me pongo yo?

—Eso tendrás que hablarlo con tu maestro —sentenció y se levantó, como dando por terminada la conversación. La verdad, quería decir tantas cosas... y era incapaz de decir algo. ¿Qué me pasa? Este no soy yo. ¿O sí? ¿Cómo puedo dejar que hagan esto y no protestar nada?

—¿Ya me puedo ir? —pregunté.

—Sí, claro.

—Gracias. —Y salí de allí. En cuanto estuve fuera, cerré la puerta tras de mí y tomé una bocanada de aire que casi me hace vomitar. Era como si hubiera estado sin oxígeno. Respira, Óscar. Ya no estás bajo el agua. Has salido a la superficie. Ahora solo te queda llegar a la orilla. ¡Qué razón tenía! Pero la orilla se alejaba cada vez más y más, y a este paso no iba a llegar nunca. Seguramente me ahogaría antes de tiempo. Ahora solo quedaba esperar a tener suerte y que me tocaran buenos compañeros de cuarto. ¡O podía preguntarles a Celia y Cris! ¡O a Almudena y Alba! Tenían que ser mis salvadoras. Al menos ellas me apoyaban. Bueno, apoyaban. No necesito apoyo. Ni me estoy muriendo ni nada. Simplemente necesito que me traten como a cualquier otra persona, que tampoco es tan difícil, que hay veces que parece que con tocar a alguien le voy a pegar un virus zombi. Dios, ojalá tuviera ese poder. Un ejército de zombis maricones que estuviera a mis órdenes. Madre mía, ya estoy enloqueciendo. Era cuestión de tiempo. Estarían contentos mis padres. Por su culpa, mi cabeza ya había dejado de regir. Maldición, nos íbamos en unos días y había pasado de estar deseándolo a no querer ir ni de broma. Carajo. Estuve a punto de escribirle un mensaje a Albert, pero me daba un poco de pereza. Más aún después de lo que acababa de pasar. Ya lo solucionaríamos otro día. Ahora la cabeza no me daba para más.

—¡Eh, Rubio! —gritó alguien tras de mí. Me giré y vi a Teo corriendo hacia la salida, justo donde estaba yo—. ¡Espérame!

Cuando llegó a mi altura, frenó en seco para ir a mi ritmo mientras bajábamos las escaleras. Me sacaba una cabeza y media. Era altísimo, de verdad. Y su presencia era humillante para los demás. Con una mandíbula perfectamente cincelada y una sonrisa de las que enamoran, Teo era uno de los chicos más objetivamente guapos que había visto en mi vida.

—No te he vuelto a ver en Teatro —comentó guiñando el ojo por el sol.

—Sí, bueno. Solo fui por acompañar a Albert.

—Ah, yo pensaba que ibas a apuntarte...

—Créeme que no quieres que me apunte...

—¡Ja! Qué tonto. Deberías hacerlo, en serio. Nos falta un chico y la profesora se está volviendo cada día más loca. ¡El otro día casi prende fuego a todo el salón de actos! —No entiendo el momento en el que he empezado a caerle tan bien a este chico.

—Nah, no se me da bien actuar. —Miento, porque se me da de muerte. Quince años de experiencia. Bueno, no desde que nací, así que dejémoslo en diez.

—Pero se te da bien improvisar. El discurso no lo llevabas escrito, ¿no?

Otra vez lo del discurso. Cada vez que lo pensaba, me sorprendía un poco más. Que unas palabras mías hubieran tenido tanta trascendencia era para alucinar bastante.

—Bueno, eso me salió... del corazón. —Al momento me di cuenta de lo cursi que había sonado.

—Pues eso es actuar —sonrió—. Mira, no te lo he podido decir aún, pero tus palabras me han ayudado muchísimo. ¿Siguen haciéndote *bullying* los tipos de los que hablabas?

—Cuando se aburren.

—Bueno, yo he de decir que pasé por la misma situación en mi anterior colegio.

—¿Ah, sí? —¿Acababa de decirme que es gay?

—Sí. Hice mucho daño a mi mejor amigo. No creo que me perdone nunca. Pero al menos estoy intentando cambiar, ¿sabes? Me abriste los ojos... y Dios, qué vergüenza solo de pensar lo que hacía hace unos meses —se lamentó. Bueno, no. No me había confesado que era gay. Me acababa de confesar que había sido un acosador. La verdad, no sabía muy bien qué decirle. No me estaba dando toda la información, y tampoco tenía muchas ganas de sacársela en ese momento. Menos mal que vi a Pablo esperándome y pude utilizarlo de excusa.

Me despedí educadamente y aceleré el paso, dejando a Teo atrás, para ponerme a la altura de Pablo, y pidiéndole que anduviéramos un poco más rápido, para salir cuanto antes de allí.

—Pero ¿qué pasa?

—Nada, ese chico... Teo... Que sigue diciéndome que mi discurso le cambió.

—¿Quién es Teo?

—Ah, mierda... Perdón, que creo que no te lo conté. Es un chico nuevo de segundo. Va a Teatro con Albert, y parece que mi discurso... A ver, tiempo, deja que me organice.

—Tómate dos segundos antes de hablar, anda —se rio.

—Alguien grabó mi discurso y lo subió a internet, ¿okey? Y, bueno, llegó a la escuela donde estudiaba este chico, y parece que soy un héroe allí. ¡Hasta han hecho una estatua con mi cara en la entrada! —bromeé.

—La cara de tonto más bonita.

—¡Eh!

—¿Y eso es algo malo? —ignoró mi protesta—. Fue un discurso muy valiente. Normal que seas un héroe.

—Ya, bueno. Es raro. Y este Teo me estaba contando cosas... No sé.

—¿Tengo que arrodillarme cada vez que te vea? Ya que eres casi como un rey...

—Sí, claro, seguro.

Pablo me hizo una reverencia, con el semblante muy serio.

—A sus pies, Óscar Rubio —me dijo mientras yo estaba del todo avergonzado—. Espero que el director mínimo te haya nombrado hijo predilecto del colegio.

—Sí, está clarísimo que me ama. —Se me había olvidado por completo. Mierda.

—Malas noticias, ¿no? —Asentí—. Y tiene que ver con el viaje a la nieve.

—¿Cómo lo sabes?

—Porque lo llevas escrito en la cara.

—Pues que no nos dejan compartir habitación a los dos. Que esto es un colegio decente y..., bueno, ha vuelto a mencionar a mi padre.

—¡Qué dices!

—Sí. Es decir, como si le fuera a llamar o algo, ¿sabes? A estas alturas, no sé siquiera si sabe que has vuelto de Estados Unidos o no. Pero ponernos juntos en el viaje a la nieve parece que habría acelerado todo mucho. Y tampoco queremos eso. Mierda —me lamenté.

—¿Y ya está? ¿No nos quedamos juntos y punto? —dijo, molesto.

—¿Qué quieres que yo haga?

—Voy a tener que hablar con tu padre. —Y, de repente, me adelantó y aceleró el paso una barbaridad. Tardé unos segundos en volver a estar a su altura.

—Pero ¡qué haces! ¿Adónde vas?

—A hablar con tu padre. Te lo acabo de decir. Ya está bien. Tú y yo estamos juntos. Que se vaya haciendo a la puta idea —dijo, furioso.

—Pero, a ver. ¡Que te mata! ¡Que me mata! —Espera, ¿lo estaba diciendo en serio? ¡Iba decididísimo!

—Si tú no te atreves, lo haré yo.

Esa frase me frenó en seco. Pablo tardó un poco en darse cuenta y, cuando lo hizo, volvió sobre sus pasos hacia mí.

—¿Qué pasa?

—¿Cómo que no me atrevo? —repliqué en un hilo de voz. Eso no era justo.

—No quería decirlo así.

—Pero lo piensas, ¿no? Ya me lo dijiste el otro día.

—Me refería a que ya estoy harto de la situación, y que alguien tendrá que hablar con tu padre.

—¿Y tú crees que yo no estoy harto? ¿Tú crees que no he hablado con él ya?

—Sí, lo sé.

—Te recuerdo la que se armó el curso pasado. Y, cada día que le digo algo, es un castigo mayor.

—Sí.

—¿Entonces? —Y, por primera vez, dejé a Pablo sin palabras—. Creo que subo a casa ya.

—Oye, Óscar, perdona. No debí decir eso, disculpa.

—Ya, bueno. Ya está. No pasa nada. —Pero sí pasaba.

—Okey.

En otra situación, se habría acercado a darme un beso. Pero, en ese momento, no lo hizo. Entendió que lo que me dijo me había hecho daño. Se metió las manos en los bolsillos y se alejó mientras yo entraba en el edificio. Sé que no lo dijo con mala intención. Pero también sé que era algo que llevaba pensando tiempo. Pablo a veces creía que yo no estaba haciendo lo suficiente. No entendía que ya había sobrepasado el límite varias veces. Eh, que lo pasaría las veces que hiciera falta, ¿saben? Lo hacía lo mejor que podía. Esto no venía con libro de instrucciones.

Menos mal que mi padre seguía de viaje. Eso era un alivio, desde luego. El hecho de verle la cara nada más entrar sé que me habría revuelto el estómago. Mi madre tampoco estaba en casa. Y, mira, mejor, porque necesitaba estar un rato solo para reflexionar que, en cosa de días, estaría de camino al viaje a la nieve, sin hablarme con Albert, enfadado con Pablo... y sin saber con quién iba a quedarme en la habitación compartida. De la mierda, Óscar. Lo has hecho increíble.

El día del viaje fui al colegio solo, arrastrando la maleta, con el frío metido en el cuerpo, y con cero de ganas de llegar. Pablo había faltado casi todos los días a clases. Me dijo que, como iba a dejar sola a su madre (aunque se quedaba con su tía), prefería estar esos últimos días pasando más tiempo con ella. Y lo entiendo. De hecho, hasta se planteó no venir, pero su madre lo convenció para que viniera. «Te vendrá bien despejarte unos días».

Fui de los primeros en subir al camión, como buen *nerd*, me senté en una de las primeras filas. Solo, obvio. Pablo entró de los últimos. Pasó a mi lado. Si hubiera llegado un poco más tarde, el autobús se habría ido sin él. Todo el mundo estaba alborotadísimo. Celia y Cris se habían sentado juntas al otro lado del pasillo, frente a mí. Iban a compartir habitación con Albert. Y, claro, cuando yo les pregunté si querían compartir conmigo... entiendo que me dijeran que no. Al fin y al cabo, su mejor amigo es Albert. Aunque eché de menos que se pusieran un poco de mi parte, ¿sabes? También les pregunté a Alba y a Almudena, pero las dos iban a compartir habitación con Zaida. Vamos, que estaba completamente solo. ¡A ver quién me tocaba! Pero no podía ser peor que lo que le había pasado a Pablo: Ramón era uno de sus compañeros de cuarto, junto con Polo. Al menos el segundo era simpático. Pero compartir con Ramón iba a ser duro, eso seguro. Moi no venía finalmente al viaje. Seguía medio lesionado y no quería joderse más la rodilla. Mira, mejor. Un cavernícola menos.

Pablo me miró y quité la mochila del asiento que estaba a mi lado, esperando a que se sentara conmigo, pero en ese momento entró el director en el autobús, dispuesto a dar un último repaso a todos.

—Oye, mejor me siento atrás por ahora. Luego nos vemos, ¿okey? —Y siguió andando.

Tenía ganas de llorar, para qué les miento. Pero no. ¡NO! Tenía que arreglar las cosas. Me acercaría a Albert y, aunque fuera un puto necio, le diría que, por favor, me perdonara, que me había comportado como un pendejo. Luego iría con Pablo y le daría un beso delante de todo el mundo, y le diría que, a la vuelta del viaje, me enfrentaría a mi padre. ¡Y luego iría con Ramón y le pegaría un puñetazo en toda su odiosa cara! ¿Por? Pues mira, porque sí. Pero mejor empezar por el principio: Albert. Era mi objetivo más fácil. Pero después de un rato de viaje. Y así me pasé una hora, dándole vueltas continuamente, mientras en la tele que salía del techo nos ponían *Venom*. Tardé un poco más en darme cuenta que tenía que ser ya, que tenía que arreglar las cosas antes de llegar al hotel. Repasé una y otra vez lo que le iba a decir, convenciéndome a mí mismo de que no debía saltar. Eso sí, cuando me iba a levantar, alguien me lo impidió, sentándose a mi lado.

—¿Está libre? —preguntó Alba.

—Eh... Sí, sí.

—Pues, si no te importa, me siento un rato contigo.

—Eh, ¡está bien!

—Te he estado mirando un rato, y veo que estás solo. ¿Y Pablo?

—Yo qué sé. Por ahí atrás. —Me encogí de hombros.

—Pero ¿no son novios? —Oír a otra persona decirlo siempre era reconfortante.

—Sí, pero es complicado...

—Oh, bueno, habrá sido una discusión tonta —trató de calmarme.

—Es que ha sido una discusión supertonta —añadí.

—Suele pasar, ¿no?

—Bueno, suelo armarla en grande, así que, sí, es mi día a día —sonreí.

—Qué exagerado.

—No eres la primera que me lo dice —respondí—. Bueno, no quiero sonar pesado, pero ¿cómo es que te ha dado por hablarme este curso? Es decir, nunca hemos sido amigos. Sí, estábamos en la misma clase, pero yo qué sé.

—Pues sí suenas un poco pesado.

—¡Ay, lo siento!

—Es broma, Óscar.

—Ah, bien. —Ya me vacila cualquiera.

—A ver, desde aquel día de fin de curso, cuando dijiste todas esas cosas..., he querido acercarme a felicitarte. Ya sabes, me pareció superimportante.

—Gracias. Debes de ser de las pocas que lo piensa en nuestra escuela, ¿sabes? Por si no te has enterado, está lleno de intolerantes de mierda.

—Sí, me he dado cuenta.

—Quiero que sepas que a mí me gusta tu nuevo corte de pelo.

—¡Gracias! —Su cara se iluminó, como si le hubiera dicho que le regalaba diez mil pesos o algo así.

—Bueno, me alegra que te gustara mi discurso. —Estaba empezando a sospechar por dónde iban la cosa. ¿Me iba a pedir consejo o algo? Porque yo soy pésimo. Todos lo sabemos.

—¿Solo estás tú?

—¿Cómo?

—Que si solo eres gay tú en la escuela... Bueno, tú y Pablo.

—Mmm, no lo sé. Tampoco lo diría si lo supiera, es algo muy personal, cada uno tiene sus tiempos. No soy quién para ir diciéndolo por ahí. —Y me di cuenta de que sonaba como Pablo. Y que le debía una disculpa a Albert.

—Ah, claro, claro.

—¿Hay algo que quieras contarme, Alba? —pregunté, sin rodeos. Porque así se preguntan las cosas, no hay que darle demasiadas vueltas. ¡Y tiene gracia que diga eso yo!

—No... No me llames Alba —respondió, tragando saliva y poniéndose nerviosa al instante—. Llámame Andrés, porfa.

11.

—Eh, de acuerdo —respondí, totalmente anonadado. No, la verdad es que era algo que no me esperaba. Y por la mirada de Andrés, él tampoco. Pero, antes de que hablara, me adelanté. Quería dejarle clara una cosa—: Que sepas que te apoyo cien por ciento y que estoy aquí para lo que necesites.

—Ja, ja, ja, ja, gracias, Óscar. Pero no necesito que me apoyes. Solo que me trates igual. No soy un bicho raro ni nada, ¿okey?

—Claro. Pero ¿por qué me lo cuentas a mí? Es decir, yo soy un caos, por si no te has enterado.

—Digamos que me abriste los ojos aquella tarde —confesó.

—¡Qué dices! —Me ruboricé. ¡Y cómo no!

—Se lo dije a mis padres, ¿sabes? Apenas llegué a casa.

—¿Y?

—Pues que tengo suerte, digamos eso. La verdad es que muy bien. ¡Y estaba asustado!

—Carajo, pues sí que la tienes —respondí, amargamente, por la parte que me tocaba—. ¿Y lo sabe...?

—¿Alguien? Bueno, lo-lo sabe Almudena. Fue la primera en saberlo. Después de mis padres. Y me está apoyando cabrón. Es increíble.

—Pues qué bien, güey. Siempre hay que tener un apoyo. Es superimportante.

—Carajo, Óscar. —Y les juro que puso cara como de que iba a ponerse a llorar.

—¡Qué! ¡¿Qué he dicho?! ¡¿Qué he hecho?!

—A mis padres aún les cuesta acostumbrarse a llamarme en masculino, y tú lo has agarrado en dos segundos, bro —sonrió.

—Bueno, es que no hay nada que agarrar. Eres Andrés, ¿no?

Y, en el resto del viaje, estuvimos hablando de todo y más. Me estuvo contando cómo lo habló con sus padres, y lo importante que estaba siendo Almudena en todo el proceso, y el miedo y la angustia que había pasado cuando era más pequeño... ¡Mierda, y yo pensaba que tenía problemas! Ahora les diría lo de relativizar y toda esa mierda de fotos de Insta, pero se los voy a ahorrar. Cada uno tiene sus propios problemas, y son tan grandes como uno quiere que sean. Lo importante es tener a alguien en quien apoyarse. Y me alegraba ser esa persona para Andrés... aunque yo fuera un completo desastre. ¡Si cada día que pasaba me creaba nuevos problemas!

—¡Eh, Oscarito! ¡Qué tal! —Almu estaba detrás de nosotros, asomada por la parte de arriba de los asientos.

—Hola.

—¿Qué pasa? —contestó Andrés.

—Eso digo yo. ¡Me abandonaste desde hace media hora!

—Ay, perdona. Nos hemos puesto a hablar y...

—¿Todo bien? —preguntó.

—Sí, sí, todo... todo perfecto. —Y, nada más decirlo, me sonrió.

—¡Pues ya vente, güey, que quiero escuchar puta música y te has llevado los audífonos! —protestó.

—¡Oh, mierda, es cierto! Voy. —Se giró hacia mí—. Gracias, Óscar. Nos vemos en el hotel. —Y me abrazó. **¡ME ABRAZÓ!** Ay, temblé como si fuera de gelatina.

Andrés se levantó y se fue hacia la parte de atrás del camión, pero Almudena, lejos de ir con él, se sentó a mi lado. Madre mía, ¿es que mi fila era una consulta o algo así? Terapia de Óscar Rubio.

—¿Qué haces aquí? —dijo.

—¿Cómo?

—Que qué haces aquí.

—Eh, pues porque he pagado el viaje... ¿Y tú? —respondí, confuso.

—Carajo, que qué haces aquí, en una de las primeras filas, tú solo. Pablo está por ahí atrás.

—Ah, ya.

—*Problems?*

—Ah, no, no, todo-todo bien —mentí. Por favor, qué mierda de mentiroso soy. Es que hasta yo me doy cuenta.

—Güey, qué mierda de mentiroso eres.

—¿Mentiroso? —¿Ven lo que les he dicho?

—¿Qué ha hecho? La ha cagado él, ¿no?

—Que no, que no.

—Bueno, tú verás, pero, si fuera tú, yo lo arreglaría, que vienen cinco días de viaje. ¿Y van a estar enojados? Una pendejada, ¿no?

Se levantó, dispuesta a irse. Y, antes de hacerlo y dejarme solo de nuevo, se inclinó hacia mí, tan cerca que, mira, porque era Almudena, que, si no, la habría besado. Ya saben que tengo un problema con la gente que me habla tan cerca...

—Gracias por apoyar a Andrés. Eres el mejor.

Me lanzó un beso al aire y volvió por donde había venido. Esta Almudena era un completo misterio. ¿Se acuerdan cuando decía lo de «la tonta de Almudena»? Qué tiempos aquellos. Pero la gente cambia. O no cambia, pero la conoces mejor. La verdad es que tenía razón. Venían cinco días de viaje, y era una mierda estar enfadados. Pero en el que pensaba era en Albert y no en Pablo. Porque con Albert sí había bronca, pero con Pablo era algo diferente. Las cosas estaban tensas entre los dos. Y él intentaba que no lo estuvieran. Y yo, ¿eh? Pero había algo raro. Aparte de que no queríamos llamar demasiado la atención para que los profesores no le dijeran nada al director, o a mis padres. Fíjense lo que he dicho, ¿eh? No queríamos llamar la atención. O sea, ¿qué puta mierda es esta? **¡PUES YO SÍ QUIERO LLAMAR LA ATENCIÓN!** Y, si llaman a mi padre, que le llamen. Ya está bien. Así que me decidí. Me levanté del asiento, dispuesto a ir a ver a Pablo y plantarle un beso delante de todo el autobús, y luego ya, de paso, hablar con Albert y reconciliarnos.

—¡Rubio, a tu asiento! —gritó Godzilla. Sí, había venido también al viaje. ¿Os acordáis de él? Nuestro profesor de Educación Física. ¿Que por qué se llamaba Godzilla? Bueno, porque tenía una mal pedo increíble, nos sacaba dos cabezas a todos y pegaba unos gritos que hacían retumbar el suelo.

—Pero ¡es que...!

—¡«Es que» nada, que estamos a punto de llegar! —vociferó. Y, claro, pues tuve que volver a sentarme, qué remedio.

A los diez minutos el autobús se detuvo delante de un hotel como de madera, como de esos de las pelis de Navidad que hemos visto mil veces, sabes, ¿no? En cuanto llegamos, todos comenzaron a gritar como si fueran putos simios, les juro. Algunos hasta dándose puñetazos en el pecho. ¿Sería así el otro camión que venía detrás? ¿O había tenido la mala suerte de parar en el autobús prehistórico? ¡Madre mía de mi vida! Fuimos bajando uno a uno, aunque a mí casi me tiran por los escalones. **¡PUTA PRISA QUE TIENEN ALGUNOS, CHINGADA MADRE!** Cada uno tenía que sacar su maleta de los maleteros que había en la parte de abajo del autobús, y eso fue como ir a la guerra. Siempre estaban los típicos imbéciles que agarraban todas las que podían y las iban lanzando para hacer la gracia, o los que se metían a rastras dentro del maletero, como si estuvieran en una peli de Marvel o qué sé yo. Yo esperaba, lo más paciente posible, a que me tocara mi turno, cuando me di cuenta de que no llevaba el teléfono encima. ¡Mierda! ¿Dónde estaba? Imposible que me lo hubieran robado, ¿no? ¿Imposible? Bueno, en esta escuela no había nada imposible. Busqué en todos los bolsillos mil veces y nada. ¡Lo habría dejado en el asiento! Corrí hacia el interior del camión, que ya estaba medio vacío, y, cuando llegué a mi fila, vi que mi celular estaba en el suelo de mi asiento. **¡UF, MENOS PUTO MAL!** En cuanto lo tomé, vi que había aún algunos que no habían salido. Uno de ellos era Albert, y venía directo hacia mí. Venga, era el momento que tanto había estado esperando.

—Albert... —conseguí decir.

Pero, cuando estaba a mi altura, vi claramente que había estado llorando. No había otra explicación. Tenía los ojos superrojos y húmedos. ¿Qué carajos le había pasado?

—Albert, ¿estás bien?

—Ahora no, Óscar. —Y pasó a mi lado como si mi mera presencia le molestara, para bajar del autobús y desaparecer. ¿Qué acababa de pasar? Tardé unos segundos en percatarme de las risas que venían del fondo del camión. Risas. Carcajadas. Miré hacia el final del pasillo y, sí, allí estaban los responsables, claramente. A dos no los conocía. Bueno, me sonaban, pero conocerlos no. Al tercero sí. El tercero era Diego. Vamos, no había que ser el más inteligente del mundo para entender que ellos eran los responsables de las lágrimas de Albert. Pues, mira, se van a cagar, así de claro.

Valiente como en mi vida, sin ser yo nada de eso, enfilé hacia el final del pasillo, con el pecho lo más hinchado posible y apretando los puños y los dientes. ¡Como si fuera a servir de algo, pero, oye, mira, yo qué sé!

—¡Eh, imbécil! —grité y hasta yo mismo me sorprendí. Los tres se quedaron en silencio de inmediato y me miraron.

—¿Óscar? —dijo Diego.

—¿Conoces al ~~marica~~? —preguntó uno de ellos.

—Nubecita —sonrió el otro. Bueno, un apodo más. Nubecita. ¿Así o más creativos? Ironía modo *on*.

—¿Qué le has hecho a Albert? —Solo quería enfrentarme al estúpido de Diego.

—¿Yo? ¡Nada!

—¿Y por qué se ha ido llorando?

—¡Y yo qué sé!

Bueno, ¿y qué esperaba enfrentándome? ¿Que dijeran: «Sí, sí, hemos sido nosotros, lo sentimos»? Típico mío, actuar y luego pensar. Bueno, no. Realmente, eso no es para nada típico mío.

—¿Algo más? —preguntó Diego.

—Pues que lo dejes en paz —añadí.

—¿Y tú para qué me lo dices? ¿No se supone que no se hablan? —Vaya golpe que me dio. Bien. Diego 1 - Óscar 0.

—Pinche loco —soltó otro de los chicos. Se levantaron los tres casi a la vez y se fueron hacia la salida, dejándome atrás con cara de pendejo. Muy bien, Óscar, te has lucido cabrón, cariño.

Cuando bajé del autobús, solo quedaba mi maleta, y algún imbécil me la había dejado dentro de un charco. En serio, ¿los profesores no podían estar un poco puto pendientes? ¡Me lleva la chingada! ¡Que era de tela la maleta, carajo! Empapada. **¡EMPAPADA!** No podemos tener cosas bonitas, mierda. Uf, ya estaba completamente encabronado. Empezaba bien el viaje. Arrastrándola por el suelo lleno de nieve y empedrado, entré en el hotel, donde ya estaba todo el mundo. Solero, junto con Godzilla, y dos mamás estaban repartiendo las llaves y amenazando, cómo no.

—Recuerden que, como encontremos alcohol o cualquier cosa en sus habitaciones, quedan expulsados. ¿Entendido?

—Sí —asintieron todos casi al unísono.

—¿Dónde estabas? Van a repartir las llaves —me apremió Andrés.

—Algún pendejo me tiró la maleta a un charco.

—¡Qué poca madre!

—A ver, Alcolea, Medrán y Figueroa, la 201. Vamos.

Tres chicos se abrieron paso entre los demás, tomaron las llaves y se fueron hacia el elevador. Y así fue avanzando el reparto de habitaciones. Albert fue de los últimos, compartía cuarto con Celia y Cris. Crucé una mirada con ellas y estaban preocupadas. En serio, ¿qué carajos había pasado?

—Bernabé, Manzano y Arenas. La 303. —Pablo me buscó y solo pude encogerme de hombros.

Cogió la llave de manos de Godzilla y se fue hacia el elevador, seguido de Ramón, que le pasó el brazo por encima del hombro y empezó a hablarle, vete tú a saber de qué. **¡QUÉ ASCO DE GÜEY!**

—¡Rubio! —oí que alguien chillaba.

—¿Eh? ¿Qué?

—Que te llevan llamando cinco minutos —me dijo Andrés.

—Oh, mierda.

Me acerqué a Solero, que tenía la llave en la mano, y siguió leyendo la lista.

—Compartes habitación con Ortiz y Ballesteros.

Estuve a punto de desmayarme ahí mismo. Porque Ortiz era Ainhoa y Ballesteros es Elena. No podía tocarme con otras personas, no. Tenía que tocarme con ellas dos. ¡Justo con ellas dos!

—¿Seguro que me toca con ellas?

—Es la última habitación.

—Ya, pero, bueno, me da igual estar solo en una, ¿eh?

—Rubio, a la habitación —masculló Godzilla, que repasaba todo al lado de Solero.

—**¡MIERDA!** —protesté. Solero abrió los ojos como platos, pero, antes de que me echara la bronca, tomé las llaves y fui al ascensor. Casi me caigo dos veces mientras arrastraba la maleta y, cuando llegué a donde estaban, se giraron, dándome la espalda, y entraron en el elevador. Y, mira, creo que fueron los diecisiete segundos más incómodos de la historia de los elevadores. Los conté. Es que ni siquiera se dignaban a hablarme. ¿Y yo qué culpa tenía de que nos hubieran puesto juntos? ¡No era algo que yo fuera buscando, desde luego!

—¿Qué tal? —preguntó de repente Elena. Pero es que no me salía hablar con ellas, la verdad.

—Bien. —Seco, escueto, conciso.

—¿Por qué no estás en otra habitación? —añadió Ainhoa.

—¿A ti qué te importa?

Parecía que trataban de ser, como poco, educadas, pero yo era incapaz. Juzguenme si quieren. Pero es que no había nada que hacer. Las puertas del elevador se abrieron y, cuando iba a salir, se metieron por delante, empujándome hacia el interior de nuevo. Las dos se fueron hacia la habitación, conmigo detrás, como si fuera su mascota.

La habitación no estaba mal, la verdad. Parecía como sacada de los años cincuenta pero, quitando eso, estaba todo bien. Había un

cuarto con dos camas y un sofá cama en el salón. Supongo que saben lo que me tocó a mí, ¿no? Ainhoa y Elena lanzaron todo sobre sus camas y, acto seguido, salieron corriendo de la habitación. Por lo que oí, iban a la 506 (la nuestra era la 500), que es donde estaba María. La que faltaba. Pues adiós, chicas, que les vaya bien y no vuelvan. En cuanto salieron por la puerta, estuve tentado de poner llave a la puerta y que no pudieran volver a entrar, pero, mira, solo por no tener que soportar su encabronamiento, me dio una pereza astronómica. Además, yo también quería salir de la habitación e ir en busca de Pablo, de Albert… o incluso de Andrés. Necesitaba apoyo moral.

¿Ya llegaron?

Mi madre me había escrito por lo menos cinco mensajes. Mierda. Dije que escribiría en cuanto llegara. Contesté rápido y, después de esconder mi maleta bajo la cama, que mejor anticipar que luego lamentar, salí de la habitación. Pablo estaba en la 303. Pues venga, a hablar con él. Aunque, cuando salí al pasillo, había muchísima gente ahí.

—¿Qué pasa?

—Que hay que bajar a cenar —me contestó una chica de otra clase.

—¿Dónde?

—En la -1. —Y se fue con otras dos chicas más. Bueno, pues nada, a cenar. Pero primero a la 303. Tenía que hablar con Pablo.

Bajé por las escaleras, ya que solo había un elevador, y estaban jugueteando con él, y, cuando estaba en el pasillo de la planta 3, estuve a punto de darme la vuelta. ¡Qué vergüenza! ¿Qué le iba a decir? Bueno, no. De vergüenza nada. ¡Es Pablo! Además, yo no tenía que arrepentirme de nada. Lo único que necesitaba era ver una cara conocida. Caminé con paso decidido hacia la habitación cuando vi que se abría la puerta y salía Ramón con Polo.

—¡Venga, vamos a buscar a estos! ¡Bernabé, quedamos abajo!

Cerraron la puerta y justo me dio tiempo a esconderme de nuevo donde las escaleras. Pero, como no había forma de utilizar el elevador, vinieron hacia mí, por lo que tuve que correr escaleras arriba para esconderme. Cuando ya estaba fuera de peligro, bajé otra vez y fui directo hacia la 303. Llamé con fuerza pero nadie abría. Maldición, pero si habían dicho «Bernabé». Tenía que estar dentro. Volví a llamar dos veces más, pero nada de nada. ¿Cómo podía ser? Entonces, cuando ya me iba a ir, la puerta se abrió y era Pablo, pero en bóxers. ¡En bóxers!

—¿Óscar?

—¿Qué-qué haces en pelotas?

—Cambiarme. ¿Qué pasa?

—Eh... —Lo siento, pero no podía dejar de mirarle el *pack*, ¿está bien?

—Entra. —Y, obviamente, obedecí—. ¿Por qué no estás abajo?

—¿Y tú?

—Repito. Estoy cambiándome —señaló, como si fuera algo evidente. Bueno, de hecho, lo era.

—Yo... quería hablar contigo.

—Yo también. Iba a ir ahora a tu habitación. ¿Con quién te ha tocado?

—Con las peores personas que podía tocarme —respondí con los ojos llorosos. Pablo me abrazó con fuerza y, oye, era sentir su calor y estar como en casa.

—¿Peor que Arenas? —bromeó Pablo.

—Mucho peor.

—Oye, Óscar... —comenzó a decir mientras se ponía los pantalones, porque les recuerdo que estaba semidesnudo—. Te quería decir algo.

—Y yo.

—Pues déjame a mí primero, que seguro que te va a animar lo que te diga yo —insistió, totalmente seguro de sí mismo.

—Eh, bueno. Tú primero.

—Siento lo que te dije el otro día...

—Pablo, oye...

—Déjame terminar, espérate y no seas desesperado —me recriminó—. Siento lo que te dije, sobre todo porque es todo lo contrario a lo que te aconsejé con Albert. Me he dado cuenta de que te he metido mucha presión con lo de tus padres. Pero es que eres la persona más valiente que he conocido en mi vida, ¿sabes? Y no soporto ver cómo tu padre te hace menos. Y ojalá las cosas fueran diferentes, pero, como no lo son, pues tendremos que buscar una solución entre los dos.

—Carajo.

—¿Tiene algo que ver con lo que ibas a decirme?

—Bueno, supongo que lo has resumido todo tú muy bien.

—¿También te ibas a llamar valiente?

—¿Yo valiente? —me reí—. ¡Si tengo miedo todo el tiempo!

—Bueno, reconocer que tienes miedo es lo que te hace valiente, ¿no? Además, mejor pasarlo juntos que por separado, ¿no?

—Sí —asentí.

—¿Bajamos a cenar?

—Sí, muero de hambre.

Bajamos al comedor, que era una especie de bufet, y estaba casi todo el mundo allí abajo. Tomé una bandeja y me serví unos macarrones que se veían bien (porque todo lo demás no) y, cuando buscábamos un sitio para sentarnos, Andrés levantó la mano para que fuéramos a su mesa. Busqué a Albert con la mirada, pero no lo vi, ni a Celia ni a Cris. ¿Se habrían quedado en la habitación o qué? Así que nos sentamos junto a Andrés, Almudena y Zaida.

—¿Qué tal con esas dos? —preguntó Almudena.

—Bueno, no me hablan.

—Si quieres venir a dormir a nuestro cuarto... —empezó a decir Andrés.

—Óscar sabe que no se puede dormir en otras habitaciones —comentó de repente Godzilla, que casualmente había pasado a nuestro lado.

—Pero es que sus compañeras le hacen la ley del hielo —protestó Almudena.

—Qué exagerados son. Yo también he tenido quince años, ¿eh? —Pasó de nuestra mesa a la de los profesores. ¿Y él qué demonios sabía?

En la cena todo bien, salvo algún pequeño incidente de intento de guerra de comida, sofocado por los gritos de Godzilla. Y, de ahí, todos nos fuimos a nuestras habitaciones, qué remedio. Pablo se fue antes, arrastrado por Arenas, que no dejaba de tratarle como si fuera su mejor amigo. En serio, ese chico tenía que hacerse mirar. En cuanto entré en el cuarto, lo primero que hice fue tirarme en mi sofá cama, ponerme música e intentar ignorar a esas tres absurdas (porque había venido María) grabándose videos de TikTok sin parar. Había que verlas, madre mía. Qué fuerte. Hace unos meses, yo habría estado haciendo esos videos con ellas, y cagándome de la risa. Ahora no, ahora tenía que estar tirado en el sofá ignorando al mundo. La Secundaria es una puta mierda y, por lo que intuyo, el Bachillerato no va a ser mejor.

—Oye, podrían grabarse en su recámara, porque me voy a dormir.

—Es que esta es la sala —replicó María.

—Y casualmente mi cuarto también, así que ahuecando, que tú ni siquiera eres de este cuarto

—¿Me vas a echar, nenita? —me retó María.

—Sabes que lo de llamarme nenita... siendo tú una mujer...

—Está bien, ya. Nos vamos a nuestro cuarto —intercedió Ainhoa, cabizbaja.

—Nah, yo ya me voy a mi habitación. Buenas noches —se despidió con una sonrisa—. Duerme bien, Óscar —me dijo con todo el mal pedo del mundo, así que me despedí de ella de la mejor forma posible: enseñándole el dedo de enmedio. Ea.

Cuando me desperté, ya era de día, y creo que fue más por el maldito frío que hacía en la habitación que por la luz que entraba por la ventana, porque, claro, no tenía persianas, así que ya podrán imaginar. Teníamos que estar listos a las ocho y media en la entrada del hotel para ir a la estación de esquí. Eran las siete. Así que me puse la primera ropa que encontré y salí, de camino al comedor, que estaba donde habíamos comido. Cuando llegué, solo estaban los profesores y los típicos mataditos de la escuela. Genial. Ni rastro de Pablo. Le escribí, pero nada, ni siquiera lo leyó. Así que bueno, pues a desayunar, ¿no? Y desayuné. ¡Vaya que si desayuné! ¡Porque eso era un paraíso! Miren, tomé un Choco Milk, Choco Krispies, dos natillas de chocolate (porque sí, porque puedo) y una napolitana. Y para disimular, un jugo de naranja y una manzana que, por supuesto, desde el momento en el que la agarré, supe que no me la iba a comer. Pero yo la tomé, oye, y quedé bien con..., bueno, con mi mente, supongo. Estuve ahí media hora comiendo como un cerdo cuando empezó a entrar todo el mundo en montón, como si se hubieran levantado todos a la vez de repente. Y, entre el alboroto, vi a Elena y a Ainhoa. ¡Genial! Esta era la mía. Ahora es cuando tengo que aprovechar y volver a la habitación, bañarme tranquilo y esas cosas. ¿Y si me bañaba con Pablo? Así, de repente. Se me acababa de ocurrir pero, la verdad, les confesaré que llevo caliente desde que me desperté. Ya saben: adolescente + hombre = calentura continua. Y, bueno, uno por la mañana, pues se levanta como se levanta, ¿saben? Tratando de pasar inadvertido, crucé el comedor camino a las escaleras. Cuando no me viera nadie, le escribiría un mensaje, a ver dónde estaba. Pero no me hizo falta, porque choqué con él mientras yo subía y él bajaba.

—Buenos días —sonrió.

—Hola —sonreí de vuelta. Vamos, más obvios imposible.

—¿Adónde vas?

—Ya desayuné.

—Carajo, ¿a qué hora has bajado? —preguntó, confuso.

—Hace ya un rato. Ahora iba a mi cuarto a bañarme. Ya sabes, que no están esas dos... —Y traté de invitarle con mi mirada, pero no debió de entenderlo del todo. O no debí de hacerlo yo bien.

—Qué haces.

—¿Yo?

—Sí. Estás poniendo ojos de loco.

—¿De loco? ¿O de sexy? —bromeé.

—¡Ja, ja, ja! ¡De loco sexy! ¿Me está invitando a su regadera, señor Rubio? —me intimidó. Pero cabrón.

—Bu-bu-bueno... Si quieres...

—¿Y a qué esperabas para decírmelo en vez de poner caras raras? ¡VAMOS!

Me dio una nalgada. Sí, vale, muy *random*, pero uf. Y subimos los dos tomados de la mano por las escaleras, camino de mi habitación. Es que vamos a ver, ¿cómo podía excitarme tanto una persona? ¡Es que es imposible! Saqué la llave y abrí el cuarto, y para hacerme el gracioso le hice un *tour*.

—Pues mira, esa es mi cama de matrimonio. Como ves, supercómoda y práctica, porque tomas de aquí —dije, alargando el brazo por debajo del colchón— y ¡zas! Se cierra.

Pero no se cerró.

—Bueno, a ver, a veces se cierra.

—Muy bien, a lo mejor me compro una —declaró, siguiéndome el rollo.

—Esta es la recámara de mis amas, porque yo soy su fiel esclavo, como puedes ver... —sonreí al abrir su dormitorio.

—Qué cochinero. Lo tienen todo tirado —comentó.

—Un poco sí.

Pablo revisó un poco todo, se acercó a una mesita que había en una de las paredes y tomó un bote que parecía de champú. Me miró sonriente, se agachó, agarró un zapato de Ainhoa (o de Elena, no lo sé bien) y vació un chorro del interior del bote. Luego dio unos golpecitos para que se distribuyera bien y lo escondió abajo de la cama.

—¡Qué haces! ¡Ahora sabrán que he sido yo!

—O no, se les puede haber abierto en la maleta. —Se acercó a la maleta de una de ellas, levantó un poco de la ropa y vació otro chorro del bote.

—¡Qué haceees!

—Justicia —sentenció, se acercó y me besó con fuerza—. ¿Has comido chocolate?

—Sí —admití. Madre mía, qué vergüenza. Ni siquiera me había lavado los dientes.

—Me encanta. —Si hace falta, no me vuelvo a lavar los dientes, fíjense lo que les digo.

Entramos en el baño pero, una vez dentro, no teníamos muy claro qué hacer, así que todo fue bastante torpe. Yo empecé a desnudarme, mientras él también se iba quitando la ropa. Cuando estábamos los dos en bóxers, abrí la regadera (ardiendo, que es como nos gusta a todos) y nos miramos durante un rato, esperando a ver quién entraba primero. Así que me decidí, me quité los bóxers y entré yo en primer lugar en la minúscula regadera. Pero el agua estaba **¡PUTO HELADA!**

—**¡CARAJO!** —grité.

—**¡QUÉ!**

—**¡ESTÁ HELADA!**

Pablo echó a reír y giró la llave.

—Si es que la abriste al revés, madre mía, Óscar —rio. El agua poco a poco empezó a salir caliente y, al ver mi cara de gusto, Pablo se quitó sus bóxers y entró en la regadera conmigo.

Y, mientras el agua resbalaba por nuestros cuerpos desnudos, nos besamos como si fuera la primera vez. El agua se confundía con su saliva, pero me daba igual, porque es que me bañaría con su saliva. Todos los días. Mientras yo le acariciaba la cara, él empezó a bajar una de sus manos, y, claro, yo lo imité.

—Óscar, Óscar, para... —susurró.

—¿No lo estoy haciendo bien? —dije, preocupado.

—No, no, he oído un ruido.

En ese momento me quedé de piedra, porque yo también oí algo. Mierda, Ainhoa y Elena. Se las escuchaba entrando en la habitación y hablando como dos loros. Nos miramos, asustados, pero no movimos ni un músculo. Hasta que llamaron a la puerta del baño.

—¿Ya vas a salir? —gritó Ainhoa.

—¡Acabo de entrar! —respondí.

—¡Elena, güey, vamos donde María, que este va a tardar en el baño!

—No, chingada madre. ¡Óscar, sal ya!

—**¡AHORITA SALGO!** —protesté.

Después de unos segundos, escuchamos cómo cerraban la puerta de la habitación.

—Tienes que irte.

Pablo asintió, salió de la regadera y comenzó a vestirse mientras a mí de repente me entró la vergüenza de mi vida y comencé a taparme con las manos. Cuando terminó de vestirse, se acercó, me volvió a besar y abrió la puerta lentamente.

—¿Las ves?

Pablo negó con la cabeza, cerró la puerta del baño y se fue. Carajo, había sido maravilloso. ¡Estaba supernervioso y superexcitado, para qué mentir! Así que, mientras pensaba en Pablo, terminé lo que habíamos empezado. Aunque fuera yo solo.

Después de bajar a la entrada del hotel, subimos al autobús y esta vez Pablo sí se sentó a mi lado. Íbamos más tapados que nada. Pero tapadísimos, con suéteres, con botas, con pantalones gordos de esquí. No había quien se moviera. Entonces llegamos a lo alto de las montañas, y eso no solo estaba repleto de nieve (lógico, también les digo), sino que estaba repleto de adolescentes como nosotros. Vamos, que habíamos venido un mundo de gente. Nos dijeron dónde tomar los esquís y las botas, y nos explicaron que los que no sabíamos esquiar (véase yo) nos dirigiéramos a la pista verde, o algo así.

—¿Tú entendiste algo?

—Tú sígueme, anda —me indicó y eso hice. Cruzamos una zona llena de pequeños puestecitos de madera llenos de gente, donde se oía musicota aunque fueran las nueve de la mañana. Yo me habría quedado ahí bailando Karol G hasta la hora de comer. Pero no. Tuvimos que ir al telesquí. Que, oye, si lo seguías con la mirada, **VÉRTIGO ES POCO**.

—¿Hay que subirse ahí?

—Claro. Solo así se puede llegar a las pistas. ¿Preparado?

—¡No!

—¡Oye, no seas miedoso! Pero primero hay que ir por los esquís.

Y si hubieran visto el drama que monté con las botas y los esquís porque pensaba que no me entraban que casi me pongo a llorar... Pero, después de mucho luchar, lo conseguí y, cual pato mareado, fui moviéndome por la nieve levantando los esquís. Nos acercamos a una caseta, donde había un hombre con cara de pocos amigos que nos dio un par de boletos.

—Pónganse delante, ahí, y, cuando venga el telesquí, se dejan caer. Y cuando estén arriba, preparados, levantan la barra de seguridad y se lanzan hacia delante. Cuidado, no se caigan. ¡Y no levanten la barra mientras estén en el telesquí!

—Entendido —dijo Pablo, mientras yo no dejaba de escuchar en mi mente «barra de seguridad», «barra de seguridad», «barra de seguridad».

Pablo debió de ver que estaba nervioso, así que me tomó del brazo, me colocó junto a él y apretó mi mano con fuerza.

—Venga, ahí viene, ¿preparado?

—Seguro que me caigo.

—Que no carajo, no seas pesimista —protestó.

El telesquí se acercó, como si fuera un columpio. Uno... dos... ¡tres! Pablo se dejó caer y me arrastró con él y, oye, que estábamos sentados en el telesilla. ¡No había sido tan difícil! Bajó la barra de seguridad y eso empezó a subir hecho la madre, y, mira, me estaba dando algo. Porque, claro, al principio puede parecer hasta divertido, pero cuando ves que lo único que te separa de una caída de veinte metros (o los que sean, pero muchos) es una barrita de seguridad oxidada, pues, oye, como que te cagas un poco de miedo. ¡Aparte de que eso se movía para todos lados! **¡COMO SE LO CUENTO!** Si la nieve es blanca, mi cara lo era más. Y Pablo no dejó de reírse de mí hasta que llegamos a la cima, donde, como habrán supuesto, me caí al tratar de bajar del telesquí. Pero esperen, esperen, que no solo me caí, sino que el esquí se me quedó enganchado en el banco del telesquí y me arrastró un par de metros por la nieve. Es decir, un poco más y vuelvo a bajar pero colgado de un pie. Uno de los hombres que había en la caseta del final tuvo que detenerlo y ayudarme a soltar la pierna. **¡ME QUIERO IR A MI CASA!**

Pero, bueno, yo también soy un exagerado. Fuera de eso, me lo pasé bien y... ¡NO! ¡NO ME LO PASÉ NADA BIEN! Nos dividieron en grupos según la habilidad que tuviéramos. Pablo desapareció rápido de mi grupo porque se le daba superbién. Yo me quedé con los incapaces que no saben andar. Después de casi una hora enseñándonos a poner los esquís en forma de cuña para frenar, el profesor se lanzó cuesta abajo y todos los «alumnos», uno a uno, lo fueron siguiendo. El primero llegó lejos, el segundo no tanto, el tercero se cayó nada más empezar. Mierda, ¿y si mejor fingía una lesión?

—**¡TE TOCA!** —me gritó.

Así que cerré los ojos, respiré hondo y pensé: «Que sea lo que Dios quiera». Así que me dejé llevar y... bueno, tanto me dejé llevar que es que bajé toda la cuesta en línea recta mientras todos me gritaban que hiciera la cuña o no sé qué. ¡Y yo qué sé! No podía frenar e iba agarrando cada vez más velocidad. Me iba a dar una madrazo de campeonato. ¡Pero uno que se recordaría años y años!

—**¡NO SÉ FRENAAAAAR!** —grité, pero nadie pareció hacerme caso. O eso, o no eran capaces de ayudarme.

Bueno, supongo que frenaré en algún momento de mi vida. O me caigo por un precipicio. Algo pasará antes. Pero frené. ¡Vaya que si frené! Contra otra esquiadora que se cruzó en mi camino. Y sí, como les dije, el putazo fue **ÉPICO**.

No vi a Pablo en toda la mañana. Por lo que me contaron, se le daba tan bien que estaba en el grupo avanzado. Puto Pablo. ¿Había algo que se le diera mal? Debe de ser que no. Subí al bar que había allí, hasta arriba, y me costó la vida quitarme el traje de esquí para poder mear. Vamos, que casi me hago encima, porque, oye, pinche ritual. Y ahí decidí que ya era momento para comer algo. Sí, sé que solo habrían pasado dos o tres horas desde que había desayunado. ¿Y? ¿No conocen el segundo desayuno? Cuando estaba comprando un sándwich que tenía una aspecto terrible, vi a Albert sentado en una de las mesas con una Coca-Cola, así que me acerqué y me senté frente a él.

—¿Qué tal el primer día de esquí? —pregunté mientras hacia malabares para poder sentarme en una silla minúscula. Albert no contestó hasta que me senté, y tardé bastante en conseguirlo—. ¿Para quién hacen estas sillas?

—Te ha costado, ¿eh?

—Bueno, ¿qué tal el primer día? —insistí.

—Pues de puta pena. ¿Tú?

—¿Tú qué crees? —sonreí.

—Igual, ¿no?

—Seguramente peor —admití. Y, oye, sentí que nuestra conexión volvía—. ¿Por qué no me hablas?

—¿Yo? ¡Si el que no me habla eres tú!

—¡Yo no te hablo porque no me hablas tú! —protesté.

—Está bien, sí, da igual... Es que ya no estoy seguro...

—¿Qué? O sea, estás enojado conmigo... ¿y ni sabes la razón? ¡Qué mierda!

—Oye, tranquilo, ¿okey? —se defendió.

—Bro, ¿qué pasa? ¿Qué te pasa? —Lo miré lo más fijamente que pude, para ver si poniéndolo nervioso al fin se venía abajo.

—No sé, carajo, es que es todo… raro, ¿sabes?

—Raro ¿por qué? ¿Ha pasado algo con Diego? —pregunté.

—No, no… Ese es el problema… A ver… A ver, primero quiero… Quería… Mierda, quería pedirte perdón, porque el otro día en la fiesta de Almu, pues me pasé, ¿de acuerdo? Me pasé de veras.

—Sí. Te pasaste cabrón, pero no pasa nada. Yo tampoco estuve muy agradable —admití, recordando las palabras que me había dicho Pablo.

—Y no sé, siempre has sido bueno conmigo y no sé. Carajo, que eres mi mejor amigo y me encabroné de más —explotó.

—No pasa nada, pero ¡es que me estaba muriendo sin poder hablar contigo! ¿Cómo somos tan pendejos?

—No sé —sonrió.

—Yo también te quiero pedir perdón, ¿sabes? Porque, a ver, cada uno tiene sus tiempos y esas cosas… y no soy quién para decirte cuándo tienes que… Cuándo tienes que decir que eres gay o esas cosas. *Sorry* —me disculpé.

—Ya, bueno. No todos somos tan valientes como tú. —Segundo que me lo decía en este viaje. Al final me lo iba a tener que creer.

—¿Valiente yo? **JA, JA, JA.**

—Sí, valiente tú. Y ya va siendo hora de que te des cuenta —me dijo, con seriedad absoluta.

—Bueno, y con Diego ¿qué? —pregunté—. No los he visto juntos desde que llegamos.

—Pues Diego… Diego nada —admitió—. Ya fue.

—Pero ¿qué pasó? —insistí.

—Nada, Óscar, nada… Ya fue. Que he sido un estúpido.

—Ok, ok. Al menos estamos bien tú y yo, ¿no?

—¿Tú qué crees? —sonrió y los dos, como idiotas, tratamos de darnos un abrazo, pero fue bastante complicado con una mesa de por medio y nuestros trajes de esquí. Al menos nos habíamos reconciliado. Eso era lo importante.

12.

No piensen que conseguí aprender a esquiar, ¿eh? ¿En qué cabeza cabe que alguien va a conseguir saber cómo hacerlo en tan pocos días? Bueno, pues o eres Pablo Bernabé o ni de broma. Yo estoy en el segundo grupo. En el de «ni de broma» por si tenían alguna duda. El primer día acabamos todos tronadísimos. Supongo que era una mezcla de cansancio, nervios y emoción por estar lejos de casa, sin padres. Al menos, no los nuestros. Esa tarde varios fueron al pueblo a una feria navideña (porque les recuerdo que estamos casi a finales de noviembre) y los acompañaron Godzilla y una de las mamás. Mientras, los que nos quedábamos en el hotel teníamos a la otra mamá y a Solero como guardianes. Habíamos quedado de juntarnos en la habitación de Almudena para pasar el rato antes de irnos a dormir. Y a Albert y a mí nos había tocado quedarnos un poco más en la cena para poder robar comida y subirla al cuarto. Solo teníamos que esperar a que se fueran los adultos, es decir, Solero y la otra mamá, y tomar disimuladamente cosas. Los dos llevábamos aún sudadera y el abrigo, para guardar la comida, vaya. El plan perfecto.

Cuando Solero pasó a nuestro lado para irse, Albert y yo nos miramos dispuestos a llevarlo a cabo. Primero se levantó él mientras yo vigilaba que no viniera nadie. Podía escuchar voces a lo lejos, pero no se acercaban, así que por el momento teníamos suerte. Al rato, vino hacia mí con los bolsillos llenos. Entonces fue mi turno.

Me acerqué y, como tampoco tenía muy claro lo que había agarrado Albert, empecé a llenarme los bolsillos de Coca-Colas, trozos de pan y, por qué no, croquetas. Porque me encantan y, sorprendentemente las de ese bufet estaban muy ricas. Me uní de nuevo a Albert y salimos los dos de allí, entre risas y miradas cómplices, para encontrarnos de frente con Diego y dos de sus amigos. Los mismos que me habían llamado «nubecita» en el autobús. Pasaron a nuestro lado y pude escuchar sus risitas. Albert se hizo pequeño y agachó la cabeza, como si mirarlos directamente fuera a provocar algo. Yo no. Yo levanté bien el mentón y seguí andando, orgulloso como el que más. Cuando desaparecieron en el comedor, tomé a Albert del brazo para que se detuviera.

—¿Qué pasa? ¿Qué haces?

—¿Me vas a contar qué pasó en el autobús?

—¿Qué paso de qué?

—Cuando te vi llorando, Albert —le recordé.

—Nada, Óscar, en serio. Olvídalo, ¿sí?

—Por poco les besas los pies cuando hemos pasado a su lado. En serio, ¿qué ocurre? —Y al escucharme hablar así, mirando la cara de tristeza de Albert, sentí lo mismo que cuando Pablo trataba de defenderme de los pendejos de Arenas, Moi y compañía—. A mí me lo puedes contar.

—Que no pasó nada, Óscar. ¿Qué va a pasar? Pues que se rieron de mí, punto.

—¿Por qué?

—Por... Porque le dije a Diego que me gustaba. Dios, qué puta vergüenza. ¿En qué momento se me ocurrió? Los otros dos me escucharon y empezaron a burlarse y a llamarme maricón y tal... Y Diego, pues se alucinó, como si le hubiera dicho que le acababa de contagiar una enfermedad incurable, o algo así, ¿sabes? Un asco.

Óscar, no le digas lo que estás pensando. **POR FAVOR**.

—Te lo avisé. —Mierda, Óscar.

—Ya lo sé. Pero yo qué sé, bro.

—Mira, mejor que sea hetero, porque no te merece ni lo más mínimo. Que se vaya con sus amigos cavernícolas y te dejen en paz.

—Ya, bueno, ya. Pero estoy angustiado, carajo. ¿Y si se lo cuentan a toda la escuela? Dios, lo sabrá todo el mundo ya, carajo —se lamentó, muy abatido.

—¿Y? Tú orgulloso de quién eres. Punto. Si algo me enseñó el año pasado... —y, sobre todo, Pablo— es que si te ven hundido, pues más disfrutan. Tienes que creértelo. Eres jodidamente perfecto, Albert Olivares.

—Gracias —sonrió, tímidamente. Entonces se me ocurrió una maldad. Metí la mano en el bolsillo de mi abrigo y tomé una de las servilletas que tenía llena de croquetas. Me podía desperdiciar algo tan rico, pero ya no había marcha atrás.

—Ven.

—¿Qué vas a hacer?

Los dos volvimos al comedor, sigilosamente, y nos asomamos. Diego y sus amigos estaban sentados en una de las mesas, mirando sus teléfonos, totalmente ajenos a todo lo demás.

—No suelo tener buena puntería, pero espero que el karma me ayude. —Y, sin pensarlo dos veces, tomé una de las croquetas y la lancé contra ellos, dándole en la cabeza a Diego. De lleno.

—¡Óscar! —gritó Albert, aterrorizado.

Diego se llevó la mano al pelo y recogió restos de la croqueta. Uno de sus amigos miró hacia la puerta y nos vio, señalándonos y gritando algo que no llegué a escuchar porque, sinceramente, ya habíamos echado a correr lejos de allí, con la adrenalina por las nubes. De hecho, no paramos de correr hasta que llegamos a la puerta de la habitación de Almudena, asfixiados, sin aire, con la respiración entrecortada, pero con una sonrisa de oreja a oreja.

—Estás loco. ¿Dónde está Óscar Rubio y qué has hecho con él?

—¡El mundo me ha hecho así! —respondí, entre risas.

Llamamos a la puerta y nos abrió Almudena. Ya estaban todos dentro, a excepción de Pablo, que estaba en su cuarto bañándose. La habitación de Almudena, Andrés y Zaida no tenía nada que ver con la mía. Para empezar, tenían dos dormitorios, no solo uno como yo. Estaba todo recogidísimo y, encima, sus ventanas daban a las montañas, no como la mía, que daba al aparcamiento de la parte de atrás del hotel. Vamos, que les había tocado la lotería y a mí la basura.

—¿Por qué se tardaron tanto? —protestó Almudena mientras revisaba todo el cargamento de cosas que habíamos llevado.

—Nos encontramos con..., bueno, con unos indeseables —respondí.

—¿Por eso llegan asfixiados? ¿Qué pasó? —replicó Andrés, preocupado.

—¡Tenían que haber visto a Óscar! ¡Le lanzó una croqueta a Diego y le dio en toda la cabeza! —recordó Albert.

—¿Y han desperdiciado una croqueta así? —replicó Celia, molesta.

—¿Desde cuándo le tiran comida a Diego? ¿No era tu amigo? —incidió Cris.

—Bueno... Digamos que... es un imbécil —contestó Albert.

—Uno más que sumar a la lista —añadí.

—Habría que hacer algo contra ese tipo de gente —intervino de repente Andrés.

—¿Hacer algo? —preguntó Cris, suspicaz.

—Sí, no sé. Conmigo llevan metiéndose desde que me corté el pelo. Contigo, Óscar, te hicieron la vida imposible...

—Y siguen, y siguen.

—Ahora la agarran con Albert. No podemos esperar a ver quién es el siguiente. Y no vale lanzar croquetas como defensa. No te ofendas, Óscar.

—Un poco sí me ofendo, que para una vez que tengo puntería... —bromeé—. ¿Qué propones? ¿Hablar con el director? ¿Con los profesores? ¿Qué podemos hacer?

—Ayudarnos entre nosotres, claramente.

—Pero una piensa un buen plan con el estómago lleno. Superidea, ¿eh? —dijo Celia mientras tomaba uno de los trozos de pan que había dejado sobre la mesa. La verdad es que Andrés tenía razón. El año pasado, nadie me había defendido salvo ellos, Pablo y yo mismo. Pero Ramón seguía mostrando caras de asco cuando me veía pasar, me ponían apodos, y el director me tenía entre ceja y ceja. Luego estaba Albert, y por lo que me había contado, también se reían de él solo por ser gay. ¡Si se metían hasta con Andrés por el mero hecho de haberse cortado el pelo! Teníamos que pensar en ello seriamente.

Pablo llegó al rato, más guapo que nunca, más perfecto que nunca, cuando Almudena ya había puesto a Bad Gyal a todo volumen y estaba bailando encima del sillón. Y así transcurrió la noche, entre croquetas reblandecidas, Coca-Colas calientes y trozos de pan más duros que una roca. Llegó el momento de contar historias de miedo, y en eso Celia era increíble. Les juro que cada cosa que contaba me hacía mirar hacia atrás por si acaso.

—Eso te lo acabas de inventar —replicó Almudena.

—Para nada. Los reto a buscar en Google quiénes son la gente sombra. Yo una vez vi a uno, a los pies de mi cama. Estaba ahí, en la esquina, mirándome. Encedí la luz y, puf, desapareció.

—NI DE PUTA BROMA —estalló Albert, que era el más miedoso de todos. Mucho más que yo.

—No se sabe muy bien qué son, pero seguro que todos, en algún momento, se han encontrado con la gente sombra.

—Oye, ¿no podemos volver a lo de escuchar música? —protestó Albert y fue a encender la luz, pero Celia se lo impidió. Maldición, yo estaba empezando a tener miedo real también.

—Yo pensaba que esto se iba a tratar de contar famosos que están muertos..., tipo Paul McCartney —intervino Cris.

—¿Quién? —preguntó Albert.

—Los Beatles.

—¿Quiénes? —repitió Albert, desconcertado.

—Óscar, te toca contar una historia de miedo —me dijo Andrés de repente.

—¿Yo? No-no me sé ninguna —tartamudeé.

—Pues invéntatela, que tampoco es tan difícil —intervino Zaida. Chica, tranquila. ¡Qué intensa!

Mira, no sé ni qué hora era, los ojos se me cerraban, había bebido y comido más de lo que podía permitirme en la vida. ¡Estaba yo como para inventarme una historia de miedo!

—Yo es que...

—Venga, cuento yo una —dijo Pablo, salvándome—. Les voy a relatar una que me contaron cuando era pequeño.

—Ah, pero ¿tú has sido pequeño? —bromeó Albert, pero a nadie le hizo gracia. Pobre, eso era típico de mí: soltar un chiste y quedarme colgado.

—Una vez me dijo una amiga que no debíamos dormir con las puertas de los armarios abiertas, ¿saben?

—¿Por? —pregunté.

—Bueno, porque es por donde entra el diablo —añadió sin pestañear—. ¿No sabían eso? Esta chica tenía una amiga a la que se le olvidó una vez, y les juro que no volvieron a verla.

—¡Qué dices! —gritó Cris.

—Pinche historia de mierda. No llega ni a historia, de hecho —replicó Celia.

—Ok. Pero te reto a que duermas esta noche con las puertas de los armarios abiertas.

—**OBVIO** que no lo voy a hacer —repuso y nos echamos a reír.

Todos fueron cayendo poco a poco, presas del cansancio acumulado. Las primeras fueron Zaida y Almudena, que se encerraron en sus cuartos. Luego se fueron Celia, Cris y Albert. Pablo fue el siguiente. Y yo me iba a ir con él, pero Andrés seguía despierto, así que le di un beso a Pablo de buenas noches y me quedé un rato más en la habitación.

—¿Te la estás pasando bien? —me preguntó Andrés mientras buscaba entre los restos de comida algo que llevarse a la boca.

—Sí, la verdad. Aunque creo que nunca había estado tanto tiempo sin dormir.

—¿Nunca habías aguantado una noche sin dormir?

—Creo que no.

—Qué suerte. A mí me ha pasado tantas veces...

—¿Y eso?

—Bueno, al principio no sabía lo que era —comenzó a decir—. El truco es identificar el problema y, a partir de ahí, se supone que todo se vuelve más fácil. O eso me dice mi psicóloga.

—¿Vas a una psicóloga? —repliqué, asombrado.

—Sí... Desde que empecé mi transición, pues como que estaba todo el día estresado, no podía dormir, tenía ataques en los que no podía ni respirar. ¿Esa sensación de asfixia? Y, bueno, resultó ser ansiedad. Así que lo hablé con mis padres y tal... No te creas que es una terapia de conversión o que piensan que estoy loco, ¿eh? Para nada.

—No, no. No lo creo.

—Pero había cosas que no podía hablar con ellos. Y, aunque lo hubiera hecho, tampoco habrían sabido qué aconsejarme, ¿sabes? Así que acabé en una psicóloga buenísima que se llama Estrella y me ayuda a verme tal como soy, y estoy haciendo muchos progresos.

—Caray, qué bien. —Y recordé la otra noche en la que fui incapaz de dormir. No se lo había contado a nadie, ni siquiera a Pablo—. ¿Te puedo contar algo?

—Claro.

—No sé si será lo mismo, pe-pero la otra noche no pude dormir bien... y nunca me había pasado básicamente no poder dormir, literal. Estaba como sin aire, y supernervioso y preocupado, pero no estaba pasando nada. Dios, deseaba tanto que saliera el sol... No-no me ha vuelto a pasar, pero, no sé, fue algo que-que no me gustó. No se lo he explicado a nadie.

—Sí. Sé lo que es. Gracias por contármelo.

—¿Y qué hago la próxima vez que me pase? Es decir... ¿Tienes algún truco o algo?

—Bueno, no sé, lo que me funciona a mí a lo mejor a ti no te vale para nada. Yo me centro en la respiración, cuento hasta diez y, con cada número, me imagino algo que me gusta mucho, ¿sabes? Algo que me haga levantarme cada mañana. Y me tranquiliza al momento. Me funciona, la verdad. Prueba si quieres.

—Gracias.

—También te vendría bien hablar con un adulto, quizá. Alguien que sepa más que yo, que no sé nada —se rio—. No te fíes tampoco mucho de mí.

—¿Y qué haces cuando te da a lo largo del día o algo así?

—Óscar, tienes que hablarlo con alguien.

—¡No, no! No lo decía por mí. Aunque, bueno, hay veces que... Yo qué sé.

—Tienes demasiadas cosas encima.

—Y solo tengo quince años —reí.

—Y solo tienes quince años. No tenemos que pasar por esto solos, ¿sabes?

—Lo sé —admití—. Tengo a Pablo. Es... ¿Cómo se dice? ¿Mi ancla? ¿Algo así?

—Eso está muy bien. Pero también tienes que centrarte en ti, ¿eh? No te descuides. Tienes que ser alguien para ti primero, para poder serlo para los demás.

—Alguien para mí... —repetí, pensando en voz alta.

—Mira. —Señaló a la ventana, por la que entraban los primeros rayos de sol—. Lo hemos conseguido. Hemos sobrevivido a la noche.

—¡Y no somos vampiros! Porque la luz no nos hace daño —bromeé.

—A veces, aguantar toda una noche sin dormir no tiene por qué ser malo, ¿verdad?

—Verdad. Gracias. En serio.

—¿A mí? ¿Gracias de qué? Gracias a ti. Eres una de las pocas personas con las que puedo ser yo.

—¿Y tu psicóloga? ¿Y Almu?

—Sí, está genial... Y Almu se está portando fenomenal, ¿eh? Pero quiero decir... que eres una de esas personas que... No sé... Alguien de mi edad, alguien cercano... que mínimo sea del colectivo, ¿sabes? No sé. Alguien que no está en una situación de poder... y alguien con el corazón en su sitio. Dios, estoy diciendo tonterías, ja, ja. Lo siento... Es que... qué raro es encontrarse a alguien como tú en una escuela como la nuestra.

—Lo mismo digo. Ya nos hemos convertido en compañeros de noche. Y eso es fuerte, ¿eh? Eso es importante —dije mientras me ponía de pie, dispuesto a volver a mi habitación—. Nos vemos en... ¿una hora?

—Bueno, podemos estirar hasta las dos horas.

—Dos horas entonces. —Y, con una sonrisa imborrable de mi cara, salí del cuarto.

Pero he de confesar algo: no dormí ni una ni dos horas... ¡Sino tres! Claro, las malvadas con las que vivo no me despertaron y por poco pierdo el autobús. Así que imaginen la mañana, habiendo dormido tan poco, sin desayunar porque no me dio tiempo..., pues claro. ¡Estaba yo para esquiar! La verdad es que no sé cómo sobreviví aquel día. Quizá fue gracias a Albert, que estuvo pendiente de mí toda la mañana. Normal, porque él es igual de torpe que yo o más, y mira que es difícil. ¿Que dónde estaba Pablo? Pues ya les dije que esquiaba de puta madre, así que ya hasta bajaba la montaña con su grupo. Insistió en quedarse conmigo, pero seamos sinceros: mi grupo era el de los bebés, básicamente. No le iba a hacer eso. Así que, como buen novio que soy, lo dejé que hiciera su vida, que yo trataría de salvar la mía.

—¿Eso es doblar las rodillas? —me gritó el instructor de esquí. No porque tuviera mal carácter, sino porque no se escuchaba nada ahí arriba.

—Sí, ¿no? —No sé, en mi mente las estaba doblando muchísimo. Pero en la realidad debía de ser lo contrario, porque llegó y tiró de mí hacia abajo.

—Ahora sí las estás doblando. —Y se fue a enseñar al siguiente.

—¡Nos ha jodido! ¡Si estoy casi sentado en el suelo! —Una chica a mi lado empezó a reírse sin parar, y solo esperaba que no fuera de mí.

—Mañana vamos a bajar la montaña. Tranquilos, que iremos por el camino fácil, pero tienen que dominar ciertas técnicas si no quieren caerse por un barranco. —Al ver nuestras caras de terror (bueno, lo que se podía ver, porque íbamos con gorro, gafas de sol y el anorak hasta arriba), empezó a reírse, dejando claro que había sido una broma. Pues, mira, ni puta gracia, les tengo que decir. Cero.

—¿En serio vamos a bajar la montaña? —me susurró Albert—. Podríamos fingir una lesión.

—Claro, muy creíble, Albert. Oye, mira, yo no he venido a este viaje para morir, las cosas como son.

—¿No podemos ir a nuestro paso? —protestó.

—Podríamos intentarlo. Solo hay que distraer aquí al instructor asesino.

—Mira, somos un montón. Cuando nos mande para abajo, pues nos desviamos un poco a la derecha y hacemos esquí por nuestra cuenta.

—Tú das por hecho que sé desviarme. Solo sé ir en línea recta, Albert. ¡No sé ni frenar! —gimoteé, nervioso.

—¡Ustedes, vamos, que toca bajar! **¡Y RECUERDEN LA CUÑA PARA FRENAR!**

—Como vuelva a decir «cuña» una vez más, le clavo el bastón este, te lo juro —mascullé.

Nos lanzamos hacia delante, a lo loco, porque no había otra forma de hacerlo y, claro, estaba todo el rato pensando que me iba a dar un madrazo. Albert ya sabía girar a derecha e izquierda, así que eso de que se le daba mal era puro cuento. Yo seguía recto, como una bala, cortando el viento y haciendo que toda la gente se apartase para no chocar. Y una de esas personas que tenía delante empezó a saludarme con el bastón hacia arriba. ¿Quién era? Si ya veo mal de lejos, que la gente se cree que soy un mamón porque no saludo, pues imagina yendo a nosécuántosmilkilómetrosporhora. Cuando reconocí que era Pablo, ya fue tarde. Lo único que pude entender de sus gritos es que me decía que frenara.

—**¡NO SÉ FRENAR!** —grité y, por instinto, me eché hacia un lado, y sorprendentemente pude dirigir los esquís, pero muy pocos metros, hasta que llegué a una zona cubierta por cintas de plástico, como si fuera una malla. Espero que no estuvieran cubriendo un precipicio porque iba directo. Y de pronto estaba hundido. Literal. Hundido en la nieve. Porque no era dura como la de las pistas. Era como si estuviera en arenas movedizas. ¡Me había quedado atascado! —**¡SOCORRO!**

Sí, soy muy dramático y me puse a gritar. Pero es que nadie venía a ayudarme. ¿No veían que me estaba hundiendo? En unos segundos que me parecieron horas, llegó Pablo, haciendo un viraje perfecto y frenando como los deportistas profesionales. Se quitó los esquís en tiempo récord y fue por mí. Estirando su brazo, me dio la mano y tiró de mí todo lo que pudo, tratando de desencajarme de la nieve. Pero no solo no tuvo éxito sino que se cayó encima de mí, rodando juntos y hundiéndose casi más que yo.

—¡¿Estás bien?!

—Pues lleno de nieve —protestó—. Pero ¿es que no sabes frenar?

—¿No ha quedado claro ya? —repliqué—. Esto no es lo mío. Yo lo sé, tú lo sabes, el instructor lo sabe... ¡El mundo lo sabe!

—Óscar... —empezó a decir mientras hacía un gran esfuerzo por ponerse de pie—, deja de lloriquear y decir que se te dan mal las cosas.

—Pero es que se me dan mal las cosas.

—Pues aprendes. Nadie nace sabiendo. Tienes cero paciencia —dijo y, tras sacudirse la nieve de la chamarra, me volvió a tender la mano y esta vez sí consiguió levantarme—. Pasa del instructor. Inténtalo un rato tú solo. No te agaches tanto y mantén los esquís paralelos, ¿vale? Y, cuando quieras girar, dobla las rodillas y cambia todo tu peso al esquí de fuera... Así es como lo hago yo.

—Suena muy fácil.

—Inténtalo. Seguro que lo consigues. —Y, tras su improvisada lección, se lanzó colina abajo, dejándome atrás. Qué cabrón. No había esquiado en su vida y el güey ya iba dándoselas de profesor.

Vi cómo Albert me saludaba desde el otro lado de la pista, dando saltos y agitando los brazos. Crucé la cuesta sin morir en el intento y, cuando estuve con él, le expliqué todo lo que me había dicho Pablo. ¡Y quisimos intentarlo, les juro! Pero Albert tuvo una oferta mejor: ir al bar, tomar una Coca-Cola cada uno y zamparnos dos sándwiches de lomo con queso. ¡Eso sí que era un buen plan de esquí! Nos encontramos con Almudena y con Andrés, y decidimos que esa noche íbamos a ir todos a la feria navideña que había en el pueblo. Aunque hubo algún momento extraño, ya que Albert no dejaba de llamar a Andrés por su antiguo nombre. Y, claro, yo no era quién para corregirle. Y, por lo que podía notar, Andrés tampoco estaba preparado para decírselo. Qué horror, no poder ser tú mismo. Creo que es lo peor que te puede pasar, la verdad. Tener una máscara y no poder quitártela nunca, aunque te ahogue. Yo no dejaba de mirarle, como queriendo disculpar a Albert, y dejando claro que, si necesitaba algo, ahí me tenía.

Eso sí, tooodo el día conseguí evitar a Ramón, a Diego y compañía (menos mal que Moi no estaba en el viaje). Todo el día sin verles la jeta de cavernícolas. Todo el día hasta que llegó la noche y, claro, pues ahí se armó.

13.

Creo sinceramente que era la primera vez que iba a una feria navideña. No es que no me guste la Navidad. Supongo que me gusta lo mismo que a cualquier adolescente de mi edad, ¿no? Quizá la Navidad de ese año iba a ser diferente. Rara cuando menos. Porque al final siempre la pasaba con mis padres, con mi familia, y, desde que las cosas estaban como estaban, la verdad no sé ni siquiera si íbamos a celebrar algo. Pero había una cosa positiva: iba a ser mi primera Navidad con Pablo. Aunque no pasáramos juntos las fechas importantes, en este viaje ya le dábamos la bienvenida. Y eso era un momento más que íbamos a pasar el uno con el otro. ¿No era bonito?

Bajamos al pueblo en varios coches, más pequeños que el autocar en el que habíamos llegado a la estación, en los que no cabían más de veinte personas. Solero iba en el nuestro, y nos habíamos apuntado todos. Celia, Cris, Zaida, Andrés, Almudena, Albert, Pablo y, por supuesto, yo, que para algo les estoy contando la historia. Y en otro de los coches iba Ramón, y también iba Diego, y varios de sus amigos. Uf, no nos los habíamos encontrado en toda la mañana, pero ahora íbamos a tener que sufrirlos en la feria. Ya sé que unas líneas más arriba les dije que se armaba en la feria, y ya supongo que sabrán por dónde va el asunto. Porque con esos animales cerca, ¿cómo no se iba a armar?, digo yo. ¿No podían dejarnos en paz?

¿No podían vivir su vida y tenían que jodernos la nuestra? ¿Qué masculinidad tan frágil tenías que tener, vamos a ver?

La feria estaba bien, era así como... **¡DE PUTA MADRE!** Ay, perdón. Saben que, cuando me emociono, hablo mal. Es algo que tengo que corregir. Lo sé. Lo he dicho decenas de veces. Y lo intento, créanme que lo hago. Olía todo a asado, a algodón de azúcar, a manzanas caramelizadas. Todo ya estaba decorado con adornos navideños y, aunque no había nieve como arriba en la estación de esquí, el ambiente era brutal. ¡Había hasta una rueda de la fortuna! ¡Y decenas de puestos para comprar adornos, para tomar chocolate! Yo qué sé, de todo. A lo mejor a ustedess no les emociona, pero a mí sí, era como estar en una película, donde nada malo podía pasarte. Solero nos dijo que, en dos horas, nos veíamos en la puerta del caserón del terror para volver a los coches y subir de nuevo al hotel. Así que nos fuimos dividiendo todos los que habíamos bajado para disfrutar de la noche. Al principio nosotros fuimos juntos pero poco a poco nos separamos, quedándonos Pablo y yo solos. Y, lo crean o no, íbamos de la mano. Los dos tomados de la mano, en público yo creo por primera vez. O al menos con tanta gente alrededor. Y era superempoderante. Tenía todo el tiempo una adrenalina corriendo por mi sangre que no me dejaba estar quieto.

—Creo que le voy a comprar algo a mi madre —dijo Pablo cuando pasamos por un puesto lleno de bolas de nieve de esas de cristal.

—Esas está lindas, ¿no? —Y le señalé unas que tenían dentro un Papá Noel. Mientras iba a mirarlas y escogía una, yo estuve también observando por mi cuenta y, oye, vi unos renos así pequeñitos como de porcelana blanca, lisos y con la nariz roja, que eran preciosos. No conocían esta faceta mía, ¿eh? Yo también me intereso por estas cosas. Pensé en regalarle uno a Pablo y comprarme otro a mí, pero cuando fui a ver si tenía dinero..., pues, genial, me lo había dejado en el hotel. Bravo, Óscar, eres increíble.

—¿Mirando algo? —me preguntó Pablo, con una bolsa pequeña transparente en la mano.

—Nada, nada.

—Yo le compré al final una a mi madre. Le encantan estas cosas.

—No mientas. La has comprado para ti —lo vacilé.

—También, porque me encantan las bolas de nieve. —Me guiñó un ojo y me volvió a dar la mano. La mía estaba sudada, como siempre. Pero a Pablo le daba igual. Hay que buscarse a alguien en la vida que te dé la mano y le dé igual que esté sudada, desde luego.

Me compró el algodón de azúcar más grande que vio, conseguimos dos vasitos de muestra de cerveza (aunque los acabamos tirando porque estaba asquerosa) y consiguió convencerme después de más de quince minutos para que me subiera a la rueda de la fortuna con él. Recordarán el miedo que tengo a las alturas. De eso seguro que se acuerdan. La fila era bastante larga, pero mejor, que así aprovechamos para darnos besos y abrazos. Nunca había sido tan cariñoso Pablo. ¡Y me encantaba esta nueva versión suya! Pero, justo cuando nos tocaba, le llamaron al celular.

—Oh, es mi madre. Oye, sube tú si quieres, que le voy a contestar —dijo, dándome su boleto.

—¿Yo? ¡Si yo no quiero subir! —repliqué, pero ya había contestado a la llamada y se había salido de la fila. Iba a hacer yo lo mismo cuando alguien apareció a mi lado.

—Bueno, pues subo yo por él —sonrió Albert y me quitó el boleto de Pablo de la mano.

—Qué...

—Oye, si te ibas a subir con Pablito, puedes subirte conmigo. Y estaría feo tirar el dinero que le ha costado, ¿no?

—¿Cómo sabes que lo ha pagado él?

—Te apuesto lo que quieras a que has dejado todo tu dinero en el hotel. —Y, claro, ante mi silencio, entornó los ojos—. Dios, qué desastre eres. ¡Vamos, sube y así te cuento chismes!

Busqué con la mirada a Pablo pero no le encontré, y encima Albert no dejaba de empujarme para que entrara en uno de los asientos de la rueda.

—¡Ya voy, animal! —protesté.

—¡Vamos, que esto arranca y me deja colgando! —Se lanzó en el interior, como si estuviera en una película de acción. Obviamente, yo me reí. Albert siempre me hacía reír.

La rueda se puso en marcha (y mi corazón se detuvo) y empezó a subir eso con un traqueteo imposible. Me agarré a todo lo agarrable y la sangre debió de desaparecer de mi cuerpo, porque hasta Albert se asustó.

—¿Estás bien?

—Sí, sí —mentí.

—Claramente. Ya me doy cuenta. Pues, mira, para que te distraigas, chismecito fresco: Solero y una de las mamás andan —dijo con una sonrisa malévola en la cara.

—¿Qué dices? —repuse, sorprendido.

—A ver, no. Pero han estado toda la noche juntos, ¿sabes?

—Lógico. Son los únicos adultos —le expliqué.

—Visto así... Pero, vamos, seguro que hasta... ¡Mira! ¡Si se han subido a la rueda de la fortuna! —Albert señaló hacia atrás y, girando el cuello pero sin mover el cuerpo porque seguía cagado de miedo, vi a Solero sentado en una de las cabinas de la rueda con una de las mamás que había venido al viaje.

—¡Es verdad!

—¿Ves? Si yo no miento, tonto. —Y me intentó hacer cosquillas. Claro, yo para defenderme me solté y la cabina se movió superagresivamente. Tanto que hasta Albert se asustó.

—**¡NO-VUELVAS-A-MOVERTE!** —le recriminé, con el corazón en un puño. Sí, había vuelto a latir. Quizá sus últimos latidos.

—Está bien, tranquilo. ¿Quieres que me siente a tu lado?

—No, no, no. Ni te muevas. ¿O quieres desequilibrarnos?

—¡No seas exagerado! Ya verás cómo no pasa nada.

—Albert, no. **¡ALBERT!** —Pero hizo caso omiso de mis advertencias, se levantó de su banco y se sentó a mi lado. Obviamente, ni se cayó la rueda ni pasó nada sorprendente. Solo se balanceó un poco, nada más.

—¿Ves? Que siempre eres un miedoso.

—¿Yo? Te recuerdo que tú lo eres bastante más —le recriminé.

—La verdad es que sí, para qué nos vamos a engañar —admitió—. Gracias, por cierto.

—¿Por?

—Por abrirme los ojos con Diego, y por ayudarme, y decirme las cosas como son, aunque a veces duelan, pero tenías razón en todo.

Dios, no te pongas así Albert, que yo soy muy sensible.

—No me las des. Somos amigos, ¿no?

—Claro —sonrió y nos quedamos en silencio un largo rato. Lo que le había pasado con Diego le había trastocado más de lo que pensaba. Lo podía notar. Estaba raro. Aunque a veces parecía el mismo Albert de siempre, había algo que no era igual.

—Oye, Óscar... —comenzó a decir. Le miré y vi en sus ojos que quería decirme algo y no se atrevía. ¿Qué te pasa, Albert?

—Eh, estoy esperando —bromeé.

—Ah, nada, nada... Que si mañana querías subir conmigo en el telesquí, que siempre me toca subir con Celia y lo único que hace es moverlo de un lado a otro.

—Típico de Celia —reí—. Claro, subimos juntos. Los dos miedosos.

—Esos somos nosotros.

La rueda dio un par de vueltas más y fue reduciendo la velocidad hasta que se detuvo, y tuvimos la suerte de que nos tocó bajar los primeros. Pero ahí se acabó nuestra suerte, porque en cuanto salimos nos encontramos de frente a Ramón, Diego y sus amigos.

—Anda, si es el que me tiró una croqueta a la cabeza —masculló Diego.

Ignorándolos, tratamos de pasar a su lado, pero se colocaron delante impidiendo que pudiéramos seguir andando. Genial. Se avecinaba una bronca. Como si lo viera.

—¿Nos dejan pasar?

—No —dijo uno de los amigos de Diego, con una facha de gorila que no podía con ella.

—Primero, pídeme perdón.

—¿Yo, pedirte perdón?

—Ya lo oíste —añadió Arenas, entre dientes. Oye, venga, ya, si me estabas dejando en paz.

—¿No pueden dejarme en paz? Vamos a ver, ¿por qué me odian tanto? ¿Les he hecho algo? —protesté.

—Pero ¿qué dice este ~~marica~~? —Ni sé quién lo dijo, la verdad. Solo sé que vino un empujón que casi me tira al suelo.

—**¡ÓSCAR!** —gritó Albert, alarmado. Y, como de la nada, apareció Pablo, con una cara de pocos amigos que asustaba, y se interpuso entre nosotros y los brutos.

—Qué haces tú, estúpido. Estás loco —se encaró Ramón, que, claramente, ya no le tenía miedo a Pablo—. ¿Sigues mamándole la verga a este niñito?

—Última vez que le hablas, lo tocas o lo miras. ¿Entendido? —escupió todas las palabras como si fueran putas balas.

—**¡BERNABÉ!** —gritó Solero, que justo acababa de salir de la rueda y estaba viendo la escena—. **¡ARENAS!** ¡Ya está bien!

Ramón y Pablo se dedicaron una última mirada y, viendo que no iba a conseguir nada, Arenas se retiró con sus amigos, dejándonos solos de nuevo. Pablo me miró, con ojos asustados, y luego miró a Albert, como queriendo asegurarse de que los dos estábamos bien. Pablo tenía una cara que asustaba, la verdad.

—¿Qué ha pasado?

—Esos pendejos, que no se cansan —dije, aún nervioso—. ¿Nos vamos?

—Venga. —Y me dio la mano de nuevo para alejarnos de allí, con Albert siguiéndonos muy de cerca, y un Solero vigilante por si pasaba algo más.

Volvimos al hotel casi en absoluto silencio. Pablo no se separó de mí ni un segundo. Carajo. Qué mierda no haber podido compartir habitación, porque no había nada que necesitara más en este mundo ahora mismo que dormir con Pablo. Nos despedimos en el pasillo que daba a su cuarto, tras el segundo aviso de Godzilla de que fuéramos cada uno a nuestro cuarto.

—Oye, no te he contado aún... pero he robado algo de la habitación. Del cuarto de Arenas —empezó a decir.

—¡Qué dices! ¿Qué? —¿Pablo robando? Bueno, si era a Ramón, estaba plenamente justificado. Esto es algo como Robin Hood. Robando a los ricos y bla, bla, bla.

—Mmm... No alucines, ¿eh? —Metió la mano en el bolsillo de su pantalón y sacó una... cosa... ¿Qué era?

—¿Qué es eso? —En cuanto lo pregunté, me di cuenta de que sabía la respuesta.

—Un condón.

—¿Qué dices? ¡Y qué hace Ramón con un condón!

Obviamente, aunque me pidió que no alucinara, aluciné. Y mucho. Pasé de mirar el condón que sostenía en su mano a su cara, su expresión juguetona. Me tensé de la cabeza a los pies y mil pensamientos pasaron por mi cabeza. Pero el primero fue de terror, fíjate tú.

—Oye, que no quiero que te asustes... —me dijo.

—No, no. Solo es que me ha... sorprendido. —Y no sé si la palabra que buscaba era «sorprendido», si les digo la verdad.

—A ver, sin presión. Tú piénsalo, ¿okey?

—Pero... ¿quieres...?

—¿Coger? Pues mira, Óscar, quiero probar. Y quiero probarlo por primera vez contigo. Pero solo si tú también lo quieres, ¿sabes?

—Ya, ya.

—Y qué mejor que en este viaje, sin padres que molesten.

—Pero no tenemos cuarto ni nada.

—Bueno, mañana es la fiesta de despedida del viaje, ¿no? Ahí tenemos un momento perfecto. —Pero ante mi silencio, se preocupó—. ¿A ti no te apetece?

—Bueno, es que ni sé... ni sabría por dónde empezar —admití, avergonzado. Vamos a ver, sí, he visto porno, como todos. Pero lo que sale ahí tiene pinta de ser bastante diferente a hacerlo luego en la realidad, ¿sabes? El porno solo confunde y hace que pensemos que todo es fácil, pero para nada. Y menos aún con cómo nos lo ponen, todo agresivo y feo. También les diré que habré visto porno dos o tres veces en mi vida, para ser sincero—. Además, ¿necesitamos condón?

—Ni idea. Nunca lo he hecho. —Y ahí me di cuenta de que Pablo estaba igual de perdido que yo—. Piénsalo, ¿okey? Guárdalo tú por si me lo encuentra Ramón. Pero, en serio, no te preocupes. Solo quería decírtelo para que sepas que, cuando quieras, estoy preparado. Al menos, para probar.

—De acuerdo —asentí.

Y así terminó nuestra noche en la feria, con Pablo diciéndome claramente que quería ir un paso más allá en nuestra relación.

14.

No sé muy bien por dónde empezar, así que lo haré por el principio. Me llamo Albert Olivares y creo que me gusta Óscar. Ya está. Ya lo he dicho. ¡Qué bien me he quedado! ¿Que quién es Óscar? Pues es un chico de mi colegio. Y es el chico más guapo, más simpático, más tierno, más sincero, más todo que conozco. Como un perro desvalido, dan ganas de abrazarlo continuamente y no soltarlo nunca. ¿Cuál es el problema? Que es mi mejor amigo, y, claro, eso complica un poco las cosas. Un poco bastante.

Lo conocí el curso pasado en un viaje a Cercedilla, casi el último día antes de las vacaciones de verano. En el autobús. Pasé a su lado y estaba sentado solo. ¿Qué hacía sentado solo? Así que decidí presentarme y hacerle compañía.

—¿Está ocupado? —le pregunté.

—Creo que sí... —me respondió en un hilo de voz. Y, oye, no sé cómo explicarlo, pero desde ese preciso instante supe que íbamos a ser amigos. Quizá fue la mirada que cruzamos, no lo sé. Pero nunca he tenido nada tan claro como en ese momento. Desde entonces, empezamos a hablar más. Él estaba solo. Sus mejores amigas le dieron la espalda, y yo lo incluí en mi grupo, con Celia y Cris, a las que conozco desde que tenía seis años. Óscar se adaptó a la perfección. Bueno, no realmente. Le costó. Tiene un problema grave de confianza, y no me extraña nada. ¿Cómo te comportarías tú si las que eran tus mejores amigas te hicieran la vida imposible... solo por el hecho de ser gay? ¿Solo por el hecho de ser tú mismo? A decir verdad, Óscar fue el primer chico al que le he contado que yo también lo soy. Que también soy gay. Nunca viene mal un apoyo, sobre todo con los brutos que hay en nuestra escuela, porque, carajo, hay cada uno que es para meterle en una cárcel de menores, así se los digo.

¡Ah! Se me ha olvidado contar otro problema: Óscar tiene novio. Pablo Bernabé. Guapo, atlético, simpático... Bueno, tampoco sé muy bien si es simpático o no, porque es un chico de muy pocas palabras. Y cuando digo «pocas» es pocas. Están enamoradísimos, la verdad. Llevan juntos casi desde que conocí a Óscar, y, pese a unos cuantos altibajos, están megaunidos. Claro, ¿cómo me voy a meter yo ahí en medio? ¿Cómo voy a competir con alguien como Pablo Bernabé? A ver, al menos soy bastante más gracioso, las cosas como son. Y, hasta ahora, me conformaba con ser el mejor amigo de Óscar. Pero cada vez me cuesta más, tengo que admitirlo. Cada vez me cuesta más verlos juntos. ¡Si hasta he intentado darle celos! Con desastrosas consecuencias, eso sí. Con un chico de mi clase que se llama Diego. Todos sabemos que es hetero. Yo sabía que era hetero. Pero me hacía caso, era muy guapo, y yo fui detrás. Porque, iluso de mí, creí que así llamaría la atención de Óscar. Nada más lejos de la realidad. De hecho, casi se destruye nuestra amistad. Sí, nos enojamos. Yo le dije cosas muy feas y estuvimos casi un mes sin hablarnos porque no me atrevía. Dios, la cagué muchísimo. Pero ahora estamos en el viaje del colegio a la nieve y nos hemos reconciliado. Porque era un enfado absurdo y porque necesitaba volver a hablar con él como antes. ¿En qué estaba pensando cuando fui tras Diego? ¿En qué mierda estaba pensando cuando le dije que era gay? ¿Qué creía? ¿Que me iba a felicitar, me iba a decir que él también y nos íbamos a enamorar? Pues no, claro que no. Se rio de mí, con sus amigos. Eso es lo que le conté a Óscar, claro. Porque no quise contarle lo que pasó en realidad. No quería preocuparlo. No quería que..., pues no sé por qué no se lo he contado, la verdad. Cuando si hay alguien que me va a entender es precisamente él.

El viaje a la nieve nos estaba uniendo más que nunca, y quizá ese choque de realidad con Diego era precisamente lo que necesitaba para dejar de hacer el idiota. Me habría encantado compartir habitación con él, pero estábamos enfadados, así que ni se lo pude preguntar. Aunque nos ha dado igual, porque estamos pasando un chingo de tiempo juntos. A los dos se nos da de la chingada esto de esquiar, así que nos apoyamos el uno en el otro. Porque al final la vida, como he dicho antes, se resume en tener apoyos fuertes en los momentos complicados. Óscar siempre dice que la vida se resume en que alguien te abrace y te diga que todo va a salir bien. Pues mira, también.

—¿En serio vamos a bajar la montaña? —le dije en medio de una de las clases de esquí—. Podríamos fingir una lesión.

—Claro, muy creíble, Albert. Oye, mira, yo no he venido a este viaje para morir, las cosas como son.

—¿No podemos ir a nuestro paso? —protesté.

—Podríamos intentarlo. Solo hay que distraer aquí al instructor asesino —bromeó Óscar.

—Mira, somos un montón. Cuando nos mande para abajo, pues nos desviamos un poco a la derecha y hacemos esquí por nuestra cuenta.

—Tú das por hecho que sé desviarme. Solo sé ir en línea recta, Albert. ¡No sé ni frenar! —sollozó, nervioso. Ya bueno, Óscar. Yo tampoco es que sea un genio del esquí.

—¡Ustedes, vamos, que toca bajar! **¡Y RECUERDEN LA CUÑA PARA FRENAR!** —gritó el instructor.

Óscar masculló algo entre dientes y los dos nos lanzamos hacia abajo. A ver, sé que era importante doblar así como mucho las rodillas, no inclinarse demasiado hacia delante y tal. Así que, sin percatarme, estaba esquiando medianamente bien. Pero Óscar no. Acabó

metiéndose en la zona de la nieve virgen y, claro, pues hundido hasta las rodillas. ¿Cómo podía ser tan torpe y tener tan mala suerte? Pablo fue en su búsqueda mientras yo conseguí frenar al otro lado de la pista y observé toda la escena desde lejos. Y entonces una bola de nieve me dio de lleno en el cuello. Ahí, justo en la nuca.

—**¡CHINGADA MADRE!** —grité. Me giré y vi cómo Diego y dos de sus amigos iban riéndose mientras volvían al inicio de la pista en el remonte. Sí, aprendí que un remonte es como una especie de cinta transportadora que te lleva de una pista a otra. Y lo odio, porque siempre que me subía, acababa rebozado en el suelo. Diego me miró, con las gafas de sol quitadas y, entre risas, me pidió disculpas. Pendejos—. **¡PENDEJOS!**

Uno de sus amigotes, no sé si era Ramón o quién, me miró, hizo como si se estuviera haciendo una chaqueta y me lanzó otra bola de nieve. **¡SERÁ IMBÉCIL!** Sería venganza por la croqueta que les tiró Óscar a la cabeza la otra noche. Me agaché para hacer yo una bola de nieve, pero, cuando la tenía preparada, ya estaban muy lejos de mi alcance. Dios, los odio.

El resto de la mañana, al menos, fue mucho mejor, porque Óscar y yo decidimos pasar por completo del esquí e irnos directamente a la cafetería a ver cómo los demás se caían, se tropezaban o se chocaban, mientras nosotros bebíamos nuestro peso en Coca-Cola y comíamos un sándwich tras otro.

—¿No esquían? —dijo una voz tras nosotros.

—¡Hombre, si es Albita, la esquiadora profesional! —Y me puso una cara... Uf, parecía como si le hubiera dicho el peor insulto del mundo o algo así. Almudena cogió una de las sillas y se sentaron en nuestra mesa.

—Oye, ¿quieren ir esta noche a la feria esa navideña que hay en el pueblo?

—¿A la feria? —pregunté.

—Sí, hay rueda de la fortuna, y atracciones y puestecitos de esos como en las pelis. O eso nos contaron dos chicas que fueron ayer.

—Claro. ¿Vamos todos? —propuse y Almudena asintió—. ¿Por qué no están esquiando?

—Estamos en nuestro descanso. ¿No podemos?

—No he dicho nada —respondí, dándole una mordisda al sándwich.

Y, oye, dicho y hecho. Esa misma noche estábamos todos camino a la feria navideña que había en el pueblo. Fuimos en varias furgonetas porque éramos como unos veinte los que queríamos ir, y a nosotros nos tocó en la que iba Solero con una de las mamás que habían venido al viaje. Tampoco sabría decir de quién era mamá, la verdad. Cuando llegamos, nos separamos casi en la entrada. Óscar se fue con Pablo, supongo que a cachondearse o algo mientras daban un paseo. Yo me quedé con Celia y con Cris, que estaban totalmente aceleradas con todo lo que veían. Bueno, más bien Cris, que quería comprar todo. Celia solo nos miraba por encima del hombro, juzgando cada uno de nuestros movimientos.

—Cris, por favor, deja de comprar baratijas —espetó Celia cuando vio a Cris comprando una alcancía con forma de cerdito, y pintada de verde y rojo, como si fuera un árbol de Navidad.

—A mí me gusta —se defendió Cris.

—Déjala. Si es feliz...

—Anda, no sabía que te habías hecho abogado defensor ahora —me recriminó, pero ya no la estaba escuchando, porque vi de reojo a Óscar en uno de los puestos, con una especie de reno en la mano, decidiendo seguramente si comprárselo o no—. Albert.

—¿Eh?

—Ni se te ocurra —me dijo con una frialdad flipante.

—Ni se me ocurra ¿qué? ¡Que yo no voy a comprar nada!

—No, güey. —Y señaló con la mirada hacia Óscar.

—¿Qué?

—Que no le digas nada, te conozco y ya te veo venir.

—¡Qué dices! —Maldición, ¿desde cuándo lo sabía? ¿Es que tiene un sexto sentido?

—Bueno, yo solo digo eso. Estás más guapo calladito. —Acto seguido se fue de nuevo donde estaba Cris para intentar evitar que se comprara todo lo que había en la tienda. ¿Se refería a que no le dijera nada a Óscar... sobre lo que sentía por él? ¡Si lo he ocultado superbién! ¿Cómo se ha dado cuenta? Maldita Celia, que se tiene que enterar de todo.

Óscar finalmente no se compró el reno y se fue con Pablo hacia la rueda de la fortuna. Iban de la mano, sin importarles nada ni nadie. Bravo, Óscar, qué bien. No conozco a nadie más valiente que él. Yo ni siquiera se lo he dicho a mis padres. No por nada, ¿eh? No creo que vayan a ser como los de Óscar. Sé que me van a querer y me van a apoyar muchísimo. Eso creo. Porque... ¿y si no? Me muero, vamos. Por eso puede que aún no se lo haya dicho. Y me da rabia. Me da rabia que ser gay sea algo que tengas que decir. Pero ya se lo dije una vez a Óscar: «Vas a tener que salir del clóset continuamente». Vamos, lo tengo clarísimo.

—¿Te animas a ir a la casa del terror? Tiene pinta de ser chafísima —me sugirió Celia.

—¿Casa del terror? ¿Yo? Ni de broma.

—Vamos, si se cae a pedazos. ¿No lo ves? —La verdad es que tenía razón. Esa casa del terror había pasado tiempos mejores.

—No, no. Yo las espero aquí, tranquilito. Me consigo un *hot chocolate* y tan a gustito, ya ves tú.

—¿Me vas a dejar a solas con ella? —protestó Cris.

—¡Oye, que estoy aquí! ¡Que no soy invisible! Ándale, que yo invito. —Y se llevó a Cris del brazo mientras yo las despedía agitando la mano, feliz por no tener que entrar. Vamos, si yo me cago de miedo con todo.

Así que, mientras ellas hacían la cola para entrar, me fui a dar un paseo y los pies me llevaron al mismo puesto donde había estado Óscar, al mismo reno que había tenido entre las manos.

—¿Cuánto cuesta?

—55 pesos —me respondió la vendedora. Revisé mi bolsillo y encontré varias monedas, pero juntas sumaban 45 pesos. Mierda. Empecé a rebuscar en mi chamarra, en mis pantalones, y nada. Joder. Lo había visto. Sé que a Óscar le había gustado, y conociéndolo, o había dudado si comprarlo o no, o es que había dejado el dinero en el hotel. Eso último, desde luego, era lo más probable.

—¿55 pesos seguro? —La dependienta asintió y empezó a atender a otra pareja. Uy, no. No era una pareja. Era Solero, que también estaba comprando algo. ¿Y si le pedía cincuenta céntimos? No, no. Deber dinero a un profesor... Bueno, mira, para algo está, ¿no? Si los profesores deben de ser millonarios.

—¡Solero!

—Anda, Olivares. ¿Qué tal? ¿Cómo va la feria?

—Genial —contesté—. Aunque quería comprar esta preciosura y no me alcanza el dinero. —Así, directísimo.

—Ah, está precioso, sí —se limitó a decir.

—Cuesta 55 pavos... y, claro, solo tengo 45 —dije, abriendo la mano y enseñándole las monedas que tenía.

—Olivares, si necesitas dinero, dímelo directamente —comentó con una sonrisa.

—Maldición, está bien —suspiré—. ¿Me prestaría diez pesos? Le juro que se los devuelvo, que soy superlegal.

—No me los tienes que devolver, tranquilo. —Y, tras meter la mano en el bolsillo de su chamarra, me dio los diez pesos que me faltaban. ¡Qué buena onda, la verdad!

Tomé de nuevo el pequeño reno de porcelana, le di los 55 pesos a la vendedora y le pedí que me lo envolviera para regalo. ¡Y estaba emocionadísimo! Le iba a encantar, y no era nada raro regalarle algo a un amigo, ¿no? Cuando ya lo tenía, iba a volver a la casa del terror para recoger a Cris y Celia, pero vi cómo Pablo se salía de la cola de la rueda de la fortuna dejando a Óscar solo. No lo pensé y fui corriendo hacia él, guardándome su regalo en el bolsillo interior de la chamarra.

—Sube tú si quieres, que voy a contestar —escuché que le decía Pablo, dándole su boleto.

—¿Yo? ¡Si yo no quiero subir!

—Bueno, pues subo yo por él —dije, casi sin respiración después de la carrera que me había pegado.

—Qué...

—Oye, si te ibas a subir con Pablito, puedes subirte conmigo. Y estaría feo tirar el dinero que le ha costado, ¿no?

—¿Cómo sabes que lo ha pagado él?

—Apuesto lo que quieras a que has dejado todo tu dinero en el hotel. —Y, claro, acerté—. Dios, qué desastre eres. ¡Vamos, sube y así te cuento chismes!

Era mentira. Pero estar los dos solos en la rueda de la fortuna era el momento perfecto para darle el regalo y yo qué sé, ¿decirle lo que realmente siento? ¿Estaba preparado para ello? Óscar parecía asustadísimo. No sé por qué no me sorprende. A mí la altura me daba un poco igual. Pero él lo estaba pasando fatal. Así que decidí distraerlo inventándome algunos chismes.

—Pues, mira, para que te distraigas, chismecito fresco: Solero y una de las mamás andan.

—¿Qué dices? —respondió, asombrado.

—A ver, no. Pero han estado toda la noche juntos, ¿sabes?

Estábamos sentados uno frente al otro, y yo lo único en lo que podía pensar era en sentarme a su lado. Pero no sé yo si la rueda lo soportaría. Es decir, puede que desequilibrara toda la cabina en la que estábamos. O no.

—¿Quieres que me siente a tu lado?

—No, no, no. Ni te muevas. ¿O quieres desequilibrarnos?

—¡No seas exagerado! Ya verás cómo no pasa nada —traté de calmarlo y, haciendo caso omiso a sus advertencias, me levanté y me senté a su lado.

—¿Ves? Que siempre eres un miedoso.

—¿Yo? Te recuerdo que tú lo eres bastante más —me recriminó.

—Gracias, por cierto.

—¿Por?

—Por abrirme los ojos con Diego, y por ayudarme, y decirme las cosas como son, aunque a veces duelan, pero tenías razón en todo.

VAMOS. ES EL MOMENTO.

—No me las des. Somos amigos, ¿no?

—Oye, Óscar... —comencé a decir y metí la mano en el bolsillo de la chamarra. Quería darle su regalo, porque sabía que le haría muchísima ilusión. Y, de paso, decirle que me gustaba. ¡Era el momento! «Somos amigos, ¿no?». Mierda. ¿Y si decírselo estropeaba lo que teníamos? Él estaba con Pablo. Estaban superenamorados. ¿Qué pretendía diciéndole que me gustaba? ¿Esperaba que me dijera que yo a él también? No, eso era imposible. ¿O no? ¿Y si de repente... descubría algo nuevo en mí? Pero, claro..., ¿y si no? ¿Y si lo jodía todo? A lo mejor era algo temporal y se me acababa pasando. También se me pasó mi obsesión por Naruto. A lo mejor esto era igual. ¿Qué valoraba más? ¿Qué quería más? Dios, parecía Óscar, indeciso hasta el infinito.

—Eh, estoy esperando —dijo Óscar de pronto. Lo miré, vi su sonrisa, vi su mirada... y decidí que era mejor quedarme callado. Ya me lo había dicho Celia. «Estás más guapo calladito». Así que saqué la mano del bolsillo y disimulé.

—Ah, nada, nada... Que si mañana querías subir conmigo en el telesquí, que siempre me toca subir con Celia y lo único que hace es moverlo de un lado a otro.

—Claro, subimos juntos. Los dos miedosos.

—Esos somos nosotros.

Mientras la rueda de la fortuna seguía dando unas cuantas vueltas más, saqué el celular del bolsillo y, para romper el silencio incómodo que se había creado, empecé a poner música. Óscar me miró, entre avergonzado y divertido, y poco a poco se fue soltando y moviendo los hombros mientras yo no dejaba de recitar toda la letra de la canción. Porque obviamente me la sabía entera. Y con él no tenía vergüenza de nada. Curioso. Porque, por encima de todo, era mi mejor amigo.

Pero el momento tan perfecto se fue a la mierda en cuanto salimos de la rueda de la fortuna. Porque en cuanto bajamos, ahí estaban los pendejos número 1: Arenas, Diego y sus amigos.

—Anda, si es el que me tiró una croqueta a la cabeza —masculló Diego.

Ignorándolos, tratamos de pasar a su lado, pero se colocaron delante impidiendo que pudiéramos seguir andando. Óscar estaba nervioso. ¡Pues que le tocaran un pelo, que se iban a enterar!

—¿Nos dejan pasar? —pregunté, agresivo.

—No —dijo uno de ellos.

—Primero, pídeme perdón —dijo Diego, mirando directamente a Óscar.

—¿Yo, pedirte perdón?

—Ya lo has oído —añadió Arenas, entre dientes.

—¿No pueden dejarme en paz?Vamos a ver, ¿por qué me odian tanto? ¿Les he hecho algo? —protestó Óscar.

—Pero ¿qué dice este ~~marica~~? —Y lo empujó, con tanta fuerza que casi lo tira al suelo.

—¡ÓSCAR! —grité, dispuesto a pegarme con quien fuera. Pero, de pronto, apareció Pablo y se colocó entre nosotros y ellos, con la mandíbula marcada y los puños apretados.

—Última vez que le hablas, lo tocas o lo miras. ¿Entendido?

—¡BERNABÉ! —gritó Solero justo tras nosotros—. ¡ARENAS! ¡Ya está bien!

—¡Él no ha hecho nada! —protesté—. ¡HAN SIDO ELLOS!

Solero me miró como perdonándome la vida, y entendí que lo mejor sería que me callara. Al rato llegaron Celia, Cris y compañía y les conté todo lo que había pasado.

—¡Vamos por ellos! —gruñó Celia.

—Tranquila, Hulk —traté de detenerla.

—Dios, si es que al final vamos a tener que hacer algo. Ya está bien de esta mierda. —Tenía toda la razón, desde luego. Pero yo solo tenía ojos para Óscar, para ver cómo se alejaba con Pablo de la mano.

15.

Los bravucones tardan mucho en desaparecer. De eso me he ido dando cuenta a marchas forzadas. ¡Qué remedio! Si los dejas en ridículo, van a volver, y van a querer vengarse. No lo pensé cuando le lancé aquella croqueta a Diego... Esperen un momento, dejen que recuerde el momento. ¡Le lancé una croqueta a Diego a la cabeza! **¡ES QUE...! ¿NO ES PARA MORIRSE DE RISA?** Sabía que estaba deseando vengarse. Sabía que usaría a sus amiguitos como ejército. Y también sabía que Arenas se apuntaría sin pensarlo. Solo que, por mucho que esperes algo, no significa que estés preparado para ello. Yo... pues no lo estaba.

Esa mañana Elena y Ainhoa ni siquiera me dirigieron la palabra, como siempre, vaya. Aunque al menos no me insultaban o trataban de dejarme en ridículo. Eso ya era un avance, desde luego. Era el último día del viaje a la nieve, y aún no había conseguido dormir ni una sola noche con Pablo. Aunque él tenía un plan. Así me lo había dicho... y me había dado un condón. Mierda, Pablo, hay veces que eres más WTF que nadie. Obvio que quería hacerlo todo con él. Pero... me daba miedo. Me daba un vértigo de muerte. No tengo ni idea de lo que hay que hacer. Y me aterraba hacerlo mal. Pero, por otro lado, era Pablo, y si había alguien con el que podía equivocarme, era con él.

Cuando llegamos a lo alto de la montaña (y después de un desayuno en el que, una vez más, devoré todo lo que encontré), el instructor nos indicó que esa mañana nos tocaba bajar la montaña. Por una pista sencilla, sí, pero bajar la montaña al fin y al cabo. ¡Si era incapaz de girar! Pero, por suerte, yo no entraba en esos planes. Nos colocamos en grupos de cinco, cada uno con un instructor diferente. A mí me había tocado uno muy jovencito, con melena rubia y cara de dios griego. No sé cómo sería uno, pero desde luego seguro que se parecía a ese chico. O así me lo imaginaba cuando leía a Percy Jackson. Debería volver a leer esos libros, la verdad. ¡El caso! Albert estaba en otro grupo, que al parecer era más adelantado que el mío. Me había tocado con los más incapaces, de lejos. A ver, yo lo seré, pero al menos sabía ponerme los esquís. Hasta ahí llegaba. En ese grupo había otros tres que ni siquiera sabrían decirme su nombre.

—¿Hay alguno en este grupo que quiera unirse al resto para bajar la montaña? —preguntó y ninguno levantamos la mano. A ver, que Albert es Albert. Pero, mira, ya lo vería luego. No tenía ganas de jugarme la vida, así de claro—. Hoy pasarán a la pista de color azul. Es un poco más difícil que en la que han estado estos días. Pero perfecta para su nivel.

Carajo, no le di un madrazo con el bastón de milagro. Nos estaba llamando inútiles a la cara. Óscar, relájate. Es esto o bajar por el camino más difícil. ¿En serio quieres eso? No, ¿verdad? Pues a callarte y a portarte bien. Al menos este nuevo instructor era mucho más simpático y nos lo explicaba todo mejor. ¡Y no tiene nada que ver que se le marcara todo el trasero en su traje de esquí! ¡Para nada! ¡Ni siquiera le estaba mirando! Bueno, un poco, así de reojo, como quien no quiere la cosa. Me hice amigo de uno de los chicos con los que compartía grupo, que era francés. No quieren escucharme hablando francés. Pero balbuceamos en tres idiomas y, oye, como que nos entendíamos. Se llamaba Adam, tenía dieciséis años y había venido con su escuela desde Barcelona. Y, si yo sudaba, él lo hacía diez veces más. Pobre. La verdad que estar en un grupo donde todos son peores que tú, pues como que te levanta la moral un poco.

A mediodía, como siempre, fui de nuevo a la cafetería que había hasta arriba en las pistas de color verde, pero esta vez no era porque tuviera hambre, que también. No. Es que me estaba meando. ¡Y quitarme todo lo que llevaba encima era complicadísimo! Me encontré con Andrés y le pedí que me guardara la chamarra mientras iba al baño. Creo que, si había alguien que odiaba esquiar más que yo, ese era Andrés.

Entré en el baño y, uf, no saben qué alivio. Okey, perdón. No voy a contarles cómo oriné. Ya saben demasiado sobre mí, y tampoco quiero que esto sea incómodo, ¿no? Estaba teniendo un día genial, la verdad. No me había tocado bajar la montaña, había hecho un nuevo amigo, y ahora iba a platicar con Andrés hasta que nos tocara bajar. ¡Y además esa noche era la fiesta de despedida, y Pablo tenía un plan para que durmiéramos juntos! Pero todo se torció. Se torció y mucho. Porque, cuando se abrió la puerta del baño, supe que había problemas.

—Mira quién está aquí. —Y esa voz me heló la sangre—. ¿Qué tal, nubecita?

Genial. Se había extendido el puto apodo de los huevos. Me subí el cierre de los pantalones y empecé a subirme el resto del traje que me colgaba por detrás.

—Oye, te estamos hablando.

—Y yo los estoy ignorando.

Me giré y ahí estaban Diego, Ramón y dos chicos más, que reconocí del autobús, y de ser los fieles escuderos de Diego. Ni me voy a molestar en aprender sus nombres. No me da la ganas, por no decir otra cosa.

—Aún estamos esperando a que le pidas perdón a nuestro amigo —dijo uno de los «sin nombre».

—Y por tu culpa el Solero nos dio una cagotiza increíble. Casi nos prohíbe la fiesta de hoy, ¿sabes? —añadió Ramón entre dientes.

—Será por su culpa, que son unos borregos. —No sé por qué

dije «borregos», la verdad. Fue lo primero que me vino a la cabeza.

—¿Te vas a poner bravo? ¿En serio?

Volví a ignorarlos y, tras colocarme bien el traje, fui a la puerta para intentar salir. Porque estaba empezando a ponerme muy nervioso. El pulso me iba a mil y notaba que los dientes comenzaban a castañetearme. Odio los enfrentamientos. Lo saben. Y más aún cuando son cuatro contra uno. Putos cobardes. Pero se colocaron en medio y no me dejaron pasar.

—¿Me dejan pasar? —Pero no se movieron. No se movieron y les juro que empecé a temer lo peor—. ¡Carajo, quítense!

Traté de moverlos pero, claro, qué iba a hacer yo contra esos gigantes. Entonces uno de los «sin nombre» me agarró por los hombros y me sujetó con fuerza. Yo traté de zafarme, pero era imposible. El otro, que parecía más parado, se acercó y ayudó a su amigo, mientras Diego sacaba el celular.

—**¡CARAJO, QUE ME SUELTEN, PENDEJOS!** —gritaba, pero daba igual. Diego y Ramón estaban bloqueando la puerta. Y... ¿qué hacían con el celular?

Pues ya les lo digo yo. Me querían grabar. Uno de ellos me bajó el cierre del traje de esquí y el otro empezó a tirar de las mangas para bajarme la parte de arriba. Y yo no podía hacer nada. ¡No podía quitármelos de encima! ¡No podía! ¿Qué iban a hacer? ¡Maldición, quiero irme de aquí! ¡No aguanto más! ¡Estoy harto! El-el-el aire... me-me faltaba el aire. No, no, no... Daba igual lo que tratara de respirar, porque no entraba aire... y... me estaba mareando, y no paraba de temblar. Y-y-y es que... Dios, mierda, no... Las lágrimas brotaban de mis ojos sin control. Y seguía, seguía sin... Que no podía... Me-me-ahogo-me-ahogo. Me estaba ahogando. Me-me estoy ahogando. ¿Nunca me van a dejar en paz? Miré a Ramón y vi en su cara cómo le había cambiado la expresión. Se acercó a sus dos amigos y los apartó de mí. Los cuatro me miraban, asustados y sin saber qué hacer. Y, en vez de ayudarme, salieron los cuatro del baño, dejándome en el suelo, ahogándome con mi propia respiración. Traté de hacer lo que me había dicho Andrés. Contar hasta diez e ir pensando en cosas que me gustaran. Pero no se me ocurría ninguna. No se me ocurría nada. Estaba en blanco. No era capaz ni de contar.

—¡Entramos en el de hombres, que el otro está ocupado! —se oyó al otro lado de la puerta y entraron de golpe Elena y Ainhoa. Creo que eran ellas. Se quedaron mirándome, sin reaccionar. Confundidas, desconcertadas. ¿No iban a ayudarme? Nuestras miradas se cruzaron, y el silencio era tal que hasta pude escuchar su respiración.

—¿Óscar? —Es lo único que las escuché decir antes de que entrara Andrés de golpe.

—¡He visto salir al Arenas del baño...! —Y su voz se rompió cuando me vio en el suelo, con medio traje quitado, lleno de lágrimas y, literalmente, ahogándome—. Pero **¡¿QUÉ MIERDA LE HAN HECHO?!**

Andrés se abalanzó sobre mí, preocupado como en su vida. Ainhoa y Elena seguían ahí paradas, como estatuas.

—¡¿Qué chingados hacen ahí paradas?! **¡LLAMEN A SOLERO, CARAJO!**

Y, tras unos segundos de indecisión, salieron del baño, dejándonos a los dos solos. Andrés empezó a vestirme y no dejaba de acariciarme el pelo y la cara, con cariño, con suavidad.

—Óscar, Óscar. Respira. Respira, porfa. —Escuchaba la voz de Andrés como muy lejana, como si no estuviera ahí conmigo. De hecho, ni siquiera recuerdo que Solero entrara en el baño tras él. Pero sé que entró. ¿Por qué? Me lo han contado después. Tengo como un recuerdo muy difuso de todo ese momento. Casi parece que me hubieran puesto un plástico delante de los ojos, o unas gafas mal graduadas, porque todo lo veo borroso cuando trato de recordar bien. Pero escucho continuamente la voz tanto de Andrés como de Solero pidiéndome que respirara. ¿Y qué creían que estaba haciendo? ¡Ni que fuera idiota! Pero también escuché otra voz. Más bien un recuerdo. O eso creo. Respira, Óscar. Ya no estás bajo el agua. Has salido a la superficie. Ahora solo te queda llegar a la orilla.

16.

Lo siento. Necesito un capítulo más para recuperarme.

16. (de nuevo)

Bueno, ya estoy bien. Al menos, mucho mejor. Gracias por preocuparse. En serio. Los quiero mucho. He de decir que fue todo muy raro. Una experiencia extraña. Y que me ha hecho darme cuenta de que a lo mejor no estaba todo tan bien en mi cabecita como yo pensaba. Creía que podía con todo y a la vista está que ni de broma. Empiezo a recordar un poco cuando ya empiezo a verme rodeado por todo el grupo. Fue como despertar de un mal sueño. En un momento estaba en el baño del bar de la pista de esquí, y luego de repente estaba en el cuarto de Almudena y Andrés, con una botella de agua a mi derecha, una Coca-Cola a mi izquierda y, frente a mí, un Albert preocupadísimo que no paraba de dar vueltas.

—Los mato. **¡TE JURO QUE LOS MATO!** —decía una y otra vez.

—Albert, cariño, ¿puedes dejar de moverte un rato? Me estás mareando con tanta vuelta...

—Perdón. —Y se sentó frente a mí, moviendo las piernas incontrolablemente, poniéndome de los nervios.

—Prefiero que estés de pie.

—¡Uf, gracias! —Se puso de pie de un salto—. ¿Quieres algo? ¿Necesitas algo de tu cuarto?

—No, tranqui. Estoy bien. En serio. Solo ha sido un susto, una tontería... Nada más.

—¡UNA TONTERÍA, MIS HUEVOS!

—Albert, guapo, relájate un poco, anda —replicó Celia, que también estaba en la habitación. Solo faltaba Pablo. Ni siquiera lo sabría aún. Dios, en cuanto se enterara, iba a ir directo por Ramón y compañía. Es que los iba a matar como mínimo. Si no lo hacía antes Albert.

—Debemos contraatacar. Ya está bien que se salgan siempre con la suya.

—Ha dicho Solero que iba a hablar con ellos —puntualizó Andrés.

—¡JA! Con nazis como esos no se habla —espetó Albert—. Yo propongo que...

Pero no terminó su frase porque alguien empezó a llamar a la puerta insistentemente. Sé que uso mucho este recurso, lo sé, pero es que me pasa más de lo que pensaba. Siempre hay alguien llamando a mi puerta. Siempre. Espero que esa vez al menos fuera algo bonito...

—¡Óscar, detrás de mí! —dijo Albert y tomó una de las lámparas que había sobre un buró. Celia tomó el control remoto de la televisión y se puso a su lado—. Venga, abre la puerta, Almu.

—No pueden ser más ridículos. —En cuanto abrió, Pablo entró a toda velocidad, estando a punto de tirarlos a los tres al suelo. Se arrodilló frente a mí, y vi que estaba más nervioso que nunca.

—Valientes defensores. Ha llegado hasta a mí en menos de dos segundos. Ahora podría estar muerto —bromeé, pero Pablo no se lo tomó nada bien.

—¿Qué carajos ha pasado? ¿Estás bien? ¿Te han hecho daño? ¿Te han pegado o algo? —Mientras hablaba no paraba de acariciarme las piernas. Tan fuerte que casi saca fuego. Puse mis manos sobre las suyas para relajarlo. Estaba mucho más nervioso que yo.

—No pasa nada, Pablo. Fue una estupidez. Estaba ahí... —estuve a punto de decir «Andrés», pero me callé—. Bueno, tuve ayuda —murmuré con suavidad.

—Hijos de puta. ¡HIJOS DE PUTA! Se van a enterar —masculló y se puso de pie.

—¡No! No. Quédate... Quédate aquí, porfa —le supliqué. Pablo se mordió el labio con tanta fuerza que juro que vi que le salía un hilito de sangre. ¡Solo faltaba que ahora se metiera él en broncas por mi culpa!

—No podemos dejar que se salgan con la suya.

—Ya, pero no. Pablo, porfa...

Pablo asintió y se sentó a mi lado, dándome la mano y acariciándome con su dedo índice la palma.

—Lo siento.

—Que no estoy muerto... —sonreí, forzadamente, también les digo. Todo era muy raro. Parecía como si estuviera enfermo como mínimo. Todos estaban de pie frente a mí (menos Pablo), incómodos de mirarme directamente, pero podía casi escuchar sus pensamientos, decidiendo qué hacer o cómo hablar conmigo. No era la primera vez que me hacían esto. Lamentablemente, seguro que no era la última. Pero lo que nunca me había pasado era quedarme tan bloqueado como me había quedado. Sin poder respirar. Sin poder moverme. Sin poder protestar.

—Güey, qué hijos de puta —exclamó Celia al fin, rompiendo el incómodo silencio.

—Eso ya lo ha dicho Pablo. Llegas tarde —replicó Albert.

—¿Y Solero? ¿No ha dicho nada? ¿No los van a expulsar? —me preguntó Pablo, ya más relajado, pero aún pendiente de mí.

—¡Va a hablar con ellos! ¿Te lo puedes creer? —dijo Albert.

—¿No los van a expulsar? —repitió Pablo, y todo el mundo se encogió de hombros—. Tenemos que hablar con él. Esto no se puede quedar así.

—Solero no tiene tanto poder, Pablo —comenzó a decir Almudena—. Es decir, es solo un profesor. Esa decisión la tendrá que tomar el director. Y, para cuando hable con él, ya se habrá enfriado todo y solo les pondrán un castigo una tarde y *pa'lante.*

—¿Por qué no me has escrito en cuanto pasó? —me susurró Pablo mientras los demás discutían sobre un posible castigo.

—No pude. Ni-ni siquiera sé dónde tengo el celular. —Y, en cuanto le dije eso, me abrazó.

—Dios, lo siento mucho, Óscar. Eres la persona que más me importa ahora mismo —siguió susurrándome al oído—. Y sé que hay veces que no sé demostrártelo. Nos ha jodido, no sé demostrártelo nunca. Pero quiero que sepas... Quiero que recuerdes lo que te dije aquel día, que quiero ser alguien para ti. Quiero que estés orgulloso de mí, quiero que pienses en mí, ¿sabes? Pero hay veces que me cuesta saber qué hacer. Te quiero tanto... —Y esas palabras hicieron que se me erizara el vello de la nuca. No me había vuelto a decir «te quiero» desde aquel pícnic improvisado a principios de octubre.

—Yo... el problema que veo... —empezó a exponer Andrés— es que, si esto se lo han hecho a Óscar, o se han reído de Albert..., se lo podrán seguir haciendo a muchos y muchas más, ¿no? Es decir, si no hay castigo fuerte, pues seguirán tan tranquilos.

—¿Y qué propones?

—Propongo unirnos y-y crear un... un grupo de ayuda contra el *bullying* y la LGBTIfobia que hay en la escuela —declaró al fin y todos se quedaron en silencio, asombrados. Incluido yo. Estaba claro que era algo que no se le acababa de ocurrir y que puede que llevara tiempo pensándolo. ¿Un grupo para...? Pero... pero ¿cómo pensaba hacerlo?

—¿Nosotros? ¿Un grupo para ayudar? ¡Si casi no podemos ayudarnos entre nosotros! —repuso Albert.

—Nunca nos hemos planteado unirnos así, ¿no? Es decir, imaginen un sitio seguro para quien necesite hablar con alguien, ver que hay más personas iguales. ¿No sería genial?

—Visto así... —intervino Celia.

—¿Y cómo querías verlo si no es así? —replicó Cris—. A mí me parece una muy buena idea.

—Aún no tengo nombre, ¿eh? —aclaró Andrés—. Por ahora podría llamarse... Ayuda contra el *Bullying*. ACB. ¿Algo así?

—Hay que pensar más en ese nombre —dijo Celia.

—¿Y cómo piensas hacerlo? —planteó Cris.

—Todos hemos visto el *bullying* de cerca. Incluso algunos lo han sufrido. ¿Quién mejor que nosotres para hablar sobre ello, para escuchar a la gente que lo sufre en la escuela? Los adultos no hacen una mierda. Entonces lo haremos nosotres.

—Vamos, como un grupo de terapia o algo así —añadió Almu.

—Algo así.

—Me parece genial —dije con fuerza.

—¿Sí? —sonrió Andrés—. Creo que hay que presentar la propuesta a nuestros maestros y al dire, y ver si nos dan permiso y nos dejan un salón y un horario para hacerlo.

—¡Me parece de puta madre, así de claro! —Y me puse en pie, Coca-Cola en mano.

—¿Eso significa que quieres hacer un brindis o algo así? —preguntó Albert, desubicado por mi repentino grito.

—Obvio. —Todos tomaron un vaso, una lata o, en el caso de Celia, el control remoto de la tele, y alzamos los brazos para brindar. Dios, tremenda subida de ánimo después de lo que había pasado. Es que se me había olvidado todo.

—De hecho, tengo algo que contarles —comenzó a decir Andrés, y me miró fijamente. Yo le devolví la mirada y una sonrisa enorme. Ya sabía yo lo que nos iba a contar. Estoy aquí, Andrés. Apóyate en mí si hace falta.

—Estás *on fire*, ¿eh? —bromeó Celia.

—¿Qué pasa, Albita? —preguntó Albert, preocupado.

—No soy Alba... —se aclaró la garganta y, por un momento,

pensé que no iba a decir nada más, que se iba a echar atrás—. Soy Andrés.

Todos se miraron, un poco confundidos al principio. Igual que me pasó a mí.

—Siento no habérselos dicho antes y esas cosas, pero necesitaba ser yo mismo. No saben cuánto.

Iba a darle la mano, pero ya vi cómo Almudena se la apretaba con fuerza.

—¿Sentir? ¿Qué vas a sentir? —repuso Celia, con una sonrisa de oreja a oreja, y le dio un abrazo enorme a Andrés, que suspiró como si hubiera estado conteniendo la respiración. Como si hubiera estado conteniendo la respiración toda su vida.

—¡Mierda, y yo llamándote Albita! ¡Me muero ahora mismo! —se lamentó Albert.

—¡No pasa nada! No lo sabías. Pero, de ahora en adelante, ya saben. Soy Andrés, ¿okey?

—De ahora en adelante no, cariño. Lo has sido siempre —corrigió Celia.

Y, con esa frase, decidimos montar un grupo de apoyo para todas aquellas personas que sufrían *bullying* en nuestra escuela. Si los adultos no hacían nada, lo haríamos nosotros, claro que sí. Y ese grupo se convertiría en la salvación de... Bueno, sí, perdón, que me adelanto unos meses y hay que contar otras cosas primero. *Sorry*, que me emociono de más. Vuelvo atrás, vuelvo atrás. Uno a uno, fueron felicitando a Andrés, y hablando sobre el grupo de apoyo que había pensado. La verdad es que era una idea maravillosa.

—¡Venga! ¡Vamos a hacer una pelea en la nieve o algo! —propuso Albert, sobreexcitado, y abrió la puerta para salir al pasillo. Pero al momento volvió a entrar y cerró con fuerza.

—Pues sí que te ha durado la emoción —comentó Celia.

—¡Viene Godzilla!

—¿Qué? —exclamó Almudena y abrió para asomarse, casi dándose de bruces con el profesor. Pero no venía solo. Estaba acompañado de Diego, Ramón y los otros dos chicos. Durante un microsegundo pensé que iba a haber bronca. ¡Con lo bien que estaba yendo todo!

—¿Está Óscar Rubio aquí? —preguntó Godzilla. Está bien. Ya no le voy a volver a llamar Godzilla. Si yo odio que me pongan apodos a mí, no voy a ir poniéndoselos a los demás.

—Eh, esto, sí... ¿Óscar?

Se giró, buscándome con la mirada. Yo estaba con Pablo, los dos expectantes, sin saber muy bien qué hacer.

—¿Qué pasa? —respondí, seco.

Morales (así se llamaba nuestro profesor) le dio una especie de empujón a Ramón y a los demás, haciendo que entraran en la habitación.

—Creo que tienen algo que decirte —me avisó.

—¿Ah, sí?

—Lo siento, güey. Fue una broma sin gracia y estoy muy arrepentido —dijo Ramón, como si fuera un robot.

—Sí, lo sentimos. El video está borrado y no volveremos a molestarte —añadió Diego. Eso sí, ni un ápice de arrepentimiento en sus voces. Carajo, esta disculpa me iba a salir cara. Ni siquiera me miraron a los ojos. Vamos, es que ni miraron a Albert. Pero no. Me negaba a aceptar sus disculpas. Me da igual lo que piensen, que soy un rencoroso o lo que sea. Pero no. ¡NO!

—No.

—¿Qué? —replicó Albert. Bueno, Albert y todos.

—Que no, que no los perdono. Me da igual. Son unos cabrones, me están haciendo la vida imposible. Espero que como mínimo los expulsen o lo que sea.

—¡Rubio! —me advirtió Morales—. Acepta las disculpas.

—**¡NO!** —Y, oye, con los huevos bien puestos, me di la vuelta y me encerré en uno de los cuartos, cerrando de un portazo.

Escuché cómo Pablo decía que vendría a hablar conmigo, mientras Ramón no dejaba de protestar superenojado. De repente, los gritos cesaron y justo Pablo entró en el cuarto. Yo, que me gusta un drama, estaba sentado en el borde de la cama. Pero entró Pablo y me levanté, como si me hubiera sentado en un resorte.

—Óscar...

—¡Ahórratelo, bro! Paso. **¡PASO!** No quiero volver a verles la puta cara. Y no voy a quedar bien diciendo: «Uy, sí, los perdono. ¡Amiguis *forever*!». **¡NO!**

—Óscar...

—¡Que no, Pablo, carajo, que no! ¡Que tienen que aprender que las mierdas que hacen... Que las mierdas que hacen tienen consecuencias! Y lo que no pueden pretender es traerlos aquí y que yo les sonría tan feliz, ¿sabes? Nunca he sabido fingir una sonrisa. ¡Carajo, si ni me gusta mi sonrisa, como para fingirla, me lleva la chingada! ¡La puta chingada!

—¡ÓSCAR! —me gritó.

—¡QUÉ!

—¡Que no te voy a echar la bronca! Que te iba a decir que has hecho bien. Que se los chinguen, a Arenas y a todos. ¡Que se jodan!

—¿Qué?

—Lo que has oído. Por una vez te has plantado.

Carajo, me acababa de dejar asombrado. Se los juro, Pablo era capaz de sorprenderme continuamente, con cada cosa que hacía. ¿A ustedes no?

—Por cierto, no digas tonterías. Tienes una sonrisa increíble, ¿okey? Voy a ver qué pasa fuera. —Y salió del dormitorio y de la habitación, dejando que Albert entrara tras él.

—¿Estás bien?

—Sí, sí. Estoy bien.

—Oye, lo he estado pensando. Y esta noche duermes en nuestro cuarto. Me da igual lo que diga Solero, Godzilla o quien sea.

—Pero si no tienen tantas camas...

—Da igual, Óscar. Ya está hablado. Celia y Cris duermen juntas. Yo en mi sofá cama, y tú en mi cuarto, ¿sí? Tú no vuelves más a esa habitación. Vamos, que si hace falta yo duermo en el suelo, que dicen que es bueno para la espalda —me dijo Albert superconvencido, y la verdad es que me reconfortó muchísimo. No sé si chocaría con el plan que tenía Pablo para que durmiéramos juntos, o incluso si había hablado con Albert sobre esto, pero el hecho de no tener que volver a dormir con Ainhoa y Elena me hacía feliz.

Y entonces lo recordé. Recordé sus caras cuando me vieron en el baño, en el suelo, teniendo un ataque de pánico. Me miraron y no hicieron nada. Tuvo que venir Andrés para que espabilaran y fueran a llamar a Solero. ¿Qué les pasaría por la cabeza? ¿Sintieron lástima por mí? ¿Al igual que Ramón, que se asustó cuando me vio tan mal? No, no. No va a caerme simpático, ni mucho menos. Fue más como cuando haces una travesura, se te va de las manos y te asustas. Pero te asustas más por lo que te va a pasar que por lo que le está pasando al de enfrente.

Esa era nuestra última noche fuera de casa, en el viaje. Los profesores habían preparado una megafiesta en uno de los salones del hotel. ¡Si hasta Solero se iba a poner de DJ! Sí, sí, lo que oyen. Tenía pinta de querer ponernos canciones de los ochenta y..., bueno, todo Kiss FM. El horror. Nos pidieron que fuéramos a nuestras habitaciones a cambiarnos para estar listos a las ocho y media, que empezaría la fiesta. Y lo bueno de todo es que Diego, Ramón y los demás no iban a ir. Ja, les habían prohibido la entrada. Una mierda de castigo por ahora, pero por algo se empieza. Pablo tuvo que ir a su habitación a cambiarse, no le quedaba de otra. Al igual que yo tuve que volver a la mía. Y, claro, cuando entré, Ainhoa y Elena estaban dentro. Abrí la puerta y dejaron al momento de hacer lo que estaban haciendo, mirándome como si fuera un animal exótico. Por suerte, María no estaba por ningún lado.

—¡Qué! —dije.

—Nada —respondió Ainhoa, y siguió mirando el vestido que iba a ponerse para la fiesta. Yo, mientras, me acerqué a mi cama y, bajo ella, estaba la maleta. La saqué de un tirón y busqué una camisa blanca y un traje que me había metido mi madre. Estaba arrugadísimo, porque se me había olvidado sacarlo, las cosas como son. Maldije para mis adentros (y un poco también hacia fuera) y traté de alisarlo todo lo posible con las manos.

—Me voy a bañar —oí que decía Elena, y yo no podía dejar de pensar que iba a ir hecho una facha a la fiesta, con todo arrugado. Pues, mira, tendría que ir más arrugado que una pasa. ¡Qué le iba a hacer!

—Oye.

Y, para mi sorpresa, Elena estaba tras de mí, cabizbaja y mirando hacia la cama, hacia mi traje.

—¿Qué pasa?

—Me voy a bañar. Si quieres déjamelo, que así se alisa un poco —me sugirió.

—¿Lo vas a meter al agua para luego burlarse de mí o cómo va la cosa ahora?

—Lo que quieras. Pero es un truco que me enseñó mi madre. Si te duchas con agua muy caliente, el vapor de... —Pero, al ver que no le estaba haciendo ni caso, se calló—. Como quieras.

—Olvídate de mí —repliqué. ¿Ahora iban de lindas o qué pasaba?

—Hecho. —Y se dio la vuelta, de camino a su habitación. No necesitaba su ayuda para nada. Junto con mis padres, eran las personas que más daño me habían hecho. Las necesitaba hace seis meses, cuando estaba pasándolo tan mal. No ahora que tenía un traje arrugado.

Al rato escuché el agua correr dentro del baño y me arrepentí de no haber aceptado. Total, no tenía por qué reconciliarme con ellas, solo darles mi estúpido traje y que se desarrugara solo. Al menos no me habían hecho las noches imposibles. Cuando están lejos de María, parece que se comportan como personas medianamente normales. **¡JA, AL MENOS!** Maldito rango más bajo tengo, la verdad. El momento en el que estuvimos Ainhoa y yo solos fue incómodo, fue violento. No había mucho que hacer aparte de lanzarnos miradas asesinas de cuando en cuando. Por lo menos, al rato apareció Pablo, mientras las dos se encerraban en su cuarto a maquillarse. Déjenme unos segundos para absorber lo guapísimo que estaba Pablo en traje. Bueno, guapísimo se queda corto, la verdad. Es que ojalá se vistiera así el día de nuestra boda. Aunque he de admitir algo: quería desvestirlo ahí mismo, y dejarlo solo en camisa y bóxers. Uf.

—¿Vas a seguir desnudándome con los ojos? —me dijo, rompiendo mi ensoñación.

—¡No! Es decir, que no te estaba desnudando con los ojos...

—¿No? Ahora me decepcionas. Yo sí lo estaba haciendo contigo. —Y se dejó caer en mi sofá cama—. Óscar, este traje está hecho un desastre, güey. ¿Lo usaste como toalla o algo o qué?

—Yo qué sé. Se me olvidó sacarlo de la maleta.

—Dios, eres un puto desastre. Tú no sobrevivirías ni dos días viviendo solo.

—¿Y tú sí? —repliqué.

—Al menos mi traje está sin una arruga, carajo —me contestó y, oye, pues tuve que darle la razón. Porque, cuando la tiene, la tiene—. ¿Bien con estas dos?

—Bueno, compartimos el mismo espacio, que ya es bastante.

—¿Y no piensan irse ya a la fiesta?

—Qué va, si tardarán una hora en maquillarse... —A Pablo le dio igual lo que le estaba diciendo, porque me estaba mirando de una forma tan... tan lasciva, digámoslo así. Comenzó a acariciarme el muslo, apretando y soltando lentamente, pero no acercaba sus labios a los míos. Seguía en la misma posición. Solo me acariciaba.

—Quieres... ¿Quieres probar algo nuevo? —me dijo. Yo estaba en alerta. No estaba para nada preparado para... para hacerlo.

—¿Con ellas ahí?

—No te digo de hacerlo. Ya te dije que eso cuando tú quieras. Pero... podemos probar otra cosa. —Y sus ojos miraron a mi entrepierna. Ahí, directo.

—**¿Y SI SALEN?**

—Pues esperemos a que se vayan, y la habitación para nosotros solos.

Se metió la mano en el bolsillo y, acto seguido, cogió mi mano y la metió en el mismo lugar, guiándome para que tocara la punta de... Bueno, ya se imaginan de qué.

—¿Te gusta? —preguntó.

—Mucho.

Con su mano libre, se bajó el cierre del pantalón.

—Sigue, entonces. —Saqué la mano de su bolsillo y la metí por el cierre y, con cuidado, le bajé los bóxers un poco y se la saqué mientras él suspiraba de placer, porque estaba excitado no, lo siguiente. Y yo lo estaba también. A ver, yo lo estaba desde que entró en la habitación y lo vi de traje. Pero lo había disimulado un poco. Y justo en ese momento se abrió la puerta del dormitorio. Saqué la mano a toda velocidad pero demasiado de golpe.

—¡Ah! —gritó Pablo. Dios, se la he cortado o algo. Dios, Dios, Dios.

Ainhoa y Elena salieron de su cuarto, del que llegaba música de Paulo Londra, y, cuando vieron a Pablo, se quedaron asombradas. Yo tomé una de las almohadas y la coloqué sobre mi regazo, porque tenía mucho que disimular. A Pablo lo único que le dio tiempo fue a echarse hacia delante y cubrírsela con el saco. O sea, se notaba **CABRÓN** que habíamos estado haciendo algo. Y también se notaba muchísimo que algo escondíamos.

—¿Ya terminaron? —pregunté, nerviosísimo.

—Nos... vamos a la habitación de María... —respondió Elena, incómoda.

—Hola, Pablo —saludó Ainhoa, tímida.

—¿Qué hay? —contestó Pablo, que estaba claro que seguía dolorido.

Las dos nos echaron una última mirada suspicaz y salieron a todo correr del cuarto. Seguro que a contarle a María lo que habían visto. Uy, sí, dos hombres tocándose. Qué cerdada, qué degenerados. Bah, maduren de una vez. En cuanto salieron, me levanté de un salto y empecé a tartamudear.

—Pablo, mierda, carajo. Lo siento muchísimo. Dios, ¿estás bien? ¿Está... está entera? Mierda...

—La próxima vez ten cuidado, carajo —protestó y se quitó la chaqueta. Su verga seguía asomando por fuera de del cierre. Empezó a revisársela de arriba abajo, buscando alguna posible herida.

—¿Está bien? Oh, puta madre... Lo siento, lo siento. Perdona —no dejaba de repetir.

—Tranqui, que está bien. Está entera. Solo ha sido el tirón que has dado, pero nada más.

—¿Seguro?

—¿Quieres comprobarlo tú o qué? —dijo.

—¡PUES SÍ, LISTO! —Y me arrodillé ante él. Creo que nunca la había tenido tan cerca de la cara, la verdad.

—¿Está bien? ¿Sigue igual que siempre?

—Igual que siempre. Oh, no, mierda. Carajo, Pablo...

—¡QUÉ! —gritó, presa del pánico, y yo rompí a reír. Ja, por fin conseguía vacilar a Pablo—. ¡Cabrón! Con eso no se juega.

—Perdona. —Y, levantándome de nuevo, me senté otra vez a su lado mientras él se la guardaba con cuidado y se subía el cierre—. Casi nos descubren, ¿eh?

—Casi.

—Qué nervios, carajo.

—¿Verdad? —contesté y me di cuenta de que estábamos pensando lo mismo cuando me lancé a besarle y él hizo exactamente lo mismo.

—La verdad es que me gustaría probar a chupártela, Óscar —me dijo de golpe, sin medias tintas. A veces era claro como el agua.

—Oooo... Ok, ok.

—¿Nos bañamos primero? ¿Te parece?

—Espera un-un segundo. —Y rebusqué en mi maleta hasta que di con lo que estaba buscando. El condón que me había dado el otro día—. Leí-leí que es mejor hacerlo siempre con-con condón.

—¿También eso?

—Creo que sí. Este... —miré el envoltorio— pone que sabe a fresa.

—Probemos entonces así, claro.

Óscar, tranquilo. Sí, es la primera vez que te lo hacen. Pero te va a gustar. Y te lo va a hacer Pablo. La verdad es que estas cosas podrían explicárnoslas antes, ¿no? Es decir, si hay que hacerlo con condón, o no, o los riesgos, o lo que sea. Yo qué sé. Aunque me gustaba aprenderlo con Pablo. ¿Con quién si no? Tampoco les voy a estar contando todo con pelos y señales durante diez páginas, que tampoco es plan. Esta historia no es una historia de sexo. El sexo aquí es algo circunstancial. Es algo consecuencia de lo mucho que nos gustamos y nos queremos. Les diré que nos bañamos, y que él me lavó a mí, literalmente. Yo no probé, pero él sí. El tacto del condón era raro, y estuvimos a punto de romperlo un par de veces. Me lo puso y me dijo que sabía a chicle de fresa. La sensación, pues... fue rara, la verdad. No digo que fuera mal, ¿eh? Solo que era raro. Me rozó un par de veces con los dientes pero trató que disfrutara lo máximo posible.

—Perdona.

—No pasa nada.

Pero, tras un rato, eso no acabó de funcionar. Pablo se dio cuenta (lógico) y paró, poniéndose de pie y besándome de nuevo.

—¿Tan mal? —preguntó.

—No, no. Para nada. Raro...

—Bueno, pues ya hemos probado y ya está.

—Gracias —le dije, con toda la sinceridad del mundo.

—No me des las gracias, Óscar, por Dios —mascullo—. Vamos, sal, que hay que vestirse.

Salí de la ducha... y me secó. Es decir, tomó una toalla de las que estaban colgadas y la puso por encima de mis hombros. Tomó otra junto al lavabo y me secó el pelo con ganas, revolviéndomelo por completo. Seguramente parecería un gato mojado y fofo, pero ya había superado ese sentimiento de inferioridad y complejo. Porque lo veía sonreír y divertirse haciéndome peinados rarísimos frente al espejo, y, claro, pues me veía guapísimo, la verdad. Hacíamos una pareja maravillosa, las cosas como son.

—Y ahora, a vestirse —me apremió mientras me quitaba la toalla y se iba secando de camino a mi cama, donde habíamos dejado toda la ropa.

—Claro, tú hecho un galán y yo un vagabundo —protesté al

volver a ver mi traje. Pablo no dijo nada. Se limitó a vestirse mientras yo hacía lo mismo—. Esa es mi camisa.

—Lo sé.

—Vamos, dámela.

—Yo me pongo tu camisa, que me queda mejor arrugada. Tú ponte la mía.

—¿La tuya? ¡No me va a entrar!

—Ya verás cómo sí. Y, si no, pues te pones una camiseta y mi saco y listo.

—¡Qué dices! Además, mi camisa te va a quedar enorme —me lamenté.

—¿Y? Es tuya. Es lo único que importa.

La verdad es que, sorprendentemente, mi camisa y mi saco le quedaban bien. Parecía como si se hubieran planchado por arte de magia nada más ponérselos. ¿Cómo lo hacía? Yo me puse su camisa y es verdad que me quedaba un poco apretada, pero me la puse por fuera del pantalón y listo... más o menos.

—No... No es que me quede muy bien. Va, gracias pero no hace falta que lleves mi camisa arrugada. Ya me la pongo yo.

—A ver... —Y se puso a rebuscar en mi maleta. ¡En mi maleta! ¡Que ahí tengo los bóxers! **¡LA ROPA SUCIA! ¡STOP!**

—¡Deja, deja, que no tengo nada!

Pero se interpuso entre la maleta y mis manos y, tras un buen rato rebuscando, dio con una camiseta blanca de Batman. Me muero de la vergüenza.

—¡ESTA!

—¡Qué dices!

—Póntela.

—Me muero de la vergüenza, Pablo.

—Bueno, pues entonces te devuelvo tu camisa... —dijo, encogiéndose de hombros y desabrochándosela lentamente—. Camiseta de Batman, camisa arrugada... Qué más da. Vas a ir bien igual. A ver si empiezas a darte cuenta de lo guapo que eres, y que no te lo tenga que decir yo todo el rato para que te lo creas.

—Ya, claro. Es que tú lo eres ya de por sí.

—Sí. ¿Y? El que me gustas eres tú.

—Estoy en ello, ¿okey? Estoy en ello. —Y le tomé la camisa arrugada de la mano, poniéndomela a toda prisa, sabiendo que tenía toda la razón.

—Ok. Yo no voy a decirte cómo tienes que sentirte. Pero sí cómo te veo cada día que te miro. Y te veo perfecto.

Y, con esa frase, salimos los dos del cuarto camino a la fiesta.

17.

Los dos entramos juntos en el enorme salón de actos del hotel. Habían apilado todas las sillas en una de las esquinas y, frente a nosotros, había una sala enorme, con luces de colores en el techo, un escenario al fondo donde estaba Solero poniendo música, y un par de mesas alargadas llenas de comida y bebida. Obviamente, cero alcohol. Es decir, Coca-Colas, Fanta y esas cosas. Ya estaba casi todo el mundo. ¡Y todos megaelegantes! Estaban Cris y Celia con vestido, que nunca se ponían otra cosa que no fueran *jeans*. También Almu, superguapa, junto a Zaida y... Oh, madre mía.

—¿Ese no es Andrés? —preguntó Pablo.

—¡Sí! ¡Y está guapísimo!

Andrés se había engominado el pelo hacia atrás y se había vestido con una camisa y unos pantalones negros. Nunca le había visto tan elegante. Y estaba dando un paso adelante hacia su reafirmación, y, mira, eso me hacía muy feliz.

—¡Hombre, los que faltaban! —chilló Almu—. Ya iba siendo hora, ¿no?

—Sí, sí, ya sabes, que había que prepararse.

—Y hacer cochinadas, que los conozco.

—¡No, no! —negué con rapidez, poniéndome rojo al instante.

—¡Pues, venga, que el Coletas está poniendo buena música! ¡De

verdad! ¡Hasta ha puesto a Maluma! —Celia siempre emocionándose con Maluma. Su fan número 1.

—Eso ya es un avance —afirmé—. ¿Y Albert?

—Ni idea. Pensé que bajaría con vosotros.

—Qué raro...

—Oye, voy a hablar con Carlos y Ricardo, ¿vale? —me dijo Pablo de repente.

—¿Carlos y Ricardo?

—Compañeros de esquí. ¿Estás bien?

—Sí.

—¿Seguro?

—Claro.

Me dio un beso en la mejilla y se alejó a hablar con un grupo de chicos a los que no había visto en mi vida. ¿Quiénes eran esos?

—Tranquilo, Óscar. Pablo también tiene derecho a tener sus amigos, ¿no?

—¡Si no he dicho nada! —repliqué.

—Vamos, vente a donde estamos, que nos hemos puesto en un sitio perfecto para comer.

—Obra de Celia, ¿no?

—¿Tú qué crees?

La fiesta, mira, estaba resultando a toda madre, para qué voy a decirlo de otra forma. Al final Solero sí que ponía buena música, y eso era bastante sorprendente. Nos puso Blackpink, nos puso Rosalía, La La Love You, Hens... No es que esté diciendo yo aquí nombres a lo loco, no. Es que el tipo sabía hacer de DJ. ¡¿Lo crees?! Habíamos hecho un grupo de amigos bastante diferente y extraño, pero, la verdad, estar todos juntos me hacía sentir tan feliz que no quería que se acabara el viaje nunca. ¡Además no había rastro de Ramón por ningún lado! ¡Qué gusto! Pero me extrañaba que Albert aún no hubiera bajado, así que me terminé mi vaso de Coca-Cola y dije que iba a buscarle, a ver dónde se metía. Dios, espera un segundo. ¿Y si lo habían acorralado los brutos que me habían agarrado a mí desprevenido? ¿Y si le estaban haciendo algo? Empecé a tener sudores fríos. En serio, ¿dónde estaba? No podía quedarme ahí parado. Tenía que encontrarlo y estar seguro de que estaba bien. Así que, sin avisar a nadie, salí del salón de fiestas (a ver, era una salón y había fiesta, ¿no?) y eché a correr en dirección a su habitación, con el corazón latiéndome a mil por hora. Subí los escalones de dos en dos, sudando como un pollo, y llegué en tiempo récord. Es que ni lo pensé. Es que nada más estar frente a la puerta, llamé como diez veces, a puñetazo limpio.

—¡Albert! ¡Albeeert! ¿Estás ahí? ¡Albeert!

Claro, cuando abrió la puerta y me vio totalmente fuera de mí, pues casi vuelve a cerrarla de golpe.

—Pero ¿qué pasa? ¿Qué chingados pasa? —preguntó.

—¿Estás bien? ¿Estás solo? —Estaba casi sin respiración.

—Sí, estoy solo. Estoy bien. Pero ¿qué pasa? ¿Puedes decirme por qué has golpeado mi puerta así, como si fueras a tirarla abajo? ¡Por Dios, Óscar! Tú no estás bien.

—Ay, ay... —suspiré mientras recuperaba la respiración—. ¿Puedo puedo entrar?

—Pues no sé, porque me estás dando un poco de miedo.

—Ja, ja. Qué gracioso. —Y entré en su habitación sin esperar a que me diera permiso. Miré hacia todos lados, buscando a... No sé muy bien lo que buscaba. ¿Iba a estar ahí dentro Ramón? Poco probable. ¿Diego? Ni de broma.

—¿Qué estás buscando?

—Nada, nada. —Claro, estaba haciendo un poco el ridículo—. ¿Por qué no estás en la fiesta?

—No tenía ganas de bajar —confesó con tono de voz tristón.

—¿Por qué? Si está siendo increíble. Te lo estás perdiendo, Albert.

—Ya, pero no tengo ganas. ¿Puedo no tener ganas? Esto es un país libre, ¿no?

—Okey, okey. Tranquilo. Que no te he dicho nada, carajo. —¿Qué demonios le pasaba de repente?

—Además, ¿qué haces tú en la fiesta? Si estabas tan mal hace unas horas... —No sé si era un reproche o no, pero sonó a eso totalmente.

—¿Es que no puedo pasármelo bien ya en mi vida o qué? Mejor será estar con mis amigos y distrayéndome, digo yo —repliqué.

—Sí, sí. Está bien. Lo que tú digas. Ve y pásatelo bien. Ya me contarás.

Me dio la espalda, dando por hecho que yo me iría de la habitación y que la conversación ya había terminado.

—Pero ¿qué te pasa, güey? ¿Hay... hay algo? ¿Ha pasado algo? —le pregunté, preocupado.

—¿Y qué más quieres que pase? —espetó, como muy molesto—. No quiero ir a la fiesta, ¿okey? Punto. **NO-TENGO-GANAS.**

—Ok, ok. Pues yo tampoco voy entonces. —Y me senté en el sillón de brazos cruzados—. ¿Qué darán hoy en la tele?

—Ah, no, no, aquí no te quedas.

—Mientras no vengas a la fiesta, aquí me quedo. De hecho, estoy por llamar a Celia, a Cris..., que traigan un poco de comida, ¿no?

—Uf, no va a haber forma de echarte, ¿verdad?

—Absolutamente.

—Dios, no te aguanto... —suspiró y se dejó caer a mi lado—. A ver... Carajo, es que eres muy fastidioso, ¿eh? A ver... Te-te-te acuerdas el otro día en el camión, ¿no?

—Sí.

—Pues... Pues algo pasó.

Albert volvió a contarme el momento en el que le dijo a Diego que era gay, y, bueno, no solo se rieron de él, sino que lo grabaron mientras se lo confesaba. Y, claro, estaba agobiado con que ese video viera en algún momento la luz. No porque le avergonzara ser gay, ni mucho menos. Pero era un momento demasiado íntimo (y demasiado ridículo) como para que estuviera recorriendo todos los celulares de la escuela... **¡PUTOS CABRONES DE MIERDA!** ¿Por qué esa obsesión con dejarnos en ridículo siempre? Y el problema es que la gente no lo denuncia, no reniega del video y señala a los que lo han enviado. No. La gente se ríe, y el que se convierte en la vergüenza nacional es la víctima. La mejor amiga del *bullying* es la complicidad de los demás.

—Pero, por favor, no les digas nada a estas. A nadie.

—¿Cómo no voy a decir nada? ¡Esos cavernícolas se merecen la muerte como poco! —estallé.

—Lo sé, lo sé. Pero... pero no... no quiero que nadie lo sepa. Si estoy calladito, a lo mejor no lo envían ni nada, ¿sabes?

—¿No eras tú el que me dijo precisamente que de eso nada, que estas cosas había que pararlas?

—Sí, lo sé.

—¿Entonces? ¿Solo se aplica cuando no te pasa a ti o qué? —respondí, y me di cuenta de que estaba siendo demasiado duro.

—Oye, lo-lo siento, pero no me sale hablar de esto... Solo contigo.

—Ajá, Albert, pero es que no podemos dejarlo así.

—Lo sé, lo sé. Te prometo que, cuando lleguemos a Madrid, hablaré con el director, en serio.

—Ya, ya.

—¿Me ayudas, porfa? ¿Me ayudarás a hablarlo con el dire? Tú eres mucho más valiente —me suplicó.

—No es que le caiga muy bien... Podríamos hablar con Solero. Él seguro que nos da una solución. Es buena onda y es nuestro maestro.

—¿Y qué ha hecho Solero con lo que te pasó a ti?

—Bueno, al menos no los ha dejado venir a la fiesta de hoy —razoné.

—¿No han ido? —Albert empezó a ver la fiesta con otros ojos. Mierda, tendría que haber empezado por ahí.

—No. Es un espacio cien por ciento libre de gandallas. —Y al fin conseguí que Albert se riera, aunque fuera un poco. Le puse la mano sobre la pierna y le acaricié con suavidad, tratando de calmarlo y dejarle claro que estaba ahí para él—. Estamos juntos en esto. No saben lo que se les viene encima.

Albert me miró, algo tembloroso, sonrió de nuevo y me besó.

Y, oye, ni me dio tiempo a reaccionar. ¡Es que no me dio tiempo! Se me lanzó y me dio un beso en los labios. Corto, frío, húmedo. Pero un beso al fin y al cabo.

—Eh... —Mi elocuencia ya saben que siempre es maravillosa.

—¡Oh, puta madre! Per-perdona, Óscar, perdona. Carajo, mierda, qué vergüenza. ¡Madre mía! —empezó a decir, nervioso, fuera de sus casillas, y se levantó de golpe.

—¿A qué ha venido eso? —¿Es que le gustaba a Albert? ¿Estaba sorprendido? ¿Qué pasaba?

—Uf, Óscar... Uf... Si yo te contara. Olvidémoslo, ¿sí?

—Pero si te gustaba Diego hasta hace nada... ¿Es que te gusto?

—¡Calla! No, no. Déjalo, ¿de acuerdo? Mierda, qué vergüenza.

—Pero yo estoy con Pablo, Albert. Eres mi amigo y... —empecé a decir.

—Óscar, por favor, calla, ¿sí? ¡No sabes la puta vergüenza que estoy pasando ahora mismo!

—Yo...

—¿No podemos olvidarlo? Como si no hubiera pasado nada, ¿sí? Ya está, venga, vamos a la fiesta, va. Que me cambio en un segundo y bajo. Te lo juro.

—Ok, pero... tendremos que hab... —Y no pude terminar porque me interrumpió de nuevo.

—He intentado que no me gustes, carajo. ¡Claro que lo he intentado! Porque, porque... porque te quiero un chingo, bro. Y, bueno, Diego... Pues... se me fue de las manos. Pero tú... Pero tú eres mi mejor amigo. Y no quiero perder eso...

—Pero no lo vas a perder.

—¿Cómo lo sabes? Yo no te gusto. A ti te gusta Pablo. Y me parece a toda madre, ¿eh? Son increíbles y están hechos el uno para el otro. Pero a mí pues me duele, porque me gustas. Y no sé cómo controlarlo. —Estaba teniendo una especie de explosión de sentimientos, y la onda expansiva me había agarrado demasiado cerca.

—Es que... no sé qué decir.

—¿No te gusto ni un poco? Bueno, no, no, no, por favor, no contestes. ¡Dios, no, no, no! ¡No digas nada! Supongo que se me pasará, ¿vale? Solo que ahora, es todo *too much*, ¿sabes? Y no soy capaz de llevarlo. Es-es-es solo eso. Maldición, y tú con lo que tienes encima y yo lloriqueando por esto, ¿sabes? Dios... Pero que todo bien contigo. En serio.

Se hizo el silencio y, la verdad, no tenía muy claro qué decir o qué hacer. Solo quería cambiar de tema. Que esto no hubiera pasado. Pero había pasado. En otro momento, si no estuviera Pablo, yo qué sé. Pero era difícil. Ay, es que no sé ni qué pensar. Estaba totalmente bloqueado.

—Estás muy guapo, por cierto —me dijo al fin—, pese al traje, que está hecho una auténtica mierda.

—Ya, es que se me olvidó sacarlo de la maleta y esas cosas...

—¿Están todos en la fiesta?

—Sí.

—¿Y están preocupados por mí? Quiero decir, preocupados porque no he ido.

—Muchísimo —exageré.

—¿Cuánto de preocupados?

—Buf, Celia estaba a punto de llorar —bromeé.

—Esa Celia es más dura que nada. No hay quien la haga llorar —siguió mi broma.

—¿Vienes entonces?

—Sí. Bajo. Gra-gracias por venir a buscarme.

—Ya ves tú. —Me encogí de hombros.

—¡STOP, ÓSCAR! Carajo, deja de ser tan lindo, maldición —rio y entró en su cuarto para cambiarse.

Había sido raro. E iba a ser raro a partir de ahora. No-no tenía ni idea de que le gustaba a Albert. Es decir, es mi mejor amigo. Y-y nos habíamos besado. Segunda persona a la que besaba en mi vida, también he de decir. Lo del enamoramiento... pues ya lo gestionaríamos de alguna forma. Aunque seguía aún un poco *shockeado*. Este viaje a la nieve me estaba provocando demasiadas emociones.

Cuando llegamos a la fiesta, estaba sonando de fondo Lady Gaga y Celia se había subido a un pequeño escenario y estaba tratando de bailar con Solero, que seguía poniendo música pero visiblemente incómodo. Normal, a mí también me pasaría de tener a Celia a mi lado bailando como una loca. Y casi me pasa, porque, en cuanto nos vio, bajó como un rayo y cruzó toda el salón para agarrar a Albert del brazo.

—¡¿Qué haces, loca?!

—**¡ME ENCANTA ESTA CANCIÓN!** —berreó.

—¡Okey! ¿Y?

—**¡QUE TE VIENES CONMIGO!**

Albert me miró con cara de «sálvame, por favor, te lo ruego», pero ni siquiera fui capaz de reaccionar porque, cuando me quise dar cuenta, ya estaban en el escenario, bailando y cantando a pleno pulmón. Yo pensaba que la gente los iba a mirar, que los iban a grabar, que se iban a reír de ellos. Pero nada de nada. Cada grupo estaba en su rollo, con sus cosas, y nadie les hizo caso. Busqué a Pablo con la mirada y lo vi con sus amigos del esquí, totalmente ajeno a todo lo demás. Almudena, Zaida y Andrés bailaban en el centro de la pista, y Cris hacía un video del espectáculo que estaban dando Celia y Albert sobre el escenario. Y, a un lado, estaba Ramón apoyado sobre una de las paredes. Espera, ¿Ramón? Sí, me estaba mirando directamente, con esos ojos pedregosos y fríos. Pero se supone que estaba vetado en la fiesta, que no podía venir. ¿Qué hacía ahí apoyado? ¿Se había colado? ¿Por qué nadie le había impedido la entrada? ¡Lo que tenía que hacer Solero era vigilar y dejar de poner esa música estúpida! Miré alderredor, para comprobar si sus fieles escuderos estaban esperándome para saltar sobre mí, y empecé a ponerme nervioso, nivel hiperventilar. Notaba de nuevo que el aire comenzaba a faltarme. «Eh, nubecita». Lo escuchaba una y otra vez, como si alguien estuviera diciéndomelo al oído.

—¿Óscar? —Una mano se posó sobre mi hombro y di un respingo que, mira, casi llego al techo. Era Pablo—. ¿Qué pasa?

Volví a mirar a la pared donde había visto a Ramón, pero no estaba. No estaba en ningún lado, siendo sinceros. ¿Me lo había imaginado? ¿Me lo había inventado todo?

—¿Estás bien? —me dijo, preocupado. ¿Y qué le iba a decir? Pues la verdad.

—No. No. Eh... ¿Podemos salir un rato a que me dé el aire?

—Claro. Espera que voy a por mi saco, que afuera hace frío. Espérame aquí. No te muevas —me pidió, y se alejó hacia una de las esquinas de la sala.

En cuanto se fue me sentí desprotegido, aunque les parezca una tontería. No es que necesite yo a Pablo para que me proteja, ¿saben? Pero se había convertido en un pilar tan fundamental en mi vida que su sola presencia me calmaba. No sé si me explico. Mientras lo esperaba, vi cómo Celia sustituía a Solero como DJ. En serio, como se los estoy contando. Y, tras dejar su puesto, nuestras miradas se cruzaron y Solero vino hacia mí.

—¿Cómo estás? —me preguntó, tratado de sonar lo más suave posible. A ver, que no me voy a romper, ¿eh?

—Bien, bien. —A él sí le mentí, básicamente porque no lo conozco de nada.

—He hablado muy seriamente con tus compañeros y...

—No son mis compañeros —aclaré.

—¿Perdón?

—Que no son mis compañeros. Podré estar en la misma escuela, pero no son mis compañeros. Punto.

—He hablado con ellos —reformuló su frase— y les he dejado

claro que en esta escuela hay tolerancia cero con el *bullying*. —Estaba gritando porque Celia estaba poniendo la música cada vez más y más alta.

—¿Ah, sí? Primera noticia —repliqué.

—Óscar, yo no soy el enemigo.

—¿Salimos? —dijo Pablo mientras se ponía la chaqueta y saludaba a Solero con un movimiento de cabeza—. Profe.

—Ven a hablar conmigo mañana, Óscar —me pidió Solero, pero yo ya tenía la mente fuera de la fiesta. Asentí de forma automática y, dejando que Pablo me tomara del brazo, me llevó fuera, lejos de la música, lejos de Solero, lejos de mis imaginaciones y de todo.

Cuando salimos a la calle, escuché de fondo cómo Celia ya estaba poniendo a Gaho. Es decir, k-pop a todo lo que da. Solero no sabía lo que había hecho al dejarle el control de la música. Afuera hacía frío. Bueno, hacía muchísimo frío. Hacía más frío que en mi vida. Porque, claro, ni siquiera llevábamos abrigo. Pablo estaba a mi lado, todo de negro, contrastando con la blancura de la nieve y, de fondo, se veían las montañas y, más arriba, las estrellas. Era una imagen perfecta. Y lo mejor de todo era que podía respirar.

—¿Qué te dijo Solero? ¿Qué quería?

—Nada. Decirme que había tolerancia cero con el *bullying* en el cole y esas cosas.

—Primera noticia.

—**¡JUSTO LO QUE DIJE YO!**

—Pero Solero parece alguien que podría ayudar a cambiar las cosas, ¿no crees?

—No lo sé —contesté, sin entender muy bien lo que quería decir. Lo entendería mucho más adelante. Y tendría que darle la razón, como siempre.

—¿Estás mejor? —me confortó, tratando de calentarme los brazos con sus manos.

—Sí. Solo me agobié por... Estoy bien. —No quiero que piense que soy un débil que se imagina cosas—. Todo estupendo.

—Sé que no, pero bueno. ¿Se lo has contado a tus padres? Lo de hoy, quiero decir.

—¿A mis padres? **¡JA!** Ni de broma. No iba a suponer nada, además. Incluso a lo mejor los alegraba y todo, también te digo —escupí, con rabia.

—Tu padre será un cabrón, pero no creo que se alegrara por esto.

—Te digo yo que sí. Oye, ¿podemos hablar de otra cosa, por favor? —pedí, tratando de cambiar la conversación. No me apetecía hablar de mis padres esa última noche. Solo quería desconectar de todo.

—De lo que quieras —me respondió con suavidad y, al ver que no contestaba, decidió el tema él—. ¿Qué pasa con Albert?

—¿Qué pasa con Albert? —repetí como si no hubiera nada de que hablar. Dios, ¿sabía lo del beso? ¿Podía saberlo? No, ni de broma. Eso es imposible. ¿¿Verdad??

—No bajó a la fiesta. Fuiste tú a buscarlo. ¿Están bien?

—Ah, ah, de acuerdo... —Uf, menos mal. Como siempre, agobiándome antes de tiempo. Pero un segundo. *Wait a second!* ¿Debía contarle lo que había hablado con Albert? Me había pedido expresamente que no se lo contara a nadie... pero, claro, era Pablo. ¿Cómo no iba a contárselo a él?—. Prométeme que no le dirás nada a nadie.

Pablo se incorporó, preocupado, y me miró fijamente a los ojos.

—¿Está bien? —dijo, serio como nunca.

—Sí, sí. Bueno, a ver, no. No está bien. Es Albert... Bueno, Diego sabe que es gay... y-y-y se pasaron con él el otro día.

—¿Cómo que se pasaron con él?

—Uf... Este... —Carajo, eso me pasaba por abrir la boca—. A ver, él le contó a estos que era gay. Bueno, a Diego. Y se rieron de él, y le grabaron en video y tal...

—¿Que le grabaron? ¿Haciéndole qué? —Pablo se levantó de golpe.

—¡Eh, eh, tranquilo, Capitán América! —Me levanté junto a él—. No podemos contárselo a nadie. Se lo he prometido.

—¿Y por qué le prometes eso?

—Ya, bueno, ¿y qué iba a hacer?

—Pues decirle que no.

—Oye, no es tan fácil. Es decir, estaba muy agobiado —recordé.

—¿No se lo ha dicho a Solero?

—No.

—¿Ni a Celia? ¿Ni a Cris?

—Creo que... No. No. Pero al menos me dijo que hablaría con el director cuando volviéramos del viaje...

—Si sirviera de algo hablar con el pendejo del dire, claro —refunfuñó entre dientes y volvimos a quedarnos en silencio durante un largo rato. Podía escucharle casi mientras pensaba.

—¿Te ha gustado el viaje? —le pregunté al fin, rompiendo el hielo.

—¿Eh?

—¿Te lo has pasado bien, al menos?

—Sí, claro. He podido estar más tiempo contigo, ¿no? —Al final estaba convirtiendo a Pablo en un cursi de cuidado.

—Sí, sí.

—¿Tú lo has pasado bien... quitando lo de hoy?

—Sí. La verdad es... La verdad es que sí. —Y no mentía. Olvidando lo de esos putos pendejos que me habían acorralado, había sido un buen viaje. Había conocido mucho mejor a Andrés; Albert y yo nos habíamos reconciliado; había probado cosas nuevas con Pablo. Y bueno, sí, supongo que había aprendido más o menos a esquiar.

—Pero nos ha faltado algo.

—¿Qué?

Entonces se agachó y, en un abrir y cerrar de ojos, hizo una bola de nieve y me la lanzó el muy maldito.

—¡Eh!

—Aún no hemos disfrutado de la nieve juntos... ¿Por qué no tener una pelea de bolas en condiciones? —sonrió, y me lanzó otra bola de nieve.

—*¡EH! ¡CUIDADO!* —protesté y, tras cubrirme detrás de un árbol, reaccioné, hice mi propia bola de nieve y se la lancé, pero la esquivó a la perfección. Y, de repente, me vi jugando de nuevo al balón prisionero aquella mañana de junio en la que, cuando solo quedábamos los dos en el juego, y él tenía un tiro perfecto para eliminarme, decidió no hacerlo y yo comprendí que estaba totalmente enamorado de él. Bueno, pues casi un año después, no solo sigo enamorado, sino que él también lo está de mí y el mundo es un poco más perfecto.

18.

Al día siguiente, durante el viaje de vuelta, nunca habíamos estado tan en silencio. A ver, no solo Pablo y yo, sino todo el camión. ¡REAL! Claro, es que a ver... La fiesta terminó supertarde. Y luego cada uno siguió en sus habitaciones. Los profesores estaban tan agotados que les daba todo igual. Así que, por ejemplo, en el cuarto de Albert estuvimos despiertos casi hasta la hora del desayuno. Bueno, no tanto. Ya saben que tiendo a exagerar. Pablo y yo nos fuimos antes. Porque Pablo es una de esas personas por las que uno se va de una fiesta, ¿saben lo que quiero decir? Sí, sé que Albert me había ofrecido su habitación para dormir, y pensé en llevarme a Pablo, ¿eh? Pero no podía hacerle eso a Albert. No el día que se me había declarado. Es decir, ¿me dice que le gusto y yo se lo pago llevándome a mi novio a su cuarto? No me parecía para nada justo. Así que salimos de su habitación y fuimos cachondeándonos por los pasillos, chocando contra las paredes y tocándonos el alma. Su lengua sabía como siempre. Sus manos recorrían todo lo que podían recorrer y más. Menos mal que no nos encontramos a nadie por el camino. No nos desnudamos ahí en medio de milagro. ¡De puro milagro!

No dormimos juntos. No lo conseguimos durante todo el viaje. Miento. Estábamos durmiendo en el autobús de vuelta. Al menos él, que, en un momento dado, dejó caer su cabeza sobre mi hombro. Como un niño pequeño. Y, pese a todo, el viaje se me hizo más corto que la vida, reflexionando sobre lo que nos esperaba al llegar a Madrid. Por delante estaba el mes de diciembre, las vacaciones de Navidad... y enfrentarme a mis padres. Si había algo que tenía cada vez más decidido es que no podía seguir escondiéndome. Ya no. Y, si tenía que discutir con ellos, discutiría. No pensaba negar ni una sola vez más quién soy, ni mucho menos a mi novio. Pensarlo siempre es más fácil que hacerlo. Es un primer paso. Luego vienen los demás. Poco a poco. Mientras no me tropiece por el camino, todo irá bien. Lo tengo claro. Pero Óscar es el único animal que tropieza dos veces con la misma piedra. Eso sí. La próxima vez que tropiece, cojo la maldita piedra y la tiro bien lejos. Que se hunda en el fondo del mar si hace falta.

Llegamos a la entrada del cole a eso de las siete de la tarde, y la entrada estaba repleta de padres del resto de los alumnos. Claro está que yo pensaba que me iba ir tranquilamente a casa, despidiéndome de todos y esas cosas. No contaba con que fuera a aparecer mi madre al bajar las escaleras del autobús con Pablo justo detrás. **UPS.**

—Eh, mamá... ¿Qué haces aquí? —conseguí decir—. No estará papá, ¿no?

—He venido yo sola. Tu padre volvía hoy de Barcelona —asintió, pero sin quitar los ojos de Pablo, que pasó justo tras de mí y saludó a mi madre con un movimiento de la cabeza.

—Voy por las maletas —me informó y se fue hacia el maletero del autobús, dejándome a mí gestionando a mi madre.

Su cara era de sorpresa, sí, pero también de decepción. Vale que había pensado decírselo al volver de la nieve, pero no así tan de sopetón, no a lo loco como estaba pasando.

—¿Qué tal ha ido el viaje? —me preguntó, como haciéndose la loca. Pero estaba claro que había visto a Pablo. Es decir, había pasado delante de su cara. Yo, pues, seguí la performance.

—Muy divertido, pero muy cansado. —Y, oye, no era mentira.

—Me alegro —forzó una sonrisa.

—Voy-voy por la maleta —sugerí y, tras de mí, apareció Solero, que al ver a mi madre aprovechó el momento para hablar con ella. Yo mientras me alejé así como con prudencia, como cuando te levantas por la noche y tratas de no hacer ruido mientras abres el refrigerador, y fui por mi maleta.

Pablo la había dejado un poco apartada en la acera, y se había colocado a una distancia prudencial. Suficientemente cerca para verlo, suficientemente lejos para no crear problemas. Quise acercarme y al menos despedirme de él en condiciones, pero no podía evitar vigilar a mi madre de reojo, por si acaso de pronto venía y se acababa la gracia. De hecho, estaba en continua tensión creyendo que realmente mi padre iba a aparecer por ahí en algún momento. Ok. Había decidido que se lo iba a contar. Pues, mira, duro y a la cabeza. Si es que lo de hacer planes a largo plazo nunca ha ido conmigo, acababa de quedar más que claro.

A los pocos segundos de agarrar mi maleta, mi madre ya estaba a mi lado de nuevo, después de hablar con Solero (¡a saber lo que le habría contado!) y, por un momento, me pareció que iba a hablar con Pablo. Pero debieron de ser imaginaciones mías, porque al momento me indicó con la cabeza que nos íbamos. Me despedí de Pablo con un gesto casi imperceptible, e incluso de Albert, que venía directo hacia mí pero, al verme con mi madre, se detuvo en seco y me dijo un «mucha suerte» sin hablar. El camino a casa fue raro, por describirlo de alguna forma. Es decir, yo solo iba mirando al suelo, disimulando. Igualito a cuando en clase preguntaban algo y yo disimulaba haciendo como que buscaba algo en la mochila. *Fail.* Siempre me acaba tocando a mí.

—Óscar... —comenzó a hablar y ya supe que habría problemas.

—¿Sí? —respondí, con una voz angelical, de no haber roto un plato en mi vida. Aunque he roto muchos. Incluso una vez me corté con uno. Tengo una bonita marca en el pulgar izquierdo para demostrarlo.

—Veo que ha vuelto —afirmó, sin más. Yo me hice el loco un rato más.

—¿Quién?

—No se lo digas a tu padre, por favor. —Esa petición me tomó totalmente desprevenido.

—¿Cómo?

—Por favor, Óscar. Por favor, te lo pido. No se lo digas.

—Pero... —comencé a decir pero, al ver su mirada, preferí callar. Esto es, iba a guardar el secreto del regreso de Pablo, pero me estaba dejando claro que, si se enteraba mi padre, se podía armar una gran bronca. ¿Quería enfrentarme de nuevo a él? ¿Otra vez? No. Otra vez no. Por última vez. Bueno... Vamos a esperar un poco a ver cómo se desarrollan las cosas. No piensen que soy un cobarde. Por favor—. Si me pregunta directamente, no voy a mentir, mamá.

—Cielo...

—No. Es mi novio. Está aquí. Y-y-y-y no quiero ocultarlo más. No-no sé.

—Tengamos la fiesta en paz.

—Sí, sí, si yo la fiesta la voy a tener muy en paz —sentencié. Mi madre resopló y seguimos andando hacia casa, aunque no dejaba de temer el momento de llegar y verle la cara a mi padre de nuevo.

Ahora les pregunto: ¿piensan que voy a aguantar? ¿O que la voy a armar? Ojalá pudiera hacer una encuesta aquí y ahora. Seguro que todos votarían la segunda opción, porque son así de burlones. Y no les faltaría razón. Todos sabíamos desde un principio que, en cuanto decidí que iba a contárselo a mis padres, ya nadie me iba a quitar la idea de la cabeza. Pues, oye, entonces tendrían que estar orgullosos, y no estar riéndose de mí, o decidiendo si ya han leído suficiente sobre mi vida, o si ya es hora de volver a *Cazadores de sombras.* Ni soy Jace ni soy Alec, pero ni falta que me hace, porque soy más gracioso, ¿verdad?

Mira que la tarde en casa fue tranquila. Cenamos mi madre y yo solos, con la televisión de fondo, y le comenté cosas del viaje. No le dije nada de Ramón, de Diego y compañía, ni siquiera le mencioné a Pablo... Solo le conté cómo era el hotel, que esas cosas siempre le encantan a mi madre. También lo mucho que aprendí esquiando, como si fuera un experto, pero nada más lejos de la realidad. Y ella me estuvo contando que mi padre estaba cada vez más cerca del ascenso que tanto tiempo llevaba esperando en el trabajo. Pues fíjate que me importa una mierda. Bueno, a ver, no una mierda, porque a más dinero de mi padre, más dinero para mí. Pero, mira, no. No quiero su dinero. No quiero nada suyo. Para eso me pongo a trabajar yo si hace falta.

Cuando llegó a casa, la energía cambió por completo, como si hubieran absorbido toda la alegría y la felicidad. ¿Un dementor? Pues lo mismo pero sin la capa negra. Saludó a mi madre con un beso en los labios (puaj) y a mí con un «hola» más seco que nada. El «hola» más seco de la historia de los saludos. Me habría levantado de la mesa y me habría encerrado en mi cuarto, pero es que estaba aún con el postre y, mira, mi prioridad siempre es comer. Luego ya voy viendo. Fue a su cuarto y yo pensaba que se bañaría y nos dejaría un rato en paz, pero no. Mi madre insistió en que se sentara a la mesa, le recalentó la cena y se sentó frente a mí. Estuvo todo el rato hablando de lo bien que había ido en su viaje de trabajo. Pues hombre, estupendo. Enhorabuena, ¿sabes? Yoquesé. Así que aproveché para levantarme, llevándome mi plato a la cocina. Estaba claro que me iba a hablar en cuanto quisiera irme.

—¿Qué tal ha ido el viaje? —preguntó.

—Bien. Bien, todo bien.

—¿Has aprendido algo?

—Algo, sí. Lo he intentado, al menos —admití, dando vueltas a la cuchara en el plato vacío.

—Tu madre y yo nos conocimos en el viaje de esquí de la escuela.

—Lo sé, lo sé. —Ahí venía la historia que había contado millones de veces. «Nos conocimos en el telesquí. Y fíjate lo que nos ha durado».

—Nos conocimos en el telesquí. Y fíjate lo que nos ha durado. —¿Ven?

—Qué padre.

—¿No has conocido a ninguna chica tú en el viaje?

¿En serio ha tenido los santos... cojones (lo siento) de preguntarme eso? ¿En serio? No lo he escuchado mal, ¿no? Lo han oído. ¡Me lo ha preguntado!

—¿Y yo para qué iba a conocer a una chica?

—Bueno, claro, que están tus amigas. ¿Has estado con Ainhoa y Elena?

—Sí, de vez en cuando.

—Son mucho más lindas que las otras nuevas que nos presentaron. Son más... normales.

—Si tú lo dices... —respondí entre dientes.

—¿Qué?

—Nada, nada. Que-que me voy a mi cuarto ya.

—Llévate los platos, anda —me ordenó y, mientras quitaba la mesa, con la sangre hirviéndome por dentro, fantaseaba con agarrar el resto de la comida y tirárselo por encima de la cabeza. Pero no lo hice.

Recogí todos los platos y los llevé a la cocina mientras los escuchaba hablar de fondo sobre no sé muy bien qué, porque ya no estaba prestando atención. Trataba de controlar la respiración y relajarme lo máximo posible. No quería saltar ahora. La verdad que tenía cero ganas.

—... Bernabé... —escuché desde la cocina. Agucé el oído y presté más atención—, que ya es hora de que se deje de tonterías...

—**¡NO SON TONTERÍAS!** —grité desde el otro lado de la casa, y casi se me cae uno de los platos al suelo. Se hizo el silencio y, durante unos segundos, sopesé bien mis emociones. Lo hice, ¿eh?

Lo juro. Pensé en hacerme el loco y ponerme a fregar. Pero no. NO. Salí hecho un basilisco de la cocina y llegué al comedor, donde mis padres me miraban, desconcertados.

—¿Qué has dicho?

—Que no son tonterías. —Me temblaba todo el cuerpo.

—Mira, Óscar, ya está bien. Ya te has divertido y ya nos has dejado en ridículo a tu madre y a mí, pero...

—Que sepas que Pablo está en Madrid y que hemos estado juntos en el viaje —exploté. Ni lo vi venir. Me salió solo. Mi padre se tomó unos segundos para responder. Sin darme cuenta, yo estaba apretando con tanta fuerza los puños que hasta me dolían las muñecas.

—Yo ya no sé cómo decirte las cosas, hijo.

—Pues prueba a decírmelas bien, para variar —contesté.

—Cuando empieces a obedecer. Pero, mientras tanto...

—Mientras tanto ¿qué?

—Te quiero fuera de esta casa.

—¿Cómo? —dije, después de unos segundos para procesar su amenaza.

—Ya me has oído. Fuera de esta casa hasta que empieces a obedecer —insistió.

—Querrás decir que hasta que haga lo que a ti te dé la gana, ¿no? —me envalentoné.

—**¡FRANCISCO!** —gritó mi madre. Sí, le llama Francisco cuando se enoja con él.

Mi padre se levantó y yo di un paso hacia atrás. Les juro que hasta me dio miedo. Vino directo hacia mí y, sin mediar palabra, me agarró de un brazo y me jaló hacia la puerta.

—¡Qué haces! —protesté, pero tenía demasiada fuerza. Mientras protestaba, mi madre no dejaba de repetir que no exagerara, y que habláramos las cosas, pero no hubo forma. Abrió la puerta de la calle, me empujó al descanso y, acto seguido, la cerró para que no pudiera entrar.

¿En serio me acababan de echar de la casa? **¿EN SERIO ACABABA DE PASAR ESTO?** Mi padre no era consciente de lo que acababa de hacer. En serio, no podía ser consciente. Pero ¿y qué iba a hacer yo? ¿Cómo iba a...? ¡Si ni siquiera me había dejado agarrar ropa! ¡Nada! En serio, estoy alucinando muy fuerte ahora mismo. Escuchaba gritos al otro lado. «No puede hacer lo que le dé la gana» y cosas por el estilo. Yo empecé a llamar al timbre primero a lo loco, luego en plan desquiciado. Es que me daba igual que me escucharan todos los vecinos. **¡ES QUE ¿QUÉ PRETENDÍA?!** Después de un rato interminable, se abrió la puerta y asomó mi madre con cara de preocupación.

—Estoy hablando con él. Entrará en razón —susurró.

—Vamos a ver. ¿Cómo que entrará en razón? ¡Yo quiero entrar a la casa! —sollocé.

—Ve a dar una vuelta, cariño, hasta que lo calme.

—¿Qué? ¡Esto es de la verga! **¡DE LA VERGA!** —resoplé y salí corriendo de allí, ignorando por completo los gritos de mi madre. Bajé las escaleras a toda velocidad (sí, estuve a punto de caerme un par de veces, que hay que contárselos todo) y salí a la calle, sin puta idea de adónde ir o qué hacer.

Eso que había visto tantas veces en las películas, en las series, me estaba pasando a mí. Que también les digo, ¿eh? ¿Es que todas las historias con un gay como protagonista tienen que ser deprimentes? Bueno, mira quién habla. Que mi historia ha pasado de ser un cuento de hadas a un drama de categoría. ¿Y qué le hago? ¡Es mi vida! Y mi vida es un drama lo mires por donde lo mires. Pero la pregunta real es ¿qué hago yo ahora con ella? Con mi vida, quiero decir. No puedo volver a casa. Y, aunque mi madre me diga que vuelva, es que no me da la gana, carajo, es que no me da la puta gana, vamos a ver. ¿Cómo pretende que vuelva después de lo que acaba de pasar? ¡Es que es de locos! Pensé en escribir a Albert, pero no quería ponerlo en ese aprieto. Ay, el bueno de Óscar, siempre pensando en los demás. Si es que soy un pendejo. Y no tenía la suficiente confianza con Andrés o Celia como para ir a su casa. ¡Qué vergüenza! Carajo, solo tenía un sitio adonde ir, la verdad.

19.

—¿Óscar? ¿Qué haces aquí? —me preguntó Pablo, totalmente desubicado.

—Pues ya ves, que tu deseo se ha cumplido. —Y me eché a llorar. Pero a llorar de verdad. No disimuladamente, no. **¡A LLORAR COMO SI NO HUBIERA UN MAÑANA!** Pablo, al principio, no tenía muy claro qué hacer o cómo reaccionar. No lo culpo. Yo también me habría quedado alucinando si llegara alguien a mi puerta y se pusiera a llorar. No podía pensar en nada más que en las palabras de mi padre echándome de casa. Es que eran mis padres. Es decir...

—¿Qué pasa, Óscar? ¿Qué ha pasado? —dijo, con voz suave, y me cogió de las manos ayudándome a entrar. Les juro que se me doblaban las piernas como si fueran de mantequilla. Me costó mucho trabajo entrar. Es que era lo último, en serio, que quería: molestar a Pablo y a su madre.

—Es que... no sabía adónde ir... —admití, aún entre lágrimas.

—Pero ¿qué ha pasado? Son más de las diez de la noche.

—Mi padre, que me ha echado de casa —contesté, casi sin respiración.

—**¡¿CÓMO?!** —gritó.

—Pues eso, que me ha echado.

—¿Y tu madre? ¿No ha dicho nada?

—Que diera una vuelta mientras ella hablaba con él —admití—. ¿Y yo qué hago ahora? ¿Me lo explicas?

—Por lo pronto, te quedas aquí a dormir. No vas a volver a esa casa. ¿Entendido? —respondió sin mover un músculo.

—Pero no quiero molestar.

—Tú no molestas nunca —sentenció y cerró la puerta tras de mí.

—¿Y tu madre?

—Estará encantada de que te quedes. Ahora está durmiendo, pero mañana hablamos con ella, ¿de acuerdo? Te quedas en mi cuarto.

Me acompañó a su dormitorio, me dio un par de toallas y ropa limpia (sí, me dejó bóxers y todo, o sea, maravilla) mientras me explicaba que esos días iba a dormir en el cuarto de su madre, ya que habían pasado unos días separados y le daba cosa dejarla sola. «La he visto regular», me comentó. ¿Podía ser más lindo? Imposible, desde luego. A ver, egoístamente les confesaré que me habría gustado que durmiéramos en la misma habitación, pero bastante con que me dejara quedarme en su casa. Esa noche, obvio, no pude dormir nada. Pero cuando digo «nada» es nada. No dejaba de ver a mi padre diciéndome que me quería fuera de casa. Bueno, eso es lo que decía. Lo que quería decir realmente era: «No te quiero como hijo». Simple y llanamente. Simplemente por ser gay, así de claro. Pero no, no y no. He dicho que *no more drama*. Y lo pienso cumplir. Ya está bien. Prepárense para unicornios y vomitar arcoíris. Como si dependiera de mí, ¿saben? ¿Depende de nosotros nuestra felicidad? ¿O de los que nos rodean? Escribí a mi madre diciéndole que dormiría en casa de Pablo. Me daba igual lo que pensaran o lo mucho que se enfadaran, pero Pablo tenía razón. No pensaba volver a esa casa. Al menos, esa noche. Me ahogaba, me quitaba años de vida. Y, si tanto renegaban de mí, ya era hora de que empezara a renegar yo de ellos. Mientras no dejaba de dar vueltas en la cama de Pablo, se abrió la puerta lentamente y vi que yo no era el único que no podía dormir.

—¿Estás despierto? —susurró Pablo, aunque su voz grave era incapaz de ser susurrada, si les digo la verdad.

—No puedo dormir —confesé.

Entró al cuarto y se sentó junto a mí en la cama. Los dos mirándonos a oscuras, pero éramos como los gatos. No necesitábamos ninguna luz para poder encontrarnos.

—¿Por qué viniste aquí?

—No-no sabía adónde ir.

—¿Y tu tía? Aurora se llamaba, ¿no? —recordó.

—Ni pensé en ella.

—A lo mejor podría echarte una mano. ¡No es que te esté diciendo que te vayas de casa! Pero no sé, parecía buena gente, ¿no?

La verdad es que me había olvidado por completo de su existencia, si les soy sincero. ¿Me habría ayudado? Lo había hecho guardándome el secreto de que Pablo había vuelto de Estados Unidos cuando mis padres no lo sabían. Y a lo mejor ahora, si la hubiera llamado, habría venido a buscarme. ¡O incluso podría haber ido a su casa! No, no, para el carro, Óscar, que aún no la conoces de nada.

—Ven. Quiero enseñarte algo.

Se levantó de la cama y salió de la habitación. Me puse rápidamente los pantalones y le seguí.

—¿Es que vamos a algún lado?

—Ponte algo de abrigo.

—Pero ¿adónde vamos? Y-y no tengo nada de abrigo. Vine así de mi casa. —Fue recordarlo y ponerme triste al instante.

—Agarra alguno mío —me indicó. Regresé a su cuarto y busqué en su clóset (qué íntimo) y encontré uno rojo con pelos en la capucha. Me lo puse (me quedaba perfecto, he de añadir) y me reuní con él en la sala.

Lo acompañé fuera de la casa, hacia el elevador. Abrió la puerta y, en vez de ir hacia abajo, que es lo que yo pensaba, fuimos hacia arriba. ¿Dónde me llevaba? Llegamos al último piso (el octavo) y, tras subir un piso más por la escalera, ya que no llegaba el elevador, abrió una puerta metálica y salimos al exterior. Hacía frío, pero era bastante soportable. Eso sí, había una oscuridad total.

—Cuidado con la cabeza —me avisó.

Me agaché con precaución y le seguí, y de repente estábamos en la azotea de su edificio, viendo Madrid desde el cielo.

—Aquí están los tendederos y tal, pero yo subo de vez en cuando. Es lindo, ¿no? —sonrió.

—Carajo, qué maravilla —confirmé. Y lo era. Porque se veía el parque donde jugaba futbol, se veía la escuela, se veía la carretera M-30, y mucho más allá. Era una noche cerrada, ni siquiera había luna, y no podíamos vernos muy bien, pero era un momento perfecto.

—¿Qué tal?

—Superbién. —Claro, yo pensé que me preguntaba por aquel sitio, si me gustaba. Pero su pregunta iba más allá y tardé un poco de más en darme cuenta.

—Sabes que puedes contarme cualquier cosa, ¿verdad?

—Sí, lo sé.

—Genial. —Y apoyó los brazos en el alféizar. Yo solo podía mirarlo, como aquella noche en el templo de Debod sentados en las escaleras—. Entonces... ¿estás mejor?

—¿Mejor?

—Sí. Ya sabes.

—Bueno... —empecé a decir—. Si te refieres a todo... No, no, realmente no. ¿Por qué mis padres no pueden ser como tu madre?

—Bueno, mi madre también tiene sus cosas. Es una madre.

—Pues solo veo las cosas buenas —contesté—. Además, a mí siempre me ha aceptado superbién. Y-y-y no sé...

—Bueno, es que no hay nada que aceptar, ¿no?

—Ya, bueno, ya sabes a lo que me refiero.

—Ya, ya —continuó—: Mira, te voy a contar algo, pero no te alucines, ¿ok?

—No, no.

—Cuando me empezaste a gustar, se lo dije a mi madre, ¿sabes? Fui con ella y le dije: «Mamá, creo me gustan los chicos». ¿Y sabes qué me respondió mi madre?

—¿Qué?

—¿Y?

—¿Cómo?

—Que me respondió: «¿Y?». Y yo insistí: «¿Cómo que "¿y?", mamá? Que creo me gustan los chicos». Y ella volvió a decirme: «¿Y?».

—¿Y qué dijiste tú? —pregunté, con ganas de saber más.

—Pues me quedé sorprendido. No tenía muy claro si me gustaban o no, pero, oye, necesitaba hablarlo. Lo único que tenía claro, y he tenido claro en esta vida, es que me gustas tú. Y que a mi madre le diera exactamente igual me dio el empujón que necesitaba. Entendí que me pueden gustar los chicos, las chicas, los dos o ninguno de los dos, que da exactamente igual.

Me quedé en silencio, reflexionando sobre lo que me acababa de decir. Recordé que en una de las primeras «citas» que tuvimos, me dijo que no le gustaban los chicos, que le gustaba yo. Pablo siempre tan seguro, tan mayor, tan adulto, y tenía las mismas dudas que yo y que todos. Y que hubiera hablado con su madre de mí me hacía quererlo aún más.

—Estoy muy orgulloso de ti, Óscar. No te lo digo mucho, pero lo estoy —confesó y estuve a punto de ponerme a llorar otra vez.

—Si yo no he hecho nada...

—Uy, eso es lo que tú te crees. Pero has hecho mucho. Muchísimo —repuso mientras me daba la mano con fuerza—. Ya te dije que me preocupé mucho el otro día en la nieve. Y sé-sé que hay veces que no se ve el final, ¿sabes? Es difícil ver la luz. Pero tú imagina que esto, todo lo que está pasando, es como un bosque lleno de árboles, tantos que no puedes ver nada. ¿Sabes? Da miedo, angustia, no sabes qué te puedes encontrar, y muchas veces puedes perder el camino. Y tienes que salir para llegar a la luz.

—Ya —respondí, cabizbajo. No sabía qué decir.

—Yo seré tu brújula, para que encuentres el camino.

—No sé usar una brújula.

—Pues seré tu Google Maps —sonrió.

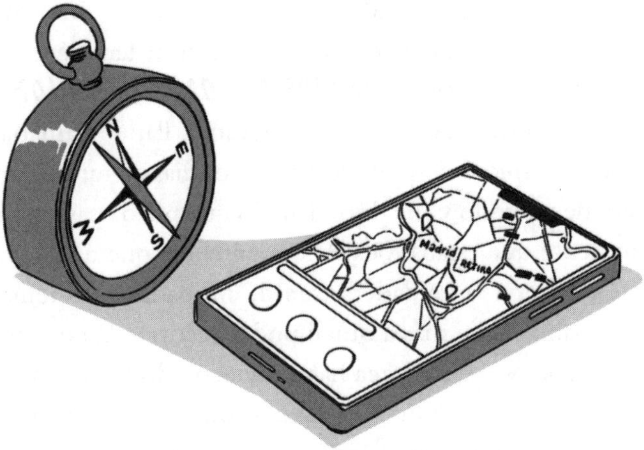

No recuerdo cuánto tiempo estuvimos allí en silencio, dándonos las manos y simplemente mirando el cielo. Pero como si hubiéramos estado así siempre, porque qué maravilla. Cuando comenzó a hacer frío de verdad entendimos que era la hora de volver. Metí las manos en los bolsillos y había algo dentro del abrigo. ¿Una bolsa? Saqué la mano y eran Peta Zetas.

—Anda, mira lo que tenía ahí escondido —dijo y me agarró la bolsa de la mano—. ¿Quieres?

—¿Ahora? —repuse, desganado.

—¡Claro! A ver, hay una cosa importante con los Peta Zetas.

—Sorpréndeme —le animé, entre risas.

—Leí en algún lado que besarse con Peta Zetas ayuda a marcar una relación para siempre —sonrió.

—¡Qué dices!

—De verdad lo leí. Además, que besarse comiéndolo debe de ser increíble. ¿Probamos? —Pero no me dio tiempo a pensar si quiera, ya que se vació media bolsa en la boca—. ¡Corre, que se acaba el efecto!

—¡Voy! —gritéé y vacié el resto de la bolsa en la mía.

—Venga.

Me cogió con las dos manos y acercó su boca a la mía, y, mira, fue el mejor beso que me ha dado en la vida. El más raro, sí. El más ruidoso, también. Pero el mejor, desde luego. Aunque también les diré que todos los besos con Pablo **SIEMPRE SON EL MEJOR**.

Por la mañana, en cuanto me levanté, llamé a mi tía Aurora. Cuando se despidió después de estar unos días en mi casa, me dio su número de teléfono y me dijo: «Para lo que pueda pasar». En el momento pensé que estaba loca. Ahora entendía que quizá se refería a esto. ¿Conocería la verdadera cara de mi padre? No tenía ni idea. Pero no había nadie más a quien poder recurrir. Y, por mucho que quiera a Pablo y le agradezca haberme acogido en su casa, necesitaba la ayuda de un adulto. De alguien que pudiera hablar con mis padres, de alguien que pudiera hacerles entender que no había nada malo en mí. Que era su hijo.

La conversación con Aurora fue rara. Yo creo que la había despertado y, debido a eso, tardó como varios segundos de más en entender lo que le estaba diciendo y lo que suponía. Claro, cuando lo entendió, puso el grito en el cielo.

—Te voy a buscar esta misma tarde a la escuela, ¿entendido?

—Pero es que salgo a las...

—Espérame ahí a las seis, que no puedo antes, Óscar. ¿Me esperas?

—Sí, sí, claro.

—Genial. Y, si necesitas algo más, lo que sea, me vuelves a llamar, ¿entendido?

—¿Algo más?

—Óscar...

—Sí, sí, entendido. —Dios, era como una sargento, madre mía.

—De acuerdo. Pues ve a clases y trata de pasar un buen día. Ya me ocupo yo de tu padre.

—Gracias —pude decir, aunque se me seguía haciendo raro confiarle todo a una persona que casi ni conocía.

—Para eso estamos, Óscar. Para apoyarnos. —Y colgó.

«¿Para apoyarnos?». Supongo que se refería a que somos familia y la familia se apoya. Bueno, a mí la vida me estaba enseñando lo contrario. Y, claro, me había hecho yo una familia aparte, elegida por mí. Ellos sí sé que me apoyaban, me cuidaban, e iban a darlo todo por mí. No sé si les habrá pasado algo parecido (carajo, espero que no), pero pensar en los amigos que tienes siempre ayuda, y mucho. Y, claro, si tienes la suerte de tener un Pablo a su lado, pues todo luce mejor, ¿no?

Salí de la habitación, tratando de no hacer nada de ruido, y entré en el baño para darme un regaderazo antes de salir a clase, porque esa mañana era lunes. Era raro ir al colegio después de haber dormido en una casa que no era la mía, pero mi vida iba cambiando tanto semana a semana que ya nada me parecía muy fuera de lo normal. Eso sí, era bastante alucinante que estuviera bañándome en el baño donde se baña siempre Pablo. Es decir, con su jabón, con su champú, con su toalla... En fin. **GUAU.** Me puse la misma ropa con la que había llegado por la noche a su casa, como un perrillo abandonado y, tras abrir la puerta del baño, me llegó un olor a pan tostado que me embriagó al momento, como si se tratara del mejor perfume. Con ese aroma les digo que podrían prepararme mil trampas porque caería en todas, una tras otra. Es que te invita a ser buena persona, a ayudar a los demás, a ser un poco más feliz... y a comer. ¡Y ya saben lo que me gusta a mí comer! Aunque también leí en algún lado que podría ser fantosmia: olores inventados. Pero no, no. Era real. Porque cuando llegué a la cocina, vi a Pablo sentado en la mesa con el desayuno preparado.

—Buenos días, guapo —me saludó y se acercó para darme un beso en los labios. Yo ni siquiera me había lavado los dientes ni nada.

—Buenos días —le respondí.

—¿Has dormido bien?

—Sí, sí. Al menos no me he despertado...

—Así me gusta. Eso es gracias a mi cama, que es maravillosa, ¿verdad?

—Claro —admití.

—Vamos, siéntate, que he hecho el desayuno —me dijo con una sonrisa de oreja a oreja y apartó un poco una silla para que me sentara—. Ahí tienes mermelada si quieres, y Choco Krispies, de estos rellenos de chocolate blanco, que seguro que te encantan, porque te encantan todas esas mierdas.

—¡Y yo qué culpa tengo! Hacen cosas tan ricas...

—Bueno, pues lo compensarás con un juguito de naranja, marca de la casa. —Y me dejó un vaso junto al plato de pan tostado—. Lleva un poco de miel y un par de fresas machacadas.

—Eh-eh... No sé qué decir. Qué maravilla todo.

—Mientras te lo comas, me doy por contento. Eso sí, rapidito, que ya casi tenemos que ir a clase. —Si es que parecíamos un matrimonio, se los digo—. ¿Qué tal tu tía? Te he escuchado hablando con ella.

—Pues... umpfff... —exclamé mientras daba un mordisco a uno de los panes tostados que había preparado Pablo— no se asombró tanto como pensaba que iba a ocurrir.

—Eso será porque conoce bien a tu padre.

—Puede ser. No la conozco tanto. Me ha dicho que me viene buscar a la salida de clase. Bueno, a las seis.

—Pero si salimos a las dos y cuarto hoy.

—Se lo he intentado decir pero me ha dicho que le daba igual, que a las seis en la puerta del cole. —Me encogí de hombros. Di un sorbo al jugo de naranja y, uf, estaba de muerte.

—¿Te gusta?

—¡Está buenísimo!

—¿Verdad?

Se sentó frente a mí para desayunar y ahí estuvimos hablando de tonterías, con la televisión puesta de fondo. Me preguntó que qué quería ver y al final acabó poniendo *Gravity Falls*. Me da igual que digan que es una serie de niños, porque me encanta, ¿ok? Porque nuestra primera opción fue *Evangelion* y, **MIRA, YA TENGO DEMASIADO DRAMA EN MI VIDA**, que esa maldita serie me tuvo llorando (y desconcertadísimo) tres días seguidos. Bueno, yo creo que sigo desconcertado... un poco bastante. Al rato llegó su madre, con el pañuelo atado a la cabeza y una bata de seda preciosa. Y pude notar por primera vez que le faltaba un pecho. Se acercó a mí y me dio un beso en la cabeza, sin darme siquiera tiempo a levantarme para darle los buenos días.

—¿Cómo has dormido, cariño? ¿Has descansado? —me dijo con una suavidad en la voz increíble mientras se echaba un poco de café en una taza y se apoyaba en el fregadero para bebérselo a sorbitos.

—Sí. Genial. Muchas gracias por dejar que me quedara esta noche...

—Esta siempre será tu casa, cielo. —Ay, ¿podía ser mi madre?

—Gra-gracias. Ya esta tarde me viene a buscar mi tía. Que no quiero molestar ni nada.

—Óscar, no empieces —me recriminó Pablo—. Mi madre ya ha dicho que no molestas, ¿no? Pues ya está. Relájate un poco.

—Ya, ya.

—No irás a ir así a clase, ¿no?

—¿Cómo? —repuse, mirándome de arriba abajo. ¿Qué había de malo? ¿Me pasaba algo en la cara? ¿En el pelo?

—Esa ropa la llevabas ayer, Óscar, por Dios. Vamos a mi cuarto y te pones algo de mi ropa, venga.

—¡No hace falta, en serio!

—Claro que hace falta. Vamos... —Y salimos de la cocina. Me despedí de su madre, que se moría de risa mientras Pablo me empujaba, y fuimos a su cuarto, donde me quitó toda la ropa para ponerme la suya. Ah, claro, perdonen. Entre medias... pues, oye, como que hicimos un poco de cosas... ¿Qué quieren? Es decir, yo ahí medio desnudo en su cuarto, y por la mañana. Y con Pablo mirándome así como le gusta mirarme para ponerme nervioso. Pues ya saben. Una cosa llevó a la otra. Su mano acabó dentro de mis bóxers. La mía dentro de los suyos. Y nuestras bocas unidas, con las lenguas atadas en un nudo hecho por saliva. ¡Quiero despertarme siempre así!

—¿Que te han echado de casa? ¿Y por qué no me lo contaste? —me recriminó Albert apenas llegué a clases y le dije lo que había pasado.

—Bueno, te lo estoy contando ahora, no sé.

—¡Ya, pero es que eso no vale! **¡ES CÓDIGO 1, ÓSCAR, POR DIOS!**

—¿Código 1?

—Código 1 es para emergencias como esa: que te echen de casa, que estés a punto de morir, un apocalipsis zombi... ¡Código 1!

—¿Y cuántos códigos hay?

—Ay, Óscar, por favor. **¡CINCO, TODO EL MUNDO LO SABE!**

—¡Olivares! —gritó la profesora y Albert bajó el volumen de su voz mientras seguía apuntando en su cuaderno—. Así que estás viviendo con Pablo, ¿no? Carajo, qué huevos tienes, cabrón —se rio.

—A ver, no es por elección, ¿eh?

—Ya, ya.

—Y no estoy «viviendo» con Pablo. Solo ha sido esta noche, porque-porque no sabía qué hacer.

—Te podías haber venido a mi casa... aunque mis padres habrían alucinado un poco. No, no. Mejor que no hayas venido.

—Gracias, Albert —respondí, irónico.

—Y bueno, a ver, ¿han cogido ya o qué?

—¿Otra vez con eso? No lo digas aquí, que estamos en clase —me alarmé. ¡No quería hablar de esas cosas con Albert! Y-y-y menos después de lo que había pasado en el viaje a la nieve.

—O sea, que no.

—Pues claro que no, que no somos conejos. Y-y-y que no, que no.

—Entonces ¿qué hacen? Carajo, Óscar.

—¡Pues ser novios! Albert, tienes un problema, ¿eh? —me burlé mientras escuchaba a la profesora carraspear mirando hacia nuestra dirección.

—Güey, es que va a ser la única forma que pueda aprender. Aquí no nos van a contar una mierda.

—Hoy me ha hecho el desayuno y todo —dije, orgulloso.

—Son demasiado lindos. Stop. No quiero saber más, que me voy a poner más celoso de lo que ya estoy. —Lo dijo como en broma, pero pude notar que también había algo de verdad ahí. Mierda.

Obviamente, como Albert es incapaz de mantener la boca cerrada, todos se enteraron en cero segundos de que me habían echado de casa y que había pasado la noche con Pablo. Lo único que no quería era que llegase a oídos de los profesores o del director. ¡Solo me faltaba eso! ¡O incluso que se enteraran Ramón y compañía! No, no, no. Ni de broma. Cuando me crucé con Diego al entrar en clase esa mañana, ni siquiera me miró. Ni a mí ni a Albert. Normal. Espero que esté avergonzadísimo, porque ya va siendo hora de ello. Pero me encabronaba. Me cagaba que siguieran viniendo a clases como si nada. ¡Como si no hubieran hecho nada! ¿Cómo pensaban los profesores que íbamos a estar seguros y tranquilos si no hacían nada cuando había claros casos de *bullying* entre las cuatro paredes del colegio? Bueno, cuatro paredes no. Hay muchas más. Pero me entendieron, ¿no?

Nada más volver del viaje, los profesores nos anunciaron el bazar navideño anual. Sí, en nuestro colegio somos así de lindos y hacemos un bazar solidario, chafísima, pero divertidísimo. Y este era el primer año que podíamos participar. Habría que pensar qué íbamos a hacer y, sobre todo, con quién iba a formar mi grupo. Tenía muchas ganas. Y estaba claro que el resto del salón también. Incluso Albert, que estaba como loco haciendo una lista en su cuaderno sobre todas las cosas que podríamos vender en nuestro puesto.

—Cosas lógicas, Albert, por favor.

—¿Y quién ha dicho que esto no sea lógico?

—No vamos a grabar un *single* —repliqué.

—Pues no sé por qué. Yo tengo una voz preciosa, perdona que te diga. Tú con que te limites a hacer los coros de fondo, todo va bien.

—No. Me niego.

—Bueno, yo se lo voy a decir a estas, a ver si pega.

Eso sí, se había extendido lo de mi ataque de pánico en el viaje a la nieve y la escuela estaba dividida. Por un lado estaban los típicos pendejetes que optaban por reírse y burlarse de mí, como si ese tipo de cosas fueran motivo de burla... Estaban mis amigos, que me trataban como si fuera de cristal, como si solo con mirarme me fuera a romper en mil pedazos. Y luego estaban los profesores, que, cada vez que me los cruzaba por los pasillos, me miraban con cara de preocupación y me preguntaban continuamente si estaba bien. ¡Si una hasta me dio una paleta! ¿Qué tengo yo, cinco años? Aunque la paleta estaba superrica. Me la comí en dos bocados, porque soy así de ansioso. Y, entre todos, el que más preocupado estaba era Solero. Tanto que incluso creo que sabía que me habían echado de casa pero no quería decírmelo. Como lo ignoré cuando volvimos del viaje, volvió a insistirme en que fuera después de clases a hablar con él. Supongo que para preguntarme también que qué tal. ¡Pues mal! ¿Cómo quieren que esté? Le pregunté a Albert si quería acompañarme, porque ya iba siendo hora de que él también hablara sobre lo que le habían hecho, pero apenas se lo mencioné y se echó a correr. No es una metáfora, no. Echó a correr **LITERALMENTE**.

—**¡NOS VEMOS MAÑANA!** —me gritó a lo lejos, chocando con dos niños de Primaria y enredándose en una pelea con ellos mientras yo no paraba de reír.

Pensé que Solero me llevaría a su despacho pero no. Quedamos de vernos en nuestro salón y, cuando llegué, estaba ahí sentado tras su mesa, con gafas y leyendo un libro. ¿Un libro? No, no. Estaba leyendo un manga. No sé cuál sería porque, en cuanto me vio entrar, lo cerró y lo guardó en uno de los cajones de la mesa. Me indicó con la mano que me acercara y eso hice, apoyándome en uno de los pupitres de la primera fila. Creo, fíjate, que era en el que se sentaba Diego.

—Gracias por quedarte un rato.

—Para lo que usted mande —bromeé. Ni una risa. Ok. Perdón.

—¿Qué tal la vuelta del viaje?

—Pues bien. Sin más, ¿no? ¿Usted? —Porque soy muy educado, ya lo saben. La pregunta le tomó por sorpresa. Puede que yo fuera el primero que le preguntaba. Al final los profesores también tienen vida, aunque no lo creamos.

—Muy bien —respondió sin darme más detalles—. Me gustaría hablar contigo sobre lo que pasó, si te encuentras con ganas.

—Ya está superado —mentí.

—No, no lo está. Y dudo que creas lo que me acabas de decir —sentenció—. Verás, Óscar, a estas edades pueden pasarnos muchas cosas. Empezamos a descubrir quiénes somos y cómo es la gente que tenemos alrededor. Sé que estos meses para ti han sido duros, y me gustaría poder ayudarte si me dejas. Eso sí, no quiero meterte ningún tipo de presión.

—De acuerdo —me limité a decir. No iría a decirme lo de que estoy pasando una fase, ¿no?

—Aunque también quiero dejarte claro que yo no tengo herramientas suficientes para darte la ayuda que necesitas —añadió—. Pero no por ello voy a dejarte a tu suerte, ¿me estás entendiendo?

—Creo que sí. —No, pero bueno.

—Ser adolescente ya es duro de por sí. Y ser adolescente **LGBTI**, lamentablemente, también lo es.

A ver, a ver. Qué raro era hablar con un adulto sobre esto. ¿Debía confiar en él?

—Sé que hay compañeros..., bueno, gente de esta escuela, que te lo está haciendo pasar mal. Lo sé y lo siento por no haber estado más pendiente. Y créeme que voy a hacer lo que esté en mi mano para parar estos comportamientos de raíz.

—Sí, vaya, tolerancia cero... —me burlé, despectivo.

—Sí, Óscar. Tolerancia cero con estas cosas.

—Pues tremendo castigo, si solo los dejó sin ir a la fiesta de la nieve... Vamos, seguro que aprenden la lección. —*Spoiler alert*: no.

—De eso quería hablar contigo ayer. He hablado con el director para levantarles un acta disciplinaria. Pero necesito que vengas conmigo para contarnos exactamente lo que pasó... —Y, claro, al ver mi cara, reculó—. Solo si te encuentras con fuerzas. Si no, ya lo gestionaré yo.

—No sé si servirá de algo.

—Confiemos en ello, ¿no? —sonrió—. ¿Conoces a algún otro compañero o compañera que también esté sufriendo acoso de algún tipo?

Me escudriñó con la mirada, tratando de adivinar lo que estaba pensando. ¿Se lo contaba? ¿Le contaba lo de Albert? Si había alguien que podía ayudar, quizá era Solero. ¡Hasta Pablo me lo dijo!

Pero, claro, sería traicionar la promesa que le había hecho a Albert... por segunda vez.

—No, que yo sepa —contesté al fin. Después de todo, los animales que se habían reído de él eran los mismos que me habían hecho a mí la vida imposible.

—Si necesitas cualquier cosa, ven directamente a mí la próxima vez, ¿te parece?

—Me parece.

Solero se levantó, como queriendo decirme que ya podía irme, y yo obedecí. Aunque me seguía carcomiendo por dentro lo de Albert. Aunque se enfadara conmigo, decírselo a un profesor era por un bien mayor, ¿no? Y quizá ni siquiera se enteraba...

—Profesor... —dije en un susurro—. Tengo algo más que contarle.

20.

—Siento que hayas tenido que esperar tanto. Venga, vamos —me dijo Aurora y empezó a caminar hacia la salida. Yo me levanté de la escalera de la escuela y la seguí de cerca.

Tras la charla con Solero, había pasado el resto del día ahí. No quería ir a casa, por razones obvias, pero tampoco quería ir a la de Pablo. Dijera lo que dijese su madre, no pretendía ser un estorbo más de lo que ya lo había sido, así que aproveché que Albert, Celia y Cris tenían Teatro y esperé con ellos mientras veía sus ensayos. Y, la verdad, poco a poco lo del teatro me iba produciendo curiosidad. Teo se los comía a todos, las cosas como son. Sabía cantar, sabía bailar, su presencia llenaba el escenario. Vamos, que todo lo hacía bien. Cuando vio que me quedaba en el ensayo, se emocionó mucho. Seguía tratándome como si fuera una celebridad. ¡Solo por unas historias desenfocadas en el celular de su amiga! La vida no me había cambiado en absoluto tras ese discurso. De hecho, sí, a peor. **TOTALMENTE A PEOR.**

Si Teo era perfecto en Teatro, Albert..., pues, bueno, lo intentaba. Y Celia y Cris eran bastante competentes, si less digo la verdad. Sí, lo digo con tono de sorpresa, porque es que era para sorprenderse. La profesora me echó alguna mirada así de soslayo, vigilando si seguía ahí o no y, siempre que la descubría, saludaba efusivamente con una sonrisa enorme. Ella me devolvía la sonrisa y se encendía otro cigarrillo. ¿Cuántos sería capaz de fumar al día? ¿Diez? ¿Veinte? ¿Dos paquetes? Yo qué sé. Odio el tabaco. Pero al menos dejaba a todos ser como eran en realidad. Teatro = espacio seguro. Anotado.

—Pe-pero... ¿dónde vamos? —pregunté.

—A casa. ¿Dónde crees que vamos a ir? ¿A la cárcel? —dijo Aurora.

—¡Estás alucinando! ¡Yo no vuelvo a esa casa!

—Pues solo tienes una, así que, si no vuelves a esa, a ver dónde piensas vivir.

—¡Donde sea! ¡Me da igual! **¡YO AHÍ NO VUELVO!** —protesté, cruzándome de brazos y volviendo sobre mis pasos para sentarme de nuevo en la escalera.

—He hablado con tus padres...

—Enhorabuena —rezongué.

—No puedes quedarte aquí, enfadado sin hacer nada, así que vamos a casa, Óscar.

—**QUE-NO-ME-DA-LA-GANA.** —Dios, es que ¿tan difícil era de entender? ¡Que no quería volver! ¡Que antes viviría bajo un puente!

—Eres un necio, ¿eh? —Ante mi silencio, vino hacia mí y se sentó a mi lado en los escalones—. Pues nada, a ensuciarme los pantalones.

Estuvimos así los dos, sentados sin hablar, no sé cuánto tiempo. Ni yo quería hablar ni ella pretendía decir mucho más si yo no lo hacía antes. Hasta que se hartó.

—En algún momento habrá que moverse. Hace frío y yo tengo cosas que hacer. Y tú seguro que tienes tareas.

—Puedo hacerlas aquí.

—Incómodo, ¿no?

—¿Por qué mi padre es tan pendejo? —exploté.

—¿Tu padre?

—Mi padre, sí.

Aurora calló. Mi padre era su hermano, y, claro, no querría decir nada malo de él. Aunque tampoco tengo muy clara su relación.

—Sí, lo es —admitió y yo me quedé asombrado. No lo había visto venir.

—Es que... yo qué sé... No he hecho nada.

—Claro que no has hecho nada. ¿Desde cuándo está pasando eso... en la escuela? —me preguntó con calma—. Ya sé que no me conoces mucho, pero habla conmigo, Óscar. Puedes confiar en mí.

—Desde hace unos meses —admití.

—¿Has hablado con algún profesor? ¿Has hablado con Marcos?

—¿Marcos? Ah, ¿el Solero? —Caí en la cuenta rápido.

—¿Has hablado con él?

—Sí, más o menos.

—¿Y con el director? —insistió.

—Ese es el más homófobo de todos. —Recordé la vergüenza que me hizo pasar cuando Pablo y yo nos dimos un beso y casi nos expulsan.

—¿Son siempre los mismos?

—Bueno... Sí, el Arenas, Moi, Diego y algunos de sus amigos...

—Hablaré con Marcos a ver qué podemos hacer —comentó.

—¿Qué?

—Nos llevamos bien. El *bullying* hay que cortarlo de raíz, Óscar. Lo de tu padre..., bueno, es más difícil, pero encontraremos una solución.

—¿Por qué... por qué me ayudas? —dije, más bien reflexioné en alto.

—¿Y por qué no iba a hacerlo? Óscar, nunca niegues quién eres. Yo lo hice una vez. Con tu padre. Me arrepentiré toda mi vida. No caigas en el mismo error, ¿de acuerdo? —Y me tomó la cara con suavidad. ¿Acababa de confesarme que era...?—. Sí, Óscar. Soy lesbiana. No te sorprendas tanto.

—¿Sí? —¡Dios! ¡Mi padre tenía una hermana lesbiana! ¡Le habría dado un ataque!

—Existimos, ¿eh? No somos una criatura mitológica.

—No-no quería decir eso. Solo que me sorprendió... ¿Mi padre lo sabe?

—Hace como que no —admitió Aurora, encogiéndose de hombros y con un toque de tristeza en la voz—. Sé que no quieres ir a tu casa ahora mismo. Y te entiendo. Pero son tus padres, y tarde o temprano tendrán que aceptar... la nueva situación, llamémoslo así.

—¿En serio tengo que volver?

—He hablado con ellos... Bueno, con tu madre, más que nada. Está preocupada y quiere que vuelvas. Tienes quince años. Por ahora, no tienes muchas más opciones.

—Pues puta mierda.

—Desde luego que es una puta mierda. Pero ahora sabes mi teléfono, cielo. Puedes llamarme siempre que quieras, siempre que lo necesites. Y en el colegio tienes un grupo de amigos maravilloso, ¿no? Y también puedes contar con Marcos..., con Solero. Él te va a ayudar.

—¿Eran muy amigos? —pregunté, curioso.

—¡Uy, los mejores! Nos conocimos mi primer día aquí. Él tenía un grupo de música. Yo no conocía a nadie... y nos hicimos amigos. —Podía ver en sus ojos que le producía cierta tristeza recordar aquello—. Vamos, que tengo el trasero helado de estar sentada.

Los dos nos levantamos y, aunque no estaba aún muy decidido, me resigné y fuimos hacia la casa. Pero primero le dije que teníamos que pasar por casa de Pablo, donde tenía aún ropa mía. ¡Y me daba muchísima vergüenza dejarla ahí! Es decir... ¿hola? ¿Ropa sucia? ¡Me muero! Así que le pedí a Aurora que me esperara abajo... «Ni de broma. Te espero dentro de la entrada. ¿O quieres que me muera de frío para poder escapar?». Dios, se nota que somos familia.

Pablo me abrió la puerta y, claro, le expliqué la situación. Le conté por encima lo que había hablado con Aurora, y que no me quedaba otra que volver a casa. Al menos, por ahora. Y, claro, ¡él qué me iba a decir! Me acompañó hasta su cuarto y, mientras recogía mi ropa, que estaba perfectamente limpia y planchada (¡no me puedo creer que me la hayan lavado!), veía cómo Pablo estaba muy preocupado, en silencio. Y eso no me gustaba ni un poquito.

—¿Qué pasa? —pregunté.

—Nada, nada.

—No, no, dime qué pasa —insistí.

—Si necesitas volver, vuelve —sentenció y no volvió a hablar más. Pero yo no entendí a qué se refería. ¿Si necesitaba volver a mi casa? ¿O si necesitaba volver a la suya porque con mis padres no acababa bien? Pablo siempre hablando en código.

Metí toda la ropa en la mochila, ya que Pablo insistió en que me llevara la suya puesta. «Te queda mejor que a mí». Salimos al pasillo y en el salón estaba su madre esperándonos. Quería darles las gracias cuando me di cuenta de que ni siquiera sabía su nombre. Oh, mierda. Solo la llamaba «la madre de Pablo». ¿Laura? ¿Maite? ¿Susana?

—Oye... —comencé a decir—. No quiero quedar de irrespetuoso ni nada, ¿eh?

Pablo me miró con cara de circunstancias, como si fuera a soltar alguna de mis tonterías habituales.

—Dime —dijo su madre.

—Pues... que no sé el nombre.

—¿El nombre de quién?

—Es decir, no sé cómo te llamas tú... —empecé a tartamudear mientras Pablo y su madre se echaban a reír—. Yo no le veo la gracia.

—Me llamo Susana.

—¡Acerté!

—¿Eh?

—Esto..., que es uno de los nombres que me sonaban... —sonreí, tímido y avergonzado.

—Mira que eres tonto a veces —comentó Pablo entornando los ojos.

—También quería decir otra cosa más... Es decir, a ver cómo lo digo... pero estos días... Perdón... Este día que me acogieron en su casa... ha sido uno de los más felices de mi-mi-mi vida... —Empecé a llorar—. Y no sé qué habría hecho sin ustedes, en serio, porque... porque estaba en la mierda... En la puta mierda... Perdón, que hablo muy mal... y... y... —Carajo, Pablo, abrázame o algo, que me vengo abajo—. Y que gracias. Gracias y mil veces gracias... por... por todo y...

Pero Pablo no me abrazó. Y mira que lo estaba pidiendo a gritos. Fue su madre la que alargó la mano y tomó la mía.

—Gracias a ti —repuso. Carajo, era igual que su hijo, mecagoenlaputa, tenía la capacidad de, con una palabra, con un gesto, hacerme la persona más feliz del mundo—. Esta siempre es tu casa —sonrió y me dio un abrazo. Bueno, un abrazo no, que eso es como hacerlo de menos. Me dio **EL ABRAZO**, y siempre volveré a él cuando me encuentre mal o triste.

Bajé con la cabeza agachada y los ánimos por los suelos. Aurora estaba en la entrada mirando su celular y, al verme, salió a la calle para que la siguiera. Cada vez me costaba más andar, y he de decir que solo el hecho de ver mi entrada me producía casi hasta urticaria, como se los cuento. En serio, es que fue como una reacción física real. Es que estaba hasta mareado y todo. Uf. ¿En serio tengo que hacer esto? ¿No puedo quedarme en casa de Pablo, en un sitio en el que me quieran? Aurora vio que lo estaba pasando mal y me tomó del brazo (en plan bien, no a lo bruto como el bestia de mi padre) y me acompañó dentro. Pero no podía. No podía volver ahí. No. No quería.

—No. Lo siento. No-no-no-no quiero entrar. No quiero volver ahí dentro.

—Vamos a entrar juntos, ¿vale?

—¿Sí-sí?

—Sí. No va a pasar nada. Ya lo verás.

—¿A-a-a qué te referías cuando me has dicho lo de... negar quien-quien soy?

—Bueno, lo sabes, ¿no? Eres Óscar Rubio. ¿Eres gay?

—¿Es una pregunta?

—Sí —asintió.

—Sí.

—Podías ser bi, por ejemplo. Por eso te he preguntado.

—Ah, cla-claro. Bien.

—Si sabes quién eres, Óscar, nadie puede hacerte daño. —No estoy yo muy seguro de eso—. Ahora, vamos, entremos y déjame tener una conversación muy seria con tu padre.

Desde que Aurora habló con mis padres, pues, oye, como que todo empezó a ir mejor. Ni sé lo que les dijo ni nada. Yo qué sé. A lo mejor los amenazó. ¡Ni idea de con qué! Pero todo estaba más tranquilo. Sí, mi padre no me hablaba más que lo justo y necesario. Y mi madre, pues seguía más o menos igual. Tampoco es que hubiera cambiado mucho su actitud conmigo. Al menos no me preguntaban ya por Pablo y me dejaban bastante en paz. ¿Era el comienzo de una nueva era para Óscar Rubio? ¿Era el comienzo de una época de tranquilidad y armonía? Iba tranquilo a clase, y en casa me dejaban más o menos hacer mi vida. Incluso ponerme *All Too Well* a plena potencia y ni un solo grito de «¡baja esa música!». Ni me lo creo. Por cierto, la versión de diez minutos. Obvio.

Las conversaciones con Solero la verdad es que fueron una ayuda increíble. Al principio pues me daba un poco de pena ponerme a hablar con un profesor sobre mi vida, ¿saben? Pero tanto me había insistido Aurora en que recurriera a él si tenía algún problema que quise probar. No piensen que le contaba todas mis intimidades. Realmente solo estábamos juntos unos quince o veinte minutos después de clases. Me preguntaba que qué tal el día, cómo me iba en casa y esas cosas. Aunque no dejaba de tener la impresión de que sabía más por lo que callaba que por lo que me decía. Seguro que hablaba con mi tía sin decírmelo, y seguro que sabía lo de mi padre. Pero tampoco había querido abordarlo. Yo qué sé. Preferiría ir a su ritmo, supongo. Desde aquella noche en la nieve en la que Andrés me dijo que tenía que ser alguien para mí para poder serlo para los demás, estaba centrándome en ello. Y estas platicas me caían muy bien. Obviamente quiero a Pablo más que a nada en este mundo. Pero poco a poco me iba queriendo más y más a mí mismo, y eso era un paso básico. Eso sí, me insistió mucho en que tenía que hablar con Albert, y convencerlo para ir a ver al director.

—Hay que denunciar siempre, Óscar. Los abusones se escudan en que las víctimas se callan, muchas veces porque siguen teniendo miedo, o incluso vergüenza pensando que es su culpa. Y no lo es. Nunca.

Claro. ¡Qué fácil es pedirme que convenza a Albert! Pero qué difícil hacerlo, porque nuestra relación seguía siendo extraña desde el viaje a la nieve, desde el beso, desde que me dijo que le gustaba. Había una tensión rara entre los dos, y más aún desde que le comenté que había estado viviendo, aunque solo fuera una noche, en casa de Pablo. Pero venga, Óscar. Es tu mejor amigo. Olvídate de todo eso, agarra al toro por los cuernos, y dile claramente que... Qué. ¿Que rompiste tu promesa y, a las primeras de cambio, le contaste a un profesor lo que él te había pedido expresamente que no le contaras a nadie?

—Hoy vamos a empezar corriendo alrededor del gimnasio. Les iré dando instrucciones según vayan pasando las vueltas. Venga, empezamos trotando —nos indicó entre dientes el profesor Morales y me devolvió a la realidad.

No les he contado, pero estamos en medio de los **EXÁMENES DE EDUCACIÓN FÍSICA**. Lo pongo en mayúsculas porque es que temía este momento. ¡Se me da fatal! Bueno, no les descubro nada, también es verdad. El profesor decidió que lo mejor era juntar un par de clases para hacer las pruebas y mezclar a los alumnos para... para... vete tú a saber para qué, nunca nos explican nada. Así que ese día los vestidores estaban a tope. No cabía un alfiler. Pero lo bueno de todo es que me habían mezclado con el grupo de Pablo. Después de cambiarnos y recibir alguna sonrisita (por no decir muchas) por parte de casi todos al vernos sentados juntos a Albert y a mí y en bóxers, salimos de los vestidores y formamos una fila con el resto.

Y, mira, les juro que yo empecé motivadísimo. Iba trotando, al lado de Albert, sonriéndonos de vez en cuando. Pero, al cabo de unos minutos, nos dimos cuenta de que íbamos los últimos, pero de lejos. Pablo iba de los primeros. Y Dios mío, cómo corría. Zancadas grandes, cabeza alta, supererguido, con el trasero supermarcado y, si te fijabas en la parte de delante, eso se iba moviendo de un lado a otro...

—¿Puedes dejar de mirar el plátano a Pablito? —me recriminó Albert.

Morales nos mandó mover los brazos hacia delante, correr levantando las rodillas al pecho, los talones al culo... y así durante casi media hora de clase. **¡ME DIRAS TÚ PARA QUÉ!** Pues para reírse de nosotros, porque, si no, no entiendo nada. Los típicos machitos, véase Ramón, Diego y compañía, se iban dando codazos mientras corrían, y hacían esprints continuamente. Yo les juro que sigo sin entender que esos brutos continúen aún en la escuela. Era verlos y cada vez me convencía más de que tenía que tomar a Albert y llevarlo al despacho del director si hacía falta. Eso sí, nadie podía rivalizar con la velocidad y la resistencia de Pablo. Mi Pablo. Ay. Es que lo quiero. Es que, por favor..., es que... ¿cómo puedo ser tan blando y tan cursi?

El profesor tocó el silbato y nos avisó de que íbamos a hacer pruebas para ver nuestra forma física, y que, según los resultados, a partir de ahora estaríamos en un grupo o en otro. Pero, vamos a ver, ¿por qué tengo que seguir teniendo Educación Física? ¿Me lo puto explicas?

—Bien, entre hoy y las próximas clases, vamos a ver su forma física. Como no tenemos mucho tiempo, hoy lo hará una parte de la clase y la otra se puede ir a los vestidores ya, ¿de acuerdo? —ordenó y tomó la lista para seleccionar los nombres—. Primero saltarán a la cuerda todo lo que puedan. Dos intentos. Luego abdominales, todos los que puedan. Y para terminar vamos a saltar el banco. ¿Entendido? Pónganse por parejas.

Yo, obviamente, me puse con Albert. Mira, si caía uno, caíamos los dos.

—Estamos jodidos —dijo Albert—. Yo no sé saltar a la cuerda, carajo.

—¿Te crees que yo sí?

—Rubio, tu turno —dijo el profesor y, ea, me acerqué, agarré la cuerda del suelo, inspiré y comencé a saltar. Mierda, qué puta presión con todo el mundo mirando. Incluido Pablo. Pero me miraba tratando de darme ánimos. Al igual que Albert. Vamos, Óscar, tú puedes. Y, claro, me vine arriba y eso fue el principio del fin—. Veinte. Segundo intento —señaló el profesor.

¿Solo veinte y estaba sudando a mares? Pero ¿cuántos saltos tenía que dar? ¡Mierda, si yo pensaba que habría hecho como doscientos!

—Es para hoy —dijo, metiéndome prisa.

—¡Voy! —Y comencé a saltar. Venga, va. Voy a ir más lentito, más tranquilo, más...

—Trece. Así no llegamos al aprobado. —Negó con la cabeza y apuntó el resultado en su cuaderno—. Albert Olivares, te toca.

—Pero es que yo tengo un problema en la pierna que...

—No tenemos todo el día. Agarra la cuerda y a saltar —masculló Morales y se apartó un poco para darle espacio. Albert vino hacia mí y le di la cuerda casi sin fuerza, porque les juro que estaba agotado. Casi sin esperar, empezó a saltar, con tan mala suerte que tropezó al iniciar el primer salto y cayó al suelo de boca, ante las carcajadas del resto de la clase.

—**¡ALBERT!** —grité y fui a ayudarlo a levantarse—. ¿Estás bien?

—Estoy de puta pena —confesó.

—Cero. Segundo intento.

—Mátame, Óscar, por favor, ahora que puedes. Mátame, que sea rápido —lloriqueó.

—Venga, no es tan difícil. Al menos, intenta no caerte esta vez —le aconsejé.

—Para ti es fácil decirlo.

—He hecho trece. Créeme que no.

El segundo intento fue un poco mejor que el primero. Era bastante hipnótico verlo saltar, ya que su flequillo se movía al mismo ritmo. Albert estaba pasando el peor momento de su vida, con todos mirándole.

—Veintiuno. A la colchoneta —dijo entre dientes el profesor mientras se movía hacia la siguiente zona de la prueba.

—¡Veintiuno! En tu cara —me dijo, presumiendo.

—Güey, que somos amigos.

—La emoción del momento —se disculpó.

Simplemente les diré que los abdominales, obviamente, no mejoraron nuestra calificación. Y ya lo del banco mejor no comentarlo. Mejor los dejo con la intriga... Bueno, no. Se los resumo. Albert hizo treinta y cinco abdominales en un minuto. Yo cuarenta y ocho. Cuando llegó el banco, Albert trató de saltar pero no llegó. Así que un cero redondito. Lo mío fue peor, porque al saltar teníamos que hacer la voltereta, ¿okey? Sí, sí, mi profe es un puto maníaco. El caso es que yo iba ahí a todo, puse la cabeza sobre el banco y, en vez de dar la voltereta, me quedé tieso sobre la cabeza, haciendo el pino, y caí de lado. Vamos, para haberme matado. ¡Si es que a qué profesor se le ocurre esta tortura, carajo! Pablo, cómo no, hizo todo a la perfección. ¿Cómo podía querer estar conmigo, con lo torpe y descoordinado que soy? Misterios de la ciencia, supongo.

Mientras estábamos recuperándonos mirando a la siguiente pareja, Albert aprovechó para ir al baño y Celia y Cris se acercaron, sobre todo para darme apoyo moral por el desastre de pruebas que había hecho.

—Yo sinceramente hay veces que pienso que no sé cómo sigues vivo, Óscar.

—Uy, créeme que me lo pregunto muchas veces también.

—¿Y Albert? ¿Se ha ido a llorar al baño? —preguntó Celia, socarrona.

—Bueno, él lo ha hecho mejor que yo, ¿eh?

—Tampoco te creas —sonrió.

Y entonces se me prendió el foco. ¿Y si se lo decía a ellas para que me ayudaran a convencerle? ¿No? A ver, Albert me había pedido que no se lo contara a nadie... y ya había roto la promesa dos veces, lo sé. Pero, claro..., Cris y Celia eran sus amigas. Si había alguien en esta vida que tenía poder de convencimiento, esa era Celia. ¿Qué podía hacer? ¿Qué harían ustedes? Pues me da igual porque ya he tomado una decisión.

—Oye, les tengo que contar algo..., pero, por favor, prométanme que van a guardar el secreto por ahora, ¿vale?

—No —se negó Celia.

—Vamos a ver, ¿ni siquiera vas a hacer el esfuerzo de...?

—No —insistió.

—Con una chingada, está bien. A ver, el caso es que Solero me ha insistido mucho en que vaya a hablar con el director para..., bueno, para ver si les levantan un acta disciplinar o algo a los animales que hay en esta escuela. Y-y, a ver, Albert me contó en el viaje a la nieve... que no solo se habían burlado de él Diego y estos, sino que encima le habían grabado riéndose de él y tal... Y, claro, se lo conté a Solero, pues para ver qué decía, y básicamente también quiere que hablemos con el director sobre eso.

—¿Y no nos había dicho nada? ¡Se va a enterar! —exclamó Celia y enfiló hacia el interior del colegio.

—**¿QUÉ? NI DE BROMA** —grité, pero ellas eran rápidas. Muy rápidas. Joder, ¿eran atletas o qué chingados?—. ¡Paren, chingada madre! ¡Que me va a matar!

Pero, oye, como si hablara a la pared. No había forma de detenerlas... ni de alcanzarlas. Por uno de los pasillos camino de los vestidores nos cruzamos con Almu y Andrés, que, obviamente, alucinaron.

—¡Qué pasa! —me gritó Andrés.

—¡Ayúdame a detenerlas! —supliqué.

Andrés y Almu se colocaron delante de Celia y de Cris, pero vieron tal cara de enojo que se hicieron a un lado y las dejaron pasar.

—¡Maldita ayuda! —protesté y tuve que parar, porque es que me iba a dar puto algo.

—¿Se puede saber qué chingados pasa? —me dijo Almu, megacabreada.

—¡Pues que Albert me va a asesinar! ¡Me va a asesinar!

—¿Qué hiciste, güey? —me recriminó Almu.

—¿Yo? Maldición, nada. ¡Tratar de ayudar!

—Nunca trates de ayudar. ¿Es que no sabes nada de la vida? —chistó Almu.

Celia y Cris ya estaban lejos de mi alcance. Debían de estar ya en la puerta del vestidor. Oh, mierda, me iba a odiar mucho. ¡Me iba a odiar muchísimo! ¿Para qué habría abierto la boca? ¿Qué hago? ¡¿Qué hago?! Cuando llegué a su altura, estaban justo entrando.

—¡Eh, que este es el vestidor de hombres! —dijo un chico que estaba sentado en uno de los bancos mirando su celular.

—Te largas o te callas —dijo Celia y el chico, asustado, volvió a enfrascarse en su teléfono. A los pocos segundos, Albert salió del baño y pegó un brinco al vernos ahí a los tres. Bueno, a los cinco, porque Almudena y Andrés también acabaron entrando en el vestidor.

—¿Qué pasa? ¿Qué hacen aquí? —preguntó, extrañado.

—A ver, Albert... —comencé.

—¿Qué chingados te ha hecho el animal de Diego y por qué no nos lo has contado? —explotó Celia.

—**¡EH!** —protesté.

—**¡¿SE LO HAS CONTADO?!** —gritó Albert, con una decepción increíble en sus ojos. Uta, me dieron ganas de esconder la cabeza.

—No, no, no le eches la bronca aquí a Óscar, que lo ha hecho perfecto. ¿Es que no piensas hacer nada?

—¿Qué está pasando aquí? —preguntó Almu, totalmente perdida, al igual que Andrés.

—Diego y sus colegas, que les gusta ir grabando y riéndose de la gente, ¿sabes? —bramó Celia.

—¡Eres una pendeja! —repuso Albert, visiblemente dolido.

—Ah, ¿ahora la pendeja soy yo?

—¡Sí! ¿Quién te crees que eres para ir hablando de mis cosas así? ¡Y tú eres peor! **¡ME PROMETISTE QUE NO DIRÍAS NADA!**

—Eh, eh, y tú me prometiste que hablaríamos con el dire el primer día, y llevas raro toda la semana... —le recriminé.

—¡Ah! Genial. Si quieres también les decimos por qué estoy raro. ¿Te parece, Óscar?

Se hizo el silencio y nos miramos todos incómodos. ¿Se refería a... lo que creo que se refería?

—Es que estoy enloqueciendo ahora mismo. Váyanse a la chingada todos. Valen verga. ¡Valen pura verga! —vociferó y salió del vestidor hecho un energúmeno.

—Puto necio —dijo Celia entre dientes.

—¡Chingados, tú también eres bien puta necia, güey! —respondí y salí de allí, tratando de alcanzar a Albert.

El pasillo estaba vacío. Lógico. La gente aún estaba en sus clases. Me costó alcanzarlo pero lo conseguí, justo antes de salir hacia los patios.

—¡ALBERT!

—No quiero hablar contigo —me soltó y siguió caminando. Tuve que esforzarme para llegar a su altura y detenerle.

—Carajo, Albert, lo siento...

—Es que solo te pedí eso, mierda, Óscar. Solo te pedí que no dijeras nada a estas. ¡Y VAS Y SE LO DICES!

—¡Okey! Okey, tienes razón. Sí. Pero ¿qué iba a hacer? Eres mi mejor amigo. Y quería...

—Y, si soy tu mejor amigo, ¿por qué chingados no me has dejado llevar esto como me de mi chingada gana, vamos a ver? —me dijo.

—Pues-pues... Pues no lo sé. Creí que lo mejor... A ver, son tus amigas. Y..., a ver..., qué iba a hacer. ¿No decirles nunca nada? —Y eso que aún no sabía que se lo había dicho a Solero...

—¡Sí! ¡Exactamente eso!

—Pues no puedo, güey. Somos amigos. Son tus amigas. Somos un grupo, maldición. Y si pasa algo, tenemos que apoyarnos, ¿es que no lo entiendes?

Albert se quedó en silencio y me percaté de que estaba empezando a llorar. Sí, me había equivocado, pero Albert sabía que tenía algo de razón. Un poquito, ¿no?

—Carajo... —pudo decir y, mira, me salió solo, pero me lancé a él y le abracé con todo el cariño del mundo. ¿Qué hizo Albert? Derrumbarse—. Es que... ¿por qué tiene que ser así? —protestó entre lágrimas—. Que yo quiero estar tranquilo ya.

—Me lo he preguntado tantas veces... —Y, mientras le abrazaba y consolaba, como que me vi desde fuera, y era todo muy raro, ¿saben? Porque yo había estado donde estaba Albert. Bueno, es que seguía estando en esa posición. Y ser yo el que lo consolara era raro, pero me hacía pensar que ambos nos cubríamos las espaldas, y eso era increíble.

21.

Gracias a mi incapacidad de guardar un secreto más de una semana, conseguimos entre todos que Albert me acompañara al despacho del director Robles (no sé por qué digo su nombre, si solo hay un director), aunque seguía bastante enfadado, no por habérselo contado a estas, sino por habérselo dicho a Solero. «Una cosa es a las amigas y otra cosa es a un profesor, Óscar, güey». Me sentía fatal con esa sensación que tenía de estar obligándolo a hacer algo que realmente no quería hacer. Pero ¿cuál era la alternativa? ¿Dejarlo pasar y que se salieran con la suya? *No way.* No era ni siquiera planteable. Sé que le costaba, pero esto no lo hacíamos solo por nosotros, sino por cualquiera que lo estuviera pasando mal en el colegio. Era el primer paso, la primera piedra para nuestro grupo de ayuda. Y qué bien tener a un profesor como Solero de nuestro lado. El problema es que las cosas se descompusieron más rápido de lo que pensábamos.

—¿Y no los van a expulsar? —estalló Albert.

—Calma, Olivares, por favor —le aconsejó Solero.

—Y una mierda calma.

—¡Olivares! ¡No olvides que estás en la oficina del director! —dijo Robles y Albert se calló al instante. Los pongo en antecedentes para que se enteren un poco. Entramos en la oficina después de que Solero se reuniera con el director. Nos dejó hablar y tanto Albert como yo explicamos lo que nos había pasado. El director, en silencio, escuchó atentamente todo lo que le tuvimos que decir, mientras Solero nos iba dando apoyo de cuando en cuando para que no nos fuéramos por las ramas.

Por razones obvias, fue una conversación dura. Revivir todo lo que pasó el curso pasado, aquellas encerronas en las que siempre me veía superado (porque un abusón nunca va solo); aquella ansiedad de no poder dar dos pasos hacia delante sin tener que dar uno hacia atrás; aquel miedo a que, algún día, se les fuera la mano y me hicieran daño de verdad... Si el año pasado aguanté cuerdo fue gracias a Pablo, y gracias a la persona que estaba ahora a mi lado, que sufría igual que yo al recordar todo. Pero, claro, el director, Albert y yo no éramos precisamente buenos amigos, y eso se notaba.

—Y durante todas estas... peleas... ¿hiciste algo que pudiera molestar a Arenas, a Meneses, a Fernández...?

—Sí. Existir —repliqué.

—Aunque Meneses tengo entendido que no fue al viaje a la nieve, ¿correcto? —dijo, ignorando por completo mi respuesta.

—Sí. Moisés Meneses no estuvo en el viaje —confirmó Solero.

—Entiendo. Estas situaciones siempre son muy complicadas. Tendré que hablar también con ellos para saber su versión de los hechos, como es obvio.

—Su versión de los hechos ya se la cuento yo —incidí pero Solero negó con la cabeza, indicándome que iba a estar más guapo calladito.

—Ya saben que en esta escuela tenemos una tolerancia cero con el *bullying* y nos tomamos estas acusaciones muy en serio. Solo confío en que no vuelvas a hacer algo semejante al discurso del año pasado, Rubio. —Me mató con la mirada.

—No, señor.

—Recibimos muchas quejas de padres tras ese discurso.

—¿Quejas? Quejas ¿de qué? —contesté pero, como en él era costumbre, me volvió a ignorar.

—Su maestro hablará con...

—*¡NO!* ¿Está loco? ¡Nos matarán! —explotó Albert—. ¡Te dije que esto era una mierda! —me acusó directamente—. ¡Lo que tienen que hacer es expulsarlos! ¡Ya está!

—No podemos expulsarlos solo basándonos en lo que me han contado hoy. ¿Y si se lo están inventando? No digo que sea el caso, pero no sería la primera vez. Llevo casi veinte años como director de este colegio y he visto de todo.

—Albert, tranquilo —le susurré y se sentó de nuevo. Qué mecha tan corta tiene el amigo, madre mía. Es peor que yo. Aunque entiendo que estuviera tan ofendido. Es que no me estaba gustando nada de nada hacia dónde estaba yendo la conversación. Estoy seguro de que era una venganza por haberlo dejado en ridículo en la fiesta de fin de curso.Y así me lo había dicho claramente. Dios. ¿En qué cabeza cabía que nos fuéramos a inventar unas agresiones así? ¿En serio? ¿Qué más pruebas necesitaba? ¿El puto video que le habían grabado a Albert?

—Pe-pero el profesor Morales vio el video. Se lo hizo borrar —dije de repente, porque recordé las disculpas de Diego y compañía diciendo que habían tenido que borrar el video que me hicieron en el baño.

—¿Qué video?

—El-el que me grabaron. Pregúntele al profesor Morales. Él lo vio —insistí. El director miró a Solero, como buscando más información sobre lo que le acababa de decir.

—¿Qué sugieres, Marcos?

—Creo que lo mejor sería levantar un acta disciplinaria contra todos los que participaron o han participado en el *bullying* contra Óscar y Albert —comenzó a decir.

—¿Y no los van a expulsar? —estalló Albert.

—Calma, Olivares, por favor —le aconsejó Solero.

—Y una mierda calma.

—¡Olivares! ¡No te olvides que estás en la oficina del director!

—También estaría la opción, que no me dejas terminar —le recriminó Solero—, de una expulsión temporal hasta las vacaciones de Navidad. Grabar a otros alumnos sin su consentimiento y amenazar con difundirlo es una falta grave, si no recuerdo mal.

—Así es —asintió el director.

—Y creo que hay que tener mucho cuidado con lo que se hace en redes. Tienen que entender que hay ciertas consecuencias a los actos que uno hace. No podemos mandar el mensaje de que este acoso es algo nimio o que no tiene importancia.

—Ya veo.

—Pero, claro, esa es mi opinión como profesor a cargo. Por supuesto, tú tienes la última palabra —le dijo al director, que parecía estar rumiando una posible solución a todo este problemón. Dios, te amo, Solero. Gracias por ayudarnos.

—Déjame que lo piense bien, Marcos. Tengo que hablar además con sus padres.

—¿Con mis padres? No hace falta —repuse.

—No. Con tus padres no —replicó con sequedad—. Si necesito algo más, ya hablaré con su profesor, ¿entendido? Y, si vuelven a tener cualquier tipo de problema, les pido por favor que vayan directamente a hablar con él.

—Claro.

Albert, que no estaba muy convencido, y yo nos levantamos, dispuestos a abandonar el despacho y poder hablar con tranquilidad, pero nos impidió salir con una última cosa.

—Por cierto, creo recordar que son amigos de Alba Gorría...

—Se llama Andrés —dije a toda velocidad.

—¿Andrés? —contestó, desubicado, pero continuó—: Pueden decirle que ya tiene un salón para la actividad extraescolar que quiere desarrollar.

Comenzó a extender una serie de papeles sobre la mesa mientras los iba revisando minuciosamente uno por uno.

—Tiene el salón 204, las tardes de los lunes y de los miércoles, de cinco y media a siete horas. Y, para cualquier cosa o duda, el supervisor de este grupo es su profesor, Marcos. —Y, tras señalarle con la mirada, me entregó una carpeta con todos los papeles que había ido organizando—. Si se lo pueden dar todo, así evitamos una nueva visita...

—Claro.

—Gracias —añadí. Pues espero que esta conversación haya servido de algo...

Mira, salimos de ese despacho alegres no, lo siguiente. A ver, lo de la expulsión de Diego, Ramón y compañía parecía difícil, no nos engañemos. Pero que hubieran aceptado la solicitud de Andrés y que fuéramos a tener nuestro propio grupo de apoyo era una estupenda noticia. Una noticia genial. **UN NOTICIÓN CON TODAS LAS LETRAS.** Así que echamos a correr por los pasillos dando saltos y sin poder parar de reír. Parecíamos dos psicópatas, así les lo digo. ¡Hasta nos cruzamos con Teo y se apartó del camino por si acaso!

—¿Qué les pasa? —preguntó.

—¡Buenas noticias por fin, Teodoro! —sonrió Albert y le dio un abrazo.

—¡No me llames Teodoro! ¡Lo odio! —bramó Teo.

—**¡LO SIENTO, TERRONCÍN!** —respondió Albert y nos alejamos sin poder contener la risa.

En serio. A lo mejor piensan que esto no es importante, pero lo era y mucho. Ni siquiera teníamos un nombre, ni sabíamos cómo o por dónde empezar. Pero teníamos un principio fundamental: ayudar. Y al menos un adulto que creía en nosotros. Y, durante unos minutos, se nos olvidó la tensión que arrastrábamos desde el viaje a la nieve y todo fue más bonito.

—A ver, hoy inauguramos la primera sesión de **ACB** —dijo Andrés, ceremonioso como el que más.

—A mí sigue sin convencerme el nombre... —confesó Celia entre dientes.

—Creo que tenemos que pensar los primeros pasos que vamos a dar y...

—Y un nombre en condiciones. **ACB...** Ya puestos, abecedario, ¿no? Si ya se ríen porque dicen que el colectivo tiene como mil letras, imagínate si le metemos más —replicó Celia. Y tenía razón en eso. Siempre odié que se burlaran del colectivo **LGBTI** añadiendo más letras y cosas, como riéndose. Pues, si queremos tener veinte letras, las tendremos, y que se jodan.

—Muy bien, ¿y qué propones? —preguntó Andrés con rapidez. Cada uno estábamos sentados en una silla, haciendo un círculo, como si aquello fuera una secta y fuéramos a invocar al mismísimo demonio. El salón era pequeñito, con una pizarrón desgastado en uno de los fondos, ventanas que llevaban años sin ser limpiadas y polvo en las esquinas. Creo que nadie en el colegio recordaba la existencia de ese salón, pero a nosotros nos parecía un palacio.

—*Stop bullying* —propuso Cris.

—Nah, muy típico —respondió Celia.

—*Gay power* —chilló Albert.

—Es que esto no va solo de gays —intervino Almu y Albert se sentó, avergonzado.

—Si es que eres de un falocéntrico que no hay quien te aguante... —añadió Celia.

—Hay gays con vagina, para tu información —repuso de vuelta Albert.

En la reunión estábamos Andrés, Almudena, Celia, Cris, Albert y yo. Zaida no se apuntó al final. Quieras que no, es un personaje megasecundario, así que no tendrán que memorizar su nombre mucho más. Que es linda y tal, ¿eh? Pero, nah, no nos llevamos. Pablo no había podido quedarse pero prometió que vendría a la siguiente. Y mejor, porque no nos poníamos de acuerdo en nada. Yo siento decir que no dejaba de pensar en él, en qué estaría haciendo. No me juzguen. A ustedes os pasaría lo mismo. La única diferencia es que yo lo cuento, y ustedes seguro que no. No es que no me importara la reunión, pero, en serio, éramos un caos. ¡Si ahora se estaban peleando para decidir quién era mejor mago: si Harry Potter o Hermione!

—A ver, primera votación. Hermione es más poderosa que Harry Potter. Todos hemos votado a favor. Siguiente votación, Emma Watson es la autora real de la saga. ¿Votos a favor? De acuerdo. Ninguno en contra. Genial. Ahora que ya hemos solucionado eso, vamos por lo siguiente. ¿Cómo vamos a llamarnos?

—El ejército de Dumbledore —bramó Celia y todos nos echamos a reír—. No era una broma, pero bueno.

—Quizá tendríamos que pensar bien antes los primeros pasos que va a dar el club, ¿no? Y así a lo mejor damos con un nombre que nos represente —sugirió Cris.

—También podríamos hablar con Solero. Al fin y al cabo, es el profesor que nos va a ayudar y guiar. Él podrá darnos trucos y tal —propuse.

—¿Y si quiere hacer el grupo suyo? Óscar, la idea era hacerlo nosotros, por nuestra cuenta. No meter a ningún adulto. Los adultos nunca ayudan en nada —razonó Celia.

—Yo estoy con Óscar —intervino Albert—. Quizá deberíamos estar más preparados para lo que pueda pasar, ¿no?

—Bueno, a ver, visto así... —comenzó a decir Andrés—. ¿Y qué propones, Óscar?

—Pues... no lo sé, la verdad. Podría hablar con Solero, que venga un día, que nos cuente qué tiene en mente. Me habló de cursos, de conferencias, no sé...

—¡Sí, bueno! ¡Voy a ir yo a cursos y mierdas! ¡Más tiempo en clases! Ni de broma —respondió Celia.

—Cariño, recuerda por lo que hacemos esto —añadió Andrés.

—Carajo, ya lo sé. Pinche mierda, si tienes razón —acabó rindiéndose.

—¿Le digo entonces que venga un día y nos cuente? —Bueno, mira, mi idea al final no iba a ser del todo mala.

—¿Votamos? —sugirió Albert—. A ver, quien esté con la idea

de Óscar, que levante la mano. —Y todos levantamos la mano—. ¡Pues puta mierda de votación si estamos todos de acuerdo!

—¿Y si en el bazar navideño... colocamos cosas de este grupo? No sé, pulseras con la bandera, botones, algunas cosas así —sugerí.

—¡Yo tengo máquina de hacer botones! —gritó Celia—. Todos tenemos un pasado, y de pequeña me encantaba.

—Yo puedo traer pulseritas. Mis hermanas son unas frikis de eso y seguro que me hacen mil en media hora —agregó Albert.

—¿Vas a esclavizar a tus hermanas? —le riñó Almudena.

—Mano de obra barata y rápida. Aunque luego me pedirán algún favor, que esas no hacen nada gratis.

Pasamos el resto de la tarde tratando de limpiar un poco la sala, poniéndola decente y quitando todo el polvo posible. Andrés se abrió más que nunca hablándonos de todo el proceso que estaba llevando desde que se dio cuenta de que quería dejar de ser otra persona y ser él por fin (nos explicó que su pronombre era masculino ahora, pero que también podíamos usar «elle»), y, aunque no parecíamos muy preparados para nada, al menos estábamos tratando de hacerlo lo mejor posible. Esa misma tarde había quedado de ver a Pablo. Me había dicho que tenía un plan perfecto y que nos viéramos en su edificio, que fuera hacia su casa cuando termináramos la reunión. Y, claro, es lo que hice. Me despedí de los demás y, feliz como yo solo, fue hacia el edificio de Pablo, dispuesto a pasar una tarde magnífica con él. Sé que últimamente no les dedico párrafos sobre mis movidas mentales. No se preocupen, que, como se distraigan, les cuento mi vida en verso en un segundo. No me den pie, que ya me conocen.

Cuando llegué a su casa, Pablo ya estaba en la calle esperándome. Y, mira, es que, cada vez que le veía fuera del cole, no solo lo veía más guapo que nunca, sino que era como... como que me sentía mayor, ¿saben? Como si lleváramos cinco años de novios... y los cinco años hubieran sido como el primer día. Ya, ya lo sé. Soy un exagerado. Pero vamos a ver, ¿a estas alturas los voy a sorprender? ¿A que no?

—¡Perdona que llego muy tarde!

—¿Qué tal estuvo la reunión? —me preguntó después de darme un beso para saludarme.

—Pues... no lo tengo muy claro. Un poco de caos, pero hemos limpiado el salón y tal, y pensado posibles cosas, aunque estamos decidiendo todavía el nombre del grupo.

—Algo se les ocurrirá, seguro.

—¿Dónde vamos? —pregunté, expectante.

—¿Dónde quieres ir?

—Ah, ¿yo? ¿Tengo que decidir yo?

—Bueno, puedes proponer algo y ya te digo yo —dijo, juguetón.

—Es que no sé qué plan tenías pensado. Ya sabes que tampoco puedo estar hasta las mil.

—Sí, sí, sé que es mejor no encabronar a tu padre. Lo pensé después, así que el plan que tenía pensado a lo mejor va a ser difícil.

—¿Qué tenías pensado?

—Hoy empieza la lluvia de las Gemínidas.

—¿Las qué? —repuse, sin saber muy bien de qué hablaba. ¿La lluvia de qué? Las Ge ¿qué?

—Es una lluvia de estrellas. Hoy empieza y dura... pues unos diez días. Pero, claro, hay que verlas por la noche y lejos de la ciudad. No podemos hacer ninguna de esas cosas —se lamentó.

—¿Lluvia de estrellas ahora? Yo pensaba que solo eran en verano.

—Es verano en algún lado del mundo, ¿no? Pero, aunque no las veamos, siempre podremos ir donde tenía pensado —me sugirió y echó a andar hacia la parada del autobús.

—¿Dónde?

—¿Dónde te gustaría ir?

—Me gustaría ir al templo de Debod —contesté, sin pensar. Pablo me miró con..., pues no sé describirles su expresión.

—¿En serio? ¿Por qué quieres ir allí?

—Bueno, ya sabes...

—No, no lo sé.

—¿Me vas a hacer decirlo? —dije, avergonzado.

—Es que no lo sé, Óscar.

—Pues porque es nuestro sitio especial. —Y me puse más rojo que un tomate.

—¿Ah, sí? —sonrió.

—No me vaciles, que fuiste tú el que dijo que lo hiciéramos nuestro sitio especial —recordé.

—A ver, Óscar. Cualquier lugar en el que esté contigo es especial, ¿entiendes eso?

Subimos al camión y nos dirigimos hacia plaza de España. Sí, era diciembre, pero no hacía el frío que solía hacer. También podría ser porque habíamos pasado tanto frío en la nieve que esto ya nos parecía nada de nada. Una vez allí, pasamos junto al templo y fuimos hacia el mirador. Hacía tanto tiempo que no íbamos los dos juntos... Desde el verano. Desde que subimos las escaleras con Albert, con Celia y con Cris. Unos días antes de quedarme solo en Madrid y separarnos durante casi cuatro meses. Pero ahora estábamos juntos de nuevo, e íbamos sentados en un autobús, dándonos la mano. Todo perfecto.

Había unas chicas unas filas más adelante que no dejaban de mirarnos. No sé si porque les incomodaba que nos diéramos la mano dos chicos, o porque me conocían de algo, o no sé. Pero llegó un punto que hasta empezó a ser incómodo. Pablo no se estaba dando cuenta, pero yo sí. Y me estaban poniendo de los putos nervios, hablando mal. ¿Qué querían? ¿Quiénes eran esas chicas?

—Quizá podamos ver algo, aunque no prometo nada —me dijo sin dejar de mirar por la ventanilla.

—¿Tú crees?

—A ver, se supone que su punto álgido suele ser mucho más tarde, pero quién sabe. A lo mejor hay alguna estrella fugaz que va por libre y se adelanta. ¿Te imaginas?

—Ojalá —repliqué. Sin embargo, no podía evitar seguir pendiente de esas chicas del autobús. Pablo al final se percató, pero tarde, porque ya se habían levantado y venían hacia nosotros. Instintivamente, lo sé, y lo siento, estuve a punto de soltarle la mano a Pablo pero luego me dije: ¿y por qué voy a hacer eso? Me niego.

Las dos chicas debían de tener la misma edad que nosotros. Iban vestidas casi como si fuera verano, porque ni siquiera tenían abrigos. Ambas iban con el celular colgado del cuello. Una de ellas llevaba una funda de Bob Esponja. La de la otra era de Link, el prota de *Zelda*. Saben quién es. Seguro.

—Hola, este... Queríamos hacerte una pregunta —anunció una de las dos, como muy nerviosa.

—Eh, sí —respondí, aún sin saber muy bien lo que esperar.

—¿Eres Óscar Rubio? —preguntó la otra. Pablo y yo nos miramos sorprendidos. ¿Quién era esa chica?

—Sí, eh, ¿nos conocemos?

Fue decir que sí y, oye, sus ojos se iluminaron, como si hubieran visto, qué sé yo, a Ed Sheeran o yo qué sé. ¡Ni que yo fuera una celebridad o algo!

—¿Podemos tomarnos una foto contigo, por favor? —pidió una de ellas y, sin darme casi tiempo a pensar, sacó el celular, me tomó del cuello y me unió a su amiga, abriendo Instagram y haciendo una historia.

—¡Güey, estamos aquí con el Rubio! ¡RUBIO! Somos jodidamente perfectas. —Y fue ahí cuando me sentí como en mi vida. Entre una vergüenza que te mueres y un orgullo que te levanta. ¿En serio... en serio me conocían por el discurso? ¿Teo tenía razón? ¿Soy famoso y no me he enterado—. Di algo, güey, venga.

—Eh, hooola, so-soy Óscar —tartamudeé y la chica dejó de grabar. Okey, indirecta captada.

—Gracias, somos superfans. ¿Nos das tu Insta? ¿Nos sigues?

—No-no lo uso casi —confesé, pero les dio igual.

—¡Dáselo, no seas tonto! —dijo Pablo con una sonrisa enorme.

—Es oscar_rubito07. —Hey, ya saben mi mayor secreto. No es un nombre original ni nada por el estilo. Y lo odio bastante. Pero qué les voy a decir. Mi nombre ya no estaba disponible, ¿saben?

—¡Gracias! —repuso la chica que tenía la funda de Link, y me fijé en que ambas llevaban una pulsera con la bandera arcoíris. Las dos se fueron de vuelta a sus asientos, y Pablo se me quedó mirando, con una cara de estar a punto de echarse a reír. ¡Y yo estaba que seguía muriéndome de la vergüenza!

—¡Qué! —exploté, avergonzado.

—Que al final sí que voy a tener que hacerte reverencias cada vez que te vea, ¿eh? —bromeó.

Llegamos al templo de Debod y fui consciente de que era un sitio al que no dejaríamos de volver una y otra vez. Porque había significado tantísimo para los dos... Pese a que era diciembre, y ya era de noche, aún había gente dando paseos, corriendo o yendo a ver el templo iluminado. Y, además, estábamos nosotros. Los dos. Nos acercamos a la valla que formaba el mirador y nos apoyamos, esperando el espectáculo. Bueno, esperando ver alguna estrella perdida, como había dicho Pablo. A ver, que yo tampoco habría necesitado ir hasta allí, ¿saben? Estar con él era suficiente, pero todo sumaba. Claro que sí. Después de un rato mirando al cielo, echamos a andar para hacer tiempo, o eso pensaba yo, porque Pablo tenía un plan. Y un plan que no me gustaba nada, pero que acabé por aceptar: subir en el teleférico.

—No es lo mismo que una rueda de la fortuna. Además, me lo debes, porque subiste a la de la feria sin mí.

—Si nos ponemos así, tú me debes un baile.

—¿Ah, sí?

—Sí —recordé—. Me lo prometiste cuando aún estabas en Estados Unidos.

—Tremenda memoria, ¿eh? ¿Y por qué no me lo has pedido hasta ahora?

—Bueno, estaba esperando el momento oportuno.

—Ah, ¿y ese momento es justo antes de subir a un teleférico?

—Puede ser —admití.

Pablo sonrió y nos encaminamos hacia la cola del teleférico. Yo rezaba para que acabara el horario antes de que fuera nuestro turno, pero la suerte no me sonrió esta vez, y justo nos tocó el último. Pablo estaba emocionado. No sabía yo que le gustara tanto este plan. Y, bueno, tenía razón. Me había subido a una rueda de la fortuna y tampoco lo había pasado tan mal. Sería más seguro el teleférico, ¿no? Solo faltaba. Así que, cuando pasó una de las cabinas, colgadas de unos cables más grandes que yo, nos abrieron la puerta y entramos. El interior no era muy amplio, es verdad, pero al menos no se movía tanto como la noria. Fue recordarlo... y me vino el beso que me dio Albert en el viaje a la nieve. No se lo había contado a Pablo, como tampoco le había contado que me había confesado que le gustaba. ¿Debía contárselo? ¿O ya no tenía sentido? ¿Qué iba a ganar con ello? ¡A lo mejor se enfadaba con Albert! ¡O conmigo! No, no. Pero mejor no le contaba nada. No le veía el sentido, la verdad. Al menos por ahora. Fue moviéndose a poca velocidad, traqueteando, y yo tampoco esperaba ver así mucho interesante, porque al final solo íbamos a pasar por encima de la Casa de Campo. ¡Y encima de noche! Pero con Pablo todo es diferente. Todo adquiere un toque mágico. Todo cambia cuando estamos juntos. Empezó a señalarme los puntos luminosos de la ciudad, contándome curiosidades de cada lugar. «Venía aquí con mi padre, ¿sabes? Creo que no he vuelto desde entonces».

—¿Crees que podremos ver la lluvia de estrellas desde aquí? —pregunté mientras pasábamos por encima del río.

—¿Sabes que, técnicamente, no es una lluvia de estrellas? En realidad son escombros de un cometa muerto... más o menos —me explicó.

—¿Qué dices?

—Pero creo que, si tenemos suerte, algo podremos ver. ¿Preparado para pedir deseos?

—Ah, que-que-que... ¿también hay que pedir un deseo? —repuse.

—¡Claro! —sonrió sin dejar de mirar hacia delante.

La verdad, se me fue pasando el miedo que tenía a a las alturas. Todo estaba en mi mente. Sabía que no nos iba a pasar nada. Y, sí, Pablo me daba seguridad. Pero poco a poco iba consiguiéndola yo también por mí mismo.

—¿Tú cómo lo supiste? —me preguntó de repente.

—¿Cómo supe qué?

—Que eras gay —dijo y volvió a mirarme.

—¿Eh? Eh... —Me agarró totalmente desprevenido—. Pues... no sé, lo supe siempre, no sé.

—¿Sí?

—A ver, no llegó un día y dije: «Órale, mierda, soy gay». No sé, es algo que estaba ahí... —Y era verdad. No es que un día me levantara y me diera cuenta de que me gustaban los chicos—. ¿Tú?

—Ya te dije que no lo soy.

—¿Eh?

—A mí no me gustan los chicos. Me gustas tú.

—Y da la casualidad de que yo soy un chico... —puntualicé.

—No. Eres Óscar, que es mucho más.

¿Eso significaba que cuando yo le dejara de gustar... podría estar con una chica fácilmente? ¿O ya le gustarían siempre los tíos?

—¿Te gustan también las chicas?

—¿Me estás preguntando si soy bisexual? —razonó.

—Sí.

—Pues creo que sí, sí. No lo sé. Lo que tengo claro es que nunca me ha gustado nadie como me gustas tú —sentenció—. No te voy a decir que es que huyo de las etiquetas y esas tonterías que leo alguna vez a los famosos. No sé. Simplemente no lo tengo cien por ciento claro. Pero, cuando lo sepa, lo diré a los cuatro vientos superorgulloso. Hay una persona que me ha ayudado mucho a ver que yo también soy jodidamente perfecto.

—Bueno, eso fue al revés.

—No lo tengo yo tan claro, ¿eh? ¡Mira! —gritó y señaló al cielo. Unos puntos brillantes, como aviones de esos que se ven por la noche, empezaron a surcar el cielo a toda velocidad. Precioso aunque con un puntito de apocalipsis que nos destruiría a todos. Dios, me sentía como en una película. ¿Lo estás viendo? Ok, no. Perdón. Ya se los describo yo. Según seguíamos avanzando, las Gemínidas fueron apareciendo en el cielo. Muy lejanas, muy pequeñas y muy pocas. Pero las vimos. Supongo que en un sitio con menos luz habríamos visto muchas más.

—¡Mierda! ¡No he pensado el deseo!

—¿No querías un baile? —Y se puso de pie.

—**¿AQUÍ? ¡SE VA A MOVER HACIA TODOS LADOS!**

—Mejor, así no te tienes que mover tú tanto y no me pisas.

—¿Y yo por qué te iba a pisar? ¡Si soy un experto bailarín! —bromeé.

—Demuéstramelo entonces. ¡Vamos!

Dudé un poco al principio pero acabé por ponerme de pie también. La cabina se tambaleó un poco y casi se me sale el corazón por la boca. Estiré los brazos y me apoyé en uno de los cristales, con el pulso aceleradísimo. Pablo, mientras, no dejaba de reírse.

—No va a pasar nada, Óscar.

—¿Me lo prometes?

—Te lo prometo —aseveró.

Se acercó a mí, alargó los brazos y, tomándome las manos con cuidado, me separó del cristal sobre el que me estaba apoyando. Estábamos a escasos centímetros el uno del otro, pero sin besarnos. Simplemente agarrados. Pablo había colocado sus manos rodeando mis hombros, y yo las mías en su cintura. Pero, antes de comenzar nuestro baile, sacó su teléfono, puso una canción y lo dejó con cuidado en uno de los asientos.

—Si mi cora' siempre por ti estalla. Ese fuckin' olor tuyo a playa —comenzó a cantar mientras llevaba el ritmo del baile. El teleférico volvió a tambalearse un poco y me asusté de nuevo. Pablo me agarró con fuerza y me apretó junto a él—. *Te amo demasiado. Todavía estoy aprendiendo que tu felicidad va primero...*

—No sabía que conocías esta canción... —susurré.

—No te sorprendas tanto por estas cosas —me recriminó— y suéltate un poco.

No hacía falta que nos moviéramos mucho, porque la danza del teleférico ayudaba a la nuestra. Tanto que a veces nos costaba mantener el equilibrio. Pero era tan bonito estar bailando juntos, a decenas de metros de altura sobre nuestra ciudad, con las luces de los edificios sirviéndonos de focos improvisados y una lluvia de estrellas de fondo. Recosté la cabeza sobre su hombro y dejé que me llevara, mirando directamente al cielo, hasta que cerré los ojos y sentí por primera vez que todo era perfecto.

—Y supongo que aún estoy aprendiendo que mi felicidad es primero... —dije en un hilo de voz y noté el latido de su corazón. ¿O era el mío? No lo sé. Ya ni siquiera los distinguía.

22.

La verdad, he de confesar que llevo un rato pensando cómo empezar este capítulo. Es que después del final anterior es complicado, ¿verdad? Si no hubiera tantos cabos sueltos, habría terminado mi historia ahí y a la porra. Pero no. Se merecen un poco más, que queda, que queda. Así que, tras nuestro baile a cientos de metros de altura (no, pero para mí era como si fuera eso o más), pasamos frente a nuestras escaleras y estuvimos a punto de subirlas corriendo, pero al final lo hicimos caminando, tomados de la mano (ya saben que tenemos esa manía de ir a todos lados así de unidos), y con un ojo puesto en la hora, porque ya cada vez era más tarde, y tampoco quería llegar a casa a medianoche, ¿saben? No es que sea Cenicienta, pero por si acaso.

Nos despedimos, como siempre, en su la puerta de su edificio, y volví sonriendo como un idiota. Ni siquiera eran las diez de la noche, así que todo bien. Cuando llegué, mi madre me saludó desde la sala y me dijo que tenía la cena preparada en la cocina, que me la calentara en el microondas. Pero mi padre estaba también ahí dentro. Dentro de la cocina, no del microondas. Tenía pinta de que acababa de llegar también. Sujetaba una taza de café con la mano y, al verme entrar, se apoyó en la barra y me estuvo mirando desde que saqué los macarrones de la nevera hasta que los calenté y llené de queso. Qué obsesión, por favor. Ya, papá. Lo entiendo. He llegado un poco tarde. Relájate.

—¿Tú no cenas? —le pregunté.

—Ya he cenado en el tren —respondió, seco y desganado.

—Ah, qué bien. De Barcelona, ¿no?

—Sí.

—Muy bien. Bueno... Me voy a mi cuarto. —Y esa era la conversación más larga que podía tener con mi padre sin levantarnos la voz.

—¿Habías avisado a tu madre?

—¿Cómo? —Ya empezamos.

—Mañana hay escuela. Tienes que volver antes. Y, si no, avisar.

—Está bien —asentí.

—Esto no es ningún hotel.

—Lo sé —respondí.

—Tienes que empezar a obedecer más. O, al menos, mostrarnos más respeto.

—Ok. —No pensaba darle la satisfacción de ponerme a discutir con él.

—Tu madre no va a decírtelo pero estaba muy preocupada porque no sabía dónde estabas.

—Pero si le avisé... —repliqué. Y era verdad, maldición.

—¿Con quién estabas? —Pensé en mentirle pero ya habíamos quedado en que no lo iba a volver a hacer. *No niegues quién eres.*

—Con Pablo —contesté, seguro de mí mismo.

—¿Bernabé?

—Sí. Pablo Bernabé.

—Estuviste en su casa el otro día, ¿verdad? —¿Esto era una especie de pregunta trampa?

—Eh, sí. Ya lo sabes. Se lo dije a mamá.

—Entiendo. —Cada frase que me decía la pensaba y repensaba. Yo creo que incluso había estado ensayando esta conversación en el tren de vuelta a Madrid. Dio un sorbo a su café y, claro, yo ya tenía medio pie fuera de la cocina. Mis macarrones debían de estar congelados ya. Carajo, con lo que odio comer la pasta fría—. Disfruta de lo que te queda.

—Gracias. —¿Cómo que disfrute de lo que me queda? ¿A qué se refería? No sé por qué, había sonado a amenaza. No me pregunten la razón. Terminó su café y dejó la taza en el fregadero.

—Me alegro de que hayas vuelto a casa —dijo al fin mientras se llenaba un vaso con agua—. Buenas noches. —Salió de la cocina, dejándome ahí de pie, con un plato de macarrones con queso en la mano, y aún pensando en si había algún mensaje secreto en las palabras que me había dicho.

—Les recuerdo que, la semana que viene, empiezan las vacaciones de Navidad, así que aprovecho para decirles que este viernes es el bazar navideño. A partir de hoy ya pueden montar sus puestos e ir preparando lo que vayan a vender. Les recuerdo que puede ser un puesto de dulces, de camisetas, de tarjetas navideñas..., de lo que quieran. Lo recaudado irá para la asociación que decida el grupo que más dinero consiga —nos fue explicando Solero. Sé que Albert iba muy avanzado con las pulseras, o eso me había dicho cada noche desde que lo propusimos. Vamos, que es probable que ni siquiera se lo hubiera pedido aún a sus hermanas, pero tenía que confiar en ello.

Celia, por su parte, nos había dicho que traería al día siguiente a una nueva reunión una muestra de los botones que iba a hacer y que había pensado un nombre perfecto para nuestro grupo, pero, por mucho que tratáramos de sacarle la sopa, no había forma de que confesara. Como los grupos solo los podíamos hacer dentro de cada clase, no me tocaba estar con Pablo, una pena. Pero daba igual, porque ellos iban a vender exactamente lo mismo que nosotros. Durante el bazar además venían los padres, y podía acudir hasta gente de otras escuelas. Recuerdo un año que se rumoró que en nuestro colegio estaba el hijo de un futbolista (uno así muy famoso, no recuerdo el nombre, esas cosas no las almaceno en mi memoria) y se colapsó toda la calle. Pero obviamente era mentira. No sé quién se inventaría el rumor, pero nada más lejos de la realidad. Eso sí, ese año el bazar batió récord de ventas. Así que iba a ser difícil superarlo. Muchos padres tendrían que... venir... Padres... Mierda. ¿Vendrían los míos también? Pues seguro, siendo el primer año que yo podía participar. A mi padre le iba a dar un infarto cuando viera que lo que vendíamos en nuestro puesto eran pulseras con la bandera arcoíris. Y se encontraría con Pablo. ¿Cómo iba a reaccionar? Uf, no había pensado en nada de esto. Pero había profesores, estaría Solero. ¡Seguro que venía hasta Aurora! ¡Se lo tenía que decir! Ella seguro que nos compraba medio puesto.

Esos últimos días de clases no hacíamos nada, cero, negativo. Es decir, quedaban como cuatro días de clase. ¿Qué íbamos a hacer? Bueno, me he adelantado, porque nos pusieron un examen el puto viernes, a primera hora de la mañana, el penúltimo día antes de las vacaciones, y encima justo antes del bazar. ¿A quién carajos se le ocurrían estas cosas? Pues a nuestra profesora de Cultura Clásica. Menuda gracia. ¿No podía limitarse a ponernos *Hércules* en clase y ya está? Carajo.

Cuando nos encontramos en el pasillo Pablo y yo en el descanso entre clase y clase, me dio el pésame, obviamente, porque sabía que ya iba a estar agobiadísimo al tener dos cosas en las que pensar de cara al viernes.

—Podrías hacerte pasar por mí para el examen —le supliqué.

—No sé yo si eso iba a funcionar. Que tú eres más guapo y se iba a notar el cambio —bromeó y yo, claro, sonreí como si tuviera diez años.

—¿Vienes mañana a la nueva reunión del grupo?

—Sí, tengo curiosidad —dejó caer.

—A ver si tú eres capaz de poner orden, que nosotros somos demasiado dispersos.

—Claro. Y así aprovecho para... —pero no pudo terminar la frase porque empezó una especie de revolución en el pasillo.

La gente estaba muy agitada y corría de un lado hacia otro. ¿Qué carajos estaba pasando? ¿Había venido alguien famoso y no me había enterado? ¿Alguien se estaba peleando en el patio? ¿Qué ocurría? Pablo y yo nos miramos, sorprendidos, y decidimos seguir a la gente hacia fuera, hacia la escalera desde la que se podían ver los dos patios y la salida del colegio. Por el camino nos encontramos a Albert, que tampoco entendía nada, y Andrés, que, por su expresión, estaba más perdido incluso que nosotros. ¿Qué estaba pasando? Después de una carrera que parecía a contrarreloj, llegamos afuera, donde estaba congregado medio colegio, todos empujándonos y tratando de ver algo, pero no había forma de hacerse un hueco medio decente.

—Los han expulsado al fin —dijo una voz tras de mí. Una voz grave y fuerte. Era Teo. Me giré y me sacaba como cuatro cabezas. ¿Desde cuándo había crecido tanto? Ah, claro, es que estaba dos escalones por encima de mí.

—¿A quién? —pregunté, inocente.

—Al Arenas y compañía —contestó. Seguí la dirección de su dedo y vi a lo lejos a cuatro chicos que conocía muy bien siendo acompañados hasta la calle por el director y una profesora. ¿Eran Ramón, Diego y compañía? ¿En serio los habían expulsado al final? **¡NO ME LO PUEDO CREER!**

—¿Cómo que los han expulsado? —insistí.

—Eso dicen. Creo que ya no vuelven a clases hasta después de las vacaciones.

—Ah, que van a volver... —lamenté.

—Bueno, no creo que vuelvan a hacer nada en una temporada. Por lo que se comenta, el padre de Arenas es superestricto. No sé yo cómo le habrá sentado que hayan expulsado a su hijo. Quizá ni lo volvemos a ver por aquí. —Y se me dibujó una sonrisa en el rostro.

Albert y Pablo habían escuchado toda la conversación que acababa de tener con Teo y me miraban a su vez con una sonrisa en la mirada, si es que eso es posible. ¿Habíamos ganado? ¿Habíamos conseguido, por fin, una victoria? Uf, estaba respirando como en mi vida. Aire puro. Libertad. Ya se acabó lo de mirar hacia atrás para asegurarme de que nadie me seguía. O por fin podría volver al baño sin tener miedo a una encerrona a traición. Por fin se había hecho justicia. Por fin empezaban a cambiar las cosas, podía notarlo.

Algunos de los que estaban afuera empezaron a aplaudir, no sé si irónicamente, si como apoyo a los expulsados, o dejando claro que era la decisión correcta. Luego se inició una megapelea entre dos bandos, unos que apoyaban a Ramón, y otros que decían que era un animal y que ya era hora de que hicieran algo con él. En esa pelea estaba metido, obviamente, Moi. Este curso me había dejado bastante en paz, he de decir. Bueno, hasta ese momento, ya que, al verme, vino directo hacia mí. Yo di dos pasos hacia atrás, asustado, y casi me caigo por las escaleras. La gente que estaba junto a mí se apartó para dejarle pasar.

—¡TÚ! ¡Esto ha sido tu culpa! ¿Estás contento ya? Te voy a hacer la vida imposible, puto niñito de mierda —escupió Moi y yo me quedé en blanco, sin saber muy bien qué decir o qué hacer. Pero no hizo falta que replicara con una respuesta ingeniosa, porque, sin darme tiempo a pensar, aparecieron Pablo y Albert... Bueno, y Almudena, y Andrés, y Celia, y Cris. Todos se pusieron a mi lado, no delante como si fuera un animal desvalido al que proteger. No. A mi lado. Para dejar claro que estábamos unidos, que si insultaban a alguno del grupo era como si insultaran al grupo al completo. Moi tardó unos segundos en recular y marcharse. Su odio visceral seguía marcado en su cara. Pero el punto de inflexión fue cuando Teo, que nos sacaba casi dos cabezas a todos (bueno, menos a Pablo y a Albert, que son bastante más altos que yo), se colocó también a nuestro lado, dándonos su apoyo inmediato. Guau. No había visto venir eso.

—¿Tú y cuántos más? —dijo Teo, amenazante.

—¿Y tú qué chingados te metes, Martín? —replicó Moi, que vio cómo se le unían otros tres compañeros de su clase.

—Si te portas como un pendejo, ¿qué esperas? —replicó Teo y esas palabras incendiaron el enfrentamiento, haciendo que se montara pleito de la chingada, agarrándonos a todos en medio. Por suerte, duró unos segundos, porque apareció Solero con Morales pegando voces y obligando a detener la pelea al momento.

—**¡TODO EL MUNDO AL SALÓN DE ACTOS, AHORA MISMO!** —bramó Morales y, oye, ahora sí le llamaré Godzilla, porque es que hizo honor a su apodo, desde luego. Moi, aún encabronado, se giró hecho una furia y se alejó hacia el interior del colegio. Tremendo momento de tensión acabábamos de vivir. De tensión, sí, pero también de hermandad, de apoyo, de unión absoluta.

—¡Mira, porque han parado la pelea! Que estaba a punto de meterme, ¿eh? ¡Que yo para algo llevo haciendo judo desde los cuatro años! —explotó Celia y, de la tensión acumulada, todos nos echamos a reír como si no lo hubiéramos hecho en siglos.

Todo el colegio, y cuando digo «todo» me refiero a todo (bueno, casi, pero para el caso es lo mismo), fuimos al salón de actos, obligados por las órdenes de Solero, Morales y el resto de los profesores. Al principio pensábamos que solo había sido para detener la pelea y tener algún sitio al que dirigirnos, pero no, para nada. Tenían algo preparado. Y daba la impresión de que habríamos acabado ahí tanto si hubiera habido pelea como si no. Pablo y yo nos sentamos juntos en una de las últimas filas, lo más lejos de Moi y el resto de sus amigos, mientras que Albert, Andrés y las demás ocuparon sitios libres sueltos, porque la entrada había sido un verdadero caos. Ya saben, adolescentes acelerados. Lo raro es que hubiéramos entrado todos y no se hubieran producido ni estampidas ni aglomeraciones claustrofóbicas.

—¿Qué nos irán a decir? —pregunté, nervioso.

—Ni idea —reconoció Pablo.

Pude ver a Teo buscando a alguien con la mirada varias filas más adelante, hasta que debió de encontrar a sus amigos y se sentó. Qué fuerte que se hubiera jugado el físico para defenderme. Sí que era un héroe para él, después de todo. Qué presión. Qué vergüenza. Pero ya empezaba a ser más consciente de ello, sobre todo después de que me pararan aquellas chicas en el autobús. Menos mal que venía Pablo conmigo. Si no, habría pensado que me había vuelto loco o algo así y que había sido todo producto de mi imaginación.

—Buenos días a todos —comenzó a decir el director Robles a través del micrófono, sobre el escenario, y poco a poco el salón de actos fue quedando en silencio. ¿Qué era eso tan importante que tendría que decirnos?—. Esta mañana, los profesores y yo hemos decidido que hay que tener una conversación con ustedes. Sobre todo para explicarles algo muy reciente que ha pasado con varios compañeros suyos.

El silencio era sepulcral. Todos estábamos expectantes. Y a mí lo único que me estaba agobiando era que, de repente, dijeran mi nombre y todos se me echaran encima. Por favor, que ni se le ocurra, porque me da un algo.

—Antes de nada, quiero dejar claro que en este colegio hay tolerancia cero con el *bullying*, sea del tipo que sea. Y que tomaremos acciones para cortarlo de raíz. —Guau. ¿Es este el mismo director al que me enfrenté? ¿Ha pasado algo de lo que no me he enterado?—. Hoy varios de sus compañeros han sido expulsados disciplinariamente.

Ante estas últimas palabras, empezaron a escucharse una serie de abucheos, silenciados también por un buen puñado de aplausos. Vamos, una guerra civil. El director pidió calma y silencio y, tras unos segundos de alboroto, los nervios se calmaron de nuevo. El director Robles se echó a un lado y le dio paso a Solero, que se acercó al micrófono, se aclaró la garganta y comenzó a hablar.

—Buenos días, chicos —comenzó a decir—. Como bien ha dicho nuestro director, tolerancia cero ante el *bullying*. Ninguno de ustedes es menos que otro, ni se merece sufrir acoso o burlas, ni por su físico, ni por su identidad de género, ni por su orientación sexual. —Bien, Solero—. A raíz de los problemas que ha habido entre varios de ustedes, todos van a asistir a una pequeña ponencia el próximo jueves sobre los problemas del *bullying* y de la LGBTIfobia. La asistencia es obligatoria y será de diez a once horas. Varios expertos sobre el tema vendrán a hablar aquí y nos contarán algunos casos.

—Solero está poniéndose las pilas, ¿eh? —me susurró Pablo, cogiéndome de la mano al momento.

—Por fin.

Aquel día no podía ir mejor, desde luego. Después de haber estado luchando meses para que se nos escuchara, para que se me escuchara, para que vieran los problemas que había de *bullying* y acoso en nuestro colegio, al fin parecía que los adultos estaban tomando cartas en el asunto. Pero, claro, tampoco las tenía todas conmigo. ¿Realmente una charla de una hora iba a cambiar la mente cuadriculada y rancia de gente como Moi o María? Pues lo siento, pero permitan que lo dude. De hecho, cuando salimos del salón de actos de vuelta a nuestras clases, me crucé con María y la escuché claramente decir: «Qué gran pendejada. Ya verás cuando se entere mi padre». Pues, chica, yo pensaba que tu padre era un amor. Al menos conmigo siempre lo fue. Pero parece que era un lobo con piel de oveja a lo mejor. Se rumoraba que algunos padres habían amenazado al director con tomar cartas en el asunto si no hacía él algo antes. Y quizá su solución más inmediata fuera esta charla. Así se quita responsabilidad y, de cara a la galería, todo quedaba estupendo. Ya veremos. Por lo pronto, nosotros vamos a seguir con nuestro grupo de apoyo... si es que encontramos un nombre digno, también les digo.

El bazar navideño se acercaba y la verdad es que era una oportunidad de oro para darnos a conocer, y más aún tras la charla que tendríamos en un par de días. Pero, claro, si Celia hacía los botones, Albert las pulseras, Andrés creo que iba a hacer como unos *flyers* así muy coquetos..., ¿qué hacía yo? Pues al parecer me tocaba la parte de cocinar, así que esa tarde de martes fui a casa de Pablo a ensayar con él mis dotes de repostero. Él sugirió hacer galletas. Yo me empeñé en hacer *brownies* o *muffins*. Siempre yendo a lo fácil, como ven.

—¿Seguro que a tu madre no le importe que esté aquí? —le dije entre dientes en la cocina para que no escuchara su madre.

—¡Mamá! Óscar pregunta si te importa que esté aquí. —¡Oye! ¿Y esta traición?

Susana se asomó por la puerta con una sonrisa perfecta como siempre.

—Ya les he dicho que la única condición es que me dejen luego toda la cocina limpia.

—Ah, eso sin problema. Cuando quiero, soy un maniático de la limpieza —aseveré y su madre sonrió, despidiéndose y volviendo a la sala a seguir viendo la televisión. Básicamente, a descansar.

—A ver, la receta ¿de dónde la has sacado?

—Pues de una chica a la que sigo. Para empezar, hay que separar las yemas de las claras, ¿okey? —Tomé uno de los huevos, lo golpeé suavemente contra el tazón para romperlo, pero creo que me pasé de fuerza porque lo espachurré contra la barra—. Otro huevo, por favor.

—¿Tú acaso sabes romper huevos, Óscar? —Uy, no sé si eso es una pregunta trampa—. Dame que ya lo hago yo. ¿Cuántos necesitamos?

—Seis —contesté, mirando la receta en el celular. Pablo era bastante listo en la cocina, la verdad. No pensé que fuera a serlo tanto. Lo hacía todo con mucho cuidado. Mientras, yo era bastante desastroso. Pero simplemente porque me pongo nervioso. No me gusta hacer las cosas despacio y con tranquilidad. Quería que todo estuviera al momento, y las prisas al hacer cosas dulces... no son muy buenas amigas.

—A ver, tienes que meter todo en la batidora y así hacemos la crema de chocolate, ¿okey? Ve metiendo... avellanas... dátiles... chocolate... leche... y colorante rosa...

—¿Cuánto de cada uno? —pregunté.

—Está todo medido ya, Óscar. Tú ve metiéndolo todo y luego a batirlo —me ordenó y yo, que soy muy obediente, le hice caso en todo. A ver, las avellanas, los dátiles, el chocolate, la leche... ¡y a batirlo! Pero, claro, se me olvidó que, para batir, pues hay que poner la tapa. Así que se podrán imaginar la que armé en un segundo en la cocina de Pablo—. **¡LA TAPA, ÓSCAR! ¡DETENLO!**

Pero ya era tarde, y todo estaba lleno de chocolate y avellanas. Fue una explosión de color rosa supersurrealista. Lo único que nos había dicho su madre era que mantuviéramos limpia la cocina. Ok. Me ha durado eso dos segundos.

—¡PERDÓN! —me disculpé, con la cara llena de chocolate.

—Pero ¿es que nunca has cocinado en tu vida o qué? —me recriminó Pablo mientras se limpiaba la cara.

—¿Realmente necesitas preguntarlo? —Dios, tenía chocolate en todas las partes de mi cuerpo.

—Ven, anda. —Me acerqué y me limpió con cuidado la cara. Y, claro, yo vi que esto era como esas típicas películas románticas en las que se pelean en la cocina con la harina, y acaban haciéndolo sobre la barra. **SÍ, DE ACUERDO, HE VISTO MUCHAS PELIS ROMÁNTICAS EN MI VIDA.** El caso es que tomé un poco de harina y se la lancé, así con gracia, para hacer la broma. Ok. No salió bien—. ¡¿Qué haces?!

—¡Ay, perdón!

—¡Me has metido toda la harina en el ojo! —se lamentó y cogió un trapo para quitarse todos los restos.

—Perdón, perdón, perdón, perdón. Yo-yo-yo pensaba...

—¿Qué pensabas? ¿Que iba a ser gracioso meterme harina en el ojo? Carajo, Óscar.

Ups. Error mío.

Tras el incidente con la batidora (y la harina, y la harina, que no me olvido), estuvimos el resto de la tarde limpiando la cocina mientras se hacían varios muffins en el horno. Las formas pues no nos quedaron muy acá, todo hay que decirlo, y también nos quedaron un poco crudos. Pero fue tan divertido cocinar con Pablo que es que lo haría todos los días si hiciera falta. Estaba claro que al final o comprábamos los bollos, o nadie en su sano juicio iba a querer adquirirlos en el bazar.

—Oye, tengo una cosa para ti.

—¿Ah, sí?

—Espera aquí y te la traigo. —Y, misterioso él, se fue hacia su dormitorio mientras yo me quedaba solo en la cocina. Mis padres no me habían escrito en toda la tarde. Al parecer, ya les estaba entrando en la cabeza que me tenían que dejar un poco de espacio y que no iba a volver a ceder ni un solo centímetro, que ya estaba bien. Menos mal. Estaba tan bien en la casa de Pablo... Era mi espacio seguro.

—¿Qué tal les han quedado? —me preguntó su madre, que había entrado para hacerse un té.

—Un poco fatal —admití—. Espera, que te puedo hacer yo el té.

—Gracias, cariño —dijo mientras se sentaba en la mesa, con cara de cansancio.

—¿Dónde... dónde está lo de calentar...? ¡Ah, ya lo he visto!

Puse el hervidor de agua a calentar mientras tomaba una taza de uno de los armarios y una pequeña bolsita de té. El silencio era incómodo y ya saben que me cuestan esos momentos, así que me puse a hablar sin parar:

—La verdad es que yo creo que tenemos que dejar los *muffins* esos un poco más de tiempo, pero con la temperatura del horno más baja, para que así se hagan más lento y tal. Se lo he dicho a Pablo pero no me hizo caso. Aunque nos han quedado con una forma así un poco graciosa, la verdad. Y lo casero siempre queda así, como raro. Se nota que está hecho en casa y... —Cuando me giré, la madre de Pablo tenía muy mala cara y se sujetaba la cabeza con la mano, como si estuviera agotada—. ¿Te encuentras bien?

—Solo necesito unos segundos... —Tras esas palabras, cerró los ojos y se desmayó.

—**¡PABLO!**

23.

Menos mal que Pablo tuvo una reacción rápida, porque yo me quedé en blanco al momento. No supe qué hacer. Llegó corriendo y, en cuanto entró en la cocina, vio mi cara de pánico y a su madre sobre la mesa... Nunca había visto ese terror en sus ojos.

—**¡¿QUÉ HA PASADO?!**

—¡Nada! ¡No sé, estaba normal! ¡Yo-yo le estaba haciendo un té y de repente se-se-se desmayó! ¡Yo no he hecho nada! —No sé por qué dije eso, la verdad.

—¡Claro que no has hecho nada, Óscar, por Dios! Mamá, mamá. Oye... —le hablaba con suavidad mientras le apartaba el pañuelo de la cara y trataba de incorporarla. Su madre gimió un poco y ahí pude respirar tranquilo—. Dame mi celular.

—Toma-toma —dije, acercándole su teléfono.

—Parece una baja de azúcar. Ya le había pasado antes.

Pablo marcó un número en su teléfono y a los pocos minutos ya había dos enfermeros en la sala de su casa, con la madre sentada en el sillón mientras le tomaban la presión y la temperatura. Yo estaba asustadísimo. Había sido algo superintenso. Por un momento pensé que le habría pasado algo grave. De hecho, yo creo que ver a Pablo funcionar de manera tan tranquila y normal me puso más nervioso aún si cabe. Sentía que molestaba ahí, que de algún modo era culpa mía que hubiera pasado eso, porque yo me empeñé en ir esa tarde a su casa a hacer los dulces para el bazar, y su madre seguro que no había podido descansar bien por mi culpa.

—Tranquilo, que no ha sido nada —me calmó Pablo mientras los enfermeros seguían con su madre.

—¿Seguro? ¿Es-está bien?

—Sí, está bien. Le bajó el azúcar. Nada más —contestó.

—Dios, uf, menos mal. Carajo, lo-lo he pasado fatal. Perdón.

—Perdón ¿por qué?

—Porque no he sabido qué hacer y-y-y tú lo tenías todo tan claro...

—Qué te crees, ¿que yo no me quedé en blanco la primera vez? No soy un superhéroe, Óscar, por Dios. Simplemente ya sabía lo que tenía que hacer. Ni más ni menos.

—Entonces ¿está bien? —repetí.

—Sí. Pe-pero yo... no sé...

—¿Qué pasa?

—Nada, que espero que vuelva mi tía, porque yo no puedo solo. Y, cuando estamos en clase, es una preocupación enorme —me confesó.

—¿Y no puede venir a vivir con ustedes? No sé.

—Bueno, a ver qué habla mi madre con ella... —reflexionó.

Después de que se fueran los enfermeros, Pablo acompañó a su madre a la cama y nos despedimos en la puerta. Aunque le insistí una y otra vez que me avisara si volvía a pasar algo, que estaría pendiente del celular todo el día si hacía falta. Cuando volví a casa, me di cuenta de que no me había podido dar lo que sea que tuviera para mí. Supongo que no sería nada importante. Bueno, eso lo supuse entonces. Ahora es mi cosa favorita en el mundo.

Al día siguiente de la expulsión de Ramón y Diego (y los otros dos de los que ni siquiera sé el nombre), todo el colegio estaba dividido en dos bandos. Estaban los que apoyaban la decisión, básicamente porque también habían aguantado los abusos de esos bravucones, o porque tenían dos dedos de frente; y luego estaban los que se ponían del lado de los abusones, diciendo que todo era una estupidez, que no habían hecho nada, que el director les tenía coraje y tonterías varias que no pienso reproducir aquí. Vamos, que se había creado una auténtica guerra. Y yo que pensaba que todo el mundo aplaudiría la decisión de expulsarlos. ¡Qué equivocado estaba! Eso sí, al menos yo me había rodeado de gente que no discriminaba a los compañeros, ¿saben? Es que aún tengo que entender por qué me odian tanto por ser gay, la verdad. Es algo que no me entra en la cabeza. Y mira que he tenido tiempo para llegar a una conclusión. Pero nada.

Fuimos conscientes de que las cosas estaban saliéndose un poco de control cuando entramos esa tarde en el salón 204, nuestra sede para el grupo de apoyo. En el pizarrón había escrito un mensaje de odio que iba dirigido a Andrés claramente. Un mensaje tránsfobo asqueroso (tampoco lo voy a reproducir aquí, la verdad). Ni idea de cómo se habían enterado ya que teníamos este salón para nuestras reuniones, pero, vamos, que no habían tardado ni dos días. Dios, odio mucho al ser humano.

—Si es que son absurdos hasta decir «basta». Van y lo escriben con tiza. Y entonces vengo yo, hago así... —protestó Celia, tomando un borrador— y, pum, desaparece el mensaje de odio. Así de fácil. De dónde no hay, no se puede sacar. Ya lo dice mi madre.

—¿Estás bien? —le preguntó Almudena a Andrés, que tenía los ojos llorosos.

—Aquí sí —sonrió y todos fuimos tomando una silla para empezar una nueva reunión y ver si podíamos avanzar un poco con el grupo. Pablo había venido, y era algo que le agradecía en el alma, porque, con el susto del día anterior con su madre, lo normal sería que se hubiera ido a casa corriendo. Pero no. Sabía que esto es importante, ya no solo para mí, sino para él y para todos los que estábamos ahí. Se sentó a mi lado, curioso sobre lo que íbamos a hacer. Y todos nos quedamos en silencio durante casi un minuto.

—Eh, ¿va a hablar alguien? —inquirió Albert, desconcertado.

—A ver, se supone que hoy Celia nos iba a decir cuál es el nombre que había pensado para el grupo y tú, Albert, ibas a traer las pulseras —comenzó a decir Almudena.

—¡Ah, sí, claro! Aquí las tengo.

Rebuscó en su mochila y, después de un rato de incertidumbre, sacó una pequeña bolsa de plástico repleta de pulseras trenzadas de colores. Sacó unas cuantas y las fue pasando a los demás. La verdad es que sus hermanas habían hecho un trabajo de diez. Estaban perfectas.

—Mis hermanas son muy pesadas, pero cuando se ponen en serio con algo, oye, pues como que lo hacen bien —reconoció sonriendo mientras se ponía una en la muñeca—. Quédense una, que para eso las he traído también.

—¿Solo vamos a hacer pulseras con esta bandera? —planteó Andrés, curioso.

—Mmm, sí, ¿no? —respondió Albert, mirándonos a los demás.

—¿Crees que les daría tiempo a hacer alguna con la bandera trans por ejemplo?

—Supongo. Mientras les dé azúcar por un tubo, me hacen lo que sea.

—Bueno, *stop* pulseritas, que no estamos en la playa. Ha llegado el momento de enseñarles mis botones... con el nombre perfecto para nuestro grupo. ¿Están preparados? ¿Alguien sabe hacer un redoble de tambores? ¿No? Ok. No pasa nada. ¡Aquí están!

Y, como si acabara de descubrir el fuego, sacó un botón de su bolsillo y lo elevó en el aire con las dos manos. Vamos, parecía Rafiki ofreciendo a Simba a todos los animales de la selva. Nos pasó un botón a cada uno y, sobre un fondo rosa y azul pastel, estaba escrita la frase No es Justo en los colores de la bandera arcoíris y, bajo ella, en letras más pequeñas, Ayuda contra la LGBTIfobia. Y me pareció perfecta. Pero... ¿de dónde habían sacado lo de No es Justo?

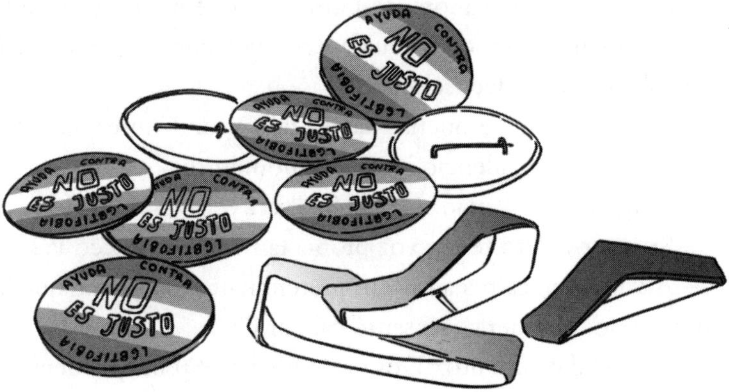

—¿Cómo saben...? —empecé a preguntar.

—Óscar, todos sabemos que es tu canción favorita, no es ningún secreto. Y no sé, pensé que ya que todo esto comenzó gracias a ti... pues qué mejor que poner esta frase como nombre de nuestro grupo —explicó Celia.

—Carajo, Celia, estás en todo —comentó Albert, colocándose el botón en la sudadera—. Me queda que te cagas, peeeero es un poquito grande. ¿No se pueden hacer más pequeñas?

—Es el tamaño que es —afirmó Celia, haciéndose la ofendida.

—Está bien, está bien. Se queda así, se queda así.

—Por cierto, el próximo lunes, ya que es el último día, le voy a pedir a Solero si podemos venir a usar el salón por la mañana después de clases. ¿Les parece? —sugirió Andrés.

—Perfe —convino Albert.

—¿Y qué hacemos con Solero? —quise saber.

—¿Qué hacemos con Solero? —repuso Almudena.

—A ver, creo que, aparte, podríamos hablar con él para que nos ayude a que la gente se entere que estamos aquí y, no sé, darnos como trucos y esas cosas.

—Pero esto ya lo habíamos votado, ¿no? —planteó Cris.

—Sí, sí. Lo sé. Pero ahora, después de lo que pasó ayer, y sabiendo que mañana tenemos la charla esa, pues qué mejor momento para hablar con él y decírselo, ¿no?

—A mí me parece buena idea lo de Óscar —intervino Pablo, que había estado en silencio hasta ese momento.

—Claro. Eres su novio —espetó Albert.

—Sí. Lo soy. Pero tengo voz propia también —replicó Pablo.

—A ver, a ver, calma a los dos pretendientes de Óscar, que bastante tenemos ahí fuera —intentó calmar Celia.

Me tensé al momento. ¿Dos pretendientes? ¿Por qué decía eso? ¿Es que sabía lo de Albert? ¿Sabía que le gustaba y que nos habíamos besado? Miré a Pablo, que pareció no darse cuenta de la frase de Celia, porque no estaba moviendo ni un músculo. Desde ese momento, la reunión para mí ya pasó a un segundo plano porque no podía dejar de darle vueltas a lo que había pasado, y la tensión existente entre Pablo y Albert. Últimamente Albert tenía unos cambios de humor brutales cuando estaba conmigo. Que lo puedo entender, pero era difícil de manejar, la verdad. Y, por lo que supe después, cuando volvíamos a casa juntos, a Pablo le pasó justo lo mismo que a mí. Lo sé porque, en cuanto estuvimos solos, me lo dijo.

—¿A qué se refería Celia con lo de «dos pretendientes»? —me soltó de golpe, sin venir a cuento de nada.

—¿Eh? Se-sería alguna tontería de Celia. Ya sabes —respondí, tratando de quitarle peso al asunto.

—¿Te gusta Albert? —preguntó directamente.

—¿Qué? ¿Gustarme Albert? ¡Qué dices! Es-es mi mejor amigo.

No-no me gusta. —Dios, me he puesto de los nervios. Debo de estar sudando a mares. Él no dejaba de mirarme, como tratando de derribar mi muro, y ver si estaba mintiendo o no.

—Ok —convino y no agregó nada más. Pero a mí ese silencio me estaba incomodando tantísimo... que necesitaba sacarme todo esto de dentro. Uf, espero que-que no se enfade.

—El otro día besé a Albert —solté así, sin pensar—. No me odies, porfa, porfa, no me odies.

—¿Qué el otro día besaste a Albert?

—Sí —admití—. Bueno, a ver, a ver, me besó él, ¿eh? Yo no, técnicamente. Solo fue un beso. Un beso de nada. Yo creo que-que interpretó unas señales que-que no existían, y pensaba que me gustaba, pero no y... y tal.

—¿Y por qué no me lo has contado antes?

—No lo sé. No lo sé y lo siento.

—No lo sientas —me dijo, más calmado, mucho más calmado que yo—. ¿Le gustas o qué?

—Sí. Pero-pero todo bien. Solo que... que pasó eso en la nieve... y no sabía si contártelo, porque-porque solo te he besado a ti en mi vida y fue raro.

—A ver, Óscar, un beso tiene la importancia que tú quieras darle, ¿entiendes? —me tranquilizó—. Si me dices que fue un beso sin más, y que no sentiste nada, pues perfecto.

—No, no significó nada. Es mi amigo. Es Albert.

—Gracias por contármelo —afirmó.

—No odies a Albert, porfa.

—¿Por qué voy a odiar a Albert? Si lo raro sería que no le gustaras, con lo hermoso que eres —bromeó.

—¡Calla!

—No te angusties tanto por contarme las cosas, Óscar, que parece que no me conoces. Nos vemos mañana, ¿okey? —dijo, despidiéndose de mí en la puerta con un beso maravilloso en los labios.

Tan maravilloso que me encendió al momento. ¡Como un interruptor—. Uy, ¿y esto?

—Tu culpa —le contesté mientras no dejaba de besarlo.

—Tenemos una noche pendiente tú y yo, ¿eh? Que lo sepas —me dijo, literalmente, dentro de mi boca.

—Ojalá.

—Sabes que me muero por dormir contigo —me confesó.

—Y yo. Ojalá pudiéramos dormir todos los días juntos.

—Ojalá —repitió, me agarró del trasero con fuerza y, después de dejarme casi sin aire, se separó—. Nos vemos mañana, guapo. —Y desapareció en la puerta. Uf, te quiero tanto, Pablo Bernabé.

Es que después del viaje a la nieve, todo se había acomodado. Que ya iba siendo hora, ¿eh? La Navidad estaba a la vuelta de la esquina y no tenía claro lo que iba a pasar. Si iba a celebrarla con Pablo, con mi familia, o con quién. Pero, mientras tanto, íbamos a disfrutar el uno del otro todo lo posible. Aunque no estábamos juntos en el bazar navideño, prepararlo estaba siendo maravilloso. Sí, ya no habíamos vuelto a cocinar en su casa, por razones obvias. Ya le había dejado todo asqueroso una vez, no iba a hacerlo dos veces. Pero compartíamos recetas y tal, y habíamos quedado en hacer la mitad cada uno el día anterior. Vamos, que me iban a quedar poca madre, segurísimo. Que ya había aprendido cómo hacerlo. Incluso mi madre se había ofrecido a ayudarme en la cocina. Como lo oyen. Bueno, como lo leen. Iba a ser un poco raro pero ahora que teníamos una relación mejor, pues, oye, bienvenido sea todo acercamiento. De mi madre, claro. A mi padre lo quiero bien lejos. Eso sí, estaba como nerviosa, y todo el rato pendiente del celular. Oye, ¿me vas a ayudar o vas a estar en Facebook, mamá, por favor? Creo que era porque el martes se iban todo el día a Barcelona, que mi madre nunca había estado y mi padre le quería enseñar la ciudad. A mí ni me preguntaron. Mejor. De hecho, ojalá se vayan todo el día, porque así tendríamos aunque fueran un par de horas la casa vacía. ¡EH, PERFECTO!

La mañana del jueves habíamos tenido la charla que nos anunció Solero sobre el *bullying* y la LGBTIfobia. Había estado bien, había estado buena. A mí no me habían descubierto nada, pero esperaba que al menos hubiera abierto los ojos a más de uno de los que estaban sentados en el salón de actos, que ya iba siendo hora. Vino una mujer trans que nos contó su proceso desde que tenía doce años, y los problemas que se había encontrado por el camino. Pero ahora era una mujer superexitosa. ¡Se había convertido en directora de cine! ¡Es decir, ¿hola?! Y también vino un señor, ya bastante mayor, yo creo que tendría cuarenta o así, que estaba casado con su pareja, otro hombre. Me imaginé que ese hombre era yo, y su pareja era Pablo. ¿Tantos años juntos? ¿No sería maravilloso? Yo qué sé. Saben que soy un romántico. Pero... ¿Pablo querría estar tanto tiempo conmigo? Es decir, ¿solo conmigo? No sé... Me empezó a entrar un vértigo que alucinas solo de pensarlo.

Estuvimos casi toda la escuela en la charla, excepto los de Primaria. No entendí eso muy bien. Luego supe que era porque había habido algunas quejas, y que si nos iban a enseñar solo sexo y a coger o yo qué sé. En serio, hay algunos padres que se les va el avión pero durísimo, en plan peligrosamente, ¿eh? Porque siempre que ven la palabra «gay» ya piensan que es sexo y perversión. Oye, vamos a ver, que yo llevo tragándome películas con parejitas cishetero haciendo de todo. Y ahí nunca he visto que nadie proteste. Habría que plantearse muy seriamente cómo somos como sociedad. Es mi momento de revolución, ¿vale?

Pero vamos, en resumen, la charla buena. Necesaria. Ojalá todos los meses nos dieran una así, porque es que las cosas cambiarían mucho, yo creo. Y, además, lo bueno es que no tuvimos más clases el resto del día, que me vino genial porque al día siguiente estaba el examen de Cultura Clásica y, mira, lo llevaba de la chingada. Así que fue una tarde productiva no, lo siguiente.

Ese viernes me desperté como en mi vida. No sé por qué, pero ese bazar me tenía emocionadísimo. No sé si por todo lo que teníamos del grupo para darnos a conocer, si por haber hecho unos *muffins* que me habían quedado de muerte (de ricos, no de malos, ¿eh?), o si por saber que era el último día de clases. El lunes no cuenta, que solo nos entregaban calificaciones. Es que me levanté como dos horas antes de la alarma. ¡Estaba hasta nervioso! Llevaba varios días durmiendo de un tirón. Las conversaciones con Solero me habían hecho bien, la verdad (y mira que solo habíamos tenido algunas), pero me habían ayudado a relajarme, y no me había vuelto a pasar lo de despertarme en mitad de la noche, envuelto en sudor y con problemas para respirar. Eso, por suerte, lo estaba dejando atrás. O eso parece. Que nunca digas nunca.

Lo único malo de todo era que esa mañana estaba cayendo el diluvio universal. No exagero, ¿eh? Es decir, tremenda lluvia torrencial. ¿Qué carajos estaba pasando? Cuando llegué al colegio, no pude evitar mirar de reojo al árbol de uno de los patios, y recordar mis bailes bajo la lluvia con Pablo, tomados de las manos, cantando *No es justo* y besándonos ante toda la escuela. ¡Y lo que habían cambiado las cosas desde entonces! Pero céntrate en el presente, Óscar, que como te distraigas se te caen los *muffins* y la cagas.

—¡Óscar! —me llamó Albert y vino corriendo hacia mí para resguardarse bajo el paraguas, porque él era así de listo y se había venido solo con su impermeable. Claro, estaba mojado hasta los huesos.

—¡Estás empapado!

—Ya, yo qué sé. No quise traer paraguas. Mala idea. ¿Esos son los *muffins*?

—Sí —asentí, orgulloso, levantando la bolsa de tela llena de tóperes.

—Tienen buena pinta, ¿eh?

—No te voy a dar ninguno, Albert.

—¿Ni uno solo? Para probarlo así aunque sea. Un mordisquito... Un pequeño bocadito de nada... Venga, anda. Para ver si van a ser horribles. Pues mejor que yo los pruebe primero, ¿no?

—¿No vas a parar hasta que te dé uno?

—No.

—Uf. Toma, anda. —Abrí la bolsa mientras Albert sujetaba el paraguas y saqué uno de los pastelitos de uno de los tóperes. Albert casi me lo arrancó de las manos y se lo metió de lleno en la boca—. ¡Qué haces, animal!

—**¡UMPF...! ¡ES QUE NO... NO HE DESAYUNADO!** —confesó—. **¡ESTO ESTÁ BUENÍSIMO! ¡DAME OTRO!**

—¡NO! —Y le quité el paraguas, alejándome de él para evitar que metiera la mano en la bolsa, corriendo los dos bajo la lluvia. ¡Y casi me mato un par de veces! ¡Mierda, Albert, deja de perseguirme!

—Está bieeeen, no me des más, egoísta —dijo al fin, tras rendirse en la puerta casi del salón.

—Hombre, es que son para vender. No seas ansioso. Si sobra alguno, te lo quedas tú, ¿okey?

—**¡GENIAL!** —exclamó, con la más amplia de las sonrisas—. Oye, por cierto, lo de ayer...

—¿Qué de ayer?

—La frasecita de Celia. Espero que no te sentara mal. —Pues la que me provocó la frasecita.

—Nada, tranqui. Pablo se lo tomó bien. Pero... ¿es que Celia sabe que tú...?

—Calla, Óscar, por favor. Si no lo digo en alto, no es real.

—Está bien.

—Que todo bien, ¿eh? Sigues siendo igual de lindo y, claro, lo pones difícil. Pero lo superaré. Soy un tipo duro.

—Si necesitas hablar o algo... —comencé a decir.

—A ver, Óscar, cielín. Te amo mucho, pero precisamente contigo es con la última persona con la que quiero hablar de esto. No te ofendas.

—Ok, ok. —Uta, tenía toda la lógica del mundo, pero no por ello dolía menos saber que había algo de lo que no podía hablar libremente con Albert.

—Y, por favor, dile a Pablo que no me odie ni nada. Que el güey impone cabrón —me suplicó.

—¿Qué? ¡No te odia! ¿Cómo iba a odiarte? —repliqué, extrañado.

—Ok, ok, ok. Todo perfe. Solo quería dejar eso claro, que no quiero un duelo a muerte bajo el sol ni nada de eso. Aunque he de decir que un duelo se me daría superbién, y casi seguro ganaría su mano, *milady* —me dijo, haciéndome una reverencia y besándome la mano.

—Gracias por limpiarte todo el chocolate de la boca en mi mano. Qué detalle —dije mientras me la limpiaba en los pantalones.

—**¡EH!** ¡Que era un recuerdo mío! ¡Maldito malagradecido!

Los dos entramos juntos al salón, donde ya nos esperaba la profesora con los exámenes casi en la mano. ¡Oye, relajación, que ya sé que tenemos examen! Carajo, puta presión. Les ahorraré los detalles. Me fue bien. Me fue bastante bien. ¿A que no lo esperaban? Pues sí. Yo creo que respondí todo a la perfección y que voy a tener excelente. Para que estés orgullosos de mí. Albert, por ejemplo, salió preocupadísimo pensando que lo había hecho de la chingada, y empezó a comparar respuestas con Celia y Cris. Ese es el mayor peligro tras un examen: comparar respuestas. Porque al final, en vez de relajarte, te angustias más. De hecho, empecé a escuchar respuestas que no cuadraban nada con lo que había puesto yo, así que me adelanté para ir a mi puesto en el bazar, porque al final **EL NERVIOSO IBA A SER YO**.

Fui de los primeros en llegar, y nuestra mesa (lo llamaban todo el rato «puesto», pero es que era una mesa alargada, ni más ni menos) estaba en una de las esquinas del pasillo del segundo piso. Casi al fondo. Pero, mira, como tampoco había sitios mejores o peores, pues daba un poco igual. Pablo también estaba ya por allí y, en cuanto me vio, me hizo un gesto con la mano para que me acercara a su mesa. Aunque antes casi de moverme, me indicó que me quedara quieto, que ya venía él. Llevaba algo en la mano. Algo envuelto en papel de regalo.

—¿Qué tal el examen?

—¡Bien! Sorprendentemente.

—¿Cómo que sorprendentemente? Eres superlisto. Lógico que te haya salido bien.

—Si tú me lo dices, me lo creo —respondí, avergonzado—. ¿Qué llevas ahí?

—¿Esto? —preguntó, levantando la mano—. Algo para darte suerte hoy. Es para ti.

—¿Para mí?

—Sí, tonto. Tómalo.

El papel de regalo era supernavideño, con arbolitos de Navidad y copos de nieve. Estaba fatal envuelto, pero me daba igual. Era un regalo de Pablo. Mi primer regalo de Navidad.

—¿Qué es?

—Ábrelo y lo verás. —Notaba en sus ojos que estaba disfrutando, y deseando que lo abriera. Fui quitando poco a poco el papel y, cuando lo abrí por completo, pegué un grito que resonó en todo el pasillo. Me había regalado el reno que vi en aquella caseta navideña en el viaje a la nieve. Ese que no pude comprarme por no llevar dinero encima.

—¡Qué dices!

—Te gustaba, ¿no?

—¡SÍ! Pe-pero yo no te he traído nada...

—No te regalo algo para que tú me regales algo. Solo te lo doy porque me apetece.

—Gracias. Te quiero —le dije, con todo el sentimiento del mundo.

—Y yo, guapo. ¡A vender mucho! —Me dio un beso, me pellizcó el trasero y se fue a su mesa para empezar a colocar las cosas.

Coloqué el reno a mi lado y Cris llegó justo después de irse Pablo, y me ayudó a poner el mantel para cubrir la mesa. Saqué todos los tóperes que tenía en mi bolsa de tela y, uno a uno, los fui abriendo y colocando los *muffins* sobre unas bandejas de papel que me había metido mi madre. Vamos, es que tenían una pinta que no se pueden hacer una idea. Ojalá pudieran probarlos. En serio se los digo. Albert (que se había puesto un suéter navideño con luces) llegó después con Celia y fueron colocando los botones y las pulseras para que se pudieran ver perfectamente, y aparte unos pequeños *flyers* que había hecho Andrés con el mismo diseño de los botones. Su mesa estaba al otro lado del pasillo, así que nos veíamos muy de lejos. Pablo estaba superconcentrado colocando todo. Y, aunque suene infantil, sus *muffins* no se veían tan bonitos como los míos. ¡Al fin hacía yo algo mejor!

—¿Preparados? —preguntó Celia.

—¡Nací preparado! —berreó Albert y se puso a bailotear y a tararear una canción que ninguno reconocimos—. ¡Hey! ¿Te lo compraste al final?

—¿El qué? —Albert señaló al reno de porcelana—. Qué va. Me lo ha regalado Pablo. Vio que me gustaba y me lo compró.

—Ah... Qué lindo. Bueno, venga, a colocar el resto de las cosas —dijo, como ignorando mi respuesta y buscando en su mochila más pulseras.

Poco a poco fueron llegando los padres, las madres, incluso abuelas. De hecho, estaba por ahí la abuela de Andrés, que no dejó de darle besos y abrazos desde que lo vio. Una de nuestras mejores clientas, se los digo desde ya. Porque luego vino a nuestro puesto y se llevó lo mismo que se había llevado del de su nieto. Qué señora más linda. En los primeros treinta minutos, el pasillo del segundo piso se llenó de gente. Y, entre todas las personas, también estaban mis padres, que llegaron tomados del brazo e iban mirando a todo el mundo con curiosidad, como si estuvieran en el *zoo* o algo así. Verlos me puso en tensión al instante, porque eso iba a significar que se iban a encontrar con Pablo, y ahí podían saltar chispas, ya se los digo. Me daba mucha rabia no poder estar con él en ese momento. **ESPERA, ESPERA. QUE ESTÁN YENDO A SU MESA.** Maldición Papá, no armes bronca, por favor. Bueno, seguro que no la armaba. Es decir, había mucha gente ahí. Pablo. Suerte.

—¡Hola! —su voz hizo que dejara de prestar atención a Pablo y volviera a mi realidad. Ante mí estaba Teo, con un gorro de reno y una nariz roja. De la mano llevaba a una niña como de seis años, con cara de susto y un traje de Spiderman, como se los digo.

—¡Hola! —respondí—. ¿Por qué vas de reno?

—Vengo con mi prima pequeña. Amaia, saluda. —Pero Amaia optó por esconderse detrás de las piernas de su primo mayor—. Es superpenosa.

—Ya veo, ya. ¿No participas en el bazar?

—Nah, los de mi clase ya están un poco hartos porque lo han hecho muchos años, claro. Hoy ya no tenemos clases, pero quería acercarme a saludar.

—Qué bien. ¿Y has comprado algo?

—Pues aún no. Quería venir a tu puesto el primero. ¿Qué tienen? —preguntó mientras revisaba todo lo que teníamos colocado. Celia y Cris estaban tomándose fotos con el teléfono y Albert estaba en lo suyo, absorto mirando a la nada, así que digamos que yo era el único que estaba preocupado por vender algo.

—A ver, tenemos pulseras con la bandera **LGBTI**, tenemos estos botones preciosos con el nombre de nuestro grupo... Mmm... Estos *flyers* lindísimos también... Y, bueno, está mal que yo lo diga, pero estos *muffins* de crema de chocolate están buenísimos, y los he hecho con estas manitas —dije, orgulloso.

—¡Anda! ¿Sabes cocinar?

—No, pero esto me ha quedado buenísimo. ¿Quieres probar uno? —le dije a la prima de Teo. Se asomó con cautela y asintió, temerosa. Tomé uno de los que mejor forma tenían y se lo acerqué. Lo agarró al momento.

—¿Cuánto cuesta?

—Ese se lo regalamos.

—Aquí no regalamos nada —repuso Celia a lo lejos. Mierda, al final sí que estaba atenta.

—De acuerdo, son 30 pesos —le indiqué. Teo sacó un billete de 100 pesos y lo metió en nuestro bote de dinero—. Espera, que te doy el cambio.

—No, no. Los 100 pesos para ustedes —sonrió—. Aunque me voy a llevar otro para mí, ¿okey?

—Claro. El que más te guste.

Seleccionó el primero que vio y le dio una mordida.

—¡Oye, pues está bueno!

—Te lo dije.

—Vamos a dar una vuelta, y luego nos vemos.

—Claro —respondí.

—Y me cuentas más sobre... ¿No es Justo? ¿Se llama así?

—Sí. No es Justo.

—Genial. —Teo asintió, me dedicó una sonrisa e hizo que su prima me dijera adiós con la mano, pero estaba demasiado ocupada devorando mi pastel de chocolate. Les comenté que me habían quedado geniales. ¿Verdad?

En cuanto se fue Teo, volví a mirar hacia el puesto de Andrés, Pablo y Almudena. Mis padres ya no estaban. Pero tampoco estaba Pablo. ¿Dónde se había metido? Oh, mierda. ¿Problemas? ¿En serio? ¿Ahora? Empecé a ponerme nervioso, para variar, buscándolos por todos lados con la mirada, y no me relajé hasta que vi a mis padres en otro puesto hablando con una de mis maestras de cuando era pequeño. Uf. Falsa alarma. Pablo estaría en el baño o algo, seguro. No había nada de lo que preocuparse. Carajo, puta tensión en un momento.

—¿Qué tal va la venta? —me preguntó Solero al pasar junto a nuestra mesa.

—Pues muy bien. ¿Quiere probar uno de mis *muffins*?

—Claro. ¿Cuánto cuestan?

—30 pesos —dijo Albert, como en trance.

—Bueno, me lo dejas en quince pesos, ¿no? Y así ajustamos cuentas —bromeó Solero y Albert se puso como en alerta—. ¡Es broma, Olivares! No te preocupes. Por cierto, el lunes pueden usar el salón desde las doce, ¿de acuerdo?

Solero cogió uno de los pasteles de chocolate, metió 30 pesos dentro del bote y se alejó, observando el resto de las mesas.

—¿Desde cuándo le debes dinero a Solero? —le pregunté, supersorprendido.

—¡Una tontería! Solo me prestó quince pesos. Mira que decírmelo así, qué poca clase.

—¿Y por qué te prestó dinero? ¡Un profesor! Qué fuerte.

—Me lo prestó y punto. Ya está. ¡No le des tantas vueltas, Óscar, carajo!

—Está bien, no he dicho nada. —Madre mía, carajo, qué genio—. Voy al baño. Ahora vengo. ¡Vigila bien!

—¡Que sí! —protestó.

Tardé como cinco minutos en cruzar el pasillo porque eso estaba lleno de gente. Pasé frente al puesto de Pablo, que estaba vendiendo unos botones a un profesor, y me saludó moviendo la cabeza. Yo sonreí como un tonto y casi choco con la pared. Ya me conocen. Pero no choqué. Que ya voy más atento por la vida. Fuera del pasillo del segundo piso todo estaba súper en silencio, como si fuera un colegio fantasma, en serio. Solo se oía el bullicio cada vez más lejano de la gente. Me crucé con algún padre despistado y un grupo de chicas de primero que estaban comentando un video en sus celulares. El baño era como una película de terror. Silencio absoluto, una luz medio fundida y completamente vacío. Es que de verdad que hice pis en tensión, ¿eh? Quizá mi mente me estaba preparando para lo que me iba a encontrar fuera, ya que, en cuanto salí, vi a Moi viniendo directo hacia mí.

24.

Maldición. ¿Y ahora qué hago? ¡Viene directo hacia mí! Pensé en meterme de nuevo en el baño, pero estaba claro que me había visto. Bueno, mira, que viniera. ¿Qué me iba a hacer que no me hubiera hecho ya? Lo que no se esperaba seguro es que me enfrentara a él. Me iba a encontrar de frente y no me iba a mover ni un paso. Vamos, me iba a tener que empujar con mucha fuerza si pretendía moverme. **¡QUE SE ATREVA!** Apreté los puños, los dientes y respiré con fuerza. Nuestras miradas se cruzaron y, cuando ya estaba a pocos metros de mí, apareció mi tía Aurora.

—Pero ¿dónde te metes, que llevo buscándote media hora? —me preguntó y vi cómo Moi, al ver que había aparecido un adulto, giraba hacia la derecha y se perdía bajando las escaleras. Uf. UF—. Nene, ¿estás bien? ¡Que te has puesto rojo!

—Sí, sí, es-estoy bien.

—¿Seguro? Si necesitas ir al baño, te espero aquí.

—¿Qué? ¡No tengo que ir al baño!

—Pues tienes cara de necesitarlo —replicó, burlándose.

—Que no, que no. Que-que iba a volver al bazar —dije, mirando por detrás de Aurora, asegurándome de que Moi realmente había desaparecido.

—¿Qué buscas? ¿Qué pasa?

—¡Nada! ¡Qué preguntona! —protesté. Aún seguía nervioso

por lo que acababa de pasar, y obviamente Aurora lo notó. Bueno, lo habría notado cualquiera la verdad.

—Vamos, te acompaño y me regalas uno de tus panes.

—Se llaman *muffins*, y, como te regale uno, Celia me mata —rezongué.

—Pues tu querido novio me ha regalado uno —me soltó, como dándose importancia.

—¿Has estado en la mesa de Pablo?

—Claro. ¿No lo ves? —Y se señaló el botón que había comprado, colocado en la solapa de su saco—. Es muy bonito lo que están haciendo. Marcos y yo hicimos algo parecido cuando teníamos su edad.

—¿Ah, sí?

—A ver, nuestro No es Justo fue un grupo de música. *Rainbow.*

—¡Qué dices! ¿Es el grupo de música que me contaste?

—Ese mismo. Él tocaba la guitarra y cantaba.

—¿Y tú?

—¡Lo dices como si no supiera hacer nada! —protestó, ofendida—. Yo tocaba el teclado y cantaba también, aquí donde me ves.

—¿Y no tienes canciones en Spoti o algo?

—Cariño, cuando yo tenía tu edad, había cintas de casete —respondió, entornando los ojos—. No tocamos desde que teníamos veinte años.

—Qué fuerte. No los imagino para nada. Y mucho menos a Solero...

—Me ha dicho que han estado hablando después de las clases y tal. ¿Te ha servido?

—Sí —admití—. Es buena onda y sabe escuchar.

—Sí que sabe, sí... —convino con un tono de melancolía en su voz—. Hay veces que hay que abrirse a la gente, cariño. Puede hacer mucho bien.

—Me va a matar, porque aún no he elegido libro para leer para su clase... y tengo que entregar la ficha el lunes...

—Me paso esta tarde por tu casa y te llevo alguno que te pueda gustar, ¿te parece?

Asentí y entramos de nuevo en el bazar, que seguía igual de lleno. Aurora me acompañó hasta mi puesto (yo creo que vino a hablar conmigo porque había visto a Moi, y me estaba acompañando para protegerme) y se llevó dos de mis *muffins*. Obviamente, los pagó, que cualquiera regala algo con Celia de por medio. Tremenda vendedora está hecha. Y esa fue la mañana del bazar navideño. Nuestro puesto quedó el segundo, así que alucinas. Ganaron unas chicas que habían llevado, según ellas, chocolate casero. ¡JA! Si eso era casero, yo soy el papa, ¿saben? Pero, mira, ganaron y ya está. Yo me lo pasé genial, vendimos un montón y, al menos, recuperamos lo invertido en los botones y en todo lo que habíamos usado. Y, claro, la mitad la tuvimos que dar, porque de eso se trataba la cosa... Bazar solidario. Claro, va en el nombre. Pablo se fue antes que nadie. Seguro que estaba preocupado por su madre. Odiaba dejarla sola y más aún después de lo que pasó el otro día. Almudena y Andrés se fueron juntos también. Yo creo que algo más pasaba ahí. ¿Serían pareja? Albert también se fue. Dijo que se encontraba mal, y no me extraña porque se comió él solito todos los *muffins* que sobraron. Yo me quedé a recoger el puesto con Cris y con Celia, y pasó algo mágico mientras estábamos guardando los restos que no habíamos vendido. Se acercó un niño, que no tendría más de diez años.

—Hola... —saludó más tímido que nada.

—Hola —respondí. No lo conocía de nada.

—Eh... Ustedes... tienen el grupo ese, ¿no? —preguntó tan bajo que tuve que esforzarme muchísimo por escucharle.

—¿No es Justo? Sí, sí, sí, es nuestro grupo. ¿Te refieres a eso?

—Sí —asintió, avergonzado.

—¿Quieres una pulsera? ¿O algo?

—Quiero..., bueno..., que-querría saber si-si puedo ir.

—¿Venir al grupo? —Celia, Cris y yo nos miramos entre sorprendidos y orgullosos.

—Sí.

—**¡PUES CLARO, CHICO!** —estalló Celia, tomando al niño del brazo. Empezó a buscar en una de nuestras bolsas, le puso una pulsera en la mano y un botón en la sudadera—. Estamos los lunes y los miércoles desde las cinco y media de la tarde. ¡Y este próximo lunes estamos por la mañana, que es el último día de clases! **¡SUPERBIENVENIDO!** —Claro, el niño estaba asustadísimo.

—Relaja un poco la actitud, Celia, por favor —le aconsejé.

—Puedes venir con quien quieras —añadió Cris, con mucho más tacto y suavidad.

—Vale. Gra-gracias... —Y echó a correr, huyendo de nosotros, porque dábamos bastante miedo, supongo, y se reunió con sus padres al final del pasillo, enseñándoles la pulsera y el botón superemocionado. Mira. Voy a llorar, se los juro. Mis padres hacía que no me esperaban para algo... pues mucho tiempo. Ni siquiera me acompañaron de vuelta a casa. Y en nuestro puesto solo compraron un *muffin*. Pinches codos. Qué desastre. Aurora se comportaba mucho más como familia mía, que era fuerte, porque la acababa de conocer como quien dice. Fuerte, ¿eh?

Volví a casa solo bajo la lluvia, muy romántico/cinematográfico/triste, pero, bueno, es lo que hay. Pensaba que esa tarde me vería con Pablo para dar una vuelta o algo, pero nada. Le escribí y me respondió con un escueto **HOY NO PUEDO.** No en mayúsculas, ¿eh? Era solo para marcar un poco más mi drama. Bueno, pues una tarde más... Más bien, un fin de semana completo, porque no nos vimos en tres días. Me dijo que quería estar más con su madre esos días, ya que podía estar en casa. **¡Y LO ENTIENDO!** En serio, ¿eh? Normal. Que esté con ella y la cuide. Como debe ser. Solo que me daba pena no poder verlo en tanto tiempo. Le pregunté también por sus fiestas y qué pensaba hacer. Me encantaría pasar con él Nochevieja, por ejemplo, y comernos las uvas juntos. Pero debía de estar algo preocupado, porque tardó bastante en responderme, y también me respondió superescueto: **NO SÉ AÚN LO QUE HAREMOS**. Maldición. A ver si le iba a estar pasando algo y yo no lo sabía. No, ¿no? Me lo habría dicho, claro que sí. Si nos contamos todo. ¡Si hasta le conté yo lo del beso con Albert! Bueno, no hay mal que por bien no me venga, ya que me dediqué ese fin de semana a leer el libro de este trimestre. Aurora me trajo varios libros y el que más me llamó la atención era *Las ventajas de ser un marginado*. Y la verdad es que lo devoré en esos tres días. Al menos así podría entregar la ficha el último día antes de las vacaciones. No podía permitirme otra mala calificación, y menos en la clase de Solero. Subrayé un montón de párrafos y marqué muchas páginas para hacer una buena redacción. Aunque fue difícil, ¿eh? Porque Albert me llamó unas veinte veces para que le ayudara con su trabajo. Claro, si es que se había vuelto loco queriendo leer todo *Death Note*. Me dijo que en Navidad sería difícil vernos porque venía toda su familia de fuera, y entre eso y sus hermanas, que no iba a tener tiempo para nada. Celia y Cris creo que también lo pasaban con su familia, pero fuera de Madrid... Vamos, que mis vacaciones de Navidad iban a ser solitarias en serio.

El lunes, que era el último día, no le dije nada a Pablo de vernos para ir a clases. Y tampoco lo vi por la mañana. Ni entre clases en medio del pasillo. Es decir, no le vi en todo el puto día. Es decir, ¿qué pasaba? ¿Me estaba evitando o algo? Esperaba que al menos viniera a nuestra última sesión de No es Justo del año. Eso sí que no podía perdérselo, ¿no?

—Justo a tiempo, Rubio —me dijo Solero cuando le entregué la redacción sobre la lectura del mes—. Ya te dije que eras un rebelde, y no me equivocaba.

—Bueno, si usted lo dice...

—No te creas que se han acabado nuestras charlas. Volveremos en cuanto se acaben las vacaciones. Sé que suena a amenaza pero no lo es. Espero que te estén ayudando a abrirte un poco.

—Sí, la verdad —admití.

—Tienes un grupo muy importante de gente a tu alrededor, que te quiere y te apoya. —Tenía toda la razón. Aunque Pablo estuviera raro estos últimos días—. ¿Qué tal han empezado con el grupo?

—Supongo que bien. En ello estamos. Un día podría venir y darnos algunos consejos.

—Será un placer —contestó, con media sonrisa—. Pero no quiero que el resto de tus compañeros piensen que te tengo privilegios.

—No, no, por favor, que ahora me están dejando bastante tranquilo —bromeé y se echó a reír.

—Nos vemos al regreso, Óscar.

—Claro.

Salí de clase arribísima, orgulloso y feliz. No por ser el consentido del maestro, que no soy un lambiscón, ya lo saben. Pero, para empezar, ya estábamos de vacaciones. Y para seguir, pues... Pues qué más quieren que les cuente. Que todo era bonito. Qué difícil es que te pase eso.

Cuando nos reunimos en el salón 204, estábamos todos de los nervios, esperando a que llegara nuestra primera visita. Aquel niño que tendría diez o doce años, no sé calcular muy bien la edad, que nos habló en el bazar. ¿Vendría finalmente o le daría vergüenza? Habíamos traído dulces, chocolate, Coca-Colas y botellas de agua. Además, con los *flyers*, los botones, las pulseras..., todo tenía un aire mucho más oficial. En el pizarrón había escrito «Soy jodidamente perfect_» para que cualquiera que viniera rellenara la letra que faltara, en un ejercicio de autoafirmación. Sí. Lo sé, a lo mejor me pasé de autoayuda, pero yo creo que podía ser superpositivo.

—¿Seguro que les dijo que vendría? —preguntó Almudena mirando la hora.

—Quién sabe, porque Celia casi lo asusta para el resto de su vida... —dejé caer.

—Hombre, es que hay que darle emoción a esto. Si llega a ser por ustedes, aquí no viene nadie.

Pablo había venido. Estaba sentado a mi lado. En silencio. Cero cariñoso. Pero había venido. Ya hablaría con él después para saber qué le estaba pasando. Desde el día del bazar estaba raro. Pero yo no había hecho nada. Es decir, conmigo no podía estar enfadado. Tenía que haber pasado algo más. Eso estaba claro.

—¿Y qué van a hacer en Navidad? —pregunté para matar un poco el tiempo.

—Óscar, te lo hemos dicho mil veces —resopló Albert—. Es que me lo sé de memoria. Yo con mi familia y mis hermanas. Celia y Cris lo pasan también con sus familias, una en Toledo y la otra en la sierra o por ahí. Almudena se va al norte hasta Reyes, y Andrés se va a su pueblo también. Y...

—Bueno, a decir verdad, yo vuelvo para Nochevieja —aclaró Almudena.

—¿Y eso?

Almudena le dio la mano a Andrés y todos lo comprendimos al momento. **¡EH!** Pero recuerden que yo lo dije el primero, ¿eh? Que algo había ahí. ¡Se los dije, que lo recuerdo perfectamente!

—**¡QUÉ DICES!** —gritó Celia—. ¿Están saliendo? ¿Desde cuándo?

—Desde el viaje a la nieve. Ahí empezamos más o menos, ¿no?

—Más o menos —respondió Andrés entre risas nerviosas.

—Pues esto hay que celebrarlo, vamos —propuso Cris, feliz como ella sola.

—Genial. Otra pareja más. Solo falta que se enamoren ustedes para que yo sea el último solo —refunfuñó Albert.

—¡Anda! ¡Este año no seré yo el Grinch! —bromeó Celia y todos nos echamos a reír, ajenos a que en el umbral de la puerta había un chico asustadizo, esperando a que dejáramos de hablar para entrar, con dos chicas a su lado.

—Hola... Eh... ¿Esto es... el grupo ese de ayuda contra el *bullying*?

—¡Pasa, pasa! ¡Pasa chico, pasa! —chilló Almudena, rodeando al pequeño, que a punto estuvo de salir corriendo. ¡Normal! Almudena parecía una loca comeniños o algo así. ¡Hasta yo me habría dado la vuelta, carajo!

—Lo estás asustando —le advertí en un susurro.

—Qué va. ¡Tú sí que lo asustas! ¡A callar! —me ordenó. Así, supergratuitamente.

El niño entró con timidez pero sus amigas se quedaron en la puerta, como avergonzadas, como con miedo de entrar. A ver, normal, también les digo. *But whatever.* Sorprendentemente, el que se acercó a las chicas fue Pablo.

—¿Quieren entrar? Tenemos dulces y chocolate... —les ofreció con una voz supersuave y, chico, quiero tener hijos con él.

—Solo veníamos a acompañarlo... —afirmó una de las niñas y, al momento, se fueron corriendo.

—Carajo, y eso que he ido de simpático —bromeó Pablo y entró de nuevo.

Almu le estaba dando una lata de Coca-Cola al niño mientras todos hacíamos lo redeábamos sin saber muy bien qué hacer. Mierda, queríamos que viniera alguien y, ahora que había venido, no sabíamos qué decir. ¿Por dónde podíamos empezar? Era complicado, ¿no? No lo conocíamos de nada. Ni él a nosotros. Cris colocó todas las sillas haciendo un círculo mientras Almu sentaba al chiquillo en una de ellas, y los demás fuimos sentándonos también.

—¿Por qué las colocas así? —preguntó Celia.

—Eh, yo qué sé. Lo he visto en pelis —respondió Cris, encogiéndose de hombros.

—Esto no es Alcohólicos Anónimos, Cris, por favor.

Estuvimos en silencio casi dos minutos. Nadie sabía por dónde empezar. Era algo incómodo, casi violento. Pero a lo mejor es que estábamos cometiendo un error: hacernos los adultos. ¿No sería mejor hablar con él como lo hacemos entre nosotros? Es decir, ¿supernormal?

—Bueno, vamos a presentarnos. Yo me llamo Óscar.

—Sí, te conozco. Todo el cole te conoce —declaró el niño y, mira, fue como un golpe de realidad. Yo no quiero ser famoso.

—¿Ah, sí?

—Tu discurso... y bueno... —Señaló a Pablo con la mirada y agachó la cabeza, apenado.

—Yo me llamo Pablo.

—También lo sé —sonrió.

—Carajo, estos dos son famosos. Ahora no va a haber quien los aguante —bufó Celia.

—¡Celia! —gritó Cris.

—¡Qué!

—Que no digas palabrotas...

—¿Eh? ¿Por decir «carajo»? Créeme que este niño sabe más palabrotas que todos nosotros juntos, güey —bramó y el pequeño se rio.

—¿Tú cómo te llamas? —preguntó Andrés en un tono conciliador.

—Ricardo —respondió tímidamente.

—Hola, Ricardo. Yo me llamo Andrés. Ellas son Celia, Cris, Almudena, ese es Albert... y a Óscar y a Pablo ya los conoces.

—No le hables como si fuera un bebé, Andrés, madre mía —intervino Almudena.

—¿Y cómo le hablo? Al menos digo algo.

—Oye, si quieren vuelvo en otro... —empezó a decir Ricardo.

—No, no, para nada. A ver, es que eres nuestro primer... Bueno, el primero que viene —admití.

—¡No le cuentes eso! ¡Que va a pensar que somos tontos! —protestó Celia.

—Hombre, vamos a ver, tendremos que ser sinceros con el chico. A ver, Ricardo. Cuéntanos. ¿Por qué has venido? —preguntó Pablo, resuelto como el que más.

—Eh... Bueno, a ver... Ustedes ayudan contra el *bullying*, ¿no? —contestó, aún penoso.

—Sí, claro —añadí.

—Pues ya lo han visto... Que como soy... así... pues... quiero saber qué hacer para que paren —dijo, casi a punto de llorar. Madre mía, casi me pongo a llorar yo también. ¡Ese niño era yo!

—Así ¿cómo? —inquirió Pablo.

—¡Tranquilos! —exclamó Celia.

—¿Qué? Las cosas hay que decirlas para perderles el miedo.

—Así... como..., bueno, soy gordo... y me gustan los chicos. O eso creo.

—Primero, gordo o no. ¿Qué más da? Segundo, que no te dé vergüenza que te gusten los chicos. Es totalmente normal —repuse.

—Y, si es normal, ¿por qué me insultan?

Se hizo el silencio. Maldición, era una pregunta muy difícil de responder. Básicamente, porque todos nos habíamos hecho la misma pregunta decenas de veces. Y entonces recordé las palabras que me dijo la madre de Pablo...

—Tienes que entender que... te vas a encontrar mucha gente como... como los chicos que han tratado de pegarte. Pero piensa que es gente que te tiene miedo. Miedo porque tienes las cosas claras y ellos no.

—¿Me-me tienen miedo?

—Sí. A mí me costó mucho darme cuenta, hasta que..., bueno, hasta que lo vi. Ricardo, eres quien eres, y eso no lo va a cambiar nadie.

Pablo me acarició la pierna y pude ver cómo sonreía orgulloso por lo que estaba diciendo. Y, carajo, yo también lo estaba por dentro.

—No es justo lo que te está pasando. Pero vamos a ayudarte en lo que podamos. Para empezar, siempre que tengas problemas, puedes venir a uno de nosotros a pedirnos ayuda. Estamos para ti siempre que haga falta.

—¿Tus padres lo saben? —preguntó Celia.

—No...

—Quizá deberías hablar con ellos también. Di lo que te está pasando en el cole... —continuó.

—¿Sí? Me da... Me da vergüenza.

Ups. Carajo. ¿Qué decirle aquí? ¿Que sea sincero con sus padres y les cuente todo? ¿Y si le pasaba como me pasó a mí con los míos? No sé si estábamos preparados para dar estos consejos..., la verdad.

—Para empezar, nosotros hablaremos con tu maestro. ¿Cómo se llama? —preguntó Andrés.

—Es el señor Manzano —contestó.

—Genial. Nosotros hablaremos con él. Ahora, por lo pronto, tienes que disfrutar de la Navidad con tu familia y desconectarte todo lo que puedas —concluyó Andrés y nos volvimos a quedar en silencio. Al rato, Ricardo se levantó y, dándonos las gracias, se fue, no sin antes acercarse a mí y abrazarme por sorpresa. Cuando se hubo ido, fue como si todos volviéramos a respirar.

—¡Carajo, esto es jodidísimo! —se lamentó Almu. Más bien, explotó.

—Y que lo digas —añadió Cris—. Pobre niño.

—No sé si estamos preparados para esto... A lo mejor lo hemos hecho más bolas todavía... —dijo Andrés—. Necesitamos a alguien más que nos ayude. Tenías razón, Óscar.

—Hablé esta mañana con Solero y me dijo que nos ayudará —afirmé. Saltaba a la vista que no estábamos preparados. Y necesitábamos a alguien que nos guiara un poco.

—Eso sí, el nombre del grupo está perfecto —declaró Pablo de repente.

Cuando volvíamos a casa, Pablo y yo no cruzamos casi ni media palabra. Después de ese gesto romántico en el grupo, se había vuelto a encerrar en sí mismo y podía ver cómo no dejaba de pensar en algo de lo que no me quería hacer partícipe. Si es que ya le conocía más que nada. Cuando estaba preocupado, empezaba a morderse el labio inferior de forma descontrolada. Y ahora les juro que, si no le llego a hablar, se lo come.

—¿Hoy tienes que ir a tu casa también? —le planteé inocentemente.

—Sí, bueno... —comenzó a decir—. ¿Por?

—Por hacer algún plan o algo para celebrar el último día de curso. No sé.

—Depende, porque no quiero volver muy tarde. —¿Desde cuándo Pablo se preocupaba por esas cosas?

—No sé, pues ir a comer, al cine, no sé, algún plan así diferente. Si quieres, claro.

—No, nada. Vamos a casa si te parece —propuso y aceleró el paso. Me costó seguirle el ritmo, aunque no lo crean.

—¿Te pasa algo? —le pregunté directamente.

—¿A mí?

—Sí. Llevas unos días rarísimo conmigo, la verdad. No sé si te he hecho algo... Bueno, sé que no. Sé que no te he hecho nada. Entonces no lo sé. ¿Pasa algo con tu madre? ¿Está bien?

—Mi madre está bien. Mi tía ha venido a vivir con nosotros un tiempo.

—¿Desde cuándo?

—Desde el sábado. —Ah, a lo mejor por eso había estado desaparecido, ¿no?

—Ah, qué bien. Mejor, mejor.

Y volvimos a quedarnos en silencio. Bueno, pues si él decía que no pasaba nada, pues no pasaba nada. No había que darle más vueltas. Cero. Nada. De nada. De nadísima.

—¿Seguro que no te pasa nada conmigo? —insistí y Pablo frenó en seco.

—¿Qué quieres hacer hoy? —me dijo, casi con un punto de intimidación.

—¿Eh? Mmm... Ya te he dicho, no sé...

—Qué quieres hacer, venga.

—Pues-pues podíamos ir al cine —sugerí aunque eran las dos de la tarde.

—¿Al cine?

—No, olvídalo. Puta mierda de plan. Ni que tuviéramos doce años... —rectifiqué.

—No, no. Estupendo. Me encantaría ir contigo al cine, Óscar —me confesó en un hilo de voz, mirándome con esos ojos color miel (porque hoy eran de color miel. Otros días se veían verdes. No me lo invento. Es real. Se los juro).

—¿Sí?

—No te sorprendas tanto. Venga, que creo que tengo la película perfecta.

Comimos unos sándwiches por el camino y Pablo pareció volver a ser el de siempre. Al menos, el de estos últimos meses. Atento, cariñoso, hablador. Desde la conversación que habíamos tenido, parecía como si hubiera pulsado un interruptor y ¡zas! Cambio al instante. Al final acabamos en la Filmoteca. Pasaban una película que le encantaba. *Your name*. Un anime. Y sabemos lo que le gusta el anime a Pablo. Pues entonces habrá que verla, claro. No voy a ser yo aquí un amargado. Eh, que a mí también me gusta el anime. Ya lo saben. Pero no domino tanto como Pablo. Vamos, ni de lejos. Antes de pasar a la sala, entramos en una tienda que había justo frente al cine para comprar bebida y comida, porque ver una peli sin nada que llevarse a la boca no sirve para nada. Tomamos dos latas de Coca-Cola y otras dos de Monster (sí, lo estoy dejando, se habrán dado cuenta). ¿Que dónde nos las guardamos? Pues donde pudimos. Una de las latas acabó en el interior de los pantalones de Pablo. ¡Mmmm, pido beber de esa! De acuerdo, perdón. Entramos en la sala, que estaba bastante vacía y, justo cuando comenzó la película, aprovechamos para abrir la primera lata, por disimular con el ruido de fondo, vaya. Me sentía mayor a su lado. Los dos sentados en el cine, a oscuras, rodeados de adultos. Era una experiencia diferente para hacer con él. ¡Y qué decir de la película! Me estaba encantando. Real. Es que, vamos a ver, ¿qué maravilla es esta que no la había visto hasta entonces? Tranquis, que no les voy a hacer *spoiler*, pero el caso es que lloré. Lloré mucho. Ya saben lo llorón que soy. Y a Pablo les juro que lo vi llorar también. De refilón, así como es él. Pero les juro que lloró. Y yo le di la mano, y me la apretó con fuerza. ¿Estaríamos nosotros atados también por el hilo rojo del destino, como en la película? No sé si saben esa leyenda japonesa, pero yo se las cuento. A ver, cuenta la leyenda (siempre he querido decir eso) que dos personas pueden estar unidas por un hilo rojo, que hace que se conviertan en almas gemelas, hechos el uno para el otro. No importa ni el tiempo, ni el lugar, ni cómo se encuentren esas dos personas en la vida. Pero están unidas. Y da igual lo mucho que se enrede el hilo, lo mucho que se desgaste, lo mucho que se estire o se relaje..., que nunca pueda romperse. O algo así. Bonito, ¿verdad?

Cuando terminó la película y me limpié las lágrimas, porque les dije que había llorado pero bien, nos subimos al metro (más bien nos colamos, perdón) y, sentados en uno de los últimos vagones, no nos soltamos la mano hasta que llegamos a nuestra estación. Yo no quería volver a casa. Él... parecía que sí, que había vuelto su preocupación, pero tampoco lo tenía muy claro, la verdad. Pero insisto: me había dicho que todo ok, así que para mí eso era suficiente. Nos despedimos en su puerta, como siempre, besándonos todo lo posible y más. Llega a bajar algún vecino y, vamos, nos exorciza mínimo.

—A ver si nos vemos esta semana, ¿de acuerdo? —le sugerí, con tono conciliador.

—Sí. Vamos viendo...

—Y si necesitas ayuda con tu madre y eso, pues me dices, que ya sabes que yo vengo encantado a pasar la tarde contigo. Bueno, con ustedes.

—Claro.

—Ojalá pudiera invitarte así a mí casa, pero ya sabes.

—No pasa nada.

—Pues eso entonces. Hablamos luego, ¿okey?

—Okey.

—Te quiero —le dije.

—Yo también.

Pablo entró en su edificio, dándome la espalda al momento, y les juro que seguía viendo esa cara de preocupación extraña. ¿Qué demonios estaba pasando? Sé que he dicho que me valían sus explicaciones, pero, para empezar, no me había dado ninguna. Y, para seguir, lo conocía lo suficiente como para saber que aquí había algo más.

—**¡PABLO BERNABÉ MORENO!** —grité antes de que se cerrara la puerta y se giró, asustado. La puerta se cerró y nos queda-

mos los dos separados, uno a cada lado del cristal. Me miró, sorprendido, sin hablar, sin mover un músculo. Yo le devolví la mirada, tratando de leer en sus ojos lo que pasaba por su mente. Y lo que vi es que no iba a abrir la puerta, que se volvía a casa. ¡Oye, no me hagas esto! ¡Vamos, Pablo! ¡Cuéntame lo que te está pasando!

Los segundos se convirtieron en horas, y cada respiración me hacía daño físico en el corazón, como agujas clavándose lentamente. Pero, al final, después de mucha incertidumbre, abrió la puerta.

—Maldición, al fin. ¡Pensaba que no ibas a abrir y te iba a matar! —le recriminé.

—Óscar...

—Pero es que algo te pasa. Ya-ya sé que me has dicho que no, pero te conozco, y sé que me ocultas algo. ¡Y luego me dices que soy yo el libro abierto, pero tú tampoco te quedas atrás! —Estaba hablando sin control, ya me conocen cuando me pongo nervioso. O me caigo, o no me callo.

—Óscar...

—Así que no me digas que todo está bien, porque es que lo estoy viendo. Estoy viendo que no, y no quiero verte así, agobiado, o triste, o-o-o qué sé yo. ¡Porque si somos novios, pues somos novios y nos contamos las cosas! ¿O no fue eso lo que me dijiste? ¿O te lo dije yo? ¡El caso es que...!

—**¡ÓSCAR!**

—**¡QUÉ!**

—Que te calles un segundo, por favor, que nunca te callas —me regañó.

—Per-perdón.

—El otro día... hablé con tu padre.

25.

Creo que desde que Óscar me dijo «te quiero» en las escaleras del templo de Debod, supe que yo también lo quería. Aunque en ese momento me quedé perplejo, pero algo en mí lo sabía. Y de eso he estado cada vez más seguro. Sí, he tardado mucho tiempo en decírselo, pero porque es algo tan fuerte, tan íntimo, que quería estar preparado. Y al final se lo dije sin venir a cuento, como quien dice «buenos días». Aunque a lo mejor esa es la mejor forma de decirlo, ¿no? Cuando te sale solo. Me costó muchísimo pasar el verano separados. Mi madre ya llevaba tiempo enferma, pero no me había querido decir nada. El viaje a Estados Unidos fue totalmente premeditado. Aún recuerdo la tarde que me contó que tenía cáncer. Se me vino el mundo encima. Tratando de suavizar el golpe, me había llevado a un restaurante maravilloso, me había dejado pedirme todo lo que quería de la carta. No me lo esperaba. Bueno, ni siquiera supe ver que estaba mal cuando aún estábamos en Madrid. Estaba tan centrado en otras cosas que no pensaba que podía estar pasando algo más allá. No digo que me arrepienta de nada, ¿eh? Esas semanas en las que Óscar y yo nos conocimos y empezamos a salir fueron de las mejores de mi vida. Y las que siguieron, las peores. Tremendos contrastes. Hay que apechugar.

Esos meses separados al menos pudimos hablar por videollamada. Me encantaba. Solo de ver la cara de felicidad de Óscar cada vez que respondía hacía que mereciera la pena irme a dormir a las tantas o madrugar levantándome a las cinco de la mañana. Estaba cansado, y estaba muy harto de estar allí solo, pero todo se me pasaba cuando escuchaba su voz y veía su cara, sus ojos. Nadie me había mirado así. Nunca. Así que era mi salvavidas. ¿Por qué no se lo conté desde el principio? Para empezar, me costaba hablar de ello, la verdad. Cuando dices algo en alto, se convierte en realidad, y yo seguía negándolo todos los días, porque estaba asustado. **REALMENTE ASUSTADO.** Y también creo que quería contárselo en persona, porque era algo demasiado importante como para soltarlo en una videollamada. No quería que se preocupara. No quería cambiar esos oasis de felicidad que me daba, porque sabía que, si lo sabía, ya no iba a ser lo mismo. Así que preferí mantener esos momentos que me hacían respirar antes que seguir ahogándome lentamente.

Ni siquiera fui capaz de decirle que no iba a empezar las clases con él, sino que iba a llegar ya pasado octubre. ¡Se habría vuelto loco! ¿Que a lo mejor se lo tenía que haber dicho? Pues mira, a lo mejor. Pero no lo hice y, aunque alucinó, pues creo que al menos conseguí reducir sus días de preocupación al mínimo. Eso espero. Porque es que me estaba comiendo vivo la situación. Por suerte, con mi madre salió todo bien. Respondió al tratamiento superbién, aunque fue duro cuando tuvieron que extirparle uno de los senos. Fue raro, y sé que lo pasó mal, pero llegó un punto que prefería volver a España que seguir allí. Creo que estar tan lejos de todo le venía regular, y es verdad que, en cuanto volvimos, recuperó la vitalidad, aunque no la sonrisa. Nunca había pasado tantos meses sin ver a mi madre sonreír. Daba igual lo que hiciera, pero era incapaz de sacarle una sonrisa de verdad. Fue ver a Óscar y eso cambió por completo. Se los juro. Es que lo VI al momento. Solo él podía conseguir algo así.

He de decir que ese inicio de curso había sido raro, casi como si fuera una montaña rusa. Tan pronto estaba arriba como estaba en el suelo. Con Óscar genial, ¿eh? Aunque hay veces que voy demasiado por delante, creo yo. Como cuando le dije que quería hacerlo con él. No es que esté obsesionado ni mucho menos. Solo que cada cosa nueva la quiero probar con Óscar. Estoy seguro con él, tengo confianza. Sé que si algo puede salir mal no voy a pasar vergüenza o un mal rato. Así que, bueno, yo se lo dije, se sorprendió, y al final ya no le insistí más. Él sabe que estoy preparado. Cuando lo esté, que me lo diga. No voy a presionarlo. Ay, el viaje a la nieve. Me lleva la chingada que no pudiéramos compartir habitación, porque es que lo estaba deseando desde que me dijo que él también iría al viaje. Pero se tenía que meter su padre. **SU PADRE.** Nuestro gran problema. Ni Ramón, ni Moi, ni Diego. No. Su padre y su intolerancia. ¿Cómo podía no querer a su hijo? Es que no me cabía en la cabeza. Cuando lo vi en el bazar navideño, es que se me cortó la respiración. Pero no iba a demostrárselo. Por supuesto que no.

—Hola —nos saludó su madre. Andrés y Almudena se miraron, indecisas sobre qué hacer o qué decir, así que me adelanté yo.

—¿Qué tal? ¿Les gusta algo de nuestro puesto? —pregunté, con la mejor de mis sonrisas.

—Es lo mismo que hay en el de Óscar, ¿no?

—Sí.

—Mmm... —Y su madre empezó a observar con detenimiento todo lo que teníamos. Andrés y Almudena se pusieron a hablar con dos chicas que querían llevarse unos botones y yo me puse a colocar, otra vez, mis bizcochos de chocolate.

—¿Puedo hablar contigo un segundo? —me dijo una voz que odiaba con cada fibra de mi ser. Su padre.

—Sí, claro. —No iba a darle el gusto de montar una escena ahí en medio, que había hasta profesores. Se acercó y se inclinó hacia mí.

—Si no dejas a mi hijo en paz, me lo voy a llevar lejos. Te aviso —me soltó en un susurro—. Se acabó.

Se separó de nuevo de mí, me miró con sorna y, tomando a su mujer del brazo, se alejaron de nuestro puesto, dejándome totalmente en blanco. No fui capaz ni de contestarle. Es que ¿qué le iba a decir? ¿Qué podía decir? Quitaba hasta el oxígeno que había alrededor. Le dije a Almudena que necesitaba ir al baño, que ahora volvía. Pero lo que necesitaba realmente era escapar de allí. Salir a la calle, a respirar aire puro. «Si no dejas a mi hijo en paz, me lo voy a llevar lejos. Te aviso». ¿Dónde pretendía llevarse a Óscar? No podía permitir que le pasara nada malo.

Salí al pasillo, directo al baño. Entré como si fuera a desmayarme. Me faltaba hasta el equilibrio. Me eché un poco de agua en la cara, como para recuperarme. Me había dado un bajón increíble. Estuve ahí unos segundos, pensando qué hacer, si gritar hasta quedarme sin voz, o volver y enfrentarme al padre de Óscar. Pero no, no lo iba a poner en esa situación. Lo quería demasiado. Salí del baño y decidí que la mejor opción seguía siendo salir a la calle unos minutos. Y, cuando salía yo, entraba otro. Moi. El que faltaba.

—Bernabé. Justo contigo quería hablar.

—No me toques los huevos, que no tengo un buen día —bufé.

—Eso díselo a tu novia. —Me hirvió la sangre y pensé en pegarle un buen puñetazo... pero me controlé. Estaba claro que eso es lo que estaba buscando continuamente.

—Mira. Por mí puedes irte a la chingada, ¿okey?

—Que sepas que ya nadie te quiere en el equipo —rebuznó.

—Tú no eres todo el equipo —contesté.

—No soy solo yo.

—Pues muy bien, estupendo. Mejor. Así te pierdo de vista, porque no aguanto tu cara de pendejo.

—¿Cómo me has llamado?

—Pendejo —me enfrenté.

—Arenas quizá te tenga miedo, pero yo cero. Nos has traicionado. Por tu culpa han expulsado a dos del equipo y el siguiente partido no lo vamos a poder jugar. Nos has costado una victoria.

—¿Perdona? Por mi culpa no han expulsado a nadie. Ha sido por su culpa. Por ser unos intolerantes de mierda. Cuando me expliques qué es lo que les molesta tanto de nosotros, entonces quizá podamos empezar a hablar. Mientras, vete a la mierda —mascullé.

—Que te den por culo, Bernabé, que seguro que te gusta.

—Al menos tengo a alguien a mi lado. ¿Tú cuántos tienes a tu lado, Meneses? ¿Acaso tienes amigos?

—¿Y tú? ¿Qué vas a hacer sin el equipo? Porque te recuerdo que fuera de él no conoces a nadie más. Los amigos de tu novia no son tus amigos, no lo olvides. A mí no me eches en cara tus mierdas, que bastante tienes. —Y, con esa frase final, se metió en el baño y me dejó solo. En serio, ¿era el día de enfrentarse con Pablo? Estuve a punto de entrar tras él y seguir la discusión, pero no iba a ganar nada. Con ese tipo de gente, era imposible dialogar. Aún recordaba la cara de miedo absoluto de Óscar en la nieve después de que le acorralaran en el baño. Sí, sé que Moi no estaba en el viaje. Pero bastante hizo ya el curso pasado.

Iba a volver al bazar, pero aún no tenía suficiente fuerza para regresar ahí. No quería tener que volver a enfrentarme al padre de Óscar, o a Moi cuando saliera del baño, o a Almu y sus preguntas. No. Necesitaba unos minutos. Solo unos minutos. Solo necesitaba eso. Y, mientras bajaba las escaleras, no pude evitar pensar en lo último que me había dicho Moi. ¿Era verdad que no tenía amigos? ¿Los había perdido todos en estos meses? ¿Eran Andrés, Celia... amigos míos? ¿O simplemente nos hablábamos gracias a Óscar?

—Pero si es el famosísimo Pablo Bernabé.

Levanté la vista, alerta, pero no reconocí a la persona en un primer vistazo. Tuve que pensarlo bien para saber quién era.

—No me digas que no sabes quién soy, que me pongo a llorar.

—Es la tía de Óscar, ¿no? Au-aurora —aventuré.

—La misma. Aurora Rubio para servirte —sonrió—. ¿Qué tal?

—Bien. ¿Y usted?

—No me llames de usted, madre mía, por favor, que me deprimo —sonrió de nuevo y se encendió un cigarrillo.

—Perdona, es que suelo hablar a los adultos así.

—Una estupidez si me preguntas. Ni que fuéramos el papa. —La verdad es que era escucharle hablar y oía a Óscar, no me pregunten por qué—. ¿Me esperas a que me lo fume? Te ofrecería, pero eres menor y además es el último que tengo.

—No fumo —afirmé, algo extrañado.

—¿Qué tal lo llevan?

—¿Cómo?

—Tú y Óscar. ¿Qué tal lo llevan?

—Bien. Como podemos.

—Es jodido, ¿eh? —Uy, una adulta diciendo «jodido» delante de un adolescente. Raro era—. No te asustes. Yo también puedo decir palabrotas. ¿O tampoco? Ya entrados, entiérrame, es lo que te falta.

—No, no, perdón. Solo que es raro.

—Mira, si me dejas, te voy a contar una historia. Porque, aunque no lo creas, a mí me pasó algo parecido a lo suyo, ¿sabes? Ya te habrá contado Óscar que yo soy lesbiana, supongo. Y, si no te lo ha contado, te lo cuento yo, que tampoco es un misterio. Me di cuenta muy tarde, la verdad. Pero, claro, ser lesbiana hace veinte años no es lo mismo que ahora. No digo que ahora sea fácil. Pero entonces lo era mucho menos. Era como... que no podías decirlo. Era un secreto. Un tabú.

Aurora se estaba abriendo a mí, que no me conocía de nada. ¿Le habría contado esta historia a Óscar?

—No me atrevía a contárselo a nadie, ni siquiera a mis amigos. Excepto Marcos. Él lo sabía. Tenía quince años, ¿sabes? Y, aun así, no era capaz de contarlo. También te diré que era... algo masculina yo —sonrió—. Y eso venía acompañado de adjetivos muy cariñosos como «marimacho» y estas cosas. Supongo que sabes a lo que me refiero.

—Sí, sí.

—Pero conocí a... Conocí a Sara. No era de nuestro colegio. Era del fraccionamiento en el que vivía. Y yo claro que ya me había fijado en ella. Que una no es tonta. Un día volví a casa llorando... porque, bueno, la escuela es una mierda. Sí, he dicho «mierda», perdón. —Dio una última calada a su cigarrillo y lo tiró en un basurero—. ¿Entramos?

Asentí con educación y volví al interior del colegio.

—¿Por dónde iba? Sí, Sara. El caso es que, cuando volví ese día llorando, ella me vio y ¿sabes lo que hizo? Me dio la mano y me dijo: «¿Vamos a dar una vuelta?». Y nos hicimos amigas... y algo más. Pero... bueno, ahora viene el giro. Fui una cobarde. Nunca me atreví a decírselo a mis padres. Y, cuando terminamos la secundaria, no volvimos a vernos. ¿Qué te quiero decir con esto? Pues no lo sé muy bien, Pablo —sonrió de nuevo—. Supongo que quiero decirte que eres la Sara de Óscar, que le diste apoyo cuando más lo necesitaba. Y que las cosas están muy complicadas, y tú has sido valiente y has seguido ahí.

—Claro que he seguido ahí. Quiero a Óscar. Pero es todo tan complicado... —admití, y recordé otra vez lo que me había dicho su padre.

—Y lo va a seguir siendo. Y quizá lo sea cada vez más. Pero quiero que tengas algo claro: voy a hacer todo lo posible para que no lo sea.

—¿Y por qué no se va a vivir Óscar contigo? Eso lo arreglaría todo, carajo —protesté.

—¡Ojalá! Pero hay un problema: Óscar tiene quince años, y yo no soy ni su madre, ni su padre. Y tu madre tampoco lo es. Y tú tampoco lo eres...

—¿Y qué quieres? ¿Que nos rindamos? ¿Qué sus padres hagan lo que quieran con él?

—No. Solo digo que juntos encontraremos una solución. Mira, aunque sea una vieja, y sea una cursi, te diré algo. Lo que tienen... no se puede romper, por mucho que se empeñen. —Y esa frase se quedó clavada en mi mente.

—¿Tú crees?

—Ah, no, no. Lo sé. Cien por ciento. Soy también un poco bruja, pero no le digas nada a Óscar, que es un miedoso. Nos vemos dentro, esta bruja se está meando —dijo, guiñándome un ojo y entrando en el baño pero se detuvo al momento. Sacó algo de su bolso y empezó a escribir en la pared. Era un pósit—. Toma, mi número. Por si alguna vez lo necesitas, que Óscar es un desastre—. ¿Por qué no podía ser Aurora la madre de Óscar?

Y, pese a que la conversación con ella me sirvió para tranquilizarme un poco, seguía dándole vueltas a la amenaza que había reci-

bido unos minutos antes. Seguir con Óscar era lo que más quería en este mundo, pero si eso significaba perderlo, y que lo alejaran de todo lo que le gusta..., uf, tenía una decisión imposible. No quiero perderle, no quiero dejar de verle. No quiero dejar de ver cómo se cae porque es supertorpe, o cómo se traba cuando está nervioso. No quiero dejar de ver cuando sonríe porque yo le sonrío, porque me encanta su sonrisa, ni quiero dejar de bailar con él bajo la lluvia. Y que su padre dijera que le iba a llevar lejos... me dolió en la puta alma, güey. Y a lo mejor prefiero verlo de lejos y que sea feliz y verle feliz, con Albert, con Celia, con Andrés... Quizá prefiero eso a-a-a ser egoísta y que solo su felicidad sea con fecha de caducidad. Necesito tiempo. Así que estuve todo el fin de semana tratando de evitarle. No ha sido mi estrategia más elegante. Y pensaba seguir así muchos más días... pero me animé a ir al grupo de No es Justo y, tras ver al chiquillo ese, tan desvalido, tan triste, tan... tan Óscar... decidí que a la mierda el mundo. Si hacía falta, secuestraría a Óscar con tal de estar juntos y que no nos separaran.

—¡ÓSCAR!

—¡QUÉ!

—Que te calles un segundo, por favor, que nunca te callas —le recriminé. Cuando se ponía a hablar sin parar, era muy difícil detenerlo y hacerlo pensar.

—Per-perdón.

—El otro día... hablé con tu padre.

—Cómo que hablaste con mi padre —me preguntó, desconcertado—. ¿Cuándo? Es-es-es decir..., ¿cómo?

—En el bazar. No iba a decírtelo. Pero... Pero no... Ya estoy harto.

—Pero ¿qué te dijo?

—Si no dejas a mi hijo en paz, me lo voy a llevar lejos —recordé y se me volvió a encoger el corazón. Óscar se quedó en silencio al momento y sus ojos se tornaron llorosos—. ¿Estás bien?

—No. No estoy bien. Estoy megalejos de estar bien. Estoy de la chingada, Pablo.

—Lo siento...

—¿Por eso llevas todos estos días tan raro? Carajo, ¿y por qué no me lo habías contado? —me planteó, ofendido.

—No lo sé, y lo siento. No sabía cómo manejarlo. Pensé que, si me alejaba un poco de ti, pues las cosas se calmarían. Incluso... Incluso he pensado que quizá lo mejor era que lo dejáramos.

—¿Dejarlo? O sea, te estás rindiendo —me recriminó, con las lágrimas a punto de salir a borbotones de sus ojos.

—No me estoy rindiendo.

—¡Si me lo acabas de decir! ¿Cómo-cómo vamos a dejarlo? —Estaba poniéndose cada vez más nervioso. Y no lo culpo.

—Óscar, que no te voy a dejar. Es imposible alejarse de ti. Y lo más importante de todo: tampoco quiero hacerlo.

—Dios, ¿es que no me puede dejar ser feliz? ¿UN PUTO DÍA DE MI VIDA?

—Óscar, vámonos —le solté sin pensar.

—¿Eh? ¿Ya?

—No. No digo eso. Digo que nos vayamos. Juntos. A cualquier otra parte. A pasar un día juntos lejos de aquí. O dos. O los que haga falta.

—Qué dices.

—En serio. Lo necesito. ¿Tú no lo necesitas? —le pregunté, mirándolo fijamente a los ojos.

—Sí, claro que lo necesito.

—Entonces ¿qué hace falta pensar? Vas a tu casa, haces una mochila de ropa y mañana a primera hora nos escapamos.

—¡Qué dices!

—Venga, a la chingada, hagámoslo.

—¿En serio me lo estás diciendo? —volvió a preguntarme.

—En serio.

—¿Qué tengo que perder ya? —dijo al final y nos besamos con fuerza.

—Dame la mano —le pedí, ofreciéndole mi mano derecha. Él me tendió la suya, como si fuera a saludarme, pero entonces lo recordó. Recordó cómo hacer una promesa, recordó cuando me prometió no contarle a nadie que había sido mi primer beso.

—No estamos saludándonos. Estamos «prometiendo». Te tengo que dar la mano contraria —sonrió. Me dio la mano izquierda y nos apretamos con fuerza, mirándonos a los ojos. Venga, lo íbamos a hacer. Ahora o nunca. No lo había tenido más claro en mi vida.

—Voy a ponerme la alarma para mañana. A primera hora. Y quedamos de vernos en nuestro puente. —Saqué mi celular. Pero no fui muy disimulado. Y lo vio. No es que llevara porno abierto, no. Mi fondo de pantalla. Sabía que, si lo veía, iba a hacer un mundo de ello, por eso no se lo había enseñado aún.

—¿Y e-e-e-ese fondo de pantalla? —exclamó, en éxtasis.

—No alucines. —Y lo bloqueé rápidamente. A ver, desde que le hice aquella foto en la piscina, hace ya casi un año…, mierda, es que me gusta mucho ahí, ¿okey? La foto me quedó de poca madre. Y Óscar sale guapísimo. Bueno, pues la tengo puesta de fondo de pantalla.

—¿Me tienes de fondo de pantalla?

—¿Tú a mí no? —contraataqué.

—¿Eh? ¿Qué-qué? ¿Yo a ti? Eh… A ver…

—¡Que es broma! Pero me gusta la foto y me gustas tú. Así que, sí, te tengo de fondo de pantalla.

—Te quiero.

—Y yo.

Y, antes de que pudiera irse, lo abracé y le susurré algo al oído.

—*De aquí no te vas.*

—*Y si te vas, es conmigo* —agregó.

Nos volvimos a besar y volví a entrar en el edificio mientras él se alejaba de camino a su casa. Claro que no íbamos a escaparnos. Es imposible. Tenemos quince putos años. Pero pasar un día juntos, los dos solos, sin colegio, sin viajes de la nieve, sin padres, sin nada, es justo lo que necesitábamos. Pensar lo que vamos a hacer. ¿Hablar con su tía? Me dijo que nos ayudaría. ¿Hablar con mi madre? Claro… ¿Qué le iba a decir a mi madre? No puedo dejarla tirada. No me gusta mentir, y menos a ella. Mierda. Cuando abrí la puerta, estaba todo a oscuras. Seguramente seguiría dormida. Me metí en mi cuarto sin hacer mucho ruido y estuve toda la tarde pensando opciones para el día siguiente, y posibilidades para hacer que Óscar no tuviera que volver a ver a su padre. No, no. No hablo de asesinato. Repito: tengo quince años. Hablamos a lo largo de la tarde Óscar y yo. Y decidimos que lo mejor sería ir los dos a hablar con su tía Aurora. Ella podría ayudarnos. Ella seguro que nos orientaría hacia una solución.

A la mañana siguiente me desperté como si fuera el día de mi cumpleaños casi. Bajé a todo prisa, como si el tiempo estuviera en nuestra contra (otra cosa más) y llegué al puente antes de la hora acordada. Estaba nervioso. Estaba nervioso como en mi vida. Y tampoco es que tuviera una razón de peso. Solo volver a ver a Óscar, y algo me decía que todo lo íbamos a poder arreglar. Pero fue pasando el tiempo y Óscar no aparecía. Fui a llamarle y... Oh, mierda. Con las prisas me había dejado el teléfono en mi cuarto. Mierda. Bueno, luego iría a por él. Lo primero era descubrir dónde estaba Óscar. ¿Lo habrían descubierto? ¿Se habría echado para atrás? Su casa estaba muy cerca. No me quedaba otra que ir a ver. ¿Y si nos cruzábamos? Bueno, tampoco podía estar esperando eternamente. Así que me decidí y eché a correr, de nuevo, en dirección a la casa de Óscar. Pero, claro, en cuanto crucé la esquina, lo que vi me rompió por dentro en mil pedazos. Óscar estaba saliendo del edificio... ¿con una maleta? Sus padres estaban cargando el resto del equipaje en el maletero del coche. ¿Qué mierda estaba pasando? ¿Se iban? **¿ES ESO? ¿SE IBAN?** ¿Su padre había cumplido su amenaza? Salí disparado hacia ellos mientras cerraban las puertas del coche.

—**¡ÓSCAR!** —grité, pero no había forma de que me oyera. Ya estaba dentro. O sea, no, por favor. No. Que no se vaya. Esto no puede acabar así. No. Me niego. No es justo. **NO ES JUSTO.** Es una historia de amor. Las historias de amor acaban bien, carajo—. ¡ÓSCAR! —El coche arrancó mientras yo seguía corriendo. Me quedaban solo unos metros. No sé qué iba a hacer cuando llegara, pero, si hacía falta, me tiraba delante para frenarle. No podía marcharse. No ahora. «De aquí no te vas...». «Y si te vas, es conmigo». ¿Cómo podía pasar eso? Es que... es... es que... no... no puede ser...

—**¡ÓSCAAAAAR!**

26.

Sí, sé que habíamos dicho de escaparnos juntos (aunque luego se redujera a hablar con Aurora). Sí, también sé que habíamos quedado en nuestro puente. No es que lo hayamos construido nosotros, sino que es nuestro puente porque una de las primeras veces que..., buah, da igual, si ya lo saben. Sí, sé que Pablo me había dicho que mi padre amenazaba con llevarme lejos de allí. **SÍ, SÉ TODO.** Lo sé. Pero, aun así, aunque sepas todo, la vida siempre encuentra formas de sorprenderte continuamente. Sooooobre todo si tu nombre es Óscar Rubio. Si tienes esa desgracia (o esa suerte), hola, la vida es una mierda.

Mira que me desperté pronto. Mira que traté de ser lo más silencioso posible para escaparme de casa a primera hora. Mira que lo planeé todo bien. Pero no contaba con que, al llegar a la sala, me encontraría con mis padres totalmente vestidos y con varias maletas en el recibidor.

—¿Se van ya? —Claro, me habían dicho que se iban a Barcelona.

—Sí, te vienes con nosotros.

—**¿QUÉ?** —grité sin darme cuenta. O dándome cuenta. Qué más da—. ¿Desde cuándo me voy yo también?

—Óscar, te dije que tu padre había conseguido el nuevo puesto. En Barcelona —me explicó mi madre. ¿Ustedes sabían esto? ¿Por qué no me lo habían dicho?

—No, no, no, no. Yo no me voy a vivir a Barcelona. Ni de broma —protesté.

—Solo vamos a estar tres días, para conocer la ciudad. No seas necio. Ve a tu cuarto y haz la maleta —me ordenó mi padre.

—Pe-pe-pero yo he quedado. Con mis amigos. Es decir... Te-tengo que avisar a la gente. No-no puedo irme así como así. —Porque es que me daba miedo real que aceptara ir al viaje y no poder volver.

—Óscar, es solo un viaje de tres días. No es el fin del mundo. No seas niño pequeño y **VE-A-HACER-TU-MALETA** —insistió y, con la cabeza baja y tristón, volví a mi dormitorio.

Tenía que avisar a Pablo. Habíamos quedado en quince minutos en el puente. No podía dejarlo tirado. Carajo, lo teníamos todo planeado. Íbamos a enfrentar a mis padres de una vez por todas. Los dos juntos. Los dos frente al mundo. Ese era el plan. Y ahora se estaba yendo todo a la mierda, una vez más. Tomé el celular y le llamé. Un tono. Dos tonos. Tres tonos... Nada. Le escribí un mensaje.

DRAMA. ME VOY A BARCELONA
¿QUÉ HAGO?

Pero ni siquiera lo leyó. ¿Dónde se había metido? ¿Qué pasaba? ¿Le habría pasado algo a su madre? No, no. No pensemos esas cosas. Mi madre se asomó a mi recámara. Yo estaba sentado de espaldas a ella, derrotado, a punto de ponerme a llorar, y sin ver una solución. No me quedaba otra que obedecer. Poco más podía hacer. No dijo nada. Solo se quedó ahí, observándome, mientras yo cedía y hacía mi maleta con desgana. Iban a ser los tres días más largos de mi vida. Y, ahora que lo pienso, siempre echaba todo en cara a mi padre, porque es como el más bruto... pero ¿y mi madre, bro? ¿Qué pasa con ella? ¿Nunca iba a parar esta locura? Pues parece que no, porque, chico, aquí estoy, en el coche, yendo vete tú a saber dónde. Por favor,

Pablo, si puedes oírme, o sentirme, o lo que sea, no me odies. No puedo controlar esta situación. De hecho, ha acabado por superarme ya de lejos. Yo no dejaba de llamarle una y otra vez, pero no había forma de que respondiera. Iba a tener como treinta llamadas perdidas mías.

—¿A quién no dejas de llamar? —me preguntó mi padre. Y les aviso que aquí vino la conocida como **LA GRAN BRONCA**.

—A mi novio —rezongué—. Había quedado con él y no le he avisado.

—Ya le avisarás después. Deja el celular ya. —Y cerró la puerta de su lado—. Y a ver si te dejas ya de tanta tontería y empiezas a hacer caso a tus padres.

—¿Hacer caso en qué? ¿Dejar que me secuestren y me lleven a otra ciudad contra mi voluntad? —estallé.

—No digas estupideces, que ya me tienes muy harto, Óscar. —su voz cada vez sonaba más amenazadora y grave.

—Son solo tres días, cielo —me dijo mi madre con calma.

—¿Ah, sí? Eso no es lo que le dijo tu marido a Pablo. ¿A que no, papá? ¿A que no le dijiste eso?

Vi a mi madre, por primera vez, totalmente desconcertada. Mi padre estaba completamente encabronado.

—Díselo. Di que lo amenazaste diciendo que, si no se alejaba de mí, lo harías tú. Venga, díselo, ¿eh?

—¡No me hables así! —estalló.

—Pues sí. Te pienso hablar así. O mira, no. Mejor no, mejor no te voy a hablar puto más, ¿sabes? Para que veas lo que haces a tu hijo cada día. ¡A tu hijo!

—¡Ya te dije que no iba a permitir que...!

—¡Qué!

—¡Déjame terminar! —Estábamos los dos viendo quién gritaba más, con más fuerza—. Eso que has decidido ser no es muy normal y...

—No. No. Yo no he decidido ser nada. Es lo que soy. Es quien soy. Y punto.

—No. Lo has elegido. Es una etapa. Y, si hace falta, iremos a uno de esos grupos que ayudan a gente como tú. —¿Acababa de decir lo que creo que acababa de decir?

—Francisco, detén el coche —intervino mi madre.

—Qué dices —respondió.

—Detén el coche.

—Estamos en medio de la...

—**¡FRANCISCO, CARAJO, DETÉN EL COCHE!** —gritó mi madre. Creo que nunca la había visto gritar. Y, mucho menos, decir una grosería. Mi padre dio un volantazo y se detuvo en doble fila, poniendo los intermitentes de emergencia. ¿Qué carajos estaba pasando? —Baja del coche, Óscar.

—¿Mamá?

—¡Baja del coche!

—¡Está bien, está bien! Maldición. —Abrí la puerta y bajé a toda velocidad.

Genial, iban a tener una conversación entre los dos. Eh, pero espera. Me he bajado del coche. Podría salir corriendo de ahí. ¡Podía huir! Pero ¿de qué iba a servir? Si algo tenía claro es que no podía volver a subir a ese coche. Subir ahí era que mi vida acabara por completo. ¡Y me niego! Entonces se abrió la puerta y salió mi madre también. Pasó a mi lado, abrió el maletero, sacó nuestras maletas y, casi antes de cerrarlo, mi padre aceleró y se alejó a toda hecho la chingada.

—¿Mamá?

—Espera, Óscar, déjame pensar.

—Pero qué chingados pasa. Dime al menos eso.

Entonces se me acercó, se colocó frente a mí y, mira, me dio el abrazo de mi vida. Sé que digo muchas veces eso, pero es que es verdad. ¡Fue el abrazo de mi vida! Y me eché a llorar. Supongo que

de toda la tensión acumulada. Pero lloré como un bebé. ¿Esto de que no eres capaz de contenerte y casi te cuesta respirar? Pues así estaba yo. Un cuadro, vaya. Y cuanto más fuerte me abrazaba, más lloraba yo, como un puto interruptor. ¡Que no podía controlarlo! ¿Qué quieren que haga? Eso de que los chicos no pueden llorar, no sé quién se inventó esa estupidez. ¡Con lo genial que es llorar! A ver, no es que sea genial, pero, oye, te liberas cabrón. Y yo tenía mucho que liberar en ese momento. Sé que quería decirme mil cosas, que quería pedirme perdón, que quería disculparse por todo. Lo notaba en... No sé muy bien cómo explicarlo, pero podía sentirlo. Y, mira, mejor que no me dijera nada. ¿Para qué? Lo hecho está hecho... o no hecho. No sé, pero, bueno, ahí estuvimos como dos horas abrazándonos. A ver, dos horas no. No creo que llegáramos al minuto. Pero, bueno, ya saben lo que exagero yo, porque así soy.

—Préstame tu teléfono, por favor —me pidió. Dudé al principio, no sé por qué, pero se lo acabé dando. Se alejó con él unos metros y llamó a alguien. A los segundos volvió conmigo y me volvió a dar un abrazo. Alargó la mano para parar un taxi y, ay, me relajé. Volvíamos a casa. Al fin. Menos mal. El taxista metió mi maleta en el maletero y yo me subí en la parte de atrás del coche, esperando que mi madre hiciera lo mismo. Pero no lo hizo. Cerró la puerta tras de mí mientras se subía el chofer.

—¿Mamá?

—Cuando llegues, llámame, ¿de acuerdo?

—Pero ¿dónde voy? ¿No vamos a casa? ¿Dónde vas tú? —¿Qué pasaba?

—Luego hablamos, por favor. —Le costaba horrores pronunciar cada palabra. Pero es que no entendía nada.

El taxi arrancó y nos fuimos alejando mientras yo no dejaba de ver a mi madre sola en la calle, con su maleta al lado, y sin dejar de mirarme. No la perdí de vista hasta que el coche giró por una esquina. El trayecto fue en completo silencio. No tenía muy claro lo que había pasado. Es decir, sí. Mi madre se había enfrentado a mi padre. O algo parecido, no sé. Pe-pero no me había explicado nada. Las calles que íbamos pasando no me sonaban. No me había mandado a casa. Desde luego que no. Cuando llegamos al destino, el taxista me ayudó a bajar mi maleta y mi mochila y se fue, dejándome allí completamente solo y abandonado. Todo esto era surrealista. ¿Qué hacía yo ahí en medio de la nada? Y entonces lo vi, saliendo del edificio que tenía enfrente.

—¡ÓSCAR!

—¡PABLO!

Y se me lanzó al cuello. Y a la boca. Y me besó, temblando. Estábamos los dos temblando. Y yo lo besé, y lo abracé, y no sabía qué más hacer. Volví a llorar, que sé que se lo estaban preguntado. Y él también. Lloraba de rabia, de pena, de alegría, de... yo qué sé. Lo acariciaba por todos lados, y nos apartábamos y nos mirábamos a los ojos, y sonreíamos como idiotas.

—Te dije que de aquí no te vas si no es conmigo, maldición —me recordó en un hilo de voz, y me volvió a besar.

—O-o-o yo estoy loco, o esta no es tu casa —dije, al fin.

—No estás loco, cariño —aseguró una voz tras Pablo. Era Aurora. ¡Aurora! ¡Nunca me había alegrado tanto de ver a una persona! Bueno, salvo hace un momento, cuando he visto a Pablo.

—¿Qué-qué está pasando?

—Pues como no venías... fui a buscarte a casa, y vi cómo subías en el coche con las maletas y-y-y te marchabas...

—Entonces me llamó y me contó todo —explicó Aurora—. Le dije que viniera aquí, que trataríamos de arreglarlo. Y entonces me llamó tu madre. No me explicó mucho. Solo me dijo que vendrías ahora. ¿Dónde está tu madre?

—No-no-no sé. A ver, llegué... Nos íbamos a ir... Se iban a Barcelona, y de repente nos íbamos. Yo también te-tenía que ir. Y que nos íbamos. Y que daba todo igual. Y-y entonces papá y yo discutimos en el coche, y mamá se hartó, y nos hemos escapado... Y mamá ahora..., pues no sé dónde está, ni qué está haciendo.

—Que tu madre ha hecho ¿qué? —preguntó, sorprendida.

—Yo qué sé. Ahora mismo no entiendo nada.

—Venga, mete la maleta y cuéntanos todo.

Y así fue como empecé a vivir con mi tía Aurora.

Epílogo

Todo ha pasado como muy rápido, ¿no? Lo siento, pero es que fue difícil de procesar. Era como estar en una película. Solo que era mi vida y la estaba viviendo. No sé en qué momento se empezó a torcer todo tanto, ni tampoco sé en qué momento mi madre decidió que había que enderezar las cosas. Porque dudo que fuera por la conversación en el coche. Después de enviarme a casa de Aurora, me dijo que se iba a pasar unos días con sus padres (es decir, mis abuelos) al pueblo, y que pasaríamos las navidades separados. Parece ser que mi padre y ella estaban tomándose un tiempo. Mientras, yo vivía con Aurora... y con su novia, porque sí, porque tiene novia, y es un amor también. Se llama Laura, y, oye, simpatiquísima. A ver, sí, es raro estar viviendo con ellas, porque yo qué sé, no las conozco, ¿saben? Pero ahora mismo, es lo mejor que podía pasarme. Pablo obviamente está viviendo con su madre, ¿eh? No vayan a pensar que todo me va ***TAN BIEN***. El mes de diciembre se había arreglado de repente. Y no, no fue el deseo que pedí cuando vimos la lluvia de estrellas desde el teleférico. Bueno, se le parece. Pero no es el mismo.

Albert, obviamente, alucinó cuando le conté toda la historia, y me volvió a insistir en que por qué no le había llamado para pedir ayuda, que habría reclutado a todos para detener el coche de mi padre. «Lo vi en un video, que la gente se ponía en plan cadena humana delante y no pasaba nadie». Mi padre está tan desquiciado que vete tú a saber si no los habría atropellado. No he vuelto a saber de él. Y ya ha pasado una semana. Es decir, hemos pasado Nochebuena separados y ni siquiera me ha preguntado si sigo vivo. Te lo juro. Habría que hacer un examen anual para que te den un carnet de padre, porque lo suyo no era normal. Y cómo él hay mucha gente en el mundo.

Con Pablo todo iba genial. Aunque ahora vivíamos más lejos, porque la casa de Aurora estaba donde el aire da vuelta, todos los días me escribía para darme los buenos días, y todas las noches me decía un «te quiero» antes de irse a dormir. No lo iba a decir en voz alta, pero sé que lo que pasó lo había asustado, y mucho. ¡Y no me extraña! Porque yo también tuve miedo. Miedo real. Eso sí, los ataques de pánico están cada vez más controlados. Yo creo que tener a mi padre lejos, y a Ramón y compañía también, me hacía mucho bien. No hay que ser un genio para saberlo. Y vivir con Aurora, aunque fuera raro, era un cambio de aires a mejor. Ya se los puedo asegurar. ¡Si hasta invitamos a Pablo y a su madre para que vinieran en Nochevieja! Pero lo iban a pasar ellos dos solos con su tía y dos primos pequeños. Así que se me ocurrió hacer un plan el día antes. Unas preuvas, al menos para tomármelas con él y celebrar un Fin de Año extraño, pero el mejor año de mi vida. ¿Dónde podría llevarlo? ¿Qué podía hacer? Bueno, pues la solución fue sencilla. Bueno, no. Fue terriblemente compleja, que ya saben lo que me cuesta tomar decisiones a mí. Y si no se han dado cuenta ya es que no me conocen en absoluto. Pero recordé aquel pícnic improvisado que me hizo en el parque junto a nuestra casa, y, oye, quise devolverle el favor. Pero no en el mismo sitio. Le escribí en un mensaje que quedábamos en la puerta de su casa a las cinco. Y le pedí ayuda a mi tía Aurora: tenía que estar en el edificio a las cinco y cinco, ya que iba a ser nuestro chofer.

—Óscar, ¿qué estás preparando? —me preguntó Pablo mientras trataba de atarle una venda en los ojos.

—Ya que no vamos a pasar Nochevieja juntos, pues la celebramos hoy —le contesté. Mierda, sí que cuesta poner una venda en los ojos a alguien, carajo.

—¿Y es necesario que me tapes los ojos?

—Bueno, para darle un poco de misterio al sitio donde vamos. Así es sorpresa.

—¿Dónde vamos? —repitió con una voz tan sexy que hizo que se me erizaran los pelos de la nuca.

—Calla. Ya está, ¿ves algo?

—No.

—No me mientas.

—Veo todo, Óscar. Esta cinta es una mierda —rio.

—¿Me estás vacilando?

—Eh, Óscar... Veo... Veo... ¿Ese no es el coche de tu padre? —dijo de repente y se quitó la venda—. ¿Esa es tu sorpresa?

Me giré, sorprendido, y sí, ahí estaba el puto coche de mi padre. Maldición, mi corazón comenzó a ir a mil por hora, y-y-y les juro que hasta empecé a temblar. ¿Qué estaba pasando? **¿CÓMO SABÍA QUE ESTABA AQUÍ?** ¿Aurora me había vendido? Eso-eso es imposible. Vamos a ver, vamos a ver, vamos a ver. Es decir, vamos a ver. **VAMOS A VER.** ¿Vamos a ver? ¿Qué-qué-qué-qué hace mi padre aquí? Es decir, ¿qué? Me acerqué al coche dejando a Pablo atrás. La ventanilla empezó a bajarse, y la que estaba era mi madre.

—¡Mamá! ¡Qué susto me has dado! ¿Qué haces aquí? ¿Qué-qué pasa?

—Me llamó tu tía Aurora. Me dijo que te tenía que llevar a un sitio... pero no podía y me pidió que te llevara yo.

Maldición, Aurora. Podías haberme avisado. ¿Mi madre? Esto era un poco violento.

—¿Y por qué llevas el coche de papá?

—Lo recogí de la estación. Es una larga historia. ¿Suben?

Me giré, me encogí de hombros y Pablo me imitó, acercándose a mí y subiendo a la parte trasera del coche. Yo estuve tentado a subir también atrás, pero mi madre abrió la puerta del copiloto. Entré y cerré la puerta tras de mí.

—Toma, una venda. Aurora me dijo que necesitarías una. —Y me tendió un pañuelo rojo.

—Gra-gracias... —dije, y se lo lancé a Pablo.

—Supongo que esto es para que me lo ponga yo solo, ¿no?

—Es que sigo sorprendido de que estés aquí —confesé mientras aceleraba el coche.

—Supongo que van a tener una conversación, así que yo me quedo aquí atrás en silencio —dijo Pablo mientras se ataba la venda.

—¿Por-por qué te asombras tanto? —dijo mi madre, imitándome.

—Porque... porque es muy raro. ¿Tengo que recordarte por qué? —Es que era todo muy raro. ¡No me digas que no!

—Bueno, quiero hacer algo bonito por mi hijo. ¿Tan raro es eso?

—¡OBVIO! Después de todo... es que, maldición, mamá, tienes que entender que me cuesta, ¿no?

—¿Y qué te crees? ¿Que a mí no? ¿Después... después de todo? Voy a estar arrepentida toda mi vida, cielo. Y quiero empezar a hacer las cosas bien. Por cierto, feliz Navidad, Pablo —dijo, mirando al retrovisor.

—Gracias.

—¡Mamá! ¡No hables con él!

—¿Por qué?

—¡Porque es raro!

—A ver, cariño. No puedo borrar lo que ha pasado, pero trabajemos de hoy en adelante, ¿te parece? Por favor. Lo siento.

—No, no me pidas perdón. No..., porque me pongo a llorar, mamá.

Después de un rato en silencio, llegamos a nuestro destino. A ver, no me sé el nombre del sitio. Solo sé que es un parque increíble desde el que se ve todo Madrid cuando subes a una de sus cuestas.

—Oye, y Aurora te dio, eh...

—Sí, está en el maletero.

—Genial.

—Pablo, ¿podrías esperar un segundo afuera, por favor? —pidió mi madre y Pablo salió del coche, obediente.

—Óscar, me voy a quitar esta mierda —protestó.

—¡NO, ESPERA, PORFA!

Pablo masculló algo entre dientes y cerró la puerta.

—¿Qué pasa? —pregunté, nervioso.

—Solo un segundo. Óscar, vienen momentos difíciles, ¿vale? Quiero que sigas viviendo un tiempo con tu tía Aurora. Tu padre y yo..., bueno, nos hemos dado un tiempo. Y... quizá ese tiempo sea para siempre, ¿entiendes?

—Es un cabrón. Lo entiendo.

—No es un cabrón. Es tu padre.

—Dejó de serlo hace tiempo ya —sentencié.

—El caso es que..., cuando las cosas se calmen un poco, me-me gustaría que volvieras a vivir conmigo —me confesó, con una lágrima cayéndole por la mejilla y a mí se me rompió todo, se los juro.

—Joder, mamá, claro. —Y nos abrazamos. Y, como todos los abrazos que he tenido últimamente, fue increíble, así de claro. Después de un rato abrazados, nos separamos y salí del coche.

—¿Ya me puedo quitar la venda? —pidió Pablo.

—Espera... —Me acerqué al maletero para tomar la cesta de pícnic que me había dejado Aurora y, mientras lo hacía, vi a mi madre acercarse a Pablo y susurrarle algo al oído. Cerré el maletero rápido y, tras despedirme de mi madre, le di la mano a Pablo y subimos la cuesta para llegar a la parte más alta del parque. Saqué toda la comida de dentro de la cesta y la coloqué lo mejor que pude. Al rato, le quité la venda a Pablo.

—¿Y esto?

—Bueno... Quería hacer un plan así diferente, para celebrar este año, y, como no vamos a pasar Nochevieja juntos, pues no sabía qué hacerte, así que te devuelvo el pícnic de la última vez.

—Así que tu plan sorpresa es una copia de un plan que te hice yo.

—¿Qué? No... Bueno, sí, un poco.

—¿Y has traído uvas?

—**¡MIERDA!** —Carajo, lo más importante de todo y va y se me olvida. **¡MIERDA!**

—Bueno, veo que hay cacahuates, así que tendremos que improvisar —sonrió y me besó—. Me encanta el plan y me encanta el sitio.

—Gracias.

Nos sentamos en la cuesta y, mientras iba abriendo todas las bolsas de comida y le servía Coca-Cola en un vaso, recordé que mi madre le había dicho algo. ¿Qué habría sido?

—Oye... ¿Qué te dijo mi madre antes?

—¿Realmente quieres saberlo?

—Sí.

—Que te cuide mejor de lo que te ha cuidado ella.

De acuerdo, mi vida no es perfecta ni mucho menos. Pero ahora mismo no la cambiaba por nada del mundo. Pablo era el chico más guapo de la clase, pero de lejos. Su piel era bronceada, como si hubiera estado tomando el sol demasiado tiempo. Sus labios, gruesos y rosados. Y su voz tenía ese toque grave y rasposo que la hacía tan diferente. Pero ¿cómo iba a fijarse en mí? Le gustaba el futbol. Bien, sí, ya los veo venir. Que si es muy típico, que bla, bla, bla. Bueno, ¿y qué le hago? Yo era negado. Nivel: parar balones con la cara. No había nada que nos uniera. Salvo que ahora sí que había algo que nos uniera. Realmente... no había nada que nos separara.

Y ahí, rodeados de grasas saturadas, azúcar en vena y heroína de Cheetos, acabamos mirando el atardecer desde uno de los parques más bonitos de Madrid y comiendo doce cacahuates en vez de doce uvas a las seis de la tarde un 30 de diciembre. Solos. Completamente solos. Pero dándonos la mano, uniéndonos gracias al sudor de nuestras palmas, conectándonos gracias a la saliva de nuestras bocas. Porque hemos pasado mucho juntos. ¡Y lo que nos queda! Y al final... Bueno, la verdad, no sé si esto es un final. O un principio. O el intermedio. No tengo ni puta idea. Pero lo que sí sé es que estoy dispuesto a todo si es con Pablo a mi lado.

—¿Nos quedamos un rato más? —le pregunté.

—¿Cuánto es un rato para ti?

—Infinito.

Esta obra se terminó de imprimir
en el mes de septiembre de 2024,
en los talleres de Impresora Tauro, S.A. de C.V.
Ciudad de México.